U0420590

国家社会科学基金重大招标项目
『十三五』国家重点图书出版规划项目

吴笛 总主编
吴笛 等著

外国文学经典生成与传播研究

第二卷 古代卷（上）

图书在版编目 (CIP) 数据

外国文学经典生成与传播研究 . 第二卷，古代卷 . 上 / 吴笛总主编；吴笛等著 .—北京：北京大学出版社，2019.4

ISBN 978-7-301-30336-8

Ⅰ . ①外… Ⅱ . ①吴… Ⅲ . ①外国文学—古典文学研究 Ⅳ . ① I106

中国版本图书馆 CIP 数据核字 (2019) 第 034555 号

书　　名	外国文学经典生成与传播研究（第二卷）古代卷（上） WAIGUO WENXUE JINGDIAN SHENGCHENG YU CHUANBO YANJIU（DI-ER JUAN）GUDAI JUAN（SHANG）
著作责任者	吴　笛　总主编　吴　笛　等著
组稿编辑	张　冰
责任编辑	朱房煦
标准书号	ISBN 978-7-301-30336-8
出版发行	北京大学出版社
地　　址	北京市海淀区成府路 205 号　100871
网　　址	http://www.pup.cn　　新浪微博：@ 北京大学出版社
电子信箱	zhufangxu@yeah.net
电　　话	邮购部 010-62752015　发行部 010-62750672　编辑部 010-62754382
印 刷 者	北京虎彩文化传播有限公司
经 销 者	新华书店
	720 毫米 ×1020 毫米　16 开本　20.75 印张　358 千字
	2019 年 4 月第 1 版　2019 年 4 月第 1 次印刷
定　　价	82.00 元

目　录

总　序 …… 1
绪　论　人类童年的悠远的回声 …… 1

第一章　外国古代文学经典的传播媒介 …… 8
第一节　纸草与象形文字的使用以及《亡灵书》的流传 …… 8
第二节　楔形文字与泥板的使用以及《吉尔伽美什》的流传 …… 13
第三节　希腊化时代的文学翻译及其意义 …… 15
第四节　印刷术的产生及其经典革命 …… 17

第二章　吠陀文学的生成与传播 …… 20
第一节　吠陀文献的形成和传播、阐释传统 …… 20
第二节　《梨俱吠陀》与吠陀时期的神话传说 …… 24
第三节　《阿闼婆吠陀》中的巫术咒语诗 …… 33

第三章　圣经文学的生成与传播 …… 40
第一节　《圣经》的编纂与文学释读 …… 40
第二节　圣经文学的传播与影响 …… 44
第三节　圣经文学的在华译介与传播 …… 51

第四章　希腊神话的生成与传播 …… 63
第一节　文明的摇篮与精神的源泉 …… 64
第二节　神话:民族精神的隐喻与存在境况的省察 …… 66

第三节 人与命运的冲突:希腊神话的主题 …… 71

第五章 荷马史诗的生成与传播 …… 76
第一节 “荷马问题”与两大史诗的形成及流传 …… 76
第二节 荷马史诗与希腊精神 …… 81
第三节 荷马史诗的当代变异 …… 87

第六章 古希腊抒情诗的生成与传播 …… 94
第一节 希腊抒情诗的起源以及对音乐的借鉴 …… 94
第二节 笛歌的起源与发展 …… 99
第三节 琴歌的起源以及对抒情诗发展的影响 …… 101

第七章 古希腊戏剧的生成与传播 …… 109
第一节 古希腊戏剧的生成渊源 …… 109
第二节 古希腊戏剧的形式与演变 …… 112
第三节 《俄狄浦斯王》生成的悖论语境及其悖论特征 …… 117
第四节 《俄狄浦斯王》的现代传播 …… 124

第八章 古罗马文学经典的生成与传播 …… 128
第一节 希腊文学的译介与古罗马文学经典的生成 …… 129
第二节 《埃涅阿斯纪》的生成与传播 …… 135
第三节 《金驴记》的生成以及对小说发展的影响 …… 144

第九章 波斯诗歌的生成与传播 …… 154
第一节 苏非主义与波斯诗歌的生成 …… 154
第二节 波斯诗歌在中国的译介与传播 …… 157
第三节 《鲁拜集》的生成与传播 …… 161

第十章 《源氏物语》的生成与传播 …… 176
第一节 《源氏物语》的社会语境与物语文学的生成 …… 176
第二节 《源氏物语》的中文译介 …… 179
第三节 《源氏物语》的跨媒体传播以及对后世的影响 …… 184

第十一章 中世纪英雄史诗的生成与传播…………………………… 191
第一节 中世纪英雄史诗的生成语境…………………………………… 192
第二节 中世纪英雄史诗的民间流传与后期整理……………………… 198
第三节 中世纪英雄史诗的经典化历程………………………………… 208
第四节 中世纪英雄史诗的经典性阐释………………………………… 212

第十二章 骑士文学的生成与传播……………………………………… 221
第一节 骑士抒情诗的生成、流传与现代变异 ………………………… 222
第二节 骑士传奇的生成与流传以及对后世的影响…………………… 232
第三节 《特里斯坦与伊索尔德》的流传及跨媒体改编………………… 235

第十三章 《神曲》的生成与传播………………………………………… 241
第一节 《神曲》在意大利的经典生成及其社会基础…………………… 241
第二节 《神曲》的诗体及其对后世的影响……………………………… 246
第三节 《神曲》的纸质传播与中文译介………………………………… 250
第四节 《神曲》的影视改编与跨媒体传播……………………………… 258

第十四章 十四行诗的生成、演变和传播 ……………………………… 270
第一节 十四行诗生成的中外论争……………………………………… 271
第二节 十四行诗生成的社会文化语境………………………………… 274
第三节 卡图卢斯与十四行诗的初始生成……………………………… 279
第四节 十四行诗形式方面的演变与发展……………………………… 283
第五节 传统诗体与现代技巧的冲撞…………………………………… 294

参考文献…………………………………………………………………… 299
索 引……………………………………………………………………… 307
后 记……………………………………………………………………… 311

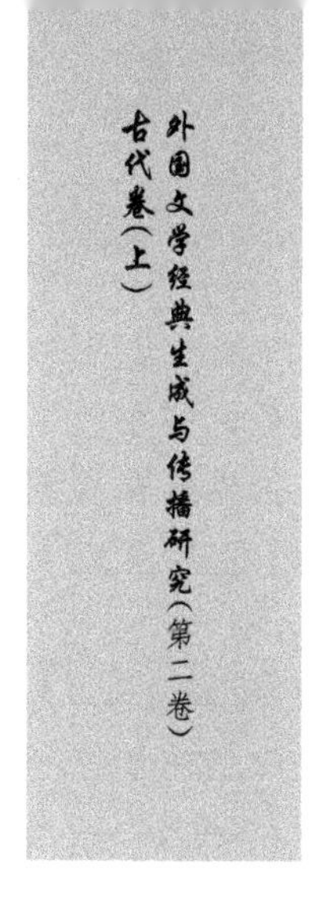

总　序

文学经典的价值是一个不断被发现的过程，也是一个不断演变和深化的过程。自从将"经典"一词视为一个重要的价值尺度而对文学作品开始进行审视时，学界为经典的意义以及衡量经典的标准进行过艰难的探索，其探索过程又反过来促使了经典的生成与传播。

一、外国文学经典生成缘由

文学尽管是非功利的，但是无疑具有功利的取向；文学尽管不是以提供信息为己任，但是依然是我们认知人类社会的一个非常重要的参照。所以，尽管文学经典通常所传播的并不是我们一般所认为的有用的信息，但是却有着追求真理、陶冶情操、审视时代、认知社会的特定价值。外国文学经典的生成缘由应该是多方面的，但是其基本缘由是满足人们的精神需求，适应各个不同时代人类生存和发展的需要。

首先，文学经典的生成缘由与远古时代原始状态的宗教信仰密切相关。古埃及人的世界观"万物有灵论"(Animism)促使了诗集《亡灵书》(*The Book of the Dead*)的生成，这部诗集从而被认为是人类最古老的书面文学。与原始宗教相关的还有"巫术说"。不过，虽然从"巫术说"中也可以发现人类早期诗歌(如《吠陀》等)与巫术之间有一定的联系，但巫术作为人类早期重要的社会活动，对诗歌的发展所起到的也只是"中介"作用。更何况"经典"(canon)一词最直接与宗教发生关联。杰勒米·霍桑

(Jeremy Hawthorn)[1]就坚持认为"经典"起源于基督教会内部关于希伯来圣经和新约全书书籍的本真性(authenticity)的争论。他写道:"在教会中认定具有神圣权威而接受的,就被称作经典,而那些没有权威或者权威可疑的,就被说成是伪经。"[2]从中也不难看出文学经典以及经典研究与宗教的关系。

其次,经典的生成缘由与情感传达以及审美需求密切相关。主张"摹仿说"的,其实也包含着情感传达的成分。"摹仿说"始于古希腊哲学家德谟克利特和亚里士多德等人。德谟克利特认为诗歌起源于人对自然界声音的摹仿,亚里士多德也曾提到:"一般说来,诗的起源仿佛有两个原因,都是出于人的天性。"[3]他接着解释说,这两个原因是摹仿的本能和对摹仿的作品总是产生快感。他甚至指出:比较严肃的人摹仿高尚的行动,所以写出的是颂神诗和赞美诗,而比较轻浮的人则摹仿下劣的人的行动,所以写的是讽刺诗。"情感说"认为诗歌起源于情感的表现和交流思想的需要。这种观点揭示了诗歌创作与情感表现之间的一些本质的联系,但并不能说明诗歌产生的源泉,而只是说明了诗歌创作的某些动机。世界文学的发展历程也证明,最早出现的文学作品是劳动歌谣。劳动歌谣是沿袭劳动号子的样式而出现的。所谓劳动号子,是指从事集体劳动的人们伴随着劳动动作节奏而发出的有节奏的呐喊。这种呐喊既有协调动作,也有情绪交流、消除疲劳、愉悦心情的作用。这样,劳动也就决定了诗歌的形式特征以及诗歌的功能意义,使诗歌与节奏、韵律等联系在一起。由于伴随着劳动号子的,还有工具的挥动和身姿的扭动,所以,原始诗歌一个重要特征便是诗歌、音乐、舞蹈这三者的合一(三位一体)。朱光潜先生就曾指出中西都认为诗的起源以人类天性为基础,认为诗歌、音乐、舞蹈原是三位一体的混合艺术,其共同命脉是节奏。"后来三种艺术分化,每种均仍保存节奏,但于节奏之外,音乐尽量向'和谐'方面发展,舞蹈尽量向姿态方面发展,诗歌尽量向文字方面发展,于是彼此距离遂日渐其远。"[4]这也从一个方面说明,文学的产生是情感交流和愉悦的需要。"单

---

① 为方便读者理解,本书中涉及的外国人名均采用其被国内读者熟知的中文名称,未全部使用其中文译名的全称。

② Jeremy Hawthorn, *A Glossary of Contemporary Literary Theory*, London: Arnold, 2000, p. 34. 此处转引自阎景娟:《文学经典论争在美国》,北京:社会科学文献出版社,2010年版,第27页。

③ 亚理斯多德、贺拉斯:《诗学·诗艺》,北京:人民文学出版社,1962年版,第11页。

④ 朱光潜:《诗论》,北京:生活·读书·新知三联书店,1984年版,第11页。

纯的审美本质主义很难解释经典包括文学经典的本质。”[①]

再者,经典的生成缘由与伦理教诲以及伦理需求有关。所谓文学经典,必定是受到广泛尊崇的具有典范意义的作品。这里的“典范”,就已经具有价值判断的成分。实际上,经过时间的考验流传下来的经典艺术作品,并不仅仅依靠其文字魅力或者审美情趣而获得推崇,伦理价值在其中起着极其重要的作用。正是伦理选择,使得人们企盼从文学经典中获得答案和教益,从而使文学经典具有经久不衰的价值和魅力。文学作品中的伦理价值与审美价值并不相悖,但是,无论如何,审美阅读不是研读文学经典的唯一选择,正如西方评论家所言,在顺利阅读的过程中,我们允许各种其他兴趣从属于阅读的整体经验。[②] 在这一方面,哈罗德·布鲁姆关于审美创造性的观念过于偏颇,他过于强调审美创造性在西方文学经典生成中的作用,反对新历史主义等流派所作的道德哲学和意识形态批评。审美标准固然重要,然而,如果将文学经典的审美功能看成是唯一的功能,显然削弱了文学经典存在的理由;而且,文学的政治和道德价值也不是布鲁姆先生所认为的是“审美和认知标准的最大敌人”[③],而是相辅相成的。聂珍钊在其专著《文学伦理学批评导论》中,既有关于文学经典伦理价值的理论阐述,也有文学伦理学批评在小说、戏剧、诗歌等文学类型中的实践运用。在审美价值和伦理价值的关系上,聂珍钊坚持认为:“文学经典的价值在于其伦理价值,其艺术审美只是其伦理价值的一种延伸,或是实现其伦理价值的形式和途径。因此,文学是否成为经典是由其伦理价值所决定的。”[④]

可见,没有伦理,也就没有审美;没有伦理选择,审美选择更是无从谈起。追寻斯芬克斯因子的理想平衡,发现文学经典的伦理价值,培养读者的伦理意识,从文学经典中得到教诲,无疑也是文学经典得以存在的一个重要方面。正是意识到文学经典的教诲功能,美国著名思想家布斯认为,一个教师在从事文学教学时,“如果从伦理上教授故事,那么他们比起最好的拉丁语、微积分或历史教师来说,对社会更为重要”[⑤]。文学经典的一个重要使命是对读者的伦理教诲功能,特别是对读者伦理意识的引导。

---

① 阎景娟:《文学经典论争在美国》,北京:社会科学文献出版社,2010年版,第1页。

② 克林斯·布鲁克斯:《精致的瓮》,郭乙瑶等译,上海:上海人民出版社,2008年版,第232页。

③ 哈罗德·布鲁姆:《西方正典:伟大作家和不朽作品》,江宁康译,南京:译林出版社,2005年版,第28页。

④ 聂珍钊:《文学伦理学批评导论》,北京:北京大学出版社,2014年版,第142页。

⑤ 韦恩·C.布斯:《修辞的复兴:韦恩·布斯精粹》,穆雷等译,南京:译林出版社,2009年版,第230页。

其实,在作者与读者的关系上,18世纪英国著名批评家塞缪尔·约翰逊就坚持认为,作者具有伦理责任:"创作的唯一终极目标就是能够让读者更好地享受生活,或者更好地忍受生活。"①20世纪的法国著名哲学家伊曼纽尔·勒维纳斯构建了一种"为他人"(to do something for the Other)的伦理哲学观,认为:"与'他者'的伦理关系可以在论述中建构,并且作为'反应和责任'来体验。"②当今加拿大学者珀茨瑟更是强调文学伦理学批评的实践,以及对读者的教诲作用,认为:"作为批评家,我们的聚焦既是分裂的,同时又有可能是平衡的。一方面,我们被邀以文学文本的形式来审视各式各样的、多层次的、缠在一起的伦理事件,坚守一些根深蒂固的观念;另一方面,考虑到文学文本对'个体读者'的影响,也应该为那些作为'我思故我在'的读者做些事情。"③可见,文学经典的使命之一是伦理责任和教诲功能。文学经典的生成与伦理选择以及伦理教诲的关联不仅可以从《俄狄浦斯王》等经典戏剧中深深地领悟,而且可以从古希腊的《伊索寓言》以及中世纪的《列那狐传奇》等动物史诗中具体地感知。文学经典的教诲功能在古代外国文学中,显得特别突出,甚至很多文学形式的产生,也都是源自于教诲功能。埃及早期的自传作品中,就有强烈的教诲意图。如《梅腾自传》《大臣乌尼传》《霍尔胡夫自传》等,大多陈述帝王大臣的高尚德行,或者炫耀如何为帝王效劳,并且灌输古埃及人心中的道德规范。"这种乐善好施美德的自我表白,充斥于当时的许多自传铭文之中,对后世的传记文学亦有一定的影响。"④相比自传作品,古埃及的教谕文学更是直接体现了文学所具有的伦理教诲功能。无论是古埃及最早的教谕文学《王子哈尔德夫之教谕》(*The Instruction of Prince Hardjedef*)还是古埃及迄今保存最完整的教谕文学作品《普塔荷太普教谕》(*The Instruction of Ptahhotep*),内容都涉及社会伦理内容的方方面面。

最后,经典的生成缘由与人类对自然的认知有关。文学经典在一定意义上是人类对自然认知的记录。尤其是古代的一些文学作品,甚至是

---

① Samuel Johnson, "Review of a Free Inquiry into the Nature and Origin of Evil", *The Oxford Authors: Samuel Johnson*, Donald Greene ed., London: Oxford University Press, 1990, p. 536.

② Emmanuel Levinas, *Ethics and Infinity*, Trans. Richard A. Cohen, Pittsburgh: Duquesne University Press, 1985, p. 88.

③ Markus Poetzsch, "Towards an Ethical Literary Criticism: the Lessons of Levinas", *Antigonish Review*, Issue 158, Summer 2009, p. 134.

④ 令狐若明:《埃及学研究——辉煌的古埃及文明》,长春:吉林大学出版社,2008年版,第286页。

古代自然哲学的诠释。几乎每个民族都有自己的神话体系,而这些神话,有相当一部分是解释对自然的认知。无论是希腊罗马神话,还是东方神话,无不体现着人对自然力的理解,以及对人与自然关系的探索。在文艺复兴之前的古代社会,由于人类的自然科学知识贫乏以及思维方式的限定,人们只能被动地接受自然力的控制,继而产生对自然力的恐惧和听天由命的思想,甚至出于对自然力的恐惧而对其进行神化。如龙王爷的传说以及相关的各种祭祀活动等,正是出于对于自然力的恐惧和神化。而在语言中,人们甚至认定“天”与“上帝”是同一个概念,都充当着最高力量的角色,无论是中文的“上苍”还是英文的“heaven”,都是人类将自然力神化的典型。

二、外国文学经典传播途径的演变

在漫长的岁月中,外国文学经典经历了多种传播途径,以象形文字、楔形文字、拼音文字等多种书写形式,历经了从纸草、泥板、竹木、陶器、青铜直到活字印刷,以及从平面媒体到跨媒体等多种传播媒介的变换和发展,每一种传播手段都伴随着科学技术的进步以及人类文明的发展进程。

文学经典的生成与传播,概括起来,经历了七个重要的传播阶段或传播形式,大致包括口头传播、表演传播、文字传播、印刷传播、组织传播、影像传播、网络传播等类型。

文学经典的最初生成与传播是口头的生成与传播,它以语言的产生为特征。外国古代文学经典中,有不少著作经历了漫长的口头传播的阶段,如古希腊的《伊利昂纪》(又译《伊利亚特》)等荷马史诗,或《伊索寓言》,都经历了漫长的口头传播,直到文字产生之后,才由一些文人整理记录下来,形成固定的文本。这一演变和发展过程,其实就是脑文本转化为物质文本的具体过程。“脑文本就是口头文学的文本,但只能以口耳相传的方式进行复制而不能遗传。因此,除了少量的脑文本后来借助物质文本被保存下来之外,大量的具有文学性质的脑文本都随其所有者的死亡而永远消失湮灭了。”[①]可见,作为口头文学的脑文本,只有借助于声音或文字等形式转变为物质文本或当代的电子文本之后,才会获得固定的形态,才有可能得以保存和传播。

第二个阶段是表演传播,其中以剧场等空间传播为要。在外国古代

① 聂珍钊:《文学伦理学批评:口头文学与脑文本》,《外国文学研究》,2013年第6期,第8页。

文学经典的传播过程中,尤其是古希腊时期,剧场发挥了极其重要的作用。古希腊埃斯库罗斯、索福克勒斯、欧里庇得斯等悲剧作家的作品,当时都是靠剧场来进行传播的。当时的剧场大多是露天剧场,如雅典的狄奥尼索斯剧场,规模庞大,足以容纳30000名观众。

除了剧场对于戏剧作品的传播之外,为了传播一些诗歌作品,也采用吟咏和演唱传播的形式。古代希腊的很多抒情诗,就是伴着笛歌和琴歌,通过吟咏而得以传播的。在古代波斯,诗人的作品则是靠"传诗人"进行传播。传诗人便是通过吟咏和演唱的方式来传播诗歌作品的人。

第三个阶段是文字形式的生成与传播。这是继口头传播之后的又一个重要的发展阶段,也是文学经典得以生成的一个关键阶段。文字产生于奴隶社会初期,大约在公元前三四千年,中国、埃及、印度和两河流域,分别出现了早期的象形文字。英国历史学家巴勒克拉夫在《泰晤士报世界历史地图集》中指出:"公元前3000年文字发明,是文明发展中的根本性的重大事件。它使人们能够把行政文字和消息传递到遥远的地方,也就使中央政府能够把大量的人力组织起来,它还提供了记载知识并使之世代相传的手段。"[①]从巴勒克拉夫的这段话中可以看出,文字媒介对于人类文明的重要意义。因为文字媒介克服了声音语言转瞬即逝的弱点,能够把文学信息符号长久地、精确地保存下来,从此,文学成果的储存不再单纯依赖人脑的有限记忆,并且突破了文学经典的口头传播在空间和时间的限制,从而极大地改善和促进了文学经典的传播。

第四个阶段是活字印刷的批量传播。仅仅有了文字,而没有文字得以依附的载体,经典依然是不能传播的,而早期的文字载体,对于文学经典的传播所产生的作用又是十分有限的。文字形式只能记录在纸草、竹片等植物上,或是刻在泥板、石板等有限的物体上。只是随着活字印刷术的产生,文学经典才真正形成了得以广泛传播的条件。

第五个阶段是组织传播。科学技术的发展,尤其是印刷术的发明,使得"团体"的概念更为明晰。这一团体,既包括扩大的受众,也包括作家自身的团体。有了印刷方面的便利,文学社团、文学流派、文学刊物、文学出版机构等,便应运而生。文学经典在各个时期的传播,离不开特定的媒介。不同的传播媒介,体现了不同的时代精神和科技进步。我们所说的"媒介"一词,本身也具有多义性,在不同的情境、条件下,具有不同的意义

① 转引自文言主编:《文学传播学引论》,沈阳:辽宁人民出版社,2006年版,第55页。

属性。“文学传播媒介大致包含两种含义：一方面，它是文学信息符号的载体、渠道、中介物、工具和技术手段，例如‘小说文本’‘戏剧脚本’‘史诗传说’‘文字网页’等；另一方面，它也可能指从事信息的采集、符号的加工制作和传播的社会组织……这两种内涵层面所指示的对象和领域不尽相同，但无论作为哪种含义层面上的‘媒介’，都是社会信息系统不可或缺的重要环节。”①

第六个阶段是影像传播。20世纪初，电影开始产生。文学经典以电影改编形式获得关注，成为影像改编的重要资源，经典从此又有了新的生命形态。20世纪中期，随着电视的产生和普及，文学经典的影像传播更是成为一个重要的传播途径。

最后，在20世纪后期经历的一个特别的传播形式是网络传播。网络传播以计算机通信网络为平台，利用图像扫描和文字识别等信息处理技术，将纸质文学经典电子化，以方便储存，同时也便于读者阅读、携带、交流和传播。外国文学经典是网络传播的重要资源，正是网络传播，使得很多本来仅限于学界研究的文学经典得以普及和推广，赢得更多的受众，也使得原来仅在少数图书馆储存的珍稀图书得以以电子版本的形式为更多的读者和研究者所使用。

从纸草、泥板到网络，文学经典的传播途径与人类的进步以及科学技术的发展是同步而行的，传播途径的变化不仅促进了文学经典的流传和普及，也在一定意义上折射出人类文明的历史进程。

三、外国文学经典的翻译及历史使命

外国文学经典得以代代流传，是与文学作品的翻译活动和翻译实践密不可分的。可以说，没有文学翻译，就没有外国文学经典在中国的传播。文学经典正是从不断的翻译过程中获得再生，得到流传。譬如，古代罗马文学就是从翻译开始的，正是有了对古希腊文学的翻译，古罗马文学才有了对古代希腊文学的承袭。同样，古希腊文学经典通过拉丁语的翻译，获得新的生命，以新的形式渗透在其他的文学经典中，并且得以流传下来。而古罗马文学，如果没有后来其他语种的不断翻译，也就必然随着拉丁语成为死的语言而失去自己的生命。

所以，翻译所承担的使命就是真正意义上的文化传承。要正确认识

---

① 文言主编：《文学传播学引论》，沈阳：辽宁人民出版社，2006年版，第52页。

文学翻译的历史使命,我们必须重新认知和感悟文学翻译的特定性质和基本定义。

在国外,英美学者关于翻译是艺术和科学的一些观点具有一定的代表性。美国学者托尔曼在其《翻译艺术》一书中认为,"翻译是一种艺术。翻译家应是艺术家,就像雕塑家、画家和设计师一样。翻译的艺术,贯穿于整个翻译过程之中,即理解和表达的过程之中"。①

英国学者纽马克将翻译定义为:"把一种语言中某一语言单位或片断,即文本或文本的一部分的意义用另一种语言表达出来的行为。"②

而苏联翻译理论家费达罗夫认为:"翻译是用一种语言把另一种语言在内容和形式不可分割的统一中业已表达出来的东西准确而完全地表达出来。"苏联著名翻译家巴尔胡达罗夫在他的著作《语言与翻译》中声称:"翻译是把一种语言的语言产物在保持内容也就是意义不变的情况下改变为另外一种语言的言语产物的过程。"③

在我国学界,一些工具书对"翻译"这一词语的解释往往是比较笼统的。《辞源》对翻译的解释是:"用一种语文表达他种语文的意思。"《中国大百科全书·语言文字卷》对翻译下的定义是:"把已说出或写出的话的意思用另一种语言表达出来的活动。"实际上,对翻译的定义在我国也由来已久。唐朝《义疏》中提到:"译即易,谓换易言语使相解也。"④这句话清楚表明:翻译就是把一种语言文字换易成另一种语言文字,以达到彼此沟通、相互了解的目的。

所有这些定义所陈述的是翻译的文字转换作用,或是一般意义上的信息的传达作用,或是"介绍"作用,即"媒婆"功能,而忽略了文化传承功能。实际上,翻译是源语文本获得再生的重要途径,纵观世界文学史的杰作,都是在翻译中获得再生的。从古埃及、古巴比伦、古希腊罗马等一系列文学经典来看,没有翻译就没有经典。如果说源语创作是文学文本的今生,那么今生的生命是极为短暂的,是受到限定的;正是翻译,使得文学文本获得今生之后的"来生"。文学经典在不断被翻译的过程中获得"新生"和强大的生命力。因此,文学翻译不只是一种语言文字符号的转换,而且是一种以另一种生命形态存在的文学创作,是本雅明所认为的原文

---

① 郭建中编著:《当代美国翻译理论》,武汉:湖北教育出版社,2000年版,第4页。

② P. Newmark, *About Translation*, Clevedon: Multilingual Matters Ltd., 1991, p. 27.

③ 转引自黄忠廉:《变译理论》,北京:中国对外翻译出版公司,2002年版,第21页。

④ 罗新璋编:《翻译论集》,北京:商务印书馆,1984年版,第1页。

作品的“再生”(afterlife on their originals)。

文学翻译既是一门艺术,也是一门科学。作为一门艺术,译者充当着作家的角色,因为他需要用同样的形式、同样的语言来表现原文的内容和信息。文学翻译不是逐字逐句的机械的语言转换,而是需要译者的才情,需要译者根据原作的内涵,通过自己的创造性劳动,用另一种语言再现出原作的精神和风采。翻译,说到底是翻译艺术生成的最终体现,是译者翻译思想、文学修养和审美追求的艺术结晶,是文学经典生命形态的最终促成。

因此,翻译家的使命无疑是极为重要、崇高的,译者不是一般意义上的“媒婆”,而是生命创造者。实际上,翻译过程就是不断创造生命的过程。翻译是文学的一种生命运动,翻译作品是原著新的生命形态的体现。这样,译者不是“背叛者”,而是文学生命的“传送者”。源自拉丁语的谚语说:Translator is a traitor.(译者是背叛者。)但是我们要说:Translator is a transmitter.(译者是传送者。)尤其是在谈到诗的不可译性时,美国诗人罗伯特·弗罗斯特断言:“诗是翻译中所丧失的东西。”然而,世界文学的许多实例表明:诗歌是值得翻译的,杰出的作品正是在翻译中获得新生,并且生存于永恒的转化和永恒的翻译状态,正如任何物体一样,当一首诗作只能存在于静止状态,没有运动的空间时,其生命在某种意义上来说也就停滞或者死亡了。

认识到翻译所承载的历史使命,那么,我们的研究视野也应相应发生转向,即由文学翻译研究朝翻译文学研究转向。

文学翻译研究朝翻译文学研究的这一转向,使得“外国文学”不再是“外国的文学”,而是我国民族文化的一个有机的组成部分,并将外国文学从文学翻译研究的词语对应中解放出来,从而审视与系统反思外国文学经典生成与传播中的精神基因、生命体验与文化传承。中世纪波斯诗歌在19世纪英国的译介就是一个典型的例子。菲茨杰拉德的英译本《鲁拜集》之所以成为英国民族文学的经典,就是因为菲氏认识到了翻译文本与民族文学文本之间的辩证关系,认识到了一个译者的历史使命以及为实现这一使命所应该采取的翻译主张。所以,我们关注外国文学经典在中国的传播,目的是探究“外国的文学”怎样成为我国民族文学构成的重要组成部分以及对文化中国形象重塑方面所发挥的重要作用。因此,既要宏观地描述外国文学经典在原生地的生成和在中国传播的“路线图”,又要研究和分析具体的文本个案;在分析文本个案时,既要分析某一特定的经典在其原生地被经典化的生成原因,更要分析它在传播过程中,在次生地的重生和再经典化的过程和原因,以及它所产生的变异和影响。

因此,外国文学经典研究,应结合中华民族的现代化进程、中华民族文化的振兴与发展,以及我国的外国文学研究的整体发展及其对我国民族文化的贡献这一视野来考察经典的译介与传播。我们应着眼于外国文学经典在原生地的生成和变异,汲取为我国的文学及文化事业所积累的经验,为祖国文化事业服务。我们还应着眼于外国文学经典在中国的译介和其他艺术形式的传播,树立我国文学经典译介和研究的学术思想的民族立场;通过文学经典的中国传播,以及面向世界的学术环境和行之有效的中外文化交流,重塑文化中国的宏大形象,将外国文学译介与传播看成是中华民族思想解放和发展历程的折射。

其实,"文学翻译"和"翻译文学"是两种不同的视角。文学翻译的着眼点是文本,即原文向译文的转换,强调的是准确性;文学翻译也是媒介学范畴上的概念,是世界各个民族、各个国家之间进行交流和沟通思想感情的重要途径、重要媒介。翻译文学的着眼点是读者对象和翻译结果,即所翻译的文本在译入国的意义和价值,强调的是接受与影响。与文学翻译相比较,不只是词语位置的调换,也是研究视角的变换。

翻译文学是文学翻译的目的和使命,也是衡量翻译得失的一个重要标准,它属于"世界文学—民族文学"这一范畴的概念。翻译文学的核心意义在于不再将"外国文学"看成"外国的文学",而是将其看成民族文学的一个组成部分,是民族文化建设的有机的整体,将所翻译的文学作品看成是我国民族文化事业的一个重要的组成部分。可以说,文学翻译的目的,就是建构翻译文学。

正是因为有了这一转向,我们应该重新审视文学翻译的定义以及相关翻译理论的合理性。我们尤其应注意翻译研究的文化转向,在翻译研究领域发现新的命题。

四、外国文学的影像文本与新媒介流传

外国文学经典无愧为人类的文化遗产和精神财富,20世纪,当影视传媒开始相继涌现,并且在人们的日常生活中占据重要位置的时候,外国文学经典也相应地成为影视改编以及其他新媒体传播的重要素材,对于新时代的文化建设以及人们的文化生活,依然起着极其重要的作用。

外国文学经典是影视动漫改编的重要渊源，为许许多多的改编者提供了灵感和创作的源泉。自从1900年文学经典《灰姑娘》被搬上银幕之后，影视创作就开始积极地从文学中汲取灵感。据美国学者林达·赛格统计，85%的奥斯卡最佳影片改编自文学作品。[①] 从根据古希腊荷马史诗改编的《特洛伊》等影片，到根据中世纪《神曲》改编的《但丁的地狱》等动画电影；从根据文艺复兴时期《哈姆雷特》而改编的《王子复仇记》《狮子王》，到根据18世纪《少年维特的烦恼》而改编的同名电影；从根据19世纪狄更斯作品改编的《雾都孤儿》《孤星血泪》，直到帕斯捷尔纳克的《日瓦戈医生》等20世纪经典的影视改编；从外国根据中国文学经典改编的《花木兰》，到中国根据外国文学经典改编的《钢铁是怎样炼成的》……文学经典不仅为影视动画的改编提供了丰富的素材，也通过这些新媒体使得文学经典得以传承，获得普及，从而获得新的生命。

考虑到作为文学作品的语言艺术与作为电影的视觉艺术有着各自不同的特点，在论及文学经典的影视传播时，我们不能以影片是否忠实于原著为评判成功与否的绝对标准，我们实际上也难以指望被改编的影视作品能够完全“忠实”于原著，全面展现文学经典所表现的内容。但是，将纸上的语言符号转换成银幕上的视觉符号，不是一般意义上的转换，而是从一种艺术形式到另一种艺术形式的“翻译”。既然是“媒介学”意义上的翻译，那么，忠实原著，尤其是忠实原著的思想内涵，是“译本”的一个不可忽略的重要目标，也是衡量“译本”得失的一个重要方面。

对于文学作品改编成电影应该持有什么样的原则，国内外的一些学者存在着不尽一致的观点。我们认为夏衍所持的基本原则具有一定的科学性。夏衍先生认为：“假如要改编的原著是经典著作，如托尔斯泰、高尔基、鲁迅这些巨匠大师们的著作，那么我想，改编者无论如何总得力求忠实于原著，即使是细节的增删改作，也不该越出以致损伤原作的主题思想和他们的独特风格，但，假如要改编的原作是神话、民间传说和所谓‘稗官野史’，那么我想，改编者在这方面就可以有更大的增删和改作的自由。”[②]可见，夏衍先生对文学改编所持的基本原则是应该按原作的性质而有所不同。而在处理文学文本与电影作品之间的关系时，夏衍的态度

① 转引自陈林侠：《从小说到电影——影视改编的综合研究》，北京：中国社会科学出版社，2011年版，第1页。

② 夏衍：《杂谈改编》，《中国电影理论文选》(上册)，罗艺军主编，北京：文化艺术出版社，1992年版，第498页。

是:“文学文本在改编成电影时能保留多少原来的面貌,要视文学文本自身的审美价值和文学史价值而定。”①

文学作品和电影毕竟属于不同的艺术范畴,作为语言艺术形式的小说和作为视觉艺术形式的电影有着各自特定的表现技艺和艺术特性,如果一部影片不加任何取舍,完全模拟原小说所提供的情节,这样的“译文”充其量不过是“硬译”或“死译”。从一种文字形式向另一种文字形式的转换被认为是一种“再创作”,那么,从艺术的一种表现形式朝另一种表现形式的转换无疑更是一种艺术的“再创作”,但这种“再创作”无疑又受到“原文”的限制,理应将原作品所揭示的道德的、心理的和思想的内涵通过新的视觉表现手段来传达给电影观众。

总之,根据外国文学经典改编的许多影片,正是由于文学文本的魅力所在,也同样感染了许多观众,而且激发了观众阅读文学原著的热忱,在新的层面为经典的普及和文化的传承作出了应有的贡献,同时,也为其他时代的文学经典的影视改编和新媒体传播提供了借鉴。

在长达数千年的历史长河中,对后世产生影响的文学经典浩如烟海。《外国文学经典生成与传播研究》涉及面广,时间跨度大,在有限的篇幅中,难以面面俱到,逐一论述,我们只能选择最具代表性的经典作品或经典文学形态进行研究,所以有时难免挂一漏万。在撰写过程中,我们紧扣“生成”和“传播”两个关键词,力图从源语社会文化语境以及在跨媒介传播等方面再现文学经典的文化功能和艺术魅力。

---

① 颜纯钧主编:《文化的交响:中国电影比较研究》,北京:中国电影出版社,2000年版,第329页。

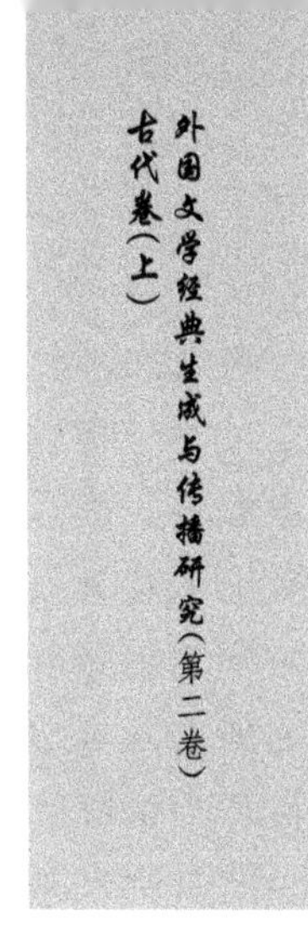

绪 论

人类童年的悠远的回声

本卷所论及的外国古代文学经典，是指远古和中古的文学经典。本卷主要论述古埃及等古代东方国家的文学经典、古希腊罗马等古代西方国家的文学经典，以及中世纪的外国文学经典的生成与传播。

古代外国文学经典，经过漫长时间的洗礼，不仅具有审美价值，而且具有重要的认知价值，是人类起源以及人类童年时代生活的真实展现和珍贵记录。超越时空而流传下来的古代外国文学经典，无疑是人类一份珍贵的文化遗产，是人类童年时代穿越时间隧道而发出的悠远的回声。

古代文学经典生成的过程，在一定意义上是人类对自然和社会的认知过程。如荷马史诗具有重要的史料和文献价值，反映了氏族社会向奴隶制社会过渡时期的社会场景和风土人情，被称为“古代的百科全书”[①]。但丁《神曲》的“百科全书”性质同样被人们所认知，老舍说：“《神曲》里什么都有，……中世纪的宗教、伦理、政治、哲学、美术、科学都在这里。”[②]

尤其是荷马史诗中的战争，已经不完全是为了部落集体的利益，而是变成了奴隶主们掠夺财物、劫取奴隶的手段，独特地反映了过渡时期的本质特征。而《奥德修纪》中所表述的家庭悲欢离合，突出体现了英雄人物的勇敢机智以及为维护私有财产和家内奴隶所展开的斗争。这一事件充分说明奴隶制生产关系已经形成，一夫一妻制的家庭关系已经确立，史诗中对佩涅洛佩忠于夫君的赞扬，也是旨在确立新的家庭伦理道德规范。

---

① 引自西方古典学者哈夫洛克（E. A. Havelock）的观点，参见陈中梅：《神圣的荷马——荷马史诗研究》，北京：北京大学出版社，2008 年版，第 3 页。

② 老舍：《老舍文艺评论集》，合肥：安徽人民出版社，1982 年版，第 37 页。

而作为古希腊人民留给后世的口头文学遗产希腊神话,则是人类认知自然和人类自身的典型体现。希腊神话中人神同形同性,人性与神性相映成趣,神性的探索包涵着人性的奥秘。因此,希腊神话洋溢着人类认知自然、寻求宇宙奥秘的辩证思想,譬如,有关司农女神得墨忒耳及其女儿珀尔塞福涅的故事,就通过丰富的想象,解释了一年中的时序的更替和季节的变化。正如马克思所说:"任何神话都是用想象和借助想象以征服自然力,支配自然力,把自然力加以形象化;因而,随着这些自然力实际上被支配,神话也就消失了。"①可见神话在人类认知自然的过程中所发挥的作用。尤其是其中的斯芬克斯、美杜莎、达那俄斯等相关传说,更是折射了人类最初的伦理选择、对自然力的恐惧,以及人类从群婚制朝血缘婚姻的过渡。而特洛伊战争的起因——金苹果的纠纷以及帕里斯的选择,更是反映了古代希腊人追求现实生活享受的朴实的现世主义思想。可见,希腊神话"反映了阶级社会前人类生活的广阔图景,也以数以千计的人物形象表现了当时的社会风貌和人类童年时代的自尊、公正、刚强、勇敢的精神"②。

古代外国文学经典是认知批评的难得的珍贵文本。认知科学认为:"物质的本质、宇宙的起源、生命的本质和智能的呈现是人类关注的四个基本问题。认知科学、思维科学和人工智能等学科的研究都与四个基本问题之一的'智能的呈现'密切相关。"③外国古代文学经典的生成过程,是人类文明和人类发展进步的宝贵财富。原始时期文学的一个重要特征便是诗歌、音乐、舞蹈这三者的合一(三位一体)。这也从一个方面说明,诗歌是最初的艺术形式,在其诞生之后才有了其他的艺术形式。从劳动歌谣、巫术以及原始宗教等各个方面起源的人类文学艺术,记录了人类在童年时代成长的历程,尤其是在没有其他文献记载的远古时代,古代文学经典具有重要的文献价值,对于人类学、经济学、法学、军事学、民俗学等许多领域的研究,都具有重要的原始文献价值。而古代埃及的《亡灵书》,体现了古埃及人对生命与死亡的独特理解。古代埃及人相信,生命并不因为肉体的死亡而消逝,肉体死亡之后,灵魂依然延续着生命的存在,并

---

① 马克思:《〈政治经济学批判〉导言》,马克思、恩格斯:《马克思恩格斯选集》(第二卷)(第三版),中共中央马克思恩格斯列宁斯大林著作编译局编译,北京:人民出版社,2012年版,第711页。

② 楚图南:《〈希腊的神话和传说〉后记》,斯威布:《希腊的神话和传说》(下),楚图南译,北京:人民文学出版社,1958年版,第869页。

③ 张淑华等编著:《认知科学基础》,北京:科学出版社,2007年版,第1页。

且以独特的方式实现生命的意义：在下界经受各种磨炼，以复归上界，获得复生。古代埃及人“相信人的肉体死去之后，他们以为死亡并不是人生的毁灭，不过是人的生命从一个世界转移到另一个世界，死仿佛意味着生活的另一阶段。古埃及人认为死后的生活，是人间生活的一种特殊形式的连续。他们把死后的世界，描写为人间世界的变相”[①]。这种原始的宗教理念，以及王权神化、神王合一等思想的发展，对于《亡灵书》等文学经典的生成无疑具有重要的作用。

如果说古代文学经典生成的过程是人类对自然和社会的认知过程，那么文学经典的传播则是人类以维持生存发展的“种性机能”[②]而获得超越其他物种的飞速发展的典型体现。无论是口口相传的“脑文本”，还是因为文字的产生而记录下来的实物文本，这样的传播手段、方式或媒介的更新，都伴随着人类的进步和发展的进程。传播速度的快慢直接关联着人类的发展与文明的进程。考古学的相关研究亦充分表明：“一部文明演进史就是一部文化传播史。”[③]

本卷第一章就是主要探究古代外国文学经典的传播媒介和传播途径。古代文学经典经历了多种传播途径，经历了象形文字、楔形文字等多种书写形式，以及到成熟的拼音文字的历程，而且历经了从纸草、泥板、竹木、陶器、青铜直到活字印刷术等多种传播媒介的变换和发展。这些传播媒介和途径的发展和变迁，为文学经典的传播奠定了基础。而且，传播媒介的形成和变异，与文学经典的生成与传播密切相关。纸草和象形文字的使用促进了《亡灵书》的生成与传播，楔形文字与泥板的使用促进了《吉尔伽美什》的流传，而印刷术的产生和发展使得文学经典的传播不再依赖繁杂的人工抄写，在人类文明史上以及文学经典的生成和传播过程中产生了革命性的作用。

在人类童年阶段，人们有着对自然力的恐惧，以及对人的存在之谜的探究，本卷第二章、第三章、第四章所涉及的吠陀文学、圣经文学以及希腊神话等文学经典，便是人类童年时代精神和生活状态的一种折射，也是现代文学发展的最初源泉。吠陀文学中的《阿闼婆吠陀》和《梨俱吠陀》，具有强烈的巫术乞灵性质，其巫术咒语涵盖了当时人们精神与物质生活的

---

① 刘汝醴：《古代埃及艺术》，上海：上海人民美术出版社，1985 年版，第 6 页。

② 周月亮：《中国古代文化传播史》，北京：北京广播学院出版社，2000 年版，第 1 页。

③ 同上书，第 6 页。

各个方面。尤其是祈祷疾病痊愈等诗作,与当下文学与医学研究中的文学医治功能或疗伤功能一脉相承。而圣经文学的独特性,主要也就在于其中所体现的文学与宗教、文学与历史的紧密缠绕,在一定程度上论证了“经典”一词与宗教的最为直接的关联。在外国文学经典生成的渊源中,劳动歌谣、巫术、宗教活动等都起了一定的作用。尤其是宗教,特别是《圣经》、佛经、《古兰经》等宗教经典,作为一种博大精深的文化现象,对外国文学经典所产生的影响,不仅体现在思想价值观念方面,而且体现在文学作品艺术形式的构成方面。尤其是《圣经》,不仅促使了文学与宗教的交融,为作家的创作带来了思想方面的深层思索,而且其本身作为文学文本所具有的象征、隐喻、讽刺、比喻等技巧以及丰富多样的文学样式,极大地拓展了文学的抒情和叙事方式,深深地影响了经典的生成与文学的进程。《圣经》因而成了西方文学创作灵感的渊源。“因为《圣经》包含了大量的西方文学作品中的各种原型。诺思洛普·弗莱把《圣经》称作‘文学象征渊源之一’。他还断言,由于《圣经》具有丰富的原型内容,熟读《圣经》便成为全面了解文学的必要前提。”[①]

希腊神话也与圣经文学一样,其惊人的艺术魅力和认知价值就在于其以丰富的想象力和凝练的语言探究宇宙的起源和人类的奥秘。

如今,文学已经发展成为人类生活中必不可少的一个重要组成部分,我们如果将如今的文学比作一棵枝繁叶茂的参天大树,那么,这棵大树是植根于古代土壤之中的。本卷第五章、第六章、第七章则是从叙事文学的最初代表作品荷马史诗、抒情文学的最初代表古希腊抒情诗以及戏剧文学的最初代表古希腊戏剧等三个方面,探究这三种文学类型最初的生成和相应的传播,以及对现代文学所产生的深远影响。荷马史诗无疑是西方叙事传统的一个重要源头,无论是浓缩在51天里的宏大的战争场面还是长达10年的漂泊经历和家庭的悲欢离合,无论是铺陈还是倒叙,都在艺术结构方面为后世提供了卓越的典范。而古希腊抒情诗中所体现的思想层面的个性意识觉醒以及艺术层面的诗与音乐的关联,都体现了抒情诗的本质特征,尤其是诗的音乐性,正是诗之所以为诗的灵魂所在。萨福、阿尔凯奥斯、阿那克里翁等琴歌诗人,无论在主题还是在技艺方面,都体现了现代意义上的抒情诗的基本概念,为抒情诗艺术的最终形成做出了突出的贡献。正是基于史诗和抒情诗,古希腊戏剧才得以生成。古希

---

① 勒兰德·莱肯:《圣经文学》,徐钟等译,沈阳:春风文艺出版社,1988年版,第13页。

腊戏剧在语言和诗体形式上得益于史诗和抒情诗，在题材上无疑受惠于古希腊神话，而《俄狄浦斯王》等经典悲剧中的悖论特征则反映了当时平民阶层与氏族贵族之间复杂的矛盾和政治冲突。正是所有这些因素的联合作用，促使了古希腊经典悲剧的生成。

作为古希腊文学的直接传承者，古罗马文学对古希腊文学的继承与创新，同样是不可忽略的。从本卷第八章所探讨的古罗马文学经典的生成与传播中我们可以看到，古罗马文学的生成首先是一个希腊化过程，与广泛译介古希腊文学经典密切相关。正是对古希腊文学的翻译，才促使古罗马文学的生成与发展。很难想象，如果没有荷马史诗，又怎会生成《埃涅阿斯纪》呢？正是对古希腊文学的借鉴，古罗马文学的"黄金时期"才得以形成。这一点，对于我们学习和借鉴外来文化是极具启迪意义的。

本卷从第九章起所探讨的是中世纪文学经典。第九章所探讨的波斯诗歌和第十章所探讨的《源氏物语》是这一时期东方文学的杰出代表。波斯诗歌的生成与发展与伊斯兰教中的神秘主义理论苏非主义有着密切的关联，而波斯作为诗国的确立以及《鲁拜集》等波斯经典诗歌的国际影响，都离不开翻译的介入。正是菲茨杰拉德的不朽翻译使得波斯诗歌作品成为不朽的经典。而作为日本里程碑式的重要作品《源氏物语》，无论是作为写实小说还是作为长篇小说，都在世界叙事文学的发展过程中占据重要的地位。

在西方文学中，中世纪作为宗教神权统治一切的时代，其文学一方面成了神学的奴仆，另一方面又在一定的程度上展现了人文主义思想的先声。第十一章所论及的英雄史诗和第十二章所论及的骑士文学，都体现了近代民族文学的特性。而第十三章所论及的但丁的《神曲》，不仅是宗教层面的"地狱—炼狱—天堂"这一宏大的结构，而且更是体现了中世纪人们从陷入迷惘到经过磨炼，最后达到至善至美的一个时代的精神诉求。

外国文学经典的生成与传播，离不开翻译。翻译是应对语言的隔阂而产生的。根据神话传说，人类最初的语言是一致的，但是上帝害怕人类因语言一致导致思想一致从而联合起来对付他，因此便将人类的语言变乱，使人类不能共享信息。所以，翻译从一开始就是一种反抗上帝、让人类共享信息的行为。翻译使受到时空限定的文学作品成为人类的共同财富。

古代文学经典的生成实例充分说明了这一点。如《一千零一夜》本身是由波斯(包括印度)、伊拉克、埃及三个地区的故事汇集而成的。最早来源是波斯故事集《一千个故事》,讲的是印度的奇闻逸事,由梵文译为古波斯文,后译成阿拉伯文得以传播。中古波斯的《鲁拜集》,正是因为有了菲茨杰拉德的英译才引起关注,得以成为文学经典。文学翻译是世界各个民族和各个国家之间进行文化交流和沟通思想感情的重要途径。而文学经典的产生和发展,不仅体现了外国文学与本民族文学的融合,而且也与社会的发展和时代的进步发生着紧密的关联。实际上,正是有了文学翻译活动,世界文学才得以产生,一部世界文学史在一定意义上也是一部翻译文学史和文化交流史。

古代外国文学经典在我国的传播同样离不开翻译。一个多世纪以来,经过我国翻译家和外国文学学者的不懈努力,许多优秀的古代外国文学经典都被译成了中文,成为我国文化建设中的一个有机组成部分。杨宪益翻译的《荷马史诗》、罗念生翻译的古希腊悲剧以及《诗学》等理论著作、杨周翰翻译的《埃涅阿斯纪》、朱维基翻译的《神曲》、方重翻译的《乔叟文集》、张鸿年和张晖等学者翻译的18卷"波斯经典文库"、季羡林翻译的《罗摩衍那》《沙恭达罗》、金克木等翻译的《摩诃婆罗多》、丰子恺翻译的《源氏物语》、杨烈翻译的《万叶集》、郭沫若翻译的《鲁拜集》等,都在我国文化发展中发挥了应有的作用,与我国的思想解放以及文化事业的进程同步发展。可以说,外国文学经典的传播是中华民族思想解放和文化发展历程的折射。

同时,我们也应看到,我国的翻译文学真正开始于19世纪与20世纪之交,大规模的外国文学译介则始于五四运动。因此,几千年的外国文学经典,无论是古代还是近代或是当代,无论是史诗、诗剧、神话还是小说、散文、抒情诗,无论是传统经典还是现代主义作品,都在差不多的同一时间段里译介到中文世界。结果,各个时期的外国文学经典的渊源关系受到忽略。对古代外国文学经典的接受也是混淆在其他时期的文学经典之中。跨越数千年的多种文学思潮的文学经典同时译介,对我国文坛所产生的影响也是颇为错综复杂的。

如同翻译,改编对于文学经典的生成与文化的传承同样具有重要的作用,许多文学经典的生命力是在改编的状态中得以实现和完善的。"电影和电视可以利用拍摄、剪接、特技、特写、电脑等技巧,将文学、美术、音乐、戏剧、摄影、光学、声学、电子科学等集合于一身,使电影和电视具备了巨大而又独特的表现能力,它们把文学名著中的语言描述,变成了直接可视可感的银幕形象或屏幕形象，就使得观赏者获得了更大的愉悦和多方面的艺术享受。”[①]这些银屏形象在展现复杂的事件和情节方面比语言文字更为直观，甚至更为生动。就拿神话故事来说，“甚至连复杂的神话事件如今也能完全被银屏形象所陈述或转述”[②]。在新的历史条件下，古代外国文学经典也是新媒体改编和跨媒体流传的重要资源，这在一定意义上为外国文学研究拓展了新的领域和生存空间。由荷马史诗改编的电影《特洛伊》和《木马屠城》，由骑士传奇改编的电影《特里斯坦与伊索尔德》，由《神曲》改编的多种动画电影，由英雄史诗《贝奥武甫》而改编的同名动画电影……所有这些，不仅普及了外国文学经典，而且为新媒体传播和改编提供了创作的源泉和智慧的想象。优秀的外国文学经典可以成为我国新时代文化建设可借鉴的重要文化财富，反之，新媒体改编和跨媒体流传对于文学经典的传承也同样具有独特的意义。

本卷所涉及的外国古代和中古文学经典，时间跨度大。在自公元前3000年到中世纪的漫长历史进程中，出现了《亡灵书》《吉尔伽美什》、荷马史诗、《埃涅阿斯纪》、英雄史诗、《神曲》《源氏物语》《鲁拜集》等一系列外国文学经典。这些文学经典是人类文化的珍贵的遗产。研究这些经典产生的语境以及其在产生、译介和流传过程中的发展、变异和成熟，对于学习先进文化无疑具有重要的启迪意义。同样，研究中华民族对外国文学经典的借鉴和接受，在一定意义上是探究民族精神成长历程的一个重要途径。

---

① 赵凤翔、房莉：《名著的影视改编》，北京：北京广播学院出版社，1999年版，第22页。

② Roger D. Woodard ed., *The Cambridge Companion to Greek Mythology*, Cambridge: Cambridge University Press, 2007, p. 454.

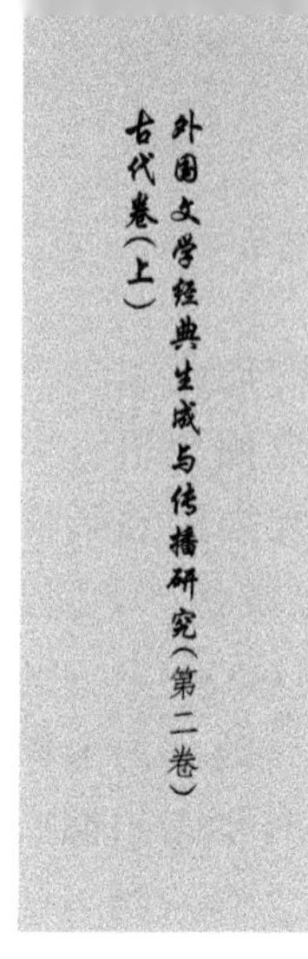

第一章
外国古代文学经典的传播媒介

外国古代文学经典在流传过程中,其传播媒介和传播途径多种多样,各不相同,经历了从纸草、泥板、竹木、陶器、青铜等多种传播媒介的变换和交替,也经历了口头流传、行咏、收集整理及改编、舞台演出等多种传播途径的变换,而且还伴随着象形文字、楔形文字、拼音文字等多种书写形式的演变。

特别是11世纪左右,毕昇发明活字印刷术——这是印刷业的一次革命,对世界文化发展有着深远影响。活字印刷术传入欧洲后,有力推动了其文艺复兴和宗教改革的进程以及文学经典的流传。

第一节 纸草与象形文字的使用以及《亡灵书》的流传

古代埃及诗歌是人类历史上最为古老的书面文学形式,大约产生在公元前3000多年到公元后的几百年,最早的至今已有近5000年的历史。在古埃及的史前时期和古王国时期(前3200—前2280),就已经产生歌谣、祷文等文学体裁。

古代埃及文学中,最重要的是《亡灵书》(*The Book of the Dead*),这是古埃及人写在纸草上而置于死者陵墓中的诗作,包括各种咒语、祷文、颂诗、歌谣等。诗集中最早的创作是公元前3500年时的作品,大部分则是公元前2000年到公元前1800年间的中王国时期的创作。这部作品之所以得以流传至今,与古埃及特有的传播途径密切相关,也与古埃及特定的历史文化和地理环境有关。

在古埃及的重要诗集《亡灵书》的生成与传播过程中，为"亡灵"服务这一创作特性使得这部作品不能靠口口相传，于是，作为介质的纸草就成为这一传播过程中一个得天独厚的重要媒介。纸草与象形文字是其中发生作用的重要因素，不仅使得《亡灵书》在当时发挥了应有的作用，也使得它得以流传下来。

纸草(papyrus，英文中的"paper"即是由"papyrus"演变而来的)是古代尼罗河两岸沼泽中生长的植物，类似于芦苇，在植物学上的学名为"纸莎草"[1]。以纸草记录的文献称为纸草文献。它最初产生的时间已经难以考证。现存最早的纸草文献是从出土的公元前3500年埃及的木乃伊盒中发现的。一般认为，公元前25世纪以后，纸草成为古埃及人最主要的书写材料，也是古代图书馆所藏文献的主要形式。纸草于公元前5世纪传入希腊，后又传入罗马。

由于纸草是一种理想的书写材料，古埃及人们才会乐意使用。正是因为有了这一特产，古代埃及人得以创制纸草纸张，使得重要文献资料得以保存和流传。于是，古埃及的书面文学文本成为人类历史上最早的书面文本也就不足为奇了。古罗马作家普林尼(Gaius Plinius Secundus，23—79)强调了纸草对于人类生活的实质作用，认为："文明生活中的点点滴滴都极大地取决于纸草的运用。"[2]在其重要著作《自然史》(*Naturalis Historia*，又译《博物志》)的第13卷第22章中，普林尼详细记叙了纸草纸以及纸草文献的制作过程：纸张是用纸草制作的，纸草去掉外皮，将主茎切成薄薄的长条，并且尽可能地让薄片切得宽一些。高质量的薄片是最中心的部分。这些薄薄的长条随后放在平板上，铺成两层。其中第一层所有的长条平行地横向铺展；第二层则铺在第一层的上面，所有的长条平行地纵向铺展。经过挤压，纸草内的汁液被压了出来，形成天然的胶水，使得上下两层紧紧地粘在一起，经阳光晾干后，用象牙或者贝壳进行打磨，便于书写，然后把边缘修剪整齐，就成为纸草纸。书写时，把多张纸草纸(一般不超过20张)粘接在一起，便形成一个卷轴。[3]

在纸草纸张尚未普及之前，人们也尝试用其他材料书写，普林尼在《自然史》中同样做了描述："早期，人们主要用棕榈的叶子来进行书写，后

① J. R. 哈里斯：《埃及的遗产》，田明等译，上海：上海人民出版社，2006年版，第175页。

② Pliny, *The Natural History of Pliny*, John Bostock & H. T. Riley trans., Bohn's Classical Library, Vol. III, London: G. Bell & Sons, 1898, p. 185.

③ Ibid., pp. 186—189.

来用树皮书写。随后的时代,公共文件记载在铅块上,私人的备忘录则记在亚麻布上,或者刻在蜡版上。"①

纸草文献为各国学者所重视,以至于19世纪下半叶产生了专门的研究学科——纸草文献学(papyrology)。"纸草的使用不仅在当时埃及流行,而且后来还不断外传,一度成为古希腊、古罗马乃至中世纪初期的主要书写材料。"②当然,纸草也曾在古代地中海东部地区大量使用,而且在整个罗马帝国时代,纸草仍是属于首位的书写材料。只是进入中世纪之后,纸草的这种优势地位逐渐被羊皮纸所取代。"到公元8、9世纪,随着中国造纸术西传和纸张的大量生产,延续了4000年之久的纸草纸最终被造价便宜的纸张所取代。"③

使得《亡灵书》等重要文献得以流传的另一个重要因素是象形文字(Egyptian hieroglyphs)。Hieroglyphs(希腊文单词ίερογλύφος)是希腊语"神圣"(ίερος)与"铭刻"(γλύφειν)组成的复合词,即"神的文字"。"古埃及的文字产生于公元前4000年左右,它脱胎于原始社会中的图画和花纹。当氏族中大部分人都能理解一个图画代表的意思时,这个图画也就开始向简单化发展,这个时候文字就产生了。"④有学者把文字视为人类从野蛮进入文明状态的主要标志和"分水岭"⑤。

埃及象形文字是古代埃及人将语标和字母要素结合在一体的一种书写体系。很多学者认为:"埃及象形文字的产生略晚于苏美尔文字,而且……大概是在后者的影响之下得以产生的。"⑥但也有学者指出,"这一直接影响的根据是不足信的",而且声称"有可靠的证据说明埃及的书写是独立发展的"。⑦

《亡灵书》被认为是人类最古老的书面文学,成书于公元前3500至公

① Pliny, *The Natural History of Pliny*, John Bostock & H. T. Riley trans., Bohn's Classical Library, Vol. III, London: G. Bell & Sons, 1898, p. 186.

② 文言主编:《文学传播学引论》,沈阳:辽宁人民出版社,2006年版,第56页。

③ 令狐若明:《埃及学研究:辉煌的古埃及文明》,长春:吉林大学出版社,2008年版,第276页。

④ 赵勇编著:《古埃及文明读本》,北京:中国档案出版社,2005年版,第157页。

⑤ 摩尔根:《古代社会》,转引自拱玉书等:《苏美尔、埃及及中国古文字比较研究》,北京:科学出版社,2009年版,第1页。

⑥ Geoffrey Sampson, *Writing Systems: A Linguistic Introduction*, Stanford: Stanford University Press, 1990, p. 78.

⑦ Simson Najovits, *Egypt, Trunk of the Tree: A Modern Survey of an Ancient Land*, New York: Algora Publishing, 2004, pp. 55-56.

元前1800年间。它的生成，与原始状态的宗教密切相关。古埃及人的世界观是“万物有灵论”(Animism)，古埃及人认为：人在世上死亡后，灵魂是不灭的，灵魂经由瀑布进入下界，只有在下界经过种种劫难、渡过重重难关，才能复归上界，回到原遗体之中，得以再生。这也是古埃及人特别注重保护遗体的原因。为了在下界一切顺利，他们准备了供亡灵在下界游历所使用的书，即《亡灵书》。

《亡灵书》与其他埃及古代文献一样，是写在纸草上的，并且留在墓穴里，或者刻在神庙的墙壁和雕塑的底座上而得以保存和流传。其中包括咒语、赞美诗等类型。

古埃及《亡灵书》的发展，大约经历了三个阶段，各个阶段都有相应的《亡灵书》的版本。

第一个版本，主要是由赫利奥波利斯的“安努”学派祭司编辑的，被称为赫利奥波利斯版本(the Heliopolitan version)，主要是第五王朝和第六王朝以象形文字的形式刻在一些国王金字塔墓穴的石壁和通道中的，也有一部分是十一王朝之后在石棺等处发现的。

第二个版本是底比斯版本(the Theban version)，该版本是以象形文字写在纸草上的，分成若干篇章，并且带有标题，但具体排序并不确定，主要通用于第十八王朝至第二十王朝。

第三个版本称为赛特版本(the Saïte version)，大约写于第二十王朝至第二十六王朝期间，章节的排列具有一定的顺序，内容是用象形文字或僧侣体所写的，主要通用于第二十六王朝至托勒密王朝时期。

古埃及的著名诗集《亡灵书》得以认知和传播，与象形文字的破解以及翻译密切相关。

《亡灵书》在中世纪就被人们重新发现，只不过人们对其内容无法破译。《亡灵书》的第一部现代摹写是于1805年由拿破仑埃及远征队成员完成的。1822年，法国古典学者尚博良(Jean-Francois Champollion)开始翻译象形文字，在前辈学者杨格(Thomas Young)的研究基础上，取得了重要突破。他考察了部分《亡灵书》纸草，确定其为葬礼仪式用品。1842年，莱普休斯(Karl Richard Lepsius)翻译了托勒密时代的手稿，以《亡灵书》为名出版。他还介绍了咒语编号方式，鉴别了165篇不同的咒语。

1875年至1886年，纳维尔(Edouard Naville)编辑了三卷集《亡灵书》，共186篇，包括插图以及变体，并且做了较为详尽的注解。

大英博物馆的华理士·布奇(E. A. Wallis Budge)所编撰的《亡灵书》于1895年出版,1913年修订再版。该版本包括象形文字版和英文翻译,并且附有长篇导言,全书由"导言"和"译文"两个部分组成,译文部分共搜集《亡灵书》纸草37片,共186首,是一个较为流行的版本。

而艾伦(T. G. Allen)的英译本(1974)和福克纳(Raymond O. Faulkner)的英译本(1972),语言更为流畅,也增添了得以鉴别的咒语,总数达到了192首。

《亡灵书》在中文世界的翻译与传播,是由锡金先生开创的。锡金先生所译的《亡灵书》于1957年由吉林人民出版社出版,该书在我国的古埃及诗歌译介方面具有开拓性意义。全书篇幅不长,只有45页,共选27篇,每篇长短不一,内容繁杂,广泛描写了当时的人们热爱生命、崇拜神灵的思想意识和社会风貌。

锡金的译本是从赫里耶(Robert Hillyer)的英译本翻译的。赫里耶的英文译本是一个选本,总共68页,于1923年出版。[①] 由于赫里耶本人是一位颇有成就的诗人,所以他的译文诗意浓郁。锡金先生的译文则以忠实取胜,也较好地表现了英译者的精练与文采。自1957年至20世纪末,我国对《亡灵书》的认知,主要集中在锡金先生的译本以及飞白先生的数篇翻译。相对于锡金先生,飞白先生的译文显然更为流畅,也更富有诗意。他一改锡金稍显笨拙的语句和原始粗犷的格律,使译文措辞凝练,格律严谨,结构匀称,适合现代读者阅读欣赏。

进入21世纪之后,我国对《亡灵书》的译介进入了一个新的发展时期。大英博物馆的华理士·布奇所编撰的《亡灵书》以及福克纳的《亡灵书》都先后被翻译成中文出版。

华理士·布奇的《亡灵书》于2001年由京华出版社出版,书名为《埃及亡灵书》,由罗尘根据1913年修订本翻译。但是,可能由于篇幅的限定,在翻译过程中,有较多的删节。

福克纳的《亡灵书》,中译本取名为《古埃及亡灵书》,由文爱艺翻译,吉林出版集团有限责任公司于2010年出版。

---

① Robert Hillyer trans., *The Coming Forth by Day: An Anthology of Poems from the Egyptian Book of the Dead*, Boston: B. J. Brimmer Company, 1923.

第二节 楔形文字与泥板的使用以及《吉尔伽美什》的流传

如果说，人类最早的书面文学《亡灵书》的生成与传播依赖于象形文字和纸草，那么，人类最早的史诗《吉尔迦美什》的生成和传播则有赖于楔形文字和泥板了。

楔形文字英文叫 Cuneiform，来源于拉丁语，是 Cuneus（楔子）和 Forma（形状）两个单词构成的复合词，所以楔形文字也叫钉头文字或箭头字。学界认为，楔形文字产生于 5000 多年以前，而且使用时间长达 3500 多年，是通过对图画式文字简化、规范化和表音化发展而来的。“楔形文字书写系统历经几个发展阶段，从公元前 34 世纪一直使用到公元 1 世纪。”[①]以下的“头”字的变化典型地体现了楔形文字书写发展变化：

第一阶段是在公元前 3000 年左右的“头”字。

第二阶段是在公元前 2800 年左右的“头”字，可见与第一阶段相比，该象形文字只是发生了旋转。

第三阶段是在公元前 2600 年左右的“头”字，这时，字形变得抽象，采用的是碑文体。

第四阶段在时间上与第三阶段同步，主要是写在泥中的标记。

第五阶段是公元前 2500 年至公元前 2000 年间的“头”字。

第六阶段是公元前 2000 年至公元前 1000 年间的“头”字。

第七阶段是公元前 1000 年至公元前 500 年间的“头”字，字形已经得到简化。

到了罗马帝国时代，楔形文字逐渐被字母拼写所取代。“楔形文字，连同古埃及的象形文字，在长达 3500 年的时间里，是古代文学与文明的两个主要媒介。”[②]

---

① Lesley Adkins, *Empires of the Plain: Henry Rawlinson and the Lost Languages of Babylon*, New York: St. Martin's Press, 2003, p. 47.

② C. B. F. Walker, *Reading the Past: Cuneiform*, Oakland: University of California Press, 1987, p. 6.

位于幼发拉底和底格里斯两河流域(美索不达米亚)的巴比伦,与古埃及一样,也是人类文明的发源地之一。早在公元前3000多年,苏美尔人和阿卡德人就定居于此。到了公元前2371年,阿卡德的统治者统一了苏美尔等城邦,建立了中央集权制的阿卡德王国。公元前1894年,幼发拉底河东岸建立了古巴比伦王国。公元前18世纪,古巴比伦消灭了阿卡德王国,统一了两河流域。在公元前3000多年的苏美尔—阿卡德时代,两河流域就创建了原始的楔形文字,后来古巴比伦等也继承了苏美尔的文化传统,形成了人类古老的文学宝库中的苏美尔—巴比伦文化。

由于苏美尔人是两河流域楔形文字的最早发明者,所以最古老的同时也是最重要的楔形文字也就相应地被称为"苏美尔楔形文字"。"苏美尔楔形文字广泛使用于苏美尔时期,到了巴比伦和亚述时期,苏美尔语作为口语已为阿卡德语所取代,但其文字仍继续被学习和使用,在政府公文、法律文书和王室铭文中仍常用阿卡德语和苏美尔语双体文字书写,亚述巴尼拔国王就曾自诩通晓苏美尔文。希腊化时期则还发现有用希腊字母抄写的苏美尔楔文泥版。"①

楔文泥版即用尖端呈楔形的芦苇管将具有象征意义的楔形文字符号刻在潮湿的泥板上,然后将其晾干或在窑中烘干。由于当时的两河流域受自然条件的限制,缺少纸莎草类植物,也没有石块可供使用,所以人们便使用黏土制成泥板,在上面刻写、记载作品。正是凭借这些泥板,许多珍贵文献得以流传。随着时间的流逝,这些文献又逐渐汇入楔形文字图书馆中,从而得以保存。

考古学家发现的古楔形文字图书馆,对于楔形文字文献的发掘和传播极为重要。在古叙利亚首都尼尼微的废墟中发现的图书馆是其中最重要的一个,该图书馆保存了1500多个楔形文本资料,其中包括最古老的楔形文字文献。这些楔形文本文献是公元前668年至公元前627年间,古叙利亚的亚述巴尼拔王(Ashurbanipal)所收集的。被誉为迄今为止已经发现的人类历史上最古老的史诗作品《吉尔伽美什》(*Gilgamesh*),就收藏在这个图书馆中。

《吉尔伽美什》这部史诗共有3000多行,用楔形文字分别刻在12块黏土板上。这部经典史诗作品就是凭借这些泥板才得以流传。《吉尔伽美什》大概写作于公元前2000年,汇集了更为遥远的远古传说。据学界

① 董为奋:《苏美尔楔形文字的释读》,《历史教学》,1986年第7期,第39页。

考证:"史诗的最初的一种编辑本可能是第一巴比伦王朝时期编订的;最完备的编辑本是公元前七世纪亚述国王阿树尔巴尼帕尔的尼尼微图书馆所编定的。"[①]史诗主要描写主人公吉尔伽美什从"暴君"型人物转变为不畏强敌、敢于与神抗争的英雄,反映了远古时期人与自然的矛盾、他们的朴素追求,以及人类期盼探索人生奥秘的积极愿望。《吉尔伽美什》的"英雄主义价值观,可以说是那个时代的最强音,在人类的精神(思想)发展方面具有社会史的、文化史的意义"[②]。

第三节　希腊化时代的文学翻译及其意义

从公元前 323 年马其顿国王亚历山大去世,到公元前 30 年罗马征服托勒密王朝统治下的埃及,这一时期被西方史学界称为希腊化时代(The Hellenistic Age)。亚历山大国王去世后,帝国分裂,陆续形成一系列各具特色的希腊化国家。其中最重要的有以埃及为中心的托勒密王国、以巴比伦为中心的塞琉西王国和以马其顿为中心的马其顿王国。从公元前 229 年起,罗马不断向地中海东部地区扩张,利用希腊化诸国的各种矛盾,必要时诉诸战争,对其进行削弱,先后消灭马其顿、塞琉西和托勒密王国,逐步使各希腊化地区并入罗马。直到公元前 146 年,罗马帝国彻底征服迦太基和希腊,将统治范围逐步扩大到地中海西部沿岸等一些地区。

希腊化这一历史时代的重要意义,在 19 世纪以前是被忽略的,常常被认为是希腊辉煌文明的终结。19 世纪英国著名的历史学家格罗特在长达 12 卷的《希腊史》(1846—1856)的序言中写到:"亚历山大之后,希腊的政治活动变得狭窄,而且堕落了——再也吸引不了读者,或者说再也不是世界的主宰了……整个来说,从公元前 300 年起,到罗马吞并希腊这段时间,其本身并没有多少意思,其价值充其量不过是有助于我们理解先前几个世纪的历史罢了。"[③]

---

① 陶德臻:《史诗〈吉尔伽美什〉初探》,《吉尔伽美什》,赵乐甡译,沈阳:辽宁人民出版社,1981 年版,第 3 页。

② 赵乐甡:《谈苏美尔—巴比伦文学》,《吉尔伽美什——巴比伦史诗与神话》,赵乐甡译,南京:译林出版社,1999 年版,第 357 页。

③ 转引自 M. M. Austin, *The Hellenistic World from Alexander to the Roman Conquest*, Cambridge: Cambridge University Press, 1981, p. Ⅶ.

其实,这一时期的重要意义在于文化交流以及不同文化之间的相互影响。所以,从文化影响的意义上来说,这一时期不是古希腊文明的衰落,而是古希腊文明的向外辐射。尤其是它对古罗马的影响,显得格外重要。因为这一时期也是古罗马文学诞生和发展初期,其政治以及文化的发展对罗马有持续而久远的影响,而这种影响又通过罗马一直延续到近代西方世界。

所以说,希腊化时代的开始,与古罗马文学的兴起是同步的。"对希腊文化的接触和了解给罗马人原先落后的文化和闭塞的思想意识带来了巨大的冲击,出现了对更高的文学生活方式的追求。丰富而发达的希腊文化成为罗马人普遍追求的榜样,开始了罗马文化的希腊化过程。"[①]古罗马诗人贺拉斯曾经敏锐地说过,希腊被罗马征服,但它反过来又用自己发达的文化征服了罗马。罗马作家在广泛摹仿和吸收希腊文学成就的同时,根据本民族的特点和现实需要,进行改造和融合,从而创造了自己的独具特色的文学。

古罗马文学的兴起,与古罗马学者对古希腊文学的热情翻译密切相关,甚至可以说,古罗马文学是从对古希腊文学的翻译开始的。最初的古罗马作家,便是翻译家。他们的文学创作活动,也是从文学翻译开始的。

李维乌斯·安德罗尼库斯(Livius Andronicus,前 284—前 204),就是当时的一位重要的翻译家,其文学活动也主要是翻译活动。在创作方面,他是"第一位用拉丁语写作的作家"[②],而且被誉为"古罗马第一位诗人"[③]。

他曾经从事教育活动。为了教学需要,他将荷马史诗中的《奥德修纪》从古希腊文翻译成拉丁文,书名也是从古希腊文"ΟΔΥΣΣΕΙΑ"按字母相应译为"ODISSIA"。然而,令人遗憾的是,这部 24 卷的长诗拉丁文译本并没有流传下来,所存的只有一些片断,共约 46 行,而且也不集中,是分散在多达 17 卷中的零星诗句。不过,从这仅存的 46 行诗句中,大致可以看出他并没有统一的翻译主张或始终一贯的翻译风格。根据需要,有的诗句他逐字翻译,对原文极为忠实;有的诗句则采用近似意译的方法,对原文做了较大的删节或改动。

---

① 王焕生:《古罗马文学史》,北京:中央编译出版社,2008 年版,第 34 页。

② Ivy Livingston, *A Linguistic Commentary on Livius Andronicus*, New York: Routledge, 2004, p. xi.

③ H. J. Rose, *A Handbook of Latin Literature from the Earliest Times to the Death of St. Augustine*, London: Methuen, 1954, p. 21.

如在《奥德修纪》第1卷的片断中，拉丁语译文对古希腊语原文的翻译非常忠实：

> Ανδρα μοι ἔννεπε，μοῦσα，πολύτροπον...
> Virum mihi，Camena，insece versutum...

这句诗，从语法结构到各个词语的选择，都与原文严格对应，只有女神名称发生了变换。杨宪益先生从古希腊文直接翻译的中文本译为："女神啊，给我说那足智多谋的英雄……"[1]尽管中文此处是"女神"，但是在希腊语原文和拉丁语译文中，却是不同的女神。古希腊语原文中的"μοῦσα"是希腊神话中的文艺女神"缪斯"，而拉丁语译文则改为"Camena"，即罗马神话中的泉水女神"卡墨娜"。

安德罗尼库斯的文学翻译活动，具有重要的历史意义。在他之前，美索不达米亚人和埃及人曾经从事过翻译活动，但是所翻译的主要是法律文本和宗教文本，在他之前还没有人翻译过文学作品。作为文学翻译的第一人，他特别注重文学翻译的艺术特性。无论采用何种翻译手法，他都坚持将艺术特性放在首要位置。

安德罗尼库斯还翻译和改编了一些希腊戏剧，并在罗马舞台进行演出。但是，他所翻译和改编的那些剧本现在基本上已经失传，仅有零星的片断流传下来。

翻译和改编希腊戏剧供罗马舞台演出的还有格纳乌斯·奈维乌斯(Gnaeus Naevius，约前270—前201)，他翻译和改编的希腊悲剧中有五部与特洛伊战争传说有关。同样，奈维乌斯所翻译和改编的希腊戏剧剧本也没有流传下来。

他们所翻译和改编的希腊悲剧剧本尽管没有流传下来，但是，他们的翻译活动对当时罗马文学的影响是难以抹煞的。他们的戏剧翻译活动同样具有重要的历史意义。正是他们的对希腊戏剧的译介，促使了罗马戏剧的形成。

第四节　印刷术的产生及其经典革命

在世界文学经典的传播过程中，印刷术的产生和发展起了革命性的

① 荷马：《奥德修纪》，杨宪益译，上海：上海译文出版社，1979年版，第1页。

作用。印刷术的出现,使得文学经典的传播工具,走出了漫长的人工抄写的历史,摆脱了繁杂的人工劳动,文学经典从此开始能够被大量复制,广为传播,从而极大地推进了人类文明的历史发展进程。

推进人类文明进程的印刷术,是中国对人类世界的最杰出的贡献之一。中国是世界印刷技术的发源地,世界上许多国家的印刷技术都是由我国传入,或者是在我国印刷术的直接或间接影响之下发展起来的。学界一般认为,雕版印刷术"是我国古代劳动人民集体智慧的结晶","综合有关史料及现已发现的实物,雕版印刷术以起源于唐朝前期较为可靠"。[①] 北宋庆历年间(1041—1048),毕昇发明了活字印刷术,使我国的印刷技术又向前迈进了一大步,促成印刷业的一次重要的革命,对世界文化的发展产生了深远的影响。

印刷技术在中国起源后,迅速在东亚地区流传,于公元8世纪传入日本,10世纪传入朝鲜,随后又经中亚传入波斯,大约于14世纪又由波斯传入埃及以及欧洲的一些地区。波斯实际上成了中国印刷技术西传的中转站,14世纪末欧洲才出现用木版雕印的纸牌、圣像和学生用的拉丁文课本。我国的木活字技术大约于14世纪传入朝鲜、日本。朝鲜人民在木活字的基础上创制了铜活字。1450年前后,德国人古登堡受中国活字印刷的影响,用铅、锡、锑的合金制成了拼音文字的活字,用来印刷书籍。"他还把榨取葡萄液所使用的小型挤压机改造成了世界上第一台印刷机,成为印刷机械的先声。"[②]

虽然古登堡活字版印刷术比中国晚了400年之久,但是,古登堡在活字材料的改进、脂肪性油墨的应用以及印刷机的制造方面,都取得了显著的成功,奠定了现代印刷术的基础。

印刷术传到欧洲后,极大地改善了文化传播模式,也改进了民众读书和接受教育的状况,为欧洲的科学与文化走出中世纪漫长黑夜之后的突飞猛进,提供了重要的技术支持。

因为印刷术的发展,文学经典的广泛流传和普及有了可能。活字版印刷术的应用,使文学经典的传播和普及便迅速加快,也为古希腊罗马文化的发掘、推广和复兴提供了可能。于是,15世纪之后,在人们的面前出现了璀璨的古希腊罗马的文化,中世纪的幽灵自然消逝而去,以人文主义

① 应岳林:《印刷术在中国的起源、发展及在亚洲的传播》,《复旦学报》(社会科学版),1994年第2期,第65页。

② 孙小美:《中国古代四大发明——印刷术》,《中国科技月报》,1999年第2期,第59—60页。

为指导思想的文艺复兴运动在欧洲得以广泛展开，掀开了人类思想发展的近代序幕。

综上所述，外国文学经典在古代的生成以及传播途径，经历了种种演变和发展。由于人类不懈的努力，文学经典的传播媒介不断更新进步。正是科学技术的发展，才使得经典的广泛流传和普及以及文化的发展和先进思想的传播成为可能。

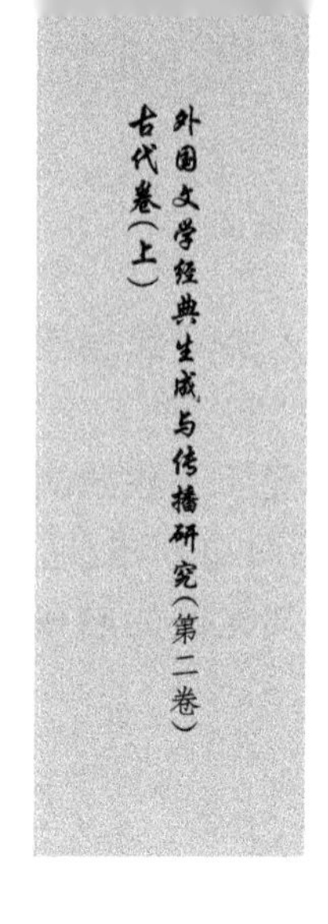

第二章
吠陀文学的生成与传播

“吠陀”(veda),意为“知识”,佛家的译者通常将之译为“明”“明论”。吠陀经卷被认为蕴含着既是宇宙“源头”也是其“蓝图”的永恒的“知识”,广受推崇,极大地影响了印度社会文化的发展。

第一节　吠陀文献的形成和传播、阐释传统

狭义的“吠陀”,是指用吠陀语写成的四本集。它们是印度最为古老的文献,包括:《梨俱吠陀》《娑摩吠陀》《耶柔吠陀》和《阿闼婆吠陀》。其中,前三部编纂成集的时间较早,又以《梨俱吠陀》最为重要。一般认为,公元前1500年左右,印欧人的后裔雅利安人通过兴都库什山脉各隘口进入印度西北部,并逐渐从游牧转为农耕、定居生活。作为雅利安人的宗教圣典,《梨俱吠陀》就编纂于这一时期。而《娑摩吠陀》和《耶柔吠陀》的内容基本承袭自《梨俱吠陀》。只是因为吟唱的需要,歌集《娑摩吠陀》为所收颂词配上了曲调;祷文总集《耶柔吠陀》(又分为《白耶柔吠陀》和《黑耶柔吠陀》,前者编排更为有序)则从祭祀实际操作的需要出发,调整了部分诗句,并添加了一些散文性的祷词和说明。在《梨俱吠陀》最著名的一首《原人歌》(第10卷第90首)中已经提到祭祀活动对“梨俱”(颂诗)、“娑摩”(歌咏)与“耶柔”(祭词)的催生,从中可以看出在古代世界,宗教、诗歌与音乐是如何复合为一体的。诗作并未提到《阿闼婆吠陀》,而且研究者发现这部作品集所使用的语言已经出现了一些晚期形态,这都有力地说明了其编写成集的时间相对较晚。不过,这部记载有大量巫术咒语的“工

具书”,部分内容却可能和《梨俱吠陀》一样古老。当代学者对祭祀活动中四吠陀发挥的不同功能进行了生动复原:“雅利安人欲行祭祀,先按规矩修建一个祭坛,设三处祭火,并由四名祭祀担当主要工作。一名是诵颂者,诵念诗文,诗句来自《梨俱吠陀》;一名是吟唱者,咏歌经文,歌曲来自《娑摩吠陀》;一名是行祭者,口中念念有词,诵着祭祀用语,语句来自《耶柔吠陀》,手上还不停地把酥油浇泼在祭火里;一名是指挥和监督者,默默喁着密语,让整个祭祀按规定进行,若有错误,即以咒语纠正,这密语和咒语来自《阿闼婆吠陀》。”①

至于广义的“吠陀”,则不仅包括《吠陀本集》,还包括《梵书》《森林书》《奥义书》及一大批附属经书和文献。其中,《梵书》大致产生于公元前1000年到公元前600年,是对四吠陀的注解,现存十几种。这部分著作详细解释了献祭的方法、仪规,同时也包含一些创世神话和帝王故事。它的一个明显取向,是提高掌握了献祭知识和权力的婆罗门的地位。《森林书》现存八种,为《梵书》后期作品,因“在远离城镇和乡村的森林里秘密传授”而得名。它们侧重探讨祭祀(尤其是内在的、精神的祭祀)的神秘意义,标志着从《梵书》的“礼仪之路”转向了《奥义书》的“知识之路”。而无论是这种转折,还是隐居、苦修行为本身,都反映出“早期雅利安社会的古老传统和组织结构已经变化了”,新的政治与道德观念正在形成。② 至于《奥义书》则出现得更晚一些,目前公认较为古老的有《他氏奥义书》《广林奥义书》和《歌者奥义书》等13种。它们进一步对“祭祀万能”和“婆罗门至上”的传统提出了质疑,并发展成对印度文化影响至深的“梵我如一”论。尤其值得指出的是,这批作品虽蕴含神秘主义的深奥义理,读来却并不枯燥,其中多直觉感悟和形象比喻,并善于使用对话体(《奥义书》书名原义即“近旁相坐”,有“秘传”的意思),读来颇为亲切。对灵魂解脱、“超出轮回”的热烈追求,更使《奥义书》充满激情和感染力,这也为它们的流传提供了有利条件。③ 下引文字出自《歌者奥义书》第6卷,以一颗小小的榕树果实为契机,传道者巧妙设置悬念,帮助受教者在一问一答中逐渐接近和捕捉现象与本体(真理、自我)、有限和无限之间的玄妙关系。即使是在对生命奥秘有了更多科学解释的今天,对话中闪现出的言说技巧和

---

① 林太:《〈梨俱吠陀〉精读》,上海:复旦大学出版社,2008年版,第56页。

② 参阅R.塔帕尔:《印度古代文明》,林太译,张荫桐校,杭州:浙江人民出版社,1990年版,第36—38页。

③ 参阅黄宝生:《印度古代文学》,北京:知识出版社,1988年版,第25—27页。

智性趣味仍然不乏吸引力：

> “给我取一个榕树果实来。”
> “拿来了，先生。”
> “打开它。”
> “我把它打开了，先生。”
> “你看到了什么？”
> “一些微小的种子，先生。”
> “打开其中一颗。”
> “我把它打开了，先生。”
> “你现在看见什么？”
> “什么也没有，先生。”
> “我的儿子，”为父的说道，“你没有察觉到的正是本体，在这本体中，存在着强劲挺拔的榕树。相信我，我的儿子，在这本体中，就是自我的一切。这就是真理，这就是自我……”[①]

事实上，从创制之初到世代口耳相传，核心的吠陀经卷一直被认为蕴含着永恒的、超越性的“知识”(而非人类通过理智掌握的普通知识)，这些知识既是宇宙的“源头”，也是其“蓝图”。而后世婆罗门教、印度教的诸多文本也每每想方设法与吠陀经建立某种联系，由此获得神圣地位，以至于有学者认为，“对于印度教正统而言，吠陀经起到了试金石的作用”[②]。对吠陀文献的不断阐释(既有推崇，亦有挑战)，对整个印度的社会与思想传统的发展产生了至为深远的影响。不过，近代意义上的吠陀研究，却是以西方印度学的兴起为背景的。15 世纪末以来，西方各国陆续登陆印度，带着强烈功利、实用色彩的印度研究开始出现。而从 1757 年开始，英国逐渐征服印度全境，建立起完备的殖民体系，客观上也大大推动了印度学的发展。“印度学研究以语言学、历史学、人种学、宗教学等方面为早期突破重点，并在此基础上迅速向其他各领域拓展。至 19 世纪下半叶印度学基本成型，整个印度的社会历史和心智历程基本上已为人明了。”[③]然而，

---

① 转引自 R. 塔帕尔：《印度古代文明》，林太译，张荫桐校，杭州：浙江人民出版社，1990 年版，第 38 页。

② Barbara A. Holdrege, *Veda and Torah: Transcending the Textuality of Scripture*, New York: State University of New York Press, 1996, pp. 9—10.

③ 林太：《〈梨俱吠陀〉精读》，上海：复旦大学出版社，2008 年版，第 4 页。本节有关印度学历史发展的论述，对此书导论部分多有参考。

在这一时期的相关研究中，西方中心主义和殖民主义意识形态鲜明，印度每每被描绘为一片等待西方救赎的黑暗之地。从19世纪末、20世纪初开始，印度本土学者着意对这类研究进行了反拨。作为一种应激表现，他们的研究著作留下了民族主义的烙印，有的甚至不无"矫枉过正"的倾向。印度研究在相当程度上成了殖民—反殖民话语斗争的一个重要舞台。而作为印度文明的"元典"，吠陀及其传递的历史文化信息自然也成为学者们关注和争论的焦点之一。从1651年荷兰传教士亚伯拉罕·罗杰(Abraham Roger)出版的《通向隐秘的异教国的大门》首次论及吠陀经，到19世纪下半期吠陀研究被各国普遍纳入学院体制，这批印度经典日渐走下"神坛"，融入了更为广阔的世界文化与学术语境之中。

不仅如此，对吠陀文献的研究还直接"激发了比较语言学、比较文学、比较宗教学、比较哲学和比较神话学等诸多新学科的产生"[①]。而这绝非偶然：首先，它与吠陀经的书写和编纂历史有关。如前文提到的，印度雅利安人与西方世界在远古时代有着深厚渊源，吠陀时代的印度文明本身就不是纯然"本土"和固化的。这为各类"比较"研究提供了最重要的基础。其次，这些文献虽然在印度历史中享有崇高地位，但因为自身构成复杂，加上社会文化和语言的变迁，就连后来的印度人自己要理解它们，也变得很困难。印度历史上就曾出现了不少专门注解吠陀经难解字句、文法的著作。其中最为著名的是撰写于公元前约500年的雅思伽(Yaska)的《难字集解》，书中对《梨俱吠陀》的大量颂诗做了注释。而14世纪赛衍那(Sayana)对《梨俱吠陀》的梵文注释典籍规模庞大，且多引经据典，直到今天仍是学者参考的重要著作。但就是在这类权威注本中，含糊和相互矛盾的地方也大量存在，连注释者也坦承这一点。这使得近代学者不能只依靠印度阐释传统，而必须引进其他参照系进行"比较"研究，以期解开更多谜团。最后但绝非最不重要的一点是，近代吠陀研究兴起之时，本身也是世界文明联系空前紧密、学者更易产生综合意识与视角的一个时期。更何况印度学主要是由外来学者发起和发展成型的。带着一种更从容的、甚至不无优越感的文化心理，他们更容易带着主体性"介入"到吠陀文献之中，并将其作为某种研究"材料"、而非至高无上的宗教圣典进行纵横考察——有必要指出，晚近不少学者已经开始质疑所谓的"印欧语系"只是一个太过主观和随意的假想。而关于雅利安人究竟是"入侵"还是"迁

① 林太：《〈梨俱吠陀〉精读》，上海：复旦大学出版社，2008年版，第18页。

人”,甚或是“原居”印度本土,学界的争论更是不曾停息。从不同的“叙事政治”出发,西方学者和印度学者往往会围绕同一批吠陀文献建构出截然不同的古印度历史。

第二节 《梨俱吠陀》与吠陀时期的神话传说

无论在相关争论中所持立场为何,学者们都不会否认作为四吠陀之首的《梨俱吠陀》具有极为珍贵的历史文献价值,只不过它所描绘和反映的“历史”多隐藏在各种神话传说之中:相较于其辉煌的宗教、哲学、语言与艺术传统,印度古代的史学并不发达。甚至,专门的史书直到12世纪才开始出现,而“印度现代语言中的‘历史’一词源自梵语,其含义在古代实指‘传说’(意谓‘过去如是说’)。印度古人在长达二三千年的时间内,始终习惯于将历史神话化,致使许多历史事实和神话传说融为一体,现代史学家很难将两者完全析离”[①]。有鉴于此,面对《梨俱吠陀》,我们或许无需过分拘泥于现代西方壁垒森严的学科分类方法,而大可尝试采取一种更贴近印度传统的方式,同时将之视为一部“教人知‘法’”的庄严圣典,一部暗藏着雅利安人社会生活密码的历史之书,以及一部颂神、娱神的精彩诗集,并在这些维度的相互启发和印证中展开阅读。

有理由相信,进入印度时,雅利安人已经形成了专门的祭司家族,并由他们专门负责创编颂诗。《梨俱吠陀》的创编者主要来自十个家族(汉译多译为“仙人”),各个家族的颂诗都有自己的独特风格;而一个家族的成员又分成不同的“组”,各组专门创编赞颂某一特定神祇的诗篇。大约在公元前700年左右,这些分别创编的颂诗开始逐渐被汇聚起来,并加以补充调整。约在公元前600年,最早的《梨俱吠陀》本集成集。十卷《梨俱吠陀》共包含颂诗1028首(含附录的11首),其中第2卷到第7卷为各祭祀家族家传的颂诗集,又称“家族卷”,成书最早;而第10卷无论从题材、思想还是语言来看,显然是最晚编入的。从这些有着较大历史跨度的诗卷来看,雅利安人作为一个长期处于迁徙状态、游牧尚武的群体,所供奉的神“较少与他们生活过的土地有关,更多的则是与宇宙的因素有关”[②]。

---

① 黄宝生:《印度古代文学》,北京:知识出版社,1988年版,第10页。

② 韦罗尼卡·艾恩斯:《印度神话》,孙士海、王镛译,北京:经济日报出版社,2001年版,第15页。

仙人们以一种原始的万物有灵论为基础，在一个宏大的时空背景中尽情发挥着自己的想象力；但雅利安人的信仰也并非一成不变。在定居印度的过程中，雅利安人不断吸收当地土著（即达罗毗荼人）的文化，一些新的社会现象和问题也催生了新的神话。这一点，在章首已经提到过的那则创世神话《原人歌》中表现得最为突出：抽象的"原人"具有无限神力，他变化出了一个有着严格种姓区分的人间世界——原人之口是婆罗门；双臂是刹帝利；双腿产生了吠舍；而双足则是首陀罗（第12节）。在此，口、臂、腿、足等四个"（原）人体"组织生理位置的高下无疑隐射着四个种姓血统及社会地位的高下、尊卑；人为的、带有"道德成见"的后天区分由此变得自然而神圣，不容置疑。这些文字也是关于印度种姓制度的最早记录。但从《梨俱吠陀》中的早期颂诗来看，雅利安人初入印度时其实并无种姓意识。只有当其与异族的交往日益增多后，自我身份意识才开始加强。"种姓"（varna）在梵语中原指"颜色"，这显然与肤色较深的土著居民有关。这些土著及其与雅利安人的混血后代被归入了第四种姓首陀罗，与婆罗门、刹帝利以及吠舍等三种姓严格区分开来。类似的，颂诗集还往往借用土著的名称"达萨"（Dasa）或"达休"（Dasyu）来命名作为神灵对手的妖魔。这些妖魔作恶多端，但面对勇敢而一心护佑宇宙秩序的大神，总是会失败。可以说，在四处征战的同时，雅利安人也通过对神话传说的编织描绘了己方在战争中的"正义"面目和必胜前景。

不过，在现代研究以社会学视角介入《梨俱吠陀》之前，《梨俱吠陀》中最令人向往的，还是其丰富多彩、表现出超绝想象力的多神教系统。整部《梨俱吠陀》中经常被提到的神有33位，他们被均分为三组，分别存在于天、空、地三界。作为自然力量的某种人格化象征，在这些神身上也不乏一些共同的特质："诸神具有的最主要的特征是权力；他们能控制自然界的秩序，消灭凶恶的势力：他们支配所有的圣物，他们的律令是不能违背的；并且唯有他们始能完全实现其意志。他们的另一特点是慈爱，因为他们常为人类颁赐美好的赠品。他们也是诚实不欺的，而且赏善惩恶"；"他们的人性化始终没有完全成功……常因外形的不确定而使他们混而为一。"[①]但相较于这些共性以及彼此形象、职能的间或混淆，《梨俱吠陀》中

---

① A. A. 麦唐纳：《印度文化史》，龙章译，上海：上海文化出版社，1989年版，第20—21页。

少数超级大神与弱势神祇间的区隔(家族卷一般以颂扬火神阿耆尼开篇[1],其后是大神因陀罗,然后才是其他相对次要或抽象的神),以及诸神与不同自然现象、事物分别对应的丰富面貌,要显得更为突出。那些最负盛名的诗篇也往往是最能生动展现所颂神灵"个性"的作品。

以因陀罗为例,他名字的意思是"最胜""最优秀""征服"。在《梨俱吠陀》中有近四分之一的颂诗是奉献给这位超级大神的。尽管在印伊时期前,各雅利安部族已经共同敬奉因陀罗,但只有到雅利安人进入印度后,才将其拔高为一位民族之神。作为雷电神的因陀罗全身金黄,手持金刚神杵,上天入地,法力无边。在群神的簇拥之下,他力克带来黑暗与旱灾的恶魔(最为突出的功绩是杀死了困住河水的巨蟒弗栗多),并以战神的姿态帮助雅利安人征服印度土著,深受雅利安人崇敬。但另一方面,这位被尊奉为"宇宙主""自在主"的大神又充满人间情味,性格冲动且贪恋各种美食。被仙人们反复提及的,是因陀罗嗜饮苏摩酒,似乎只有这种被誉为"长生露"的美酒才能激发出他的无限潜力和勇气(苏摩本身也被神化,成为被仙人们称颂的主要对象之一)。下面是《梨俱吠陀》中关于他的一首颂诗(第 2 卷第 12 首诗),题为《因陀罗》,全诗共 15 节:

这聪颖的首席神刚一出世,
就以强力胜超众神;
在他英勇无畏的威慑力前,
天地两界震颤,他就是因陀罗神。

谁使颤动的大地稳固,
谁使晃动的山岳宁静,
谁测量了广阔的空间,
支撑了苍天,他就是因陀罗神。

谁杀死恶魔,让七河奔流,
谁驱出伐拉囚居的母牛,
谁两石敲磨,诞生圣火,
战场上的胜者,他就是因陀罗神。

① 火不仅被视为最纯洁的元素,而且在祭祀中扮演着不可或缺的角色,因此阿耆尼在《梨俱吠陀》中也被描绘为神与人之间的媒介。除此之外,他还作为家神,以炉火的形式受到人们的普遍珍视和崇拜。

世上一切因他而震颤，
令达萨屈服，驱强敌宵遁，
像赌场的胜者席卷一切，
对手的拥有丧尽，他就是因陀罗神。

这可怖者，人们问道："他在哪里？"
人们也说："他不存在。"
他像赌场高手，扫荡吝啬鬼的拥有，
请信任他，他就是因陀罗神。

他是鼓动者，鼓舞富人、穷人、
祭司、唱颂其赞歌的恳求者；
那金脸汉帮助用压榨石
榨汁苏摩，他就是因陀罗神。

骏马、战车、村社、牲畜，
都在他的掌控中；
他创造了太阳和黎明，
领引洪流，他就是因陀罗神。

两支军旅相遇，彼此敌对呐喊，
一支优势，一支劣势；
登上同一战车的两名斗士，
分别向战神祈求，他就是因陀罗神。

没有他的援手，人们无法取胜；
每当战斗掀起，人们祈求他的帮助；
他无与伦比且不能复制，
他晃动那不可动摇者，他就是因陀罗神。

他用猛烈的箭重击，
杀灭未知的深重罪孽；
他不原谅傲慢者的妄为，
他杀死达休，他就是因陀罗神。

他在第四十个秋季，在赛巴拉深山的寓所找到了他；
他击杀了达努的儿子——那巨蟒，
显示了他的力量，他就是因陀罗神。

这七根缰绳无法控制的强壮公牛,
让七河欢乐奔流;
他用金刚杵将登天的劳希纳
击个粉碎,他就是因陀罗神。

天地之神向他低首,
山岳因其威猛而惶恐颤抖。
他以雷电为武器,因苏摩酗者而著称,
他挥舞着金刚杵,他就是因陀罗神。

他偏爱帮助压汁苏摩者、
制作祭糕者、吟唱赞歌者,
唱颂者意气风发,苏摩酒正在倾倒,
这是我们的祭礼,他就是因陀罗神。

你凶猛无比,你大力帮助榨汁苏摩者、
制糕者,你确是真实的。
我们更加亲近你,噢,因陀罗,
与我们儿辈一起,在祭礼上高声赞颂。①

在开宗明义地称颂因陀罗“生而无敌”后,颂诗作者一一列举了这位雷神和战神在天、空、地三界的主要功绩。但全诗并非平铺直叙,而是几乎每隔一、两节都要变换一种新的句式和手法,让叙事变得跌宕起伏,一波接一波地将人们对因陀罗的崇敬和热爱推向高峰。特别是,作者称颂的不仅有因陀罗开空界、杀恶魔和引洪流这类让今人追慕不已的辉煌伟业,更有其庇佑普通战士和赐福献祭者这样“日常”可感的功德;而第四、五节竟直接将尊贵无比的大神比为世俗中的“赌博高手”,在表现其“扫荡/席卷一切”、令敌人毫无反抗之力的一面的同时,多少也点出了其率性妄为、喜欢刺激的“人化”一面——事实上,赌博在雅利安人中极为流行,《梨俱吠陀》中还有一首诗专门描写骰子如何“侵蚀”赌徒、使其无力反抗而最终倾家荡产。无论如何,在诗篇的最末,在苏摩酒和祭糕的香气中,因陀罗的形象变得亦真亦幻,亦远亦近。颂诗者不仅以不可辩驳的语气(“你确是真实的”)驳斥有关“他不存在”的质疑,坚定献祭者的信念,而且从面向献祭者以第三人称“转述”因陀罗事迹转为用第二人称“你”直接与

---

① 林太:《〈梨俱吠陀〉精读》,上海:复旦大学出版社,2008年版,第73—77页。

因陀罗对话。可以想象，在祭祀过程中，这样有力而生动的颂诗对献祭者的精神有着巨大催化作用。人们相信神灵会下凡来接受自己虔诚的供奉，而自己也可以通过“高声赞颂”与其融合为一体，达到一种至福状态。

到了吠陀后期，因陀罗的地位有所下降，渐渐变为一位不理世事的隐居者。而与这种情况相反的，是原来在《梨俱吠陀》中并不特别突出的几位神地位不断上升，直至成为后来印度教的三大主神。但早期颂诗中赋予他们的一些神性还是被保留下来、甚至放大了：鲁陀罗/湿婆的双面性格始终突出，他一方面慷慨仁慈，喜欢救难赐福，尤其以医术高超闻名（此时的鲁陀罗被想象成众神中最善最美者，如太阳般辉煌，金子般闪耀）；另一方面性格刚烈易怒，常对不敬者施以极为恐怖、甚至凶残的惩罚，令人恐惧（此时的他则是一个红色暴君，骑着一头野猪，并发出野兽般的怒吼）。一般认为鲁陀罗是风暴之神，所以兼有净化和毁灭万物的倾向。而毗湿奴三步跨越三界的英雄事迹似乎暗示了其在本原上与太阳活动的关系，也为其后来守护宇宙秩序的超俗地位提供了有力支撑。至于对应梵天的毕利诃斯主，在《梨俱吠陀》中又被称为“祭司之主”（相关词根后来演化为“婆罗门”），没有他出场，祭祀活动就不能进行。与其他那些至少可以上溯到印伊时期的神灵不同，他显然是印度雅利安人所特有的一个神。

相较于这一系列男神，女神在《梨俱吠陀》中的地位相当有限。但献给她们的诗篇却往往特别优美。而女神中最引人瞩目的，当属黎明女神乌莎：以对黎明之际各种景象的细致观察为基础，雅利安人想象出了这位美丽无双、散发迷人光彩的天界女神。她每天都会准时驾着一辆由红色神马或神牛牵引的彩辇（代表红色晨光）在东方出现，宣告黑暗、噩梦与不祥已被驱走。也正是在这位女神的召唤下，天地万物在沉睡中苏醒，开始了一天的活动。因为与生活作息存在这种紧密联系且预示着光明，乌莎女神同时被塑造为了一位能够庇佑信徒人财两旺的福善之神。不难理解，在整个神系中，她与太阳神、火神以及双马童（星）关系亲密，与黑夜女神则是关系奇特的姐妹（“既不冲突，亦不同行”）。整部《梨俱吠陀》中共有 20 首颂诗是歌颂她的，下面这首题为《朝霞》的诗为第 4 卷第 52 首，共 7 节。其中第 5 节将黎明之光比喻为“刚放出栏的一群奶牛”，朴实却又新奇，将破晓一刻的动态感表现得极为生动：

这个光华四射的快活的女人，
从她的姊妹那儿来到我们面前了。
天的女儿啊！

像闪耀着红光的牝马一般的朝霞，
是奶牛的母亲，
是双马童的友人。
遵循着自然的节令。

你又是双马童的朋友，
又是奶牛的母亲，
朝霞啊！你又是财富的主人。

你驱逐了仇敌。
欢乐的女人啊！
我们醒来了，用颂歌迎接你。

欢乐的光芒，像刚放出栏的一群奶牛，
现在到了我们面前。
曙光弥漫着广阔的空间。

光辉远照的女人啊！你布满空间，
用光明揭破了黑暗。
朝霞啊！照你的习惯赐福吧！

你用光芒遍覆苍穹。
朝霞啊！你用明朗的光辉
照耀着广阔的天空。①

与其他族群相似，雅利安人除了塑造与现世社会生产、生活紧密相关的神祇外，也在《梨俱吠陀》中对人的死后世界有着丰富的想象。阎摩（也即俗称的“阎罗王”）是亡灵世界的统治者。这位曾经的天界大神现身为凡人，是世间出生的第一个人，也是死亡的第一个人。死后他在天边一角（此时尚无“地狱”观念）建立了鬼魂王国，专门收集亡灵。除了与火神阿耆尼合作外，他还有两只长着四只眼睛的神犬（其母为因陀罗的爱犬莎罗

---

① 转引自金克木：《梵语文学史》，《金克木集》（第二卷），北京：生活·读书·新知三联书店，2011年版，第154—155页。

摩)作为特使。它们负责传播死亡消息、捕捉亡灵,同时严格把守进入阎摩王国的关卡。虽然会用脚镣惩罚罪大恶极者,阎摩王国却并不恐怖,亡灵从各种痛苦中得到了彻底解脱,并与自己的祖先在一起享受极乐生活:“有白昼、有清水、有夜晚,优越无比,/阎摩给了他这地方休息。”(第10卷第14首第9节)《梨俱吠陀》献给阎摩的诗往往还透露出雅利安人丧葬仪式的各种细节,因此备受学界关注。有意思的是,在第10卷第10首诗歌中,阎摩的出场却与“乱伦”主题相关——阎摩的孪生妹妹阎美(下诗中“水中女”,即迅行女神萨拉妞的孩子)爱上了哥哥,并向其求爱。14个诗节由两人的对话构成,阎美言辞大胆,情感炽热,而阎摩则以“正道”告之,严词拒绝:

不朽的神带着渴望寻求爱欲,
要这唯一会朽者有其后代。
让你我的心与意编结在一起,
像一名丈夫与妻子乐享爱欲。

我们以前未曾做过,现在怎么可以?
我们讲正道,为何现在谈非正道?
洪流中的乾陀婆,还有水中女,
那是一种定约,你我是至亲。

……

我,阎美,属阎摩的爱欲所拥有,
我与他同床共寝。
作为妻子我一切依从丈夫,
就像车轮,让我们的速度彼此同步。

他们从不停步,永不闭眼,
那些侦察神巡游此世间。
任性者,速去找别人吧,
催促他,就像车轮与他同步。

……

当丈夫没有遗弃她时,兄弟算得了什么?
当毁灭来临时,姐妹又算什么?
我强烈的爱,一言难尽,

靠近些吧,拥我在怀抱得紧紧。

我不会紧拥你的身体,
如靠近姐妹,人们称为罪孽。
与除我之外的人去欢娱吧,
噢,美丽女子,为兄不想与你如此。[①]

这样的对话体诗歌有着强烈的民间气息,兼有故事和表演成分。印度雅利安人将"死亡(之神)"与"乱伦"联系起来,无疑与他们此时对乱伦问题的深切认识和禁忌相关;然而对阎美那种具有"毁灭性"倾向的爱欲的极度渲染,却让诗歌的重心显得有些摇摆不定。祈祷语言女神伐诃赐予自己神力的颂诗作者最终似乎还是在世俗世界、在自己的情感体验中寻找到了她的踪迹。"会朽者"浓烈而纠缠不清的情感(尽管是"罪孽"的),竟然成为本是献给不朽者的诗篇的主角。无论是如此纵情妄为的阎美,还是在伐楼拿神的注视下(诗篇中提到了由这位掌管宇宙秩序和法规的大神派出的大批"侦察神")始终自制守"法"的阎摩,都提醒人们,在吠陀玄妙神奇的神话世界的背后,始终有着浓重的"人"的底色。

事实上,在《梨俱吠陀》创编后期,"随着对世界的认识和人们思维的发展,神灵也产生了一个显著的变化,即由具体事物和现象的神格化发展到抽象概念的神灵的产生。这类神大多来自显示某种性质的概念,这些属性以前或多或少依附于较早的其他神灵,现在在一些特别的祭祀活动中获得了独立价值",这类神灵包括信仰之神斯拉德哈、愤怒之神曼尤、引导之神乃特里等。[②] 而在晚期,《梨俱吠陀》中还出现了数首探究宇宙起源的诗作,它们所流露出的怀疑或抽象意识,进一步反映出人之主体意识与思维能力的发展。仍以第10卷中的《原人歌》为例。与此前那些(理论上)仍然有生有死、需要通过祭祀和苏摩酒不断补充活力的具体神祇不同,"原人"不仅在空间上"向着东方和西方"覆盖了一切,在时间上也"包括过去的和将来的",他就是宇宙的本源。除了化育出三吠陀、四种姓外,"从他的脐产生了空界,/从他的头演化了天界,/从他的双脚生出地界,/从他的耳生出四方;由此形成世界"(第14节),甚至连三界诸神也是由他化育的。这样的认识也被视为印度泛神论哲学的起始点。而在诗篇最

① 林太:《〈梨俱吠陀〉精读》,上海:复旦大学出版社,2008年版,第205—207页。
② 参阅上书,第65—66页。

末，仙人提到“众神以祭祀来献祭祭祀（即原人自身）”，这既是最初的“圣规”，也是“伟力”之根本所在——在这样的总结中，已经能略微看到稍晚《梵书》编写者对“祭祀万能”的信仰，它也为提升作为祭祀主持者的婆罗门的地位、甚至使之超越诸神提供了某种可能。

最后，需要稍作交代的是，孕育于一个极重“吟诵”传统的宗教共同体，《梨俱吠陀》的韵律形式已经颇为成熟。从本节引用的这些作品可以看出，颂诗集中的每首颂诗都由若干诗节构成（一节就是一个“梨俱”）。而 1 节通常有 4 行，少数为 3 行或 5 行。很难翻译出来的是，各诗行一般由 8 个、11 个或 12 个音节组成。在《梨俱吠陀》出现的 15 种韵律中，有三种最为常见，分别为：三赞律（4 行 11 音节）、唱诵律（3 行 7 音节）和大地律（4 行 12 音节）。由这三种格律写成的颂诗几乎占全书的三分之二。各诗行都“讲究音量节奏，交替使用长短音节，属于一类普通长短格或抑扬格。一个诗行中，只有最后 4 个或 5 个音节，是最严格规定的；11 音节和 12 音节诗行中间还有一个顿号”[①]。总的来说，《梨俱吠陀》中的韵律并不像后来古典诗的韵律那样繁难，且相对更接近歌谣。而除了韵律外，《梨俱吠陀》各诗卷还普遍存在交叠重复的现象。不仅相同的诗句、诗节可能献给不同神祇，在一篇颂诗中也常常反复出现同样的诗句。前文那首因陀罗颂诗就十分典型，前 14 个小节每节均以“他就是因陀罗神”结束，直到最后一节收尾时，形式才有所变化。如研究者经常感慨的，漫长历史中，整部《梨俱吠陀》诗集主要靠老师口授、弟子记忆的方式传承下来，但在各时各地都表现出了惊人的一致性，对原文的忠实度甚至超过笔录形式。这一奇迹之所以得以实现，不仅依赖于吟诵者的虔诚谨慎，同时也得益于颂诗较为完善的韵律形式和语句的不断反复。

第三节　《阿闼婆吠陀》中的巫术咒语诗

在四吠陀的最后一部《阿闼婆吠陀》中，人们可以找到《梨俱吠陀》中出现过的各种格律，不过，此时作者对它们的运用显得更为自由。而从内容来看，“阿耆尼、因陀罗等神灵虽然还经常被提到，但在《阿闼婆吠陀》中他们已经失去了个性化特征，而是普遍作为‘驱凶者’和‘赐福者’接受人

① 巫白慧译解：《〈梨俱吠陀〉神曲选》，北京：商务印书馆，2010 年版，第 7—8 页。

们的祈求"[①]。《阿闼婆吠陀》真正引人瞩目的,还是其强烈的巫术乞灵性质。全书共20卷,收入731首诗作(有约七分之一内容来自《梨俱吠陀》),构成了"印度神秘主义的密咒系统的最根本的、最原始的经典"[②]。诗集中的巫术咒语,涵盖了印度雅利安人物质与精神生活的各个方面,包括祈祷疾病痊愈、家庭和睦、财运亨通,希望悔过罪孽、驱邪抗敌以及获取爱情和子嗣等。

作为一种相信可以通过语言实现目的的巫术形式,咒语在人类古代社会中广泛存在。何况如前文已经反复提及的,吠陀经典的创编及流传延续方式,反映出古印度人对语言(尤其是口头发出的声响)持有一种异常强大的信念。[③] 而咒语主要就是通过其发音"使文字与音乐发生了联系":准确吟咏咒语,不仅是就意义和发音而言,还包括"对呼吸的控制,它有一套特定的训练方式";甚至"《阿闼婆吠陀》及随后各类文献尤其是佛教密宗文献中的咒语,其效力主要不再依赖于意义,而更多依赖于声音,因此咒语可以摆脱'意义'的限制,力求声音的完美效果:叠音、谐音(元音押韵而辅音不押韵)、回声、节奏、拟音等等具有音乐色彩的语言"。[④] 这种音响魔力可以说是咒语诗所特有的。对它们的掌握需要极高的语言能力和声音感受力。

但即使今天更多地只能通过翻译的篱笆接触到《阿闼婆吠陀》的意义层面,我们仍然可以部分地感受到其魔力所在:受咒祝形式的限制,诗集中许多颂诗的内容确实多有单调重复之处,却"也不乏极为优美而富有吸引力的诗意篇章","甚至那些诅咒、驱邪的诗篇也有着充满活力的语言,独具魅力"。[⑤] 关于这一点,也并不难理解——归根结底,巫术和艺术一样,是一种试图通过主观意志融入或控制自然的手段,两者有着颇为类似的创造心理。下面这首《相思咒》,本身就是一首充满野性风情的爱情诗:

---

① Amaresh Datta ed., *Encyclopaedia of Indian Literature*, Rabindra Bhavan: Sahitya Akademi, 1987, vol. 1, pp. 258—259.

② 巫白慧译解:《〈梨俱吠陀〉神曲选》,北京:商务印书馆,2010年版,第334页。

③ See Barbara A. Holdrege, *Veda and Torah: Transcending the Textuality of Scripture*, New York: State University of New York Press, 1996, p. 12, 17—19. 这一点从后来印度各种神秘宗教对"真言"的重视也可以看出来。

④ 石海军:《印度文学大花园》,武汉:湖北教育出版社,2007年版,第19页。

⑤ Amaresh Datta ed., *Encyclopaedia of Indian Literature*, Rabindra Bhavan: Sahitya Akademi, 1987, vol. 1, pp. 259—261.

像藤萝环抱大树，
把大树抱得紧紧；
要你照样紧抱我，
要你爱我，永不离分。

像老鹰向天上飞起，
两翅膀对大地扑腾；
我照样扑住你的心，
要你爱我，永不离分。

像太阳环绕着天和地，
迅速绕着走不停；
我也环绕你的心，
要你爱我，永不离分。[①]

“相似律”是原始巫术中的重要思维原则。施展巫术的人相信“同类相生”，或者“果必同因”，只需模仿事物情状就能实现自己的意图。而此思想的基础，正是万物有灵论。这样的思维方式与信仰也直接造就了《阿闼婆吠陀》中大量精彩的比拟修辞，如上引诗歌中就连续出现了三个：“藤萝环抱大树”就如恋人的相拥；老鹰扑腾的双翅就像要“扑住”恋人的心；而太阳对天地的环绕不息，则和时刻挂记恋人、凡事以之为念的痴情一般无二。从对对象特征的提炼来看，生活在大自然中的雅利安人显然对外部世界有着极为精细而准确的观察。无形的情感最终因为这些比喻而变得具体，成为可被言说和施加影响的对象——既然是要施“相思咒”，就说明这一切美好的爱恋画面还未发生，甚至很可能是难以成真的，它们只是施咒人的心愿而已；但这反而让诗歌传递出的情绪显得更为激烈。三次重复的“要你爱我，永不离分”几乎让人不敢想象施咒人/相思者的痴狂之态。而下面这首爱情祷词(第 7 卷第 37 首)，则似乎与巫术中的“接触律”有着更为紧密的联系：

我之衣裙，制作精巧，
我将汝身，裹在其中。
汝将因此，唯属于我；

---

① 金克木：《梵语文学史》，《金克木集》(第二卷)，北京：生活·读书·新知三联书店，2011 年版，第 173—174 页。

其余女子,汝不再想。[①]

除了“爱情”这一永恒主题外,决定着族群命运的战事、生产活动也催生了不少动人的咒语诗,譬如这首以战鼓为施灵对象的诗作(第5卷第21首):

鼓啊!到敌人中间去说话,
使他们离心离德,
使敌人互相仇恨、发生恐慌,
鼓啊!把他们一齐消灭。

……

像飞鸟见老鹰就发抖,
像狮子昼夜都怒吼,
鼓啊!要使敌人心恐慌,
使他们的心没主张。[②]

而日常生活中一些不那么“重大”和“严肃”的事件有时也能激发施咒欲望与灵感。《阿闼婆吠陀》第7卷第50首描写的就是赌徒对赌运的祈求。下面引用的这两小节,虽仅仅寥寥数笔,却足以勾勒出一名在赌桌旁跃跃欲试的赌徒的形象。它再次提示人们古印度赌博的风气之盛,与此同时,也不能不让人感叹,狂热而贪婪的赌徒心态实在是古今同一:

像打击一切的雷电,
万无一失打击树;
今天我要用骰子,
万无一失击赌徒。

……

骰子啊!请你让我赌运通,
像母牛挤奶永不穷。
请用胜利系住我,

① 巫白慧译解:《〈梨俱吠陀〉神曲选》,北京:商务印书馆,2010年版,第334页。

② 金克木:《梵语文学史》,《金克木集》(第二卷),北京:生活·读书·新知三联书店,2011年版,第170—171页。

好像弓弦系住弓。[①]

不过,有咒语,就有对应的反咒语。据信,它能让咒语"折返",应验在施咒人自己身上。因为带有戒备、复仇性质,其表达也往往更加犀利,如《反诅咒》一诗:

有一千只眼的诅咒,
驾起了车子向这儿出发。
找那咒我的人去吧,
像狼找牧羊人的家。

诅咒啊!绕一个弯过去吧,
像大火绕过湖;
打那咒我的人去吧,
像雷电打倒树。

我们没咒他,他倒来咒我;
我们咒了他,他又来咒我;
我把他投向死亡,
像把骨头投向狗窝。[②]

最后,需要特别强调的是,《阿闼婆吠陀》中还包含了对印度医药学最为古老的记录。在一段漫长的历史中,"巫"与"医"之间并不存在森严界限,甚至被认为是同一的:"吠陀医药的基础是这样一种信念,宇宙中充满仁善和邪恶的神灵或者精神,这给人类生活带来了好的和坏的影响。控制和驯服这些存在,是整个治疗体系的终极目标",而就像"祈祷者所说的话和他的行为被认为可以使他们与更伟大的宇宙力量直接接触","治疗者也需要掌握控制自然力量的知识,以使那些错误的东西正确归位"。[③]《阿闼婆吠陀》中涉及的疾病包括黄疸病、水肿、眼炎、秃顶、骨折、蛇毒等。而且在许多诗作中,都能找到关于不同植物药性和治疗方式的描写。通过它们,人们可以对当时印度雅利安人的生活环境和情形有更为深入的

---

① 金克木:《梵语文学史》,《金克木集》(第二卷),北京:生活·读书·新知三联书店,2011年版,第174—175页。

② 同上书,第172—173页。

③ Kenneth G. Zysk, *Medicine in the Veda: Religious Healing in the Veda*, Delhi: Motilal Banarsidass Publishers, 1998, pp. xiiii—xiv.

了解。对民间文学形式的善加利用,则让一些珍贵的治疗经验或信仰形式可以代代相传。而下面这首题为《治咳嗽》的咒语诗之所以会被各种印度文学史和诗歌选集广泛引用,大概是因为今天的文学创作虽然早已不拒绝表现日常凡俗,却仍然难以想象可以用诗歌来表现"治咳嗽"这类医疗主题,更不用说还表现得如此生动:

像心中的愿望,
迅速飞向远方,
咳嗽啊!远远飞去吧,
随着心愿的飞翔。

像磨尖了的箭,
迅速飞向远方,
咳嗽啊!远远飞去吧,
在这广阔的地面上。

像太阳的光芒,
迅速飞向远方,
咳嗽啊!远远飞去吧,
跟着大海的波浪。①

基于患者渴望痊愈的急切心情,施咒者将其实很难用言语捕捉的"咳嗽"比喻为了速度最快的"心愿""飞箭"和"太阳的光芒",并敦促其从各种通道(天空、地面和大海)远离患者。不难想象,与这类咒语相配合的还有一系列治疗动作、仪式。郑重其事的治疗者和费尽脑汁的连续咒祷,与(一般而言)并不那么危险致命的施咒对象"咳嗽"构成了颇为强烈的对比——今天绝大多数的读者已不太能接受诗作表现出的巫术思维,但这并不妨碍他们去欣赏这幕精巧而富有感染力的戏剧。

从后世影响来看,《梨俱吠陀》《阿闼婆吠陀》等吠陀文献所蕴含的丰富的神话传说以及叙事抒情形式被历代印度文学创作者以各种方式不断地加以演绎,千年不绝:"若干《梨俱吠陀》的颂诗结合着宗教仪式的舞蹈以及背诵对话,由而构成了一种戏剧格式的基础。吟唱诗人的故事、史诗的编

① 金克木:《梵语文学史》,《金克木集》(第二卷),北京:生活·读书·新知三联书店,2011年版,第171—172页。

纂就是起源于此；这些故事也适合于戏剧的演出。”[①]例如，迦梨陀娑的《广延天女》即改编自《梨俱吠陀》第10卷第95首颂诗，洪呼王与其爱慕的仙女优哩婆湿之间颇具跳跃性的对话被巧加铺陈，编织成了一出结局美满的爱情戏剧。[②] 至于《阿闼婆吠陀》发展和完善的咒祝文学、观念也以变体形式出现在《摩诃婆罗多》《沙恭达罗》等一系列印度经典作品中。在作家们的笔下，诅咒、设禁和咒语的解除或实现，往往成为推动情节的主要动力。无论被施咒人最后的命运是吉是凶，咒语拥有的巨大魔力始终不容置疑。

而众所周知，印度文化对中国有着深远影响。有学者更根据屈原《天问》中的描写指出，《梨俱吠陀》中关于“月亮中有兔子”的说法很早就流传于中国。[③] 但因为佛教将包括吠陀经在内的印度教经典视为“外道”，加以回避，而中国的印度典籍翻译又受到佛教的极大制约，所以，“在近代之前，汉译印度文学几乎全是清一色的佛教文学”[④]。固然，佛教文学也自觉不自觉地吸收、改编了部分吠陀经的内容，并作为中介将其传入了中国社会，使之为大众所熟悉；但在漫长历史中，中国人始终对作为整体的“吠陀”缺乏了解。至近代，由许地山撰写、初版于1930年的《印度文学》(上海商务印书馆)成为我国第一部印度文学史专著。书中用一整章的篇幅介绍了吠陀文学，从四吠陀到后期经书均有涉猎。因为本身对印度文学颇有了解，同时参考了不少英文专著，许地山的论述颇为准确，对国人了解这批重要的文化元典起了很好的推动作用。在此后大半个世纪中，我国的印度古典文学研究、翻译有了长足进步。金克木、汤用彤等老一辈学者都曾在自己的印度文学、哲学研究中贡献了精彩的吠陀颂诗译文。而近几年来，林太的《〈梨俱吠陀〉精读》(2008)、巫白慧的《〈梨俱吠陀〉神曲选》(2010)等作品的推出更标志着我国在这一领域研究的深入。与此同时，在大众阅读与教育方面，《梨俱吠陀》《阿闼婆吠陀》和《奥义书》等吠陀文献中的不少名篇也已逐渐成为高校“东方文学”“世界文学”学科研习的重要内容。这让更多人有机会从源头开始认识印度这一重要邻邦的文明。然而，在看到上述成果的同时也应认识到，因为语言人才储备不足、原书规模庞大而编制复杂等，吠陀文学的汉语翻译和研究尚留有大量空白，这也许还需要数代学人的努力方能填补。

---

① R.塔帕尔：《印度古代文明》，林太译，张荫桐校，杭州：浙江人民出版社，1990年版，第32页。

② 参阅林太：《〈梨俱吠陀〉精读》，上海：复旦大学出版社，2008年版，第203—204页。

③ 季羡林：《印度文学在中国》，《文学遗产》，1980年第1期，第144—145页。

④ 郁龙余：《印度文学在中国的传播与影响》，《国外文学》，1986年第3期，第21—22页。

第三章
圣经文学的生成与传播

“圣经”(Bible)译自希腊文“biblia”，意为“许多本书”。这多少暗示了这部世界上发行量最大、译介版本最多的“奇书”构成的复杂性。“作为文学的圣经”，和其他民族的许多文化经典一样，深深影响了世界文化的进程。

第一节　《圣经》的编纂与文学释读

《圣经》的第一大部分《旧约》(*Old Testament*)，原为犹太教经典。生活于以巴勒斯坦为中心的“肥沃新月形地带”的古希伯来民族，在纪元前的一千多年历史中，与埃及、巴比伦、亚述等周边强国不断冲突、融合，在宗教、商业、法律、政治、编年史以及诗歌等方面积累了大量著述。以这些材料为基础，经过几代犹太作者的整理和编纂，以希伯来文为主要语言的“二十四书”最终完成。“二十四书”所涉时间跨度极大，从上帝创世、造人，到希伯来民族发源、迁徙定居，再进入士师执政、王朝统一和王国分裂、犹太人国破家亡后开始流亡的恢弘历史，最后以先知呼吁民众回归上帝告终。基督教继承这批经典后，将之分为了 39 卷，其中律法书(5 卷)、前先知书(又称历史书，6 卷)、后先知书(15 卷)和作品集(13 卷)。而《新约》(*New Testament*)则是公元 1、2 世纪时在深受希腊文化影响的罗马帝国内由早期基督教作者写作完成的。书中主要记载与耶稣基督相关的事件，以及他的使徒们建立教会的历史。所谓“新”约，主要是相对于上帝与以色列人在古时所立律法、诫命而言，因“旧”约未被遵行，上帝派其独子耶稣基督降世，重新与所有世人立约。这自然也突破了犹太经典中那种狭隘的民族主义，为基督教的广泛传播打下了重要基础。这一部分共27卷，可分为福音书（4卷）、历史纪事（1卷）、使徒书信（21卷）和启示录（1卷），使用的语言主要是当时中东国际公用语希腊文。除了《旧约》和《新约》之外，还有仅被天主教与东正教接受的部分《次经》（*Apocrypha*），完成于两约之间。

上述经卷的正典化过程，是从公元前5世纪中后期到公元4世纪末陆续完成的。在面对丰富的古代遗产时，犹太教、基督教编书人遴选正典的标准颇为严苛，"从理论上讲，只有记载了上帝言语或体现了上帝意旨的书卷才能成为正典"[①]。而在实践中，基本的准则有二：一为作者本身必须信仰纯正，身份权威。对于犹太拉比而言，正典的作者必须是先知，因为只有他们"才有资格接受并传达神谕"；《新约》的作者则被认为必须是耶稣的使徒及其随员、同工，或者耶稣的亲属，因为他们"直接或间接地领受过耶稣的教训"。而第二条原则是该书卷必须已经"在信徒中广为传诵，并被历代读者尊为信仰的规范和力量的源泉"。从《摩西升天记》《十二使徒训诫》等书卷的落选来看，读者原则似乎比作者原则还要重要。[②]这与编书人的现实动机有着直接关联：经书编纂、正典化的高潮每每出现在犹太人遭遇深重民族危机（如公元前586年的"巴比伦之囚"事件、公元70年罗马军队对耶路撒冷的洗劫等）或早期基督教教徒陷入宗教危机之时（如公元2世纪诺斯替派等异端邪说的流行）。"受命于败军之际，奉命于危难之间"的编书人，必须尽快收束人心。而只有当分散各处的读者对同一批经文怀有内在的、高度的认同后，其日常行为、精神取向才能得到有效规范，他们与共同体的联系才能得到维系和加强。从犹太人的漂泊历史来看，相对于一再被异族攻陷的圣殿建筑，正典化后的《圣经》经卷确实构成了一座不会被外力撼动的、始终照耀信徒心灵的精神圣殿。而随着基督教传播并获得独尊地位，在西方诸国，《圣经》更是作为"神谕"被长期加以膜拜。

这也让我们有必要对本章标题中的"圣经文学"进行一定的解释。事实上，只有到了世俗化浪潮高涨的19世纪末、20世纪初，"作为文学的圣经"才成为一句明确的口号，并掀起一场范式转变的运动；而将《圣经》完

---

① 梁工：《圣经指南》，哈尔滨：北方文艺出版社，2013年版，第32页。

② 关于《圣经》正典化过程的详细论述，参见上书第31—32页。

全作为世俗文学阅读,更是20世纪90年代才有的一种"时尚"。[①] 然而,并不能据此认为"圣经文学"是一个全新的概念。将《圣经》作为一系列文本,对之进行作者、材料来源等方面的(广义的)文学研究,早已是《圣经》解释传统中不容忽视的一支;更重要的是,在实际的接受史中,包括许多虔诚的注释家在内的《圣经》读者们,并没有真的忽略这些书卷中(狭义)的文学因素。至少,人们必须承认,《圣经》的"真理"几乎都是用隐喻性的语言来传达的("我要开口用比喻,把创世以来所隐藏的事发明出来"[《马太福音》13:34]),这使得"几个世纪以来,对圣经最好的阐释已接受了以下的前提:圣经在其重要意义上是一部文学作品;其意义和阅读的乐趣部分地依赖于是否有能力用文学的方式去理解它"[②]。而大量文学创作者,无论其是否为基督教信徒,都在自己的作品中对《圣经》的不同文学元素进行了不同层次的借鉴。这足以证明圣经文学已成为了一种具有现实活力与再生产力的强大传统。

但另一方面,将《圣经》作为一部由多个篇章组成的文学总集来进行释读,又并不意味着要屏蔽这部总集的其他维度。恰恰相反,有理由认为,圣经文学的独特性,首先就在于文学与宗教、历史的紧密缠绕。对唯一神的反复重申,让写成于不同时期、作者各异的经卷有了一个统一的主题。从开篇《创世记》中的迷失堕落到最后《启示录》中新天新地的来临,整部《圣经》讲述了一个人类经过万千磨难和善恶抉择、终将走向诗性正义(poetic justice)的完整故事。而具体到各个描述以色列民族历史与英雄生平的篇章,"叛教—落难—悔改—救助"的U形叙事结构也是反复出现。这样的模式之所以能够成立并为读者默认,关键在于上帝的存在:"为了最终的审判和拯救,上帝,即便故事中没有点名,也是掌管着一切。"[③]换言之,上帝就是《圣经》所述故事的主人公。其他所有人物都因为与这位主人公的亲疏离合而面临自己命运的转折点。经卷作者们在对各个人物进行描写时,也会很自然地赋予其与整个神学秩序相符的形象和语言;与此同时,也正是因为与上帝发生了各种关系,作品中那些具体事件和水、火、山峰、尘土、羊羔、鸽子、哭泣声之类的平凡事物才总是能如此轻易地与超验层面的意义勾连起来,成为某种既具有普泛性又始终解

---

① 参见利兰·莱肯:《作为文学的圣经》,菲利普·W.康福特编:《圣经的来源》,李洪昌译,上海:上海人民出版社,2011年版,第99页。

② 同上。

③ 利兰·莱肯:《圣经文学导论》,黄宗英译,北京:北京大学出版社,2007年版,第107页。

释不尽的原型。

如果说圣经文学超验、神秘的一面源于其宗教性，那么对一个民族、一个教会发展历史的描绘，则让圣经文学有了充满现实感的一面。如研究者们早已指出的，宗教方面的诉求让《圣经》"时时流露出那种唯恐受到历史真实的呼声阻遏的急迫感"，为了配合上述 U 形模式，《圣经》中的历史往往是经过合理"包装"的[①]；但在此前提下，写作者仍尽力提供一个具体可感的历史时空（他们的不少描写也被后世考古验证，有些食物、民俗等至今仍能在中东地区人们的日常生活中找到）。尤其值得强调的是，在《圣经》中出现的绝大多数人物都属于"现实主义英雄人物"，"身上存在着与我们相同的优点和缺点"，和我们经历着一样的软弱和失败。[②] 这让身处任何一个时代、任何一种文化氛围内的读者，都能部分地分享人物的经历和感受。《出埃及记》中除了上帝借摩西之手显示的诸多神迹之外，以色列人反抗异族奴役的勇气，流徙于西奈旷野的艰苦与挣扎，以及最后到达"流奶与蜜之地"的狂喜，同样能长久地激荡后世读者的心灵；而当先人们历经艰辛建成的王国毁于一旦后，《耶利米哀歌》的作者用"气纳体"模拟泣不成声之态，抒发的也是能够引发普遍共鸣的黍离之悲："先前满有人民的城，现在何竟独坐！先前在列国中为大的，现在竟如寡妇！先前在诸省中为王后的，现在成为进贡的！"(1:1)"锡安城的长老坐在地上默默无声，他们扬起尘土落在头上，腰束麻布，耶路撒冷的处女，垂头至地。我眼中流泪，以致失明；我心犹如焚，肝胆涂地！都因我众民遭毁灭，又因孩童和吃奶的在城内街上发昏。……锡安民的心哀求主。锡安的城墙啊，愿你流泪如河，昼夜不息；愿你眼中的瞳人泪流不止。"(2:10,11,18)

诚然，宣传宗教教义的内在需求，以及犹太历史基本史实的规范，给《圣经》的作者们带来了颇多限制，但或许正因为是"戴着镣铐跳舞"，这些作者在如何让叙事同时获得"神圣性"与"真实性"，以及如何用少量经文最大限度地催化读者的情感和信念方面，尽情地发挥了自己的文学才能：从《创世记》开始，《圣经》就奠定了简朴深邃的整体风格。在对隐喻性的语言进行反复诵读和领悟的过程中，读者强烈地感受到个体的渺小、所知的有限以及永恒存在的神秘和伟大；但与此同时，《圣经》作者们又运用了大量的修辞手法和丰富的表现体裁（包括箴言、书信、传奇、戏剧、寓言、赞

---

① 诺思洛普·弗莱：《伟大的代码：圣经与文学》，郝振益等译，北京：北京大学出版社，1998 年版，第 63—64 页。

② 参见利兰·莱肯：《圣经文学导论》，黄宗英译，北京：北京大学出版社，2007 年版，第 97—98 页。

美诗、颂词、启示文学等),让玄而又玄的“主人公”上帝及其神迹变得可以言说和接近,就如薄伽丘所说:“圣经称上帝时而为狮,时而为羊,时而为虫,时而为龙,时而为石,还有我为求简而不提的许多比喻,试问这不是诗的虚构是甚么呢?福音书中救世主的话如果不是含有言外之意的布道词,又是甚么呢?用熟悉的名词来说,这就是我们所谓寓言。由此可见,不但诗是神学,而且神学也就是诗。”[①]在一种“难以言说、亦真亦幻的超现实境界”中,《圣经》充分传达出了作者们“对苦难人生所感受到的超负荷的心灵痛苦和由信仰的慰藉所带来的身心振颤的至福欢乐”[②]。正是这样的文学表现力将《圣经》中的宗教、历史因素完美地融合于一体,构建起了一个张力十足的巨大空间,超验与经验、普泛与个体、崇高与凡俗被同时容纳其中。这种丰富性与张力,将为圣经文学的播散提供坚实的基础。

第二节 圣经文学的传播与影响

《圣经》的翻译从公元前3世纪开始,直到今天都从未中断过,译本数量和所涉语种繁多。在保证文义准确的基础上,以扩大阅读范围为目标,《圣经》译本使用的语言也随着时代的变化不断调整,总体上越来越追求晓明易懂。而传播的广泛性加上《圣经》本身的崇高地位,使得用一种语言来翻译《圣经》时,每每会在历史上起到规范、推广该语言的作用。最有名的几个译本包括:首先是经学家、拉丁教父哲罗姆用二十多年时间,以各种《古拉丁文译本》抄本为参考,于公元405年完成的《通俗拉丁文译本》(又称《圣哲罗姆译本》)。到9世纪初时,这个译本已经作为标准版本通行于西欧。它为后来各个民族语言的《圣经》译本提供了重要底本,而作为流传最广的拉丁文作品,这一语言优美的译本也对拉丁文学产生了重大影响。其次为1534年宗教改革领袖马丁·路德根据希伯来文和希腊文翻译的德文版《圣经》。这个以萨克森官方语言和图灵根地方语言写成的译本对德国语言的统一做出了巨大贡献,路德也因此被称为“现代德语之父”。这一译本同时还为新教教会文学的兴起铺平了道路。至于

① 转引自喻天舒:《西方文学概观》,北京:北京大学出版社,2004年版,第63页。

② 同上书,第64页。

1611年在詹姆士国王的组织下翻译印行的英文版《钦定本圣经》(又称《詹姆士王本圣经》),则被视为世界通用的《圣经》权威版本,影响更为广泛。因为语言通俗流畅,富有表现力,《钦定本圣经》本身也被公认为英国文学史中的一部精品,其中的许多短语已经融入日常语言之中。

以这些译本为中介,《圣经》为各个民族、社会阶层和领域提供了一座取之不尽、用之不竭的宝库。而它对西方文学的影响尤为突出:如前文已经提到的,后世西方几乎所有重要的文体形式和修辞手法都能在圣经文学中找到丰富范例。成长时期对这本经典的反复阅读和聆听,为许多西方作家提供了最初的文学启蒙。而这种耳濡目染的结果,也十分直观地表现在作家在创作中对圣经故事、意象、人物以及言论的大量引用。弥尔顿的《失乐园》《复乐园》和《力士参孙》三部曲、拜伦的《该隐》以及王尔德的《莎乐美》等作品的情节主干都取自《圣经》。当然,更多的时候,作家们会选择在某些关键部分才以用典的形式引入《圣经》要素。仅举《白鲸》一例,小说中的叙事者伊隆马利,名字与亚伯拉罕、夏甲之子相同。《圣经》中伊隆马利与母亲被撒莱逐出家门后,流浪荒野,幸而得到上帝眷顾,并被赐名("伊隆马利"为"神听见"之意)。而在梅尔维尔的笔下,伊隆马利也一直处于漂泊状态。在开始捕鲸之旅后(在《约拿书》中"大鱼"是上帝惩戒违命者的助手),他能够做到顺应天命,最终成为整艘船中唯一获救的人。显然,这一人物的命运与其《圣经》原型的严格呼应。而除了提供典故外,从更深层次来看,圣经文学的U形结构也成为后世戏剧、小说中最为常见的叙事模式之一,并始终与"罪恶与救赎""爱与信念"这类主题紧密契合。

毫无疑问,如果对圣经文学没有足够的了解,在阅读西方文学作品的过程中无法破解相关"代码",将忽略掉作家希望传递的许多关键信息。不少文学辞典在这方面提供了重要的索引和说明。然而,如果将任务仅仅限定在为各部作品中的《圣经》引用情况作出"注脚",很容易迷失在细节之中,扁平化地理解了圣经文学给作家、创作过程以及读者带来的深刻影响。如诺思洛普·弗莱(Northrop Frye)在《伟大的代码》一书中所指出的,《圣经》"从古至今是作为一个整体来看待的,它也以一个整体影响着西方的想象力"[1]。换言之,这组文本一直作为一个完整的文化母本影

---

① 诺思洛普·弗莱:《伟大的代码:圣经与文学》,郝振益等译,北京:北京大学出版社,1998年版,第2页。

响着西方作家认识世界、认识人本身的方式。而同样重要的是,它的意义也会在它参与构成的西方文化整体语境中不断漂浮,发生变化。相较于确认哪些作家在哪些作品中利用了圣经文学的哪些要素,更重要的也许是探究这些要素究竟是如何以及为什么可以被这样利用。而要搞清楚这个问题,就需要对圣经文学的传播和影响做进一步的历史化梳理。

众所周知,以《圣经》为核心的基督教话语在中世纪构成了一种占据绝对统治地位的意识形态。教会人士独握《圣经》的解释权,将大量精力投入于对经义的神学疏解之中。但在向文化修养有限、相较于思辨更重感性的普通民众宣扬教义、劝导皈依时,《圣经》文学性的一面仍然会有意或无意地被放大。那些演绎圣经故事的宗教剧,往往渗透着浓郁的神秘主义色彩,为西方戏剧带来了迥异于古典戏剧的另一种传统。而在当时,它们更为民众提供了精神的调剂与必要的道德约束。不过,因为社会的动乱,《圣经》中关于末世的描绘最为深入人心。人们相信,"一个人与其徒劳无益地将他的时间和金钱浪费在试图修补残破的堤坝上,或重整被毁的土地和时遭洪水吞噬的土地上,毋宁用之于建造方舟上"[①]。这种沉重感也由《圣经》文本延伸到了这一时期其他宗教作品中:"那完全公正的万王之王即上帝的日子,/那对女性的爱恋和欲望、人与人之间的争斗/以至对这个世界的欲求都应该停止的/愤怒与复仇的黑云密布的日子,/苦涩的悔恨和悲哀的雷电交加的日子,/即将来临。"[②]相较于纯正的宗教文学,中世纪中后期兴起的骑士文学、城市文学以及逐渐形成书面文字的英雄史诗自然带有更多"异质"成分,不过,它们同样不可能完全逃逸出圣经文学体系。作家们努力将"尘世之城"的需求与对"上帝之城"的向往和服从调和起来:"正如太阳使宝石放射灿烂的光辉,/女子使男子高尚的心灵产生爱情。/倘若有朝一日上帝质问我的灵魂:/你怎竟敢,竟敢将世俗女子同我相比?/将爱情同我相比?/尊贵的主——我将回答——/她像天使一样,我怎能不爱她?/这绝不是罪过。"[③]现代读者可能会对诗人的牵强比附报以会心微笑,但诗人之所以能将这种比附作为一种自我申辩的途径,恰恰是因为下述观念在中世纪的漫长历史中已经成为共识:人,包

① 克里斯托弗·道森:《宗教与西方文化的兴起》,长川某译,成都:四川人民出版社,1989年版,第31页。

② 圣克伦巴:《巍峨的散文》,转引自上书,第53页。

③ 圭尼泽利:《爱情总寄托在高贵的心中》,转引自喻天舒:《西方文学概观》,北京:北京大学出版社,2004年版,第72页。

括他的所有情感、欲望，都应从属于神所建构的整体秩序。即使是在大胆表白时，诗人也并没有忘记自己处于被审视的位置，而审视他的，正是《圣经》（尤其是《旧约》）用一系列惩戒故事塑造的那个权威不容有丝毫挑战的上帝。

到了文艺复兴时期，人们开始相信“人靠自己的力量能够达到最高的优越境界，塑造自己的生活，以自己的成就赢得名声”。这与中世纪认为人“没有上帝的协助无法有所作为”的看法显然存在矛盾；但那种认为文艺复兴只是对中世纪基督教文化的一种“反抗”或“超越”的观点，在近年的研究中已经日益遭到质疑。对于绝大多数人文主义者而言，上述冲突其实并没有成为困扰，他们仍然“把基督教信仰视为理所当然的事”[①]。《圣经》所代表的价值观念和精神取向并未被真正撼动。人文主义者批判教会的腐败堕落、经院教义的狭隘僵化，甚至掀起了一股阅读《圣经》原文的热潮，这一切都只是为了追求更纯正的基督教信仰。在但丁、彼特拉克、薄伽丘等一批经典作家的作品中，都能看到这种暧昧态度。至于被认为摘得文艺复兴时期文学桂冠的莎士比亚，对《圣经》语句和典故的引用之频繁，更是达到了惊人的地步（仅《威尼斯商人》就有六七十处）。他的一系列喜剧，如《威尼斯商人》《第十二夜》和《皆大欢喜》等，都运用了标准的《圣经》U形叙事结构。而在那些更负盛名的悲剧性作品中，莎士比亚流露出对不可知的命运的敬畏，对于重压之下人内心“不朽的渴望”予以了更多的同情与尊重。但对于缺乏基督教道德原则规范的欲望放纵，他始终抱有足够的警惕。哈姆雷特放弃将剑刺向正在忏悔祷告的叔父时的内心独白，最为有力地说明了这一点。[②]

而16到17世纪的宗教改革在相当程度上也是从“纯化”后的《圣经》中得到灵感，引发了真正的巨变。改革让“因信称义”的观念在各个阶层广泛传播，《圣经》所描绘的一切，被认为与每一个体和现实生活直接关联，而不再只是来自彼岸世界的玄奥训示或只能由教会作为中介加以传达。流行程度一度仅次于《圣经》的《天路历程》（1684）极为成功地表现了这种意识的转变：初看起来，主人公没有个性化的名字，只被称为“基督徒”，而且一得到神启就抛弃了家庭、财产，在寻找天国的路途中，更是摈

---

① 阿伦·布洛克：《西方人文主义传统》，董乐山译，北京：生活·读书·新知三联书店，1997年版，第36页。

② 参阅刘建军：《基督教文化与西方文学传统》，北京：北京大学出版社，2005年版，第177—180页。

弃了一切世俗欲望,这一切似乎都只是在继续演绎《圣经》中的那类皈依故事;但更进一步阅读,就会发现这位基督徒实际上已经成为新时代的一位不折不扣的个人主义者:“他寻求上帝的救恩,不靠现存的权威的教会机构,也不是通过宗教崇拜的繁文缛节,而是靠他自己潜心探求圣经的真谛,直接与上帝对话”;他的旅行“不过是象征性地表现内在心理戏剧。‘灰心沼’自在人心中,‘名利场’又何必非得是实在的集市。归根结蒂,甚至天国也在个人心里,是人的一种精神境界”。[①] 主人公最重要的指南仍然是《圣经》,但是他从那些故事中看到的,更多地其实已经不是神的训诫(当然,这仍然被认为拥有不可抗拒的力量),而是由上帝吹入的“生气”与尘土混合而成的人类自身在灵与肉、理智与欲望之间的挣扎。这种将“天路历程”具体内化为个体“心路历程”、将天城—俗世/神—人二元对立关系转变为个人善恶抉择的思路影响深远,此后几百年英国文学中的“正面”人物几乎都是在“象征性地进行这样一种人生求索”[②]。而与上帝交流的神秘个人体验还大量存在于这一时期的玄学诗中:“一个照镜子的人:/视线可以止于镜面,/但也可以从镜面钻进,/进而把天国勘探。”[③]诗人们毫无障碍地在自己的作品中将《圣经》的意象和主题与世俗的乃至自然科学的现象融合在一起,并相信人可以通过沉思冥想、坚守美德以至于创作诗歌等途径获得神恩。圣经文学描绘的上帝与信徒之间那种父子、主仆关系被处理得颇具温情,有时甚至还被置换为了更为微妙的恋人关系。[④]

然而,从 17 世纪下半叶开始到整个 18 世纪,基督教陷入了深刻危机。经验科学、唯理主义的发展,以及随后启蒙运动的兴起,对《圣经》建构的世界体系造成了致命的打击。可以完全通过“理性”指导和判断自己的行为、处理与周围世界关系的人物形象成为文学创作中的宠儿。在《鲁滨孙漂流记》中,主人公突然离开文明社会,被抛到大西洋中的荒岛之上。他在“一无所有”的荒岛上逐渐创造出一切的过程,很容易让人联想到《创世记》。作者也一再提及了鲁滨孙身边的那本《圣经》。但在这种表面的仿写之下,是一种大胆的颠覆:创造一切的不再是高高在上的“上帝”,而

---

① 以上关于《天路历程》的论述参阅黄梅:《〈天路历程〉与西方个人主义的悖论》,《读书》,1991年第 4 期,第 27—28 页。

② 同上书,第 27 页。

③ 乔治·赫伯特:《点金仙丹》,转引自吴笛:《英国玄学派诗歌研究》,北京:中国社会科学出版社,2013 年版,第 65 页。

④ 参阅上书,第 51—75 页。

是人自身。歌德从18世纪后期开始创作的《浮士德》也采取了类似的处理方式。在中世纪故事的基础上，作家特别挪用《约伯记》的情节，加入了《天上序幕》一场，但作品所表达的观念却发生了逆转。相较于《圣经》中那个被吩咐不要对上帝的宏伟设计表示任何异议的约伯，浮士德将《约翰福音》的第一句"太初有道"大胆地改为了"太初有为"。他"跳身进时代的奔波，跳身进事变的车轮"，通过自己一生的不断追求，获得了最后的救赎。[①] 作为旧的神学秩序的象征，《圣经》文本成为高扬"人学"旗帜的作家们改写和挑战的对象。不过，如果进一步推敲，就不难发现，以《圣经》为核心的基督教话语其实以一种更隐秘的方式继续影响着新时代关于世界的想象。正如卡尔·贝克尔在他那本经典著作中指出的，启蒙时代的人们并不像一般所认为的那样理性，他们只是用"自然""理性"和"正义"这类抽象概念取代了"上帝"这个称呼，并以同样的狂热态度建立起了一座现代的"天城"。[②] 人们仍然坚信普遍秩序、绝对理念的存在，持有那种被《圣经》详加呈现的历史目的论。这种信念也进一步催化了这一时期许多文学作品中的乐观情绪。

但这种关于"社会持续进步"的美好想象并未能维持太久：法国大革命爆发又迅速走向恐怖，工业化进程给人类精神世界以及生态环境带来的负面影响日益凸显，地区发展不平衡与民族情绪的高涨等，让19世纪的时代气氛发生了极大转变。相较理性法则，浪漫主义诗人在创作中开始更多地诉诸直觉、个人情感与想象。圣经文学神秘主义与理想主义的一面也由此被重新挖掘。《圣经》题材、意象、隐喻以至诗体形式频频出现在诗人笔下。只是，经过了启蒙运动的洗礼，诗人对《圣经》的解读已经变得更为自由多样。全能的上帝固然因为创造了大自然惊人之美而得到由衷赞美，但其作为威权的代表，遭到的抨击之猛烈也是空前的。诗人们将圣经文学中那些受到严惩的叛逆者奉为解放天性、拥有独立思想的英雄，并往往将自己的形象投射其中，拜伦对该隐故事的重写即属此列。甚至，此前象征着"绝对的恶"的"地狱"也转而成为被礼赞的对象。而对于19世纪的小说家们而言，极具精神厚度的圣经文学也为他们批判、反思价值理性过分萎缩的现代生活提供了重要资源。在这方面，俄罗斯作家取得的成就尤其令人瞩目。身处一个有着东正教深厚传统，同时又位于"欧洲

---

① 参阅刘建军：《基督教文化与西方文学传统》，北京：北京大学出版社，2005年版，第194—207页。

② 卡尔·贝克尔：《启蒙时代哲学家的天城》，何兆武译，南京：江苏教育出版社，2005年版。

边地”的欠发达国家,充满危机感的作家们选择以《圣经》中的先知作为榜样。在批判俄国社会的野蛮与落后时,《圣经》中所描绘的那个没有压迫、人人幸福的天国总是作为一种对照存在(尽管往往是经过进步思想包装的)。另一方面,对于西欧示范的现代化道路究竟会“把人类引向何处”,一批思想更为深刻的作家也提出了质疑。陀思妥耶夫斯基向来以对复杂人性的生动刻画闻名。而如研究者已经指出的,他笔下的大量人物都能从《圣经》中找到原型。甚至陀思妥耶夫斯基本人也在《卡拉马佐夫兄弟》中借佐西马长老之口感慨:“圣经真是一部了不起的书,它给人多么神妙的奇迹和力量!真是世界和人,以及各种人类性格的样板,一切都在这里面提到了,一切都给我们永远指示出来了。里面有多少神秘得到了解决和揭示。”[①]但从某种意义上说,他那些多声部的、表现出强烈分裂气质的“地下室手记”,其实都可以视作对新约《罗马书》“灵与肉的交战”这一节的再诠释:“我所愿意的善,我反不作;我所不愿意的恶,我倒去作。若我去作所不愿意作的,就不是我作的,乃是住在我里头的罪作的。我觉得有个律,就是我愿意为善的时候,便有恶与我同在。因为按着我里面的意思,我是喜欢神的律;但我觉得肢体中另有个律和我心中的律交战,把我掳去叫我附从那肢体中犯罪的律。”(8:19—24)与理性主义、个人主义的大潮相逆,陀思妥耶夫斯基这类作家强调了人不可能被理性规范的一面。一旦失去必要的敬畏之心,人类将堕入“什么都可以做”的恐怖境地。这也是他们呼吁重新回到《圣经》的根本原因。

19 世纪下半叶文学“先知”们的担忧在 20 世纪变成了现实。新时代一方面见证了科技的迅猛发展和物质的高度繁荣,另一方面也因为发生了两次世界大战、大规模的政治恐怖等突破人类极限的事件而被称为“最残忍的一个世纪”。这两方面都加速了西方原有价值体系的崩溃,任何宏大叙事都遭到质疑,(容易堕入极端的)相对主义和怀疑主义流行开来。如前文已经指出的,作为宗教元典的《圣经》在这个世纪彻底失去了原有的神圣地位。但这也进一步打开了这一系列文本的释读空间。文学理论家们从中获得了大量灵感:“在今天的文学批评理论中,有许多问题来自对圣经的解释学研究。当代的许多批评方法就是隐隐约约地受到有关上帝死了的种种说法的激发而产生的,而上帝死了的说法也是来自圣经的

① 陀思妥耶夫斯基:《卡拉马佐夫兄弟》,耿济之译,北京:人民文学出版社,2004 年版,第 327 页。

文学批评。”[1]至于文学创作方面，对《圣经》文本的变形、戏拟成为作家表现现代世界之荒诞和价值中空的常见手法。对圣父的虔诚追寻，转变为了对“戈多”无聊而意义不详的等待；无论是永远无法进入的“城堡”，还是不可能被重新找回的“马贡多乐园”，都让《圣经》U形结构在最后一环出现了断裂——因为上帝的缺席，“诗性正义”不再是必然，叙事的意义指向变得模糊不明，甚至被有意搁置。但人类毕竟无法生活在一个没有意义的世界。当旧世界被颠覆后，建构新的价值体系的冲动也随即出现。而有意思的是，这种冲动在许多时候仍然是用已经完全融入西方文化血液的《圣经》符号加以表现的。叶芝在《基督重临》中，调用了《启示录》描写末世的各种异象，并暗示“敌基督”降临，人类已经进入最黑暗的历史阶段。但按照《圣经》的记载，恰恰是在敌基督现世之后，真正的基督将重临，拯救世人。诗人在篇末虽未点破这一点，身处西方文化语境中的读者却能迅速捕捉到诗句背后蕴含的希望。同样，艾略特笔下的“荒原”一直被视为失去信仰、堕落枯竭的现代文明的象征。而带着强烈的宗教情感，诗人最后再现了《圣经》中戏剧化的“显灵”场景，由雷霆传示“舍予”“同情”“克制”三大诫言。固然，在这些基督教的传统教义之中已经渗入了诗人对现代人精神危机的观察和思考，但创作者的这类描写仍然显示出，在面对严峻的现代性挑战时，人们还是需要回到经过历史长期考验和沉淀的文化经典中寻找应对方法。

以上简单梳理了圣经文学以及附着在它之上的价值体系在西方传播、影响的漫长历史。不难发现，这部经典作为最关键的资源之一，从整体上形塑了西方文化心理。它与这两千年来的几乎所有西方文学作品都构成了互文关系，而且这种关系并不仅仅以共享主题、意象、叙事模式等“显性”方式存在。无论对基督教的态度是虔信、怀疑还是叛离，作家们都不可能真的绕开《圣经》展开自己的创作；而他们的写作也从各种角度丰富了圣经文学的意涵，使之可以在不同时代以不同形态激发更多的灵感。

第三节　圣经文学的在华译介与传播

《圣经》在中国的翻译和传播有着悠久的历史。一般认为，早在唐

---

① 诺思洛普·弗莱：《伟大的代码：圣经与文学》，郝振益等译，北京：北京大学出版社，1998年版，第10页。

初景教传入时,这类活动即已展开。天主教在元朝和明末也一度十分活跃。无论是"以佛老释耶",还是"融儒辟佛",传教士们始终在艰难地寻找一个既能与中国主流文化对接又能保持基督教主体性的合适位置。但像利玛窦这样能够与中国知识精英展开实质性交流的成功者极为罕见。《圣经》翻译工作最终也并未能在庞大的中央帝国留下太多的痕迹。

而从清中叶到民国初年,新教传教士带来了一波真正的《圣经》译介高潮。短短百余年的时间内,仅《圣经》全译本就出现了九部,此外还有大量的节译、编译和解经文字问世。各国教会都成立了专门的"圣经会",以传布《圣经》。以美国圣经会为例,截至 1915 年,它在中国销售的《圣经》已经超过了两千万本。如此庞大的发行量,在中国近代历史上很难找到其他著作可以与之比肩。① 而值得特别关注的是,在这波译介浪潮中,《圣经》汉译的语言大致经历了从"文理"到官话的转变。这一方面是因为随着西方在华势力的扩张,传教的范围从沿海向内地推进,面向的人群日益广泛,不再局限于富有学养、主要通过书面文字获取信息的精英阶层;另一方面,与殖民活动的高涨相对应的是,作为翻译主力军的传教士在心态上发生了微妙的变化。19 世纪初,最早来华的新教传教士们也曾希望借鉴明清小说采用的那种浅白语言来翻译《圣经》,以扩大接受人群。但担心《圣经》因此而被视为粗俗小道、遭人轻视,马礼逊等人最终还是选择了浅文理。加上对直译的过分强调,他们的译文佶屈聱牙,受到不少批评。② 而从 19 世纪下半叶开始,在华地位明显提高的传教士在尽快教化更多"异教徒"的问题上,已经变得十分自信和强势。对于他们而言,代表绝对真理的《圣经》并不会因为(无力挽回帝国颓势的)中国文人的非议而蒙上任何阴影。流行程度极高的官话成为译者很自然的选择。最后,《圣经》汉译语言的转变还与中国清末民初的语言变革有着千丝万缕的关系。传教士和他们的中国同事不仅是白话文学传统的继承者,还以办学、办报等形式参与到了白话的推广之中。出版于 1919 年的官话和合本《圣经》是迄今为止影响最为广泛并且始终享有权威的一个汉译本。按研究者的统计,官话和合本"引进了一千个新的表达词组,八十七个新字,这表明翻

---

① 参见杨天宏:《基督教与民国知识分子:1922 年—1927 年中国非基督教运动研究》,北京:人民出版社,2005 年版,第 8—9 页。

② 参见姚达兑:《〈圣经〉与白话——〈圣经〉的翻译、传教士小说和一种现代白话的萌蘖》,《金陵神学志》,2011 年第 3—4 期,第 188 页。

译并非只是写下口说的语言而已，其更有塑造隐约显现的书面语言之效”[①]。其中的许多新词如今已完全融入日常语言。而在当时，官话和合译本经过反复推敲的语言对教内、外作家的写作起了不小的示范作用。以至于新文学运动的批评者曾讽刺“白话是马太福音体”。周作人在《圣书与中国文学》(1921)一文中则索性指出，“《马太福音》的确是中国最早的欧化的文学的国语”，同时也“预计它与中国新文学的前途有极大极深的关系”。[②] 反过来说，“白话文在文学领域内的胜利也提高了白话《圣经》的地位，使之易于被接受”[③]，用“低俗”的小说语言译介上帝之言的尴尬至此彻底消除。语言层面的合流，无疑为《圣经》进入中国新的文化语境、与之展开对话提供了重要的基础。

但文化间的传播从来就不是匀质的，跨界过程中那些无法逾越的障碍，往往也最能标示出文化主体的特质所在。对于有着强大现世主义与实践理性传统的中国文化而言，《圣经》的神学取向很难被接受。很长一段时间内，真正将《圣经》当作“经”诵读的多为底层民众，且出现了“吃教”这类充满功利色彩的说法；而对于绝大多数知识精英而言，《圣经》中的“怪力乱神”之语，尤其是对排他性的一神论的大肆宣扬实在不对胃口。诚然，在激进的时代风潮中，像辜鸿铭这样直接搬出“攻乎异端，斯害也已”的圣人之训，痛斥“耶教若专行于中国，则中国之精神亡”的人并不多[④]，但通过援引当时被赋予了无上权威的启蒙主义话语，中国的知识分子还是十分坚定地表达了自己对宗教近乎本能的拒绝。如梁启超就指出，产生于蒙昧时代的宗教与强调科学民主的新的人类文明已经“不能相容”，“科学之力日盛，则迷信之力日衰；自由之界日伸，则神权之界日缩”，与数百年前相较，基督教的势力“不过十之一二”。若此时中国人还“欲慕其就衰之仪式”，实无异于“为效颦学步之下策”。[⑤] 不过，对于宗教的这种拒斥，并未完全将《圣经》挡在中国文人的书斋之外。相反，许多人都曾

---

① 魏贞恺：《和合本圣经与新文学运动》，吴恩扬译，《金陵神学志》，1995年第1—2期，第52—53页。

② 周作人：《圣书与中国文学》，《周作人作品新编》，北京：人民文学出版社，2011年版，第204页。

③ 魏贞恺：《和合本圣经与新文学运动》，吴恩扬译，《金陵神学志》，1995年第1—2期，第57页。

④ 汪堂家编译：《乱世奇文：辜鸿铭化外文录》，上海：上海人民出版社，2002年版，第37页。

⑤ 梁启超：《保教非所以尊孔论》，转引自杨天宏：《基督教与民国知识分子：1922年—1927年中国非基督教运动研究》，北京：人民出版社，2005年版，第39页。

谈及自己购买、阅读《圣经》英文本或汉译本的经历。而除了某种赶时髦的心理外,这主要就应归功于圣经文学的力量:与在西方漫长曲折的世俗化接受过程不同,在中国,人们很快就将《圣经》定位为了一部对西方社会道德与作家创作产生了深远影响的文学经典。那些神学论说并未影响中国读者对《圣经》的审美化欣赏。周作人的下列说法很有代表性:"《旧约》是犹太教基督教各派的圣书,我们无缘的人似乎可以不必看的了,可是也并不然。卷头《创世记》里说上帝创造天地……这一节话如说他是事实,大概有科学常识的人未必承认,但是我们当作传说看时,这却很有意思,文章也写得不错。"[1]类似的,沈从文也曾谈到自己初到北京时阅读《圣经》的体验:"我并不迷信宗教,却欢喜那个接近口语的译文,和部分充满抒情诗的篇章。从这两部作品(另一部为《史记》——笔者注)反复阅读中,我得到极多有益的启发,学会了叙事抒情的基本知识。"[2]

如前文已经提到的,在西方,超验性被认为是圣经文学的一个内在特征。近代西方读者的确对《圣经》进行了"驱魅";但哪怕是采取了反叛的姿态,他们也仍然不可能完全离开原有的话语场来释读圣经文学。而中国的接受者则不存在类似的文化心理沉淀,可以完全从现世经验的层面来对"作为文学的《圣经》"进行符合自己需求的筛选和改写。在极力塑造上帝威严形象的整部《旧约》中,《雅歌》获得了中国读者的特别青睐。如果说在西方,这一诗卷之所以能以"歌中之歌"的名义进入正典并长期享有崇高地位,在很大程度上是得益于强大的寓意诠释传统将诗中的情欲描写成功地比附为了神与信徒之间"爱的交流"[3];那么在中国,对于周作人、朱自清等一大批文人而言,《雅歌》就是纯粹的情歌,它的美恰恰在于其表达的直接和"无所羞耻",始终无法融入都市文明的沈从文更是从《雅歌》中读出了自己熟悉的野性味道。[4] 在创作中,他放大了《雅歌》未受到文明过度"侵染"的这一面,并将之与中国民间的歌谣、故事进行了各种形式的嫁接。《月下》中的"我"甚至从一开始就念诵着《雅歌》登场,而从句式到格调,"求你将我放在心上如印记,带在你臂上如戳记"(8:6)一句都

---

① 周作人:《十堂笔谈》,转引自王本朝:《20世纪中国文学与基督教文化》,合肥:安徽教育出版社,2000年版,第81页。

② 沈从文:《〈沈从文小说选集〉题记》,《沈从文文集》(第11卷),广州:花城出版社,1984年版,第67页。

③ 参见梁工:《圣经指南》,哈尔滨:北方文艺出版社,2013年版,第279页。

④ 参阅王本朝:《20世纪中国文学与基督教文化》,合肥:安徽教育出版社,2000年版,第280页。

与全诗完全融合。

至于《新约》全书最吸引中国作家的，则是讲述耶稣生平事迹的四福音。鲁迅的《复仇(其二)》、艾青的《马槽》和《一个拿撒勒人的死》、徐志摩的《卡尔佛里》、冰心的《客西马尼花园》和《髑髅地》以及茅盾的《耶稣之死》等，均取材于此。与“自有永有的”耶和华不同，这位“神之子”在《圣经》中被置于一个具体的历史时空内，这对于有着强大史学传统和“人格神”传统的中国读者来说，是比较好理解的。耶稣因为替人类受难而被赋予的“牺牲”特质，也被认为是动荡历史中中国人急需的一种品质。再加上整个受难过程充满悲剧性意味，按照当时那种中西文化二水分流的流行话语，这被认为是格外“崇高”的一种情感形态，对于中国现代文学的“浪漫一代”更是有着巨大的吸引力。由此，作家们纷纷上阵，对耶稣受难的“故事”进行复现和再演绎，也就不难理解了。至于耶稣用血肉为子民洗涤的“罪”、完成的“救赎”到底为何，以及如何理解他最后的“复活”等在西方至关重要的问题，则基本被中国作家略过了。对基督教中心意象的“去神学化”表现，必然让他们笔下的耶稣形象出现裂缝，意义多向。以鲁迅写于 1924 年 12 月 20 日的《复仇(其二)》为例。众所周知，早在 1919 年 4 月完成的《药》中，鲁迅便通过对安特莱夫《齿痛》的仿写，对耶稣受难故事进行了一次挪用。而五四运动的退潮，似乎让作家进一步确认了自己关于革命和革命者命运的悲观预判。《复仇(其二)》仍然描写了看客的“可悲悯”而又“可诅咒”，但将更多的笔墨转移到了被围观的“耶稣”。整篇作品粗看起来与《马太福音》相关章节高度重合，但细微处的改动，却显示出了作家强烈的个人风格。开篇“他自以为神之子，以色列的王，所以去钉十字架”中的“自以为”三个字所体现出的悲哀与怀疑，已经足以让文本意义溢出原有框架。在接下来的叙述中，鲁迅调用自己的医学知识，对耶稣肉体上的“受难”进行了极为详细而冷静的表现。对死亡的这种“玩味”，并非来自宗教意义上的对于生死的超越，而更多地源于作家关于虚无、关于“绝望之虚妄”的体验。尤其值得关注的，是耶稣作为“牺牲”(神圣的祭品)，并未被赋予“羔羊”般的纯洁和谦顺，相反，他时时跳脱出这一既定角色，对自己与拯救对象、同时也是“背恩者”的关系报以讽刺态度：“钉尖从脚背穿透，钉碎了一块骨，痛楚也透到心髓中，然而他们自己钉杀着他们的神之子了，可诅咒的人们呵，这使他痛得舒服”；“他在手足的痛楚中，玩味着可悯的人们的钉杀神之子的悲哀和可诅咒的人们要钉杀神之子，而神之子就要被钉杀了的欢喜。”在十字架竖起前后，作者更用几乎完全一样的文字重复写道:“他不肯喝那用没药调和的酒,要分明地玩味以色列人怎样对付他们的神之子,而且较永久地悲悯他们的前途,然而仇恨他们的现在。”[①]换言之,耶稣/革命者行动的初始意义被无限后延。他用自己的死完成的,是当下对看客的“复仇”,而非“救赎”。如此“一个也不饶恕”的“耶稣”显然已经完全颠覆了那个吁请天父“宽恕世人,因为他们不知道”的《圣经》原型。事实上,在写作《复仇(其二)》的同一天,鲁迅还完成了《复仇》的第一篇。两篇作品在主题和构思上高度相似,和那两位在旷野中的身份神秘的剑客一样,耶稣其实已经完全成了作家《野草》时期“颓唐”心境的一种映射,他到底“来自何方”“去往何处”,变得毫不重要。

应当承认,由于文化的巨大隔阂,中国现代作家们真正通过圣经文学掌握的“叙事抒情的基本知识”,主要还是集中于形式层面。例如,《圣经》中有大量祈祷诗、赞美诗,它们的形式特点在翻译过程中可以得到相对完整的保存。而无论是否有基督教信仰,中国作家都很容易掌握那种向“隐身”的对象完全敞开、表达内心情感的倾诉方式,并从中体会到一种“精神颤栗”的特殊美感。他们也很自然地运用这类诗体来表达转型时代知识分子们的纤敏情绪,以及对未来的不确定。研究者已经指出,20世纪的中国文坛出现了大量这类创作:“冰心的《圣诗》《繁星》《春水》有‘祈祷诗’的风格,她对造物者、上帝、母爱、童心和自然都有热情、真挚的祈祷和赞美。另外,周作人的《对于小孩的祈祷》、梁宗岱的《晚祷》、陆志韦的《向晚》、王以仁的《读〈祈祷〉后的祈祷》、闻一多的《祈祷》、冯至的《蝉与晚祷》、穆旦的《祈神二章》和王独清的《圣母像前》、石评梅的《我愿你》等也是祈祷诗体的风格。以祈祷方式表达对未来的期盼,对理想的祝福,这几乎是我们这个新旧转折时代的公共问题,有祈祷爱情的,有祈祷理想的,不一而足。”[②]而具体到《圣经》诗歌中频繁出现的修辞性语言和平行结构(即“两行或者两行以上使用不同词汇、相同语法形式来表达相同意思的诗行”[③]),更是与中国诗歌的某些传统相亲近,成为创作者常用技巧。仍以深受《雅歌》影响的《月下》为例:“在青玉色的中天里,那些闪闪烁烁底星群,有你底眼睛存在:因你底眼睛也正是这样闪烁不定,且不要风

① 鲁迅:《复仇(其二)》,《鲁迅全集》(第二卷),北京:人民文学出版社,1981年版,第174—175页。

② 王本朝:《20世纪中国文学与基督教文化》,合肥:安徽教育出版社,2000年版,第278—279页。

③ 利兰·莱肯:《圣经文学导论》,黄宗英译,北京:北京大学出版社,2007年版,第172页。

吹。//在山谷中的溪涧里，那些清莹透明底出山泉，也有你底眼睛存在：你眼睛我记着比这水还清莹透明，流动不止。”毫无疑问，圣经文学丰富了中国现代诗歌的创作形态，拓宽了抒情空间。但在带来更多可能性的同时，跨界失效的风险始终存在。尤其是当作者们尝试用上述形式结构来简单嵌入那些有着特殊神学内涵的《圣经》常见主题时，并不总能达到和谐的效果。和《诗篇》中的许多颂诗一样，闻一多的《南海之神——中山先生颂》开篇不久即点明主题，用平行反复的方式不断咏叹孙中山这位出生于南海之滨的革命领袖开创中华历史“新纪元”的伟大功绩。难以抑制的崇拜之情或许可以支持诗歌将先生推向神坛，并模仿《圣经》作者/虔诚信徒的语式，向其“奉献”自我，企盼“神恩”：“神通广大的救星啊！请你听！/请将神光辐射的炬火照着我们；/勇武聪睿的主将啊！请你听！/请将你的大纛掩覆我们颤栗的灵魂。”[①]但当诗人在最后部分进一步呼吁“不肖的儿女”“背恩的奴隶”因为“猜疑”中山先生的“恩惠”“妒嫉”他的“聪明”而向其“忏悔”，请求他“宽赦我们”“饶恕我们”时，诗歌不免显得有些生硬和突兀。[②] 毕竟，读者面对的不是存在于上界、从容俯瞰俗世变迁的真正的“神”，而是一位执着于现实，相较灵魂不敬之“罪”更关注社会不公之“恶”的政治人物。特别是考虑到这位政治领袖毕生致力于反抗威权，主张民权、民意的自由伸张，挪用全能上帝/无知子民的基督教二元模式来描绘他与民众的关系，无疑存在深层的悖论。同样，在叙事文学中，中国现代作家也对“背叛—落难—悔改—救助”这类《圣经》叙事模式进行了挪用。但在取得成功的绝大多数篇章里，作家都是从精神、道德，而非宗教的层面来描写人物的行动和心理。就像小说人物口中的“上帝”，总是更多地延续了这一语词在中国文化中的传统意涵，指涉的是一个自行运转的抽象存在，而非《圣经》中那个时刻与子民发生关系、左右一切的永恒“主角”。

不管怎样，社会形态的快速转变，以及新旧价值观念的巨大冲突，让那些在不同程度上受到圣经文学影响、关注个人“心路历程”的作品颇受欢迎。但这种开放式解读、挪用圣经文学的接受局面因为反帝反殖民、民族主义话语的不断上升而受到有力冲击。如果说，反宗教和非基督教运动在20世纪20年代尚集中于观念性的讨论，那么，到了三四十年代这股

---

① 闻一多：《南海之神——中山先生颂》，《闻一多全集》（第1卷），武汉：湖北人民出版社，1993年版，第247页。

② 同上。

潮流已与政治化斗争紧密相连。《圣经》的意涵逐渐变得符号化。作为“帝国主义国家进行精神侵略的工具”,书中的许多描写,尤其是耶稣在福音书中有关“不要与恶人作对。有人打你的右脸,连左脸也转过来由他打”(《马太福音》6:39)的这类教导,被认为带有强烈的殖民主义意图。而号称代表“公理”的列强,包括一些在华传教士,在实际言行方面与他们传播的《圣经》教义之间存在明显裂缝,这在田汉、胡也频、萧乾等一批进步作家的笔下,成了绝佳的讽刺对象。[①] 但吊诡的是,与在其他弱势族群中传播情况相似,《圣经》在成为殖民主义符号的同时,也为中国的创作者们提供了一种抗争和解放的话语。1933 年,因为参加爱国救亡运动而被投入大牢的艾青,在狱中以重病之躯创作了叙事诗《一个拿撒勒人的死》。同样是对受难故事的改写,诗人强调了耶稣勇于献身、无畏丑恶势力的一面。在耶稣给世人留下的遗言中,诗人更明显寄托了对祖国和民族未来的期冀:“一切都将更变/世界呵/也要受到森严的审判/帝王将受谴责/盲者,病者,贫困的人们/将找到他们自己的天国。/朋友们,请信我/凭着我的预言生活去,/看明天/这片广大的土地/和所有一切属于生命的幸福/将从凯撒的手里/归还到那/以血汗灌溉过它的人们的!”[②]借用圣经文学主题、意象和人物表现中华民族必将浴火重生的作品在抗战时期还有很多。这一方面是因为圣经文学与犹太民族苦难史的内在联系,以及它关于历史终极正义的强烈信念非常符合中国当时的历史处境和社会心理,另一方面则与森严审查制度下《圣经》传播的合法性仍然得到了基本保障有关。作家们很容易通过化用圣经文学“暗度陈仓”,隐喻性表达一些“犯禁”的政治主张,1942 年茅盾创作于沦陷区桂林的小说《耶稣之死》即属此列。

从中华人民共和国成立以后到 20 世纪 70 年代末,尽管《圣经》的译介、印行工作并未完全终止,但《圣经》语言、意象在文坛总体上处于被压抑状态。作家们主要继承了 20 世纪三四十年代的批判思路,将之作为“精神鸦片”或“帝国主义侵略工具”加以表现。即使是一些原本与基督教文化颇为亲近的老作家,也在接受了教育之后,写出了不少反思、揭露的作品。但这一高度政治化的接受状态随着新时期的到来很快发生了转

---

① 参见王本朝:《20 世纪中国文学与基督教文化》,合肥:安徽教育出版社,2000 年版,第 39—44 页。

② 艾青:《一个拿撒勒人的死》,《艾青选集》(第 1 卷),成都:四川文艺出版社,1986 年版,第 57 页。

变:在相对开放的社会文化语境中,基督教作家的数量大幅增加,并出现了北村这样受到主流文学圈重视的代表人物;基督教文学的传播渠道也更为丰富,在传统纸质期刊和新兴的网络平台上都获得了自己的一席之地。[①] 在这些作家作品中随处可见圣经文学的影响。而在西方文化以空前规模和烈度影响中国的时代大背景下,教外读者对于圣经文学的认识也较前几代人更为深刻和多元。他们不仅可以通过《圣经》这一单一文本,更可以通过大量西方文学作品和丰富的文艺思潮,认识圣经文学的丰富内涵与再生产能力。事实上,前文提到的那场发轫于19世纪末、在20世纪不断掀起高潮的西方圣经文学研究运动在当代中国也引发了很大回响——尽管早在1936年上海广学会就曾刊行由贾立言、冯雪冰等人翻译的论文集《圣经之文学研究》,而该书原著正是由被誉为“现代圣经文学研究之父”的摩尔顿(Richard G. Moulton)于1896年所编写的;朱维之发表于1941年的《基督教与文学》更是对《圣经》各类作品的文学特征以及它们对后世文学的影响进行了系统论述,奠定了我国圣经文学研究的学科基础;但圣经文学的阅读和研究在中国真正成为一种“现象”,还是20世纪80年代以后的事情。经过一大批专家学者近三十年的努力,奥特、莱肯、弗莱和加百尔等一系列西方名家以各种批评视角(形式主义、神话原型批评、叙事学、女性主义、后殖民主义等)介入圣经文学的经典研究著作被陆续翻译为中文,让“作为文学的《圣经》”这一概念逐渐深入人心。而在充分借鉴国际前沿研究的基础上,中国本土学者也推出了大量相关专著、论文,甚至还创办了专门的期刊《圣经文学研究》(由河南大学圣经文学研究所主办)。通过各方的努力,圣经文学还进入了中国高校的文学课程,其中《旧约》主要进入亚非文学课程,《新约》则作为古罗马文学的一部分进入欧美文学课程。无需赘言,这对于圣经文学在中国的传播与影响有着极大的推动作用。[②]

具体到文学创作领域,作为一种影响加深的直观反映,圣经文学的更多篇章开始进入到了中国当代作家的创作视野,例如鲁西西的《何西阿书》对何西阿感化歌蔑故事的书写、文亦平的《博士行》对“东方三博士”形象的想象和丰富等;而一些人们相对熟悉的圣经故事、人物也因为新视角的出现而获得了新的活力,如施玮创作的“圣经中的女人”诗体小说系列

① 参见季玢:《野地里的百合花:论新时期以来的中国基督教文学》,北京:中国社会科学出版社,2010年版,第77—87页。

② 以上论述参阅梁工:《作为文学的〈圣经〉》,《外国文学》,2012年第1期,第102—103页。

即从女性主义神学的特定角度展开,呈现了伯大尼的马利亚、抹大拿的玛丽亚等四位被男权社会排斥的女性鲜活的个体生命体验;同时,在对《圣经》主题、意象和结构等文学因素的调用方面,当代作家也显得更加自如,并且达到了相当的美学高度。最具代表性的,也许就是抱着《圣经》走向生命终点的海子。海子将《圣经》视为"伟大诗歌的宇宙性背景"的重要组成部分,出自《约翰福音》的"麦子"、《马太福音》的"盐"以及以基督为重要参照的"王"等意象在他的诗歌中反复出现,并且兼具诗意与神性。而他的长诗《太阳》对圣经文学的借鉴和变异更是历来为研究者关注。骆一禾就曾指出:"《太阳》全书的结构设计是吸收了希伯来《圣经》经验的,但全程次序又完全不同,例如《弑》有《列王记》的印记,而处于《太阳》的末端,《弥赛亚》有《雅歌》与《耶利米哀歌》的印迹而较为居前,带有曙光性质和更为盛大。"[①]

不过,尽管存在上述种种变化,如果进一步探究的话,不难发现中国当代文学对圣经文学的接受其实仍然是沿着它的几个基本维度展开的:首先,当然是它的审美维度。和海子一样,许多极具先锋意识的小说家也曾谈到《圣经》这一古老元典对自己的影响。这固然与《圣经》阐释和西方现代哲学思潮(尤其是存在主义)的合流有一定关系,但与圣经文学语言的"舒而不缓、简而不浅"更有着直接关联。在尝试过了各种"能指游戏"后,莫言、马原等人对《圣经》那种简单而有力的表达方式有了更为强烈的认同。而《圣经》那种经典的、适合表现个人精神旅程的U形结构也通过余华、范稳这些作家的挪用和变形,焕发出了新的活力。[②]

其次,除了传递审美愉悦和创作可能性外,圣经文学的精神性也是它在当代中国仍然如此富有魅力的重要原因。虽然传播的力度有所增大,接受环境也更为自由,但对于中国当代大多数受众而言,基督教神学其实仍然是十分陌生的,即使是杨炼、海子、西川、舒婷这批希望利用西方资源建构新的"文化诗学"的诗人们也并未真正进入其中。[③] 重实践和实用、拒斥"排他性宗教"的传统文化心理依然强大。然而,圣经文学对人性、对

---

① 骆一禾:《"我思考真正的史诗"——海子〈土地〉代序》,转引自陈奇佳:《中国当代文学中的基督教文化影响》,《江苏社会科学》,2010年第3期,第165页。

② 参阅季玢:《野地里的百合花:论新时期以来的中国基督教文学》,北京:中国社会科学出版社,2010年版,第90—91页。

③ 参阅陈奇佳:《中国当代文学中的基督教文化影响》,《江苏社会科学》,2010年第3期,第164页。

道德规范和存在之终极意义的关注，并不难引发人们的好奇与不同程度的回应。“文化大革命”结束初期，许多作家在书写自己的创伤记忆、反思社会的集体癫狂时，都选择了援引圣经文学的经典主题与意象，自愿背负起十字架、寻求救赎；而晚近的作家则更多地通过对圣经文学精神导向的借鉴或追问，探讨深受单向度生活挤压、失去信仰与爱的能力的现代人究竟应当如何自处。这方面的代表人物当推北村和史铁生。和陀思妥耶夫斯基相似，北村喜欢在小说中表现那些在欲望驱使下犯下各类罪行的人，并且通过人物内心的挣扎探讨救赎之路。而他皈依基督教后早期的许多作品几乎就是对《圣经》中“在世间有苦难”和“在主里有平安”的直接演绎，行文中充斥着大量《圣经》引文，最后则总是以一种降神式的结局解决一切冲突。而经历坎坷的史铁生的信仰要更为复杂，从其对“自救”的强调来看，其思想的无神论印记仍然十分明显。但他也通过借用诸多《圣经》因素（例如《毒药》中的大水与方舟意象，《我的丁一之旅》的“伊甸园”背景，另外还有多部作品都出现了《约伯记》的身影），表达了自己关于人生恒苦、唯有爱可以超越苦难的思考。

最后但绝非最不重要的一点是，圣经文学经验性的、充满历史感的一面也让它能继续被中国当代作家挪用和改写。还在 1970 年，绿原就透过在抄家过程中侥幸“漏网”的一部《圣经》看到了自己熟悉的许多人和事：“里面见不到什么灵光和奇迹，//只见蠕动着一个个的活人。”“论世道，和我们的今天几乎相仿，/论人品（唉！）未必不及今天的我们”；“今天，耶稣不止钉一回十字架，/今天，彼拉多决不会为耶稣讲情，/今天，玛丽娅·马格黛莲注定永远蒙羞，/今天，犹大决不会想到自尽。”[①]在借古讽今、抒发了内心的苦闷之情后，诗人依旧在篇末重申了自己的无神论主张以及接受人民改造的决心。而到了 1988 年，在那篇备受好评的小说《十字架上》，王蒙远为大胆地从一个彻头彻尾的异教徒的视角重建了《新约》所叙述的历史，将耶稣的受难描写为一场充满荒诞感的“造神运动”。在意识流式的心理描写中，那个在临死前大呼“以利，以利！拉马撒巴各大尼”（即“我的神，我的神！为什么离弃我”[《马太福音》27:46]）的耶稣彻底褪去了神性。但这一形象却与那些重视奇迹、神秘、威权而非信仰本身的民众一样，显示出一种充满荒诞感的真实。而烙有中国特殊时代鲜明烙印的语汇、语式自由穿插于全文，更是明白无误地揭示出作家创作的现实动

---

① 绿原：《重读圣经》，《绿原文集》（第一卷），武汉：武汉出版社，2007 年版，第 327 页。

机:“如果我(耶稣——引者注)被释放,经过这么一番大折腾以后晚上照旧饮水吃肉洗脚睡觉打鼾,现在这些为我流泪向我膜拜的人如何能再相信我的仁爱我的苦心我的关于宽恕的教导?教育别人宽恕的人是最难于得宽恕的。因为要别人宽恕,就把自己摆到了高于一切的地位,摆到了圣人的地位,摆到了再无还手还口之力的不设防的地位,于是你便变成了众矢之的。……我心乱如麻,但是我还是狂呼大叫:不要释放我!众人大乱。有的喊着我的名字,喊着把我释放。有的喊着我的名字,喊着我应该牺牲。……于是开始了骚乱和武斗,人们大喊着:‘白刀子进,红刀子出,杀死一个够本儿,捅死两个赚一个!’”[①]小说最末,以一段“拟《新约·启示录》”对整部《圣经》中神秘色彩最为浓郁、充满异象的一个篇章进行了戏拟,使之充满俚俗意味。古今中外不同历史时空的混合拼接强烈暗示了“造神”心理与行为的普遍存在。可以说,作家一方面确实颠覆了作为宗教经典的《新约》,另一方面则以自己的世俗经验捕捉到了作为文学文本的《新约》所闪现的那些缝隙,并对其进行了合理放大和精彩想象。

概言之,作为西方文化的一个母文本,《圣经》在华接受命运的起伏就像一个指针,反映着一千多年来中西方之间变动着的文化势能关系。总体而言,20世纪以来中国社会对“作为文学的《圣经》”的热心接受,可以视作这一奉行实践理性的国家对西方基督教传统的一种选择性过滤。《圣经》也由此和其他民族的许多文化经典一样,以一种特殊形态构成了开放中国广阔知识谱系的一部分。而与其像一些传教者那样痛惜这段充满遮蔽和误读的历史错失了《圣经》的“真意”,不如认为它是一个绝佳案例,显示了真正的经典从来就不是一套固化、封闭的教义或诵记素材,而是可以在不同时代、不同文化语境内不断发生变形、不断被再发明的。

---

① 王蒙:《王蒙小说选》,北京:人民文学出版社,2009年版,第317—318页。

第四章
希腊神话的生成与传播

希腊神话和传说是西方文学艺术的源头之一,是西方文化史上一个伟大的成就。那些千古流传的故事,许多已浓缩成生动的比喻和成语,广泛融入我们的社会文化生活,譬如斯芬克司之谜、俄狄浦斯情结、阿基琉斯的脚踵、潘多拉的盒子等。在那个人神一体、万物皆灵的世界里,有许多神化了的英雄和史实,反映了人类的童年时代人与社会、人与大自然之间的各种矛盾和抗争。在那个古老的年代,人的想象力竟是如此奇特,性灵是如此自由,大自然是如此神秘;而奥林波斯神山上的诸神却并非圣贤,他们竟然有那么多可爱的弱点,爱恨情仇均惊天动地。后世艺术家根据这些传说,演绎出惊心动魄的史诗与悲剧,创作出具有永恒魅力的造型艺术珍品。

希腊神话和传说具有惊人的艺术魅力,它以丰富的想象力叙述了动人的情节,以优美的描写创造了美妙的意境。在古希腊人的幻想中,晚霞是被女神吻过的牧童的赤颊;山中的回响是因为失恋而隐居深山洞穴的女神听到人声后的长吁短叹;池沼里的水仙花,原来是个顾影自怜、抑郁而死的美男子;颀长而窈窕的月桂树,是被太阳神阿波罗追逐而无处藏身的美女的变形;第一个模仿苍鹰翅膀飞天的代达罗斯的大胆幻想,终于使他逃出迷宫、飞向自由的天空……这类想象丰富、意味深长的故事,在希腊神话和传说中举不胜举。

远古的希腊人民,尽管其生产能力低,却怀着征服自然的热望和珍视生活的憧憬,所以凭借艺术的想象创造出这样具有魅力的神话来。尤其是赫西俄德的《神谱》,从混沌"卡奥斯"(Chaos)开始,到奥林波斯山的新秩序的确立,具有深刻的人类起源和发展的精神隐喻。

第一节 文明的摇篮与精神的源泉

希腊神话和传说是原始氏族社会的精神产物,是古希腊人集体创造的民间口头文学,是欧洲最早的文学形式,大约生成于公元前8世纪以前。它在希腊原始初民长期口口相传的基础上形成基本规模,后在荷马、赫西俄德等人的作品中得到充分反映。古希腊盲诗人荷马的两部著名史诗《伊利亚特》(又名《伊利昂纪》)和《奥德赛》(又名《奥德修纪》)是在古希腊神话和传说的基础上创作的,是早期希腊神话的延续和引申;它不仅是瑰丽的文学作品,也是宝贵的历史资料。赫西俄德的长诗《神谱》及古罗马诗人维吉尔的《埃涅阿斯纪》、奥维德的《变形记》中也整理和保存了大量古希腊原生神话、次生神话与再生神话。另外,希腊神话和传说还散见于古希腊诗人萨福、阿那克里翁、西摩尼得斯、品达等人的诗中;历史学家希罗多德也搜集了许多,记载在他的历史著作里;古希腊三大悲剧家埃斯库罗斯、索福克勒斯、欧里庇得斯的作品,则从不同角度丰富了希腊神话的故事内容。

大体上说,希腊神话包括神的故事和英雄传说两大部分。神的故事主要包括开天辟地、众神的诞生、神的谱系与更迭、人类的起源与神的日常活动的故事等。在古希腊人的想象中,神和人是同形同性的。神不仅具有人的形象和性别,也具有人的喜怒哀乐与七情六欲,甚至还有人的各种弱点,譬如心胸狭隘、爱好享乐、任性虚荣、自私暴戾、争权夺利、容易妒忌等。他们还风流好色,不时溜下山与人间的美貌男女偷情。神和人不同的地方,在于他们是健康完美和永生不死的,他们具有惊人的超自然力量,而且主宰着人间的祸福与命运。奥林波斯山上十二个主要的神是众神之父兼雷电之神宙斯、天后兼婚姻之神赫拉、海神波赛冬、智慧女神雅典娜、太阳神兼艺术之神阿波罗、月神兼狩猎女神阿耳忒弥斯、爱与美之神阿佛罗狄忒、战神阿瑞斯、火神兼匠神赫菲斯托斯、神使赫尔墨斯、农神得墨忒耳、灶神兼家神赫斯提娅。这些神实际上是自然力的化身,他们的自然属性都很强;随着社会生活的发展,他们的社会属性也逐渐加强起来。

在希腊神话中,英雄是神和人所生的半人半神,具有过人的才能和非凡的毅力。英雄传说中讲到个人的,有珀琉斯、赫拉克勒斯、忒修斯、奥德修斯和俄狄浦斯等人的故事，其中尤以大英雄赫拉克勒斯所完成的十二件大功最为著名；讲到集体的，则有关于以伊阿宋为首的阿耳戈英雄们寻找金羊毛的远航、以梅里格尔为首的猎取卡利登大野猪的众英雄的故事和特洛伊战争的故事等。实际上，这些英雄都是理想化的人的力量与智慧的代表，他们反映了古希腊人在战胜自然力量的过程中所表现出的勤劳、勇敢与顽强等优秀品质，具有强烈的人本意识。

希腊神话中还包括一部分关于生产知识的传说，譬如普罗米修斯教人如何造屋、航海和治病的故事。也有一部分神话描述了日常生活中的欢乐与愁苦，譬如农神得墨忒耳营救爱女带来春冬时序变化的传说。许多神话还反映了希腊人好客的风俗和对于音乐、舞蹈及竞技活动等的爱好。

希腊神话以诗性想象表达了远古希腊人力图诠释纷繁复杂的自然现象和社会现象的原始观念，曲折地反映了从蒙昧时期到野蛮时期、从母权制过渡到父权制的史前史，是对人的存在和人生意义的一种前哲学、前逻辑的思考和诠释。马克思曾说："希腊神话不只是希腊艺术的武库，而且是它的土壤。"[①]作为希腊艺术的源头、土壤和母胎，希腊神话不仅揭示了历史上的人类童年时代发展得最完美的阶段，而且充满了美妙绮丽的幻想和清新质朴的气息，至今"仍然能够给我们以艺术享受，而且就某方面说还是一种规范和高不可及的范本"[②]。因此，希腊神话是整个西方文明的历史摇篮和精神源泉，是躁动不安的西方思想文化超越性发展模式的内驱力。

希腊神话经历了丰富的时代变迁和历史风云，它几乎成为希腊乃至欧洲一切文学和艺术活动的基本素材。它从传说进入歌咏，从歌咏进入故事，从故事进入戏剧，最后进入通行全希腊的史诗，而且还在罗马文化中生根落户。从此以后，它为自身寻得了进入拉丁文和古德语的渠道，成为全欧洲的文化宝藏。今天，欧美的戏剧、诗歌和其他的文化活动都在流传于世的希腊神话中汲取新的营养，希腊神话成为文艺再创作的重要源泉。反映了人类精神风貌的希腊神话与英雄传说是美好的、永恒的，它不但记录了人类追求生活的无限理想和希望，而且库存了人类为争取未来而洒落的汩汩泪水和琅琅笑声。

---

① 马克思：《〈政治经济学批判〉导言》，马克思、恩格斯：《马克思恩格斯选集》（第二卷）（第三版），中共中央马克思恩格斯列宁斯大林著作编译局编译，北京：人民出版社，2012 年版，第 711 页。

② 同上。

希腊神话作为西方文明的最早的艺术结晶和文学样式,对西方的思想文化和社会生活有着难以估量的深远影响。有人曾形象地比喻道,“两希文化”(即古希腊文化和希伯来文化)是哺育西方文明成长的两只丰硕的乳房。而以希腊神话为主要研究对象的现代神话学,在20世纪随着西方现代文学艺术中非理性神话的复活又勃然获得了新生,日趋发展成为一门横跨多学科的综合性国际显学。①

在我国,对希腊神话的接受主要依靠楚图南翻译的《希腊的神话和传说》。该译本是译自德国著名浪漫主义诗人古斯塔夫·斯威布(Gustav Schwab, 1792—1850,又译作施瓦布)的英译本著作《神祇与英雄》(*God and Heroes*),它为读者敞开了一扇观察和认识古希腊乃至欧洲文化的窗口。斯威布的《希腊的神话和传说》取材范围广泛,从多种不同的希腊文献中将凌乱复杂、矛盾歧出的希腊神话和传说加以整理编排,使之前后贯穿,形成前后相关的一个比较完整的体系,给人类的文化生活留下了丰富的精神遗产。

第二节 神话:民族精神的隐喻与存在境况的省察

意大利思想家维柯曾说,不是神创造了人,而是人按照自己的形象创造了神,“神是人的本质的对象化”②。希腊神话和传说正是以隐喻或象征的形式反映了古希腊人意识的真正觉醒。美国著名文化学学者伯恩斯和拉尔夫在其《世界文明史》中说,古希腊人是“这样一个人文主义者,他崇拜有限和自然,而不是超凡脱俗的崇高理想境界。为此,他不愿使他的神带有令人敬畏的性质,他也根本不去捏造人是恶劣和罪孽造物的概念”③。所以,希腊神话和传说中的神和英雄具有很强的世俗性。希腊神话中的诸神与英雄具有理想人物的自然形体与自然人性,珍视和热爱感性的现实生活。“在古希腊人眼里,理想人物不是善于思索的头脑或者感觉敏锐的心灵,而是血统好、发育好、比例匀称、身手矫健、擅长各种运动

---

① 叶舒宪编选:《结构主义神话学》,西安:陕西师范大学出版社,1988年版,第1—7页。

② 朱光潜:《维柯的〈新科学〉简介》,《国外文学》,1981年第4期。

③ 爱德华·麦克诺尔·伯恩斯、菲利普·李·拉尔夫:《世界文明史》(第一卷),罗经国等译,北京:商务印书馆,1987年版,第216页。

的裸体。"[①]"希腊人竭力以美丽的人体为模范，结果竟奉为偶像，在地上颂之为英雄，在天上敬之如神明。"[②]古希腊诸神与英雄不仅在形体上都强壮、健美，具有一种令人陶醉的肉感与风韵，而且具有人的各种欲望。奥林波斯诸神大多是风月场上的老手，具有强烈的性爱冲动，希腊传说中那些半神半人的大英雄如赫拉克勒斯、忒修斯、阿基琉斯等就是神灵们思凡恋俗的风流产物；而这些大英雄们也难逃情欲的诱惑，毫不掩饰自己对美丽肉体的占有欲望。《荷马史诗》里的特洛伊战争就起因于对神界与人间"最美丽"荣誉的争夺和占有，十年你死我活的民族战争正是起源于对人的自然形体即肉体之美的极力推崇和欲求，以致将其升格为一种民族荣誉加以维护。

世界上有不少民族认为，人死之后的灵魂是上天堂还是下地狱，是由他活着的时候的行为、表现所决定的。因而有些人宁愿在尘世受苦，以求得死后进天堂，或是来生享福。这种宗教观念，使得他们消极地对待现实生活，安于他们不幸的命运。古希腊人恰恰相反，他们酷爱感性的现实生活，被现实生活的强大魅力所吸引。对他们来说，享受现实生活，就是神的恩赐。他们追求自然的美景、追求物质的享受以及文化艺术的赏心悦目，并衷心地感到愉快和幸福。正因为如此，古希腊人对奥林波斯诸神的信奉几乎完全不具有宗教气息。他们对死后的世界的态度，与其说是冷淡，不如说是厌恶。譬如在特洛伊战争中战死的阿基琉斯的魂魄曾对奥德修斯说："与其在地狱中为王，毋宁在人间为奴。"可见，他对死后的世界是极其反感的。正因为希腊人不重视死后而着意在现实，所以他们没有世界末日的观念。

伯恩斯和拉尔夫对希腊人创造的文化做了这样的描述："在古代世界的所有民族中，其文化最能鲜明地反映出西方精神的楷模者是希腊人。没有其他民族曾对自由，至少为其本身，有过如此炽烈的热心，或对人类成就的高洁，有过如此坚定的信仰。希腊人赞美说，人是宇宙中最了不起的创造物，他们不肯屈从祭司或暴君的指令，甚至拒绝在他们的神祇面前低声下气。他们的态度基本上是非宗教性和理性主义的；他们赞扬自由探索的精神，使知识高于信仰。在很大程度上，正是由于这些原因，他们

---

① 丹纳：《艺术哲学》，傅雷译，合肥：安徽文艺出版社，1991年版，第89页。

② 同上书，第92页。

将自己的文化发展到了古代世界所必然要达到的最高阶段。”[①]古希腊人创造的以追求世俗自由为特征的文化,形成了他们特有的“自由人”概念;“自由人”不仅享有世俗自由,而且在现实世界能实现自己的价值与尊严(包括欲望、幸福、利益和权利等)。这种以世俗个体自由为重心的人文精神,就是古希腊文化的根本精神。

整部希腊神话,除少数神祇和传说(如普罗米修斯及其故事)外,行为的动机都不是为了民族集体利益,而是满足个人对生命价值的追求,或为爱情,或为王位,或为财产,或为复仇;他们的“冒险”,是为了显示自己的健美、勇敢、技艺和智慧,是为了得到权力、利益、爱情和荣誉。在他们看来,与其默默无闻而长寿,不如在光荣的冒险中获得巨大而短促的欢乐。阿基琉斯正是这种民族精神最充分的代表。他那丰厚热烈的情感、无敌无畏的战斗精神,特别是明知战场上等待他的是死神也决不肯消极躲避的人生价值观念都是典型希腊式的。对希腊人而言,战死沙场与其说是悲剧,不如说是一种宿命,他们还不习惯用善恶苦乐的现代伦理观念考虑人生。他们更坦然地面对强弱的纷争、生死的转换和神或命运的任意安排,他们更含混地看待苦难;同时,他们留出更多的时间关注自己的耻辱和尊严,关注自己的行为是否具有神的品性或具有神一样的高贵气派[②]。别林斯基曾对阿基琉斯的形象做过这样的评述:“长篇史诗的登场人物必须是民族精神的十足的代表;可是,主人公主要必须是通过自己的个性来表现出民族的全部充沛的力量,它的实质精神的全部诗意。荷马笔下的阿基琉斯便是这样的。”[③]忘我的战斗精神、温厚善良的情感和捍卫个人尊严的敏感意识,作为三个顶点构成了阿基琉斯的性格三角形,其中对于英雄荣誉的理解与追求则是这个三角形的核心。

W.格雷在《从荷马到乔伊斯》一书中指出:有三个希腊字母可以代表荷马时代盛行的英雄符码(the heroic code):aristos(英雄本色)、aristeia(英雄行为)、arete(英雄荣誉)[④]。aristos 的本义是指最优秀者,所谓“英雄本色”是指战时勇于杀戮、平时是堂堂男子汉、航海时舵手,总之无论在各种情境下都有最佳表现。要成为最优秀者,必须凭借 aristeia,即通过

---

① 爱德华·麦克诺尔·伯恩斯、菲利普·李·拉尔夫:《世界文明史》(第一卷),罗经国等译,北京:商务印书馆,1987 年版,第 208 页。

② 潘一禾:《故事与解释——世界文学经典通论》,上海:学林出版社,2000 年版,第 10 页。

③ 别林斯基:《文学的幻想》,满涛译:合肥:安徽文艺出版社,1996 年版,第 466—467 页。

④ W. Gray, *Homer to Joyce*, New York: Macmillan Publishing Company, 1987, p. 1.

勇于开拓冒险的"英雄行为"来实现自我价值，从而赢得"英雄荣誉"。荷马笔下的阿基琉斯一旦因愤怒从战争中退出，他就不再具有"英雄本色"，即不再是爱琴海岸的最优秀者了；他不再以冒险精神和"英雄行为"来博取功名，就只配穿着女人的裙裤待在帐篷里歌咏他人的"英雄荣誉"。阿基琉斯允许好友帕特洛克罗斯穿戴自己的铠甲参战，是一种重获"英雄荣誉"的悲壮的替代性仪式；他因好友战死而再次愤怒以致重新参战，也是英雄符码使然。帕特洛克罗斯的死不仅揭开了到达最后高潮的序幕，而且标志着非英雄的阿基琉斯象征性地死亡后重获了新生。在阿基琉斯的第一次愤怒中，不仅蕴藏着古希腊人对个体价值的肯定和对个人英雄的崇拜，而且包含着他们对个体尊严的极端重视；而阿基琉斯的第二次愤怒则完全是出于对英雄荣誉的恢复和追求，体现了古希腊人对命运的独特理解——嗜杀的人间英雄阿基琉斯不顾神谕"杀死赫克托尔后不久自己也会死去"的警告，勇敢地正视了自己的命运，表现出令人惊叹的"英雄本色"与民族精神。

古希腊人以不同于其他民族部落的特殊方式，譬如海盗掠夺、海上殖民、海上贸易、海上移民、内外交战、取消王权、建立城邦等，于公元前8世纪步入了文明时代；酷爱冒险和斗争的征服性格决定了他们自由奔放却躁动不安的生活方式，也决定了他们清明恬静却变幻无常的性情。作为一个海洋民族，古希腊人特定的生存环境和生活方式造就了他们富有想象力、充满原始情欲、崇尚力量与智慧的民族性格，也培养了他们注重个人地位和尊严、追求个人幸福和生命价值的文化价值观念。他们被称为人类"正常的儿童"[①]，希腊神话和传说正是人类童年时代天真与浪漫的完整记录。通过诸神和英雄的享乐与追求，希腊神话和传说流露出鲜明的个人意识，展示了生命的个体性存在的意义和价值。透过这些鲜活的艺术形象，人们不仅能够把握古希腊民族丰满而活泼的心灵感觉，而且可以体味到他们在追求生活欲望的满足或与命运抗争中所表现出来的最完整的人性和最浪漫奔放的自由精神。

古希腊神话既富有情趣又极其深刻，许多故事都寓意颇丰、发人深省，成为后世人类共同的精神财富，包孕着不朽的现代性内涵，譬如潘多拉的盒子、不和的金苹果、赫拉克勒斯选择人生道路等故事。希腊神话认

---

① 马克思：《〈政治经济学批判〉导言》，马克思、恩格斯：《马克思恩格斯选集》(第二卷)(第三版)，中共中央马克思恩格斯列宁斯大林著作编译局编译，北京：人民出版社，2012年版，第712页。

为,人类的不幸是由两方面原因造成的:一谓“天灾”,二谓“人祸”。所谓“天灾”是指普罗米修斯盗火给人类后,天神之父宙斯为了惩罚人类,派美女潘多拉带礼品盒子下到人间,打开盒子从中放出各种灾祸,使数不清的形形色色的悲惨充满大地,唯独把“希望”关闭在盒子里面。所谓“人祸”则是指人类的各种情欲。潘多拉之所以降灾人间,也是因为人类被她的美色所惑而接纳了她,所以情欲实在是“万恶之源”;但另一方面,人活着就要追求各种情感和欲望的满足,所以它又是“万乐之源”。幸福与罪恶、快乐与灾祸就这样相伴相随,希腊神话深刻揭示了人的欲望冒险带给人们的悲剧性与喜剧性的人生体验。

希腊神话里有关“金苹果”的争夺则是另一个颇具象征意味的传说。这里的“金苹果”代表着古希腊人对色欲、财欲、物欲、权力欲、个人荣誉等等生活欲望的追逐,他们为了得到自己想得到的东西往往全力以赴,犹如飞蛾扑火一般拼命,即便自己死掉或招致灾难也在所不惜,而由此带来的纷争与杀戮便具有了一种盲目的性质。近乎完美的希腊英雄阿基琉斯独自一人静坐在营帐中拒绝出战的日子里,曾就战争与荣誉问题做过深入地反省:这个从来自信天下无敌的勇士,自己虽不惧怕战场上的残酷激战,但他一想到战场上无数生命的无谓夭折,对战争的必要性和死亡的含义产生了从未有过的怀疑,对自己视若性命的荣誉和高贵也产生了质疑。正是有了这种深沉思考和自觉意识,才使战场上凶猛残忍的阿基琉斯转瞬之间被特洛伊老王的跪求所感动,显示了富于人性光辉的同情心对暴戾“愤怒”的强大消融力。

神话故事的特点是隐喻。古希腊神话中有许多天才的臆测和机智的隐喻,譬如在有着健美身躯与高强武艺的民族英雄阿基琉斯身上留下一个致命的弱点——阿基琉斯的脚踵,将无畏的性格与致命的弱点相统一,体现了古希腊人对自己民族精神的辩证认识和深沉思考。“阿基琉斯的愤怒”作为西方古典文化的一个重要特征,体现了古希腊人重视生命对于个人的价值,曾极大地促进了西方社会的发展,但阿基琉斯式的自由放任、漫无矩度的个人主义也给西方社会带来难以治愈的社会痼疾;对于个人权利、个人能力、个人智慧的体悟与运用一直都是西方社会前进的助推力,但是个人本位思想又像一把“达摩克利斯的剑”始终悬在西方人头上,影响和制约着西方社会的发展与人际关系。在希腊神话中还有一个美少年那喀索斯,他只钟爱自己而蔑视周围的一切,爱神阿佛罗狄忒为惩罚他,使他爱恋自己水中的倒影,最后憔悴而死。这则神话作为一种隐喻,同样表现了对狭隘的自我中心主义的批判。由此可见，希腊神话本身既是民族的，又包含着普遍的人性内容；民族的特性展现得越充分，它所显示的人性内容也越发深刻。因此，希腊神话不仅构成希腊艺术的土壤，而且为世界文学的发展提供了若干重要的母题，后来的许多文学经典都在不同时代、不同条件下讲述着古希腊讲述过的一些故事。

第三节　人与命运的冲突：希腊神话的主题

希腊神话中经常表现的一个主题就是人与命运的冲突，其中虽有神祇对命运的主宰，却并不宣扬对所谓唯一真神的虚幻信仰而把人引向彼岸世界，而是通过对现实的抗争把人（神）引向理想的现实；神灵也并非与人不同的另一种存在，他们过的也是现世中的生活，也和人一样受到高悬在头顶上的命运的支配，譬如乌拉诺斯、克洛诺斯和宙斯都是通过反抗建立了自己的神界。希腊神话里有对命运的妥协，但主要是颂扬与注定的命运进行抗争的顽强不屈的崇高精神。希腊神话中的许多神祇和英雄都具有这种反抗精神：小埃阿斯亵渎雅典娜神庙，被雅典娜用雷电击毁航船落入海中，临死前仍不肯屈服，声称即使全体神祇联合起来毁灭他，他也要救出自己；西绪福斯智斗死神，敢于欺骗宙斯和坦塔罗斯，结果被打入万劫不复的地狱；山林女神绪任克斯为了维护自己的尊严，宁肯变形为草木也决不为人妻，为此付出了青春乃至生命的代价；至今还震撼着人们心灵的俄狄浦斯悲剧故事，则向人们揭示了人类从必然走向自由是一个艰险多难的历程。用有限的生命抗拒无限的困苦和磨难，在短促的一生中使生命最大限度地展现自身的价值，使它在抗争的最炽烈的热点上闪耀出勇力、智慧和进取精神的光华，这是希腊神话和传说蕴藏的永恒性启示和现代性价值。

古希腊悲剧终极性地生存着原始的真理语言，是宗教、艺术、哲学还没有分裂之前的意识形态的母体，是无法被后世的概念性语言相消融的原始意象。但是在很长的历史时间内，我们却由于天性的轻浮而漠视它的存在，以为人类自身的理性力量可以克服一切命运的制约。“只有当我们被迫进行思考，而且发现我们的思考没有什么结果的时候，我们才接近于产生悲剧。”[①]当现代人发现科学和知识的普遍有效性和目的性只是一种妄念,因果律并不能到达事物的至深本质,科学乐观主义便走到了尽头。反传统的人文主义哲学思潮应运而生,从亚里士多德开始的西方两千多年的形而上学,在20世纪遭到了严格的怀疑与深刻的反省。

人类从远古走向现代的过程,也是包含进步与失落的双向过程。理性驾驭和升华着情感,而情感总想摆脱理性的控制,一旦理性露出破绽,情感便如脱缰野马奔腾而出。文艺复兴以来科学的发现,曾使近代人坚定不移地认为整个宇宙是按照一些简洁公式、定理来运转的。因此,理所当然地,人的生活(包括内心生活)都应当遵循某种理性的秩序,就像地球必然围绕太阳旋转一样。文艺复兴时期的人道主义思想体系同自然科学相结合筑起了理性的审判台,维护着从自然到社会乃至内心生活的秩序。但是,古典人道主义的虚幻性很快被社会矛盾所戳破,两次世界大战的无情现实摧垮了理性的堤坝,西方人发现自己被现代科学所异化,失去了自己。在这种情况下,希腊神话所反映的古代人自由奔放的感情生活犹如一束强光重新照亮了现代人贫乏苍白的内心世界。他们发现,希腊神祇或英雄的那种为所欲为的自由人性,都是人类欲望的隐喻表现。现实主义文学近似现实生活的描写,使得人们被压抑的欲望远不如在神话中表现得集中和强烈。因此,神话艺术“恰恰为现代的畸形与片面化提供了最好的补偿”(荣格语)。人们在贫乏的现实生活中得不到的情感和欲望的满足,在神话艺术世界中得到宣泄和满足。[②]

古希腊神话和传说,宛如天真烂漫的孩童,有着丰富的想象、鲜活的直觉和朴稚的思维;古希腊神话和传说,又如历经沧桑的智叟,饱含着对普遍人性及人类命运的追问和探索。正是由于这种孩童般的纯真与智叟般的深刻的奇妙结合,产生了无穷的魅力。希腊神话和传说的无与伦比之处就在于,无论什么时候它都是真实而质朴、隽永而深刻的,它精炼的内容、完整曲折的故事情节对于各个时代都是取之不尽、用之不竭的素材。后人对这些素材的每一次创造性使用,都为古老的神话和传说注入新的活力,使之散发出绚烂多彩、永不褪色的光芒。因此,在西方世界,希腊神话主题比晚近才出现的主题更为人们所熟知。

在这些为人们所熟知的希腊神话主题中,俄瑞斯忒斯、普罗米修斯、

---

① 朱光潜:《悲剧心理学》,合肥:安徽文艺出版社,1998年版,第279页。

② 徐葆耕:《西方文学:心灵的历史》,北京:清华大学出版社,1990年版,第34—35页。

俄狄浦斯、安提戈涅等，无疑是最为璀璨的主题，被历代戏剧家反复地传播、采用和再创造，是西方戏剧家使用最多的神话题材。历代许多戏剧家尽管在人格信念和美学趣味方面各有特点，但许多人都在震撼人心的神话主题中寻找创作灵感、挖掘人物类型和故事题材，并以自己的生命体验和自身的艺术理念对其进行再创造，巧妙地演绎着希腊神话传统，既始终如一地继承了不少核心情节，又大量地增删、易形了一般情节，使希腊神话主题随着希腊神话的历史之根一次又一次地发芽、长大、更新，从而被主题化。

如上所述，希腊神话主题较为突出，俄瑞斯忒斯、普罗米修斯、俄狄浦斯、安提戈涅等主题，都深深地影响了西方文学与文化的发展进程。但是，由于受到篇幅的限定，我们难以在此对所有希腊神话主题的生成与传播进行评说。因此，本节拟选择俄瑞斯忒斯主题展开论述。

俄瑞斯忒斯(Orestes)主题源自古希腊神话中的俄瑞斯忒斯故事，它讲述的是一个关于血亲之间循环不已的互相残杀和复仇，它充满暴力却又令人心痛和同情。

这个故事的基本构架是：希腊联军统帅阿伽门农(Agamemnon)为了顺利出征特洛伊(Troia)，不得已把自己的女儿伊菲革涅亚(Iphigenia)献祭给女神阿耳忒弥斯(Artemis)。当他从特洛伊凯旋归来时，被怀有为女复仇之心的妻子克吕泰墨斯特拉(Clytaemnestra)伙同其情夫埃癸斯托斯(Aegisthus)无情杀害，弑君凶手埃癸斯托斯替代堂兄阿伽门农坐上了王位。阿伽门农的儿子俄瑞斯忒斯遵照阿波罗的神谕，在姐姐厄勒克特拉(Electra)的督促和激发下，进行了可怕的报复，杀死了篡夺王位的埃癸斯托斯和自己的亲生母亲。弑母后的俄瑞斯忒斯也因此遭到复仇女神的无情追杀，陷入疯狂状态。他逃到雅典接受由雅典娜女神召集组建的战神山法庭的审判，最后被宣判无罪，得到了宽恕与赦免。

俄瑞斯忒斯虽然摆脱了复仇女神的死亡阴影，但他因复仇女神追杀而得的疯病仍未痊愈。阿波罗神谕又告知他，只有从野蛮之邦陶里斯取回女神阿耳忒弥斯的神像，才能摆脱疾病的折磨。俄瑞斯忒斯到达了陶里斯，最后取回了神像并带着被女神在祭坛上悄然救起的姐姐伊菲革涅亚回到了世袭领地密刻奈，并最终继承了父亲阿伽门农的王位，统治着整个阿耳戈斯地方。

在这个故事中俄瑞斯忒斯为父报仇而杀死母亲的事件无疑是整个故事的核心情节，由它可引出相关的重要人物，由它可推动一系列故事情节的出现和发展。俄瑞斯忒斯的复仇弑母情节是整个故事的动力之源,以它为中心,向前可追溯到俄瑞斯忒斯复仇的原因,从而可引发出其父母之间恩怨情仇的故事;在复仇过程中,俄瑞斯忒斯曾得到姐姐厄勒克特拉的鼓励和协助,她是弑母事件的参与者与见证人,因此她成了俄瑞斯忒斯复仇故事中不可缺少的重要角色;弑母后的俄瑞斯忒斯遭到惩罚,在赎罪过程中遇到尚活在人间的另一个姐姐伊非革涅亚,伊非革涅亚的命运不仅与遇到俄瑞斯忒斯有关,更与父亲阿伽门农息息相关。

可以这么说,俄瑞斯忒斯的故事就是由阿伽门农之死、俄瑞斯忒斯的弑母复仇、俄瑞斯忒斯的赎罪受惩罚三大基本情节而构成的。其中俄瑞斯忒斯弑母复仇情节是核心情节,因为只有它才能连接起这个故事的其他两大基本情节。这三个基本情节彼此间互为因果,紧密相连。然而,在每一个基本情节中,它们都各自具有相对独立的主要人物和次要人物。这些人物之间的行动关系则又构成许多细微、具体的情节。正是这些具体的情节让世代戏剧家们充分发挥了自己独特的想象力和创造力。他们对这些具体情节的选择、排列组合和改动,也让我们了解到不同戏剧家的审美情趣、价值判断以及他所属的民族心理特征和时代特征对他产生的影响等。

从古至今、从古希腊城邦到世界各地,俄瑞斯忒斯神话故事经过古希腊阶段尤其是三大悲剧家之手而基本定型并确立了主题学形态,形成了第一次高峰期;其后,这一主题在欧洲文学中不断闪现,并在18世纪的欧洲和20世纪的世界各地形成了第二次与第三次高潮。由此可见,俄瑞斯忒斯主题的生命力是异常顽强的,它所蕴含的生命意义与审美启示不断吸引着人们的注意。

"主题总是与特定的人物相联系的"[①],俄瑞斯忒斯主题围绕着俄瑞斯式斯、厄勒克特拉等主要人物形象进行了诸种变形,甚至可以从一个极端走向另一个极端。人物形象的改变,可以引申出各种各样甚至是相互对立的主题。俄瑞斯忒斯故事题材的价值多元性已经远远超出埃斯库罗斯所框定的原初形态。两千多年来,这个充满无穷魅力的文学主题几经沉浮,表现出顽强的生命力,几乎契合于西方历史的每一段重要时期。以它为切入点,可以帮助我们理解那段特定时期的文化与价值取向。

---

① 张政文、张弼主编:《比较文学:文学范围内的比较研究》,北京:社会科学文献出版社,2001年版,第63页。

“和生物体一样，主题似乎也有自己的周期，包括生长期、鼎盛期和衰落期，有关特洛伊罗斯和克雷雪达（Troilus and Cressida，是一对恋人，由相恋到背叛，曾出现在荷马、乔叟、莎士比亚笔下）的主题即是如此。所以，最近一段时期，竟有那么多主题已处于枯竭状态，这也就不足为奇了。读者对那些老掉牙的名字已经不耐烦了，作家们也发现越来越难以与他们杰出的先辈争强斗胜。”[①]但俄瑞斯忒斯主题有着不同于特洛伊罗斯与克雷雪达主题的生命周期，它走过了自己的古典高峰期（古希腊时代）、古典蛰伏期（古罗马到 17 世纪）、发展期（18 世纪）、现代蛰伏期（19 世纪）和现代繁盛期（20 世纪），形成了两头高中间低的变形“山”字状路径。在现代，俄瑞斯忒斯主题非但没有走向枯竭和衰落，反而进一步走向了繁荣，并且在现代人的密切关注中再次获得新生，超越了它单一的原始本义，被赋予了崭新的、丰富的时代内涵与审美意蕴，其古老的生命又一次焕发出常青的活力。

综上所述，以俄瑞斯忒斯主题为代表的希腊神话主题在各个阶段都发出时代回声，希腊神话的传播和对各个时期世界文学的影响，充分展现了希腊神话的魅力所在。如今，揭示这个颇富有生命活力的神话主题繁荣于现代的文化根源，挖掘其潜在的现代性内涵，对于丰富和促进文学研究，对于探究世界文学经典的生成和传播，都具有重要的渊源意义。

---

① 张政文、张弼主编：《比较文学：文学范围内的比较研究》，北京：社会科学文献出版社，2001 年版，第 75 页。

第五章
荷马史诗的生成与传播

在《希腊精神》（*The Greek Way*）一书中，依迪丝·汉密尔顿（Edith Hamilton）坦言，对于当代人而言，“希腊所有的一切都是从荷马开始的”，荷马“是希腊人的代表和发言人，是希腊人的典范”。[①] 被归在荷马名下的两部史诗《伊利亚特》（又译《伊利昂纪》）、《奥德赛》（又译《奥德修纪》）跻身于西方文化元典之列，特洛伊战争以降的数百年历史更被直接命名为“荷马时代”，荷马史诗不仅被视为西方叙事传统的一个重要源头，也为其后的抒情诗和戏剧的发展奠定了基础，而且为现代许多作家和艺术家提供了创作的灵感。

第一节 “荷马问题”与两大史诗的形成及流传

与荷马史诗的盛名形成鲜明对照的是，围绕荷马其人一直弥漫着浓重的迷雾：历史上是否真的有一位名为“荷马”的行吟诗人存在过？其具体生平如何？他是两大史诗真正的创作者吗？或者说，在文字著述尚不发达的情况下，他究竟以何种方式参与到了史诗的演述与成形过程之中？自18世纪末以来，关于此般“荷马问题”（Homeric Question）的争论从未停止过。所谓名不正则言不顺，对相关研究史的简单回顾，也将成为我们讨论荷马史诗的起点。

---

① 依迪丝·汉密尔顿：《希腊精神》，葛海滨译，北京：华夏出版社，2014年版，第260、262页。

尽管对诗人生平所知不多，古希腊学者基本都承认荷马是《伊利亚特》《奥德赛》的创作者。两部作品之间的明显差异，被解释为它们分别完成于诗人的青年和老年时代。“荷马问题”的真正提出，与古典文献学的发展紧密相关。1795 年，被誉为现代荷马研究之父的德国学者沃尔夫发表论文，从抄本的大量异文得出结论：古代并不存在史诗的统一文本，直到庇士特拉妥执政（前 560—前 527）之前的很长时间里，史诗都是以口头相传的方式保存的。两部史诗可以分为若干部分，每一部分都曾作为独立的诗歌由诸多歌手演唱（这种分散性也解释了史诗内部存在的种种矛盾之处）。只有经过后世的整理加工，史诗才具有了今天人们所熟悉的长篇形态。沃尔夫的同胞拉赫曼对史诗最初的组成部分进行了进一步的分辨和还原。他们所领衔的这一学派也被称为“分辨派”。与之针锋相对的，是坚持复兴古希腊传统观点的“统一派”。这一派学者认为文字的出现、运用与长篇史诗的创制之间并无必然联系；而史诗表现出的统一性仍远大于其中的矛盾，没有足够证据可以证明两部作品是集体创作的结晶。荷马可能运用了在他之前的种种民间素材，但对之进行了再加工，使之服从于一个统一的结构。[①]

对“荷马史诗究竟为个人创作还是集体编制”的这种热烈讨论，传达出文献学与文学研究立场的冲突。研究者都或隐或显地触及古希腊诗歌传承“惯例”与诗人原创力之间的关系问题。在充分吸收前人研究成果的基础上，20 世纪初兴起的“口头程式理论”（Oral-Formulaic Theory）索性不再纠缠于“荷马”具体的身份问题，而是从历史传承与共时演述两个更为宽泛的层面将荷马直接放置于传统之中，关注的重心也从史诗的“起源”“成分”，转向了其实际的“运作”形态。按照该理论开创人物米尔曼·帕里与艾伯特·洛德的看法，“《伊利亚特》和《奥德赛》虽以书面形式保留至今，但史诗保留了口头表演的创作模式”，这突出地体现在两部史诗的程式化风格上。通过对史诗文本的分析以及与南斯拉夫活态的口头史诗进行比较，他们从诗律的安排（对六音步诗行格律的迎合被认为是吟诵诗人选择修饰性词语时考虑的首要问题）、修辞技法、主题或场景的演绎（英雄的离去与回归、营救与和解、死亡与成长这类典型的意义群构成

① 此外，作为上述两种对立观点的某种综合，还出现了“荷马问题”的第三种解释方案，即“核心说”。赫尔曼等学者提出，荷马最初创作的可能是两部篇幅不长的史诗，以它们为核心，后来的诗人不断进行补充。规模增大的史诗既保持了基本的统一，又存在大量弥散游离、相互矛盾的地方。以上论述，参阅陈洪文：《荷马和〈荷马史诗〉》，北京：北京出版社，1983 年版，第 111—113 页。

了诗人记忆和表演时所凭依的基本框架)等方面对荷马史诗涉及的“程式”进行了详细描绘。尽管存在机械化处理、偏重技术而忽略审美的缺陷,“口头程式理论”仍成为荷马研究的一块里程碑,“无论赞同还是反对,后起的荷马研究无不以该理论的若干问题为研究出发点”。[①] 在搁置史诗“所有权”问题的同时,这一理论更刺激人们放弃熟悉的书面文学研究模式,尝试以一种新的话语系统去解读远古时代留下的这些声音。例如,考虑到口头文学与现场的互动,研究者指出,相较于整体的统一、有序,游吟诗人更重视的是各部分的精彩、充实(需要在此时此刻抓住听众)。在荷马史诗中,我们可以看到大量的“并置”(parataxis),其情节的自由穿插、风格的多样与亚里士多德诗学所提出的那种“有机统一”并不总是契合。例如,《伊利亚特》第十八卷中对阿基琉斯盾牌各个部分的精细描绘,就与前后的战争描绘没有直接关联。在用声音引导听众“观赏”神器的过程中,诗人已和赫菲斯托斯一样,沉浸于对自己技能的炫耀之中;而对参战将领辉煌谱系与生平事迹的铺陈,也更像是在满足听众对英雄时代的想象与参与感(至于具体情节的走向,当时的听众无疑早已烂熟于心)。“效果”而非“功能”成为史诗演绎的核心需求。事实上,如果能彻底摈弃后来者的固有思维,我们会发现,这样的风格在前古典时期的雕塑、建筑、瓶饰中广泛存在,且并未随着有机文学的兴起而彻底失去影响力,甚至,“只有在语言、思想和结构的并置中形成的心智,才能够充分理解品达凯歌或埃斯库罗斯的合唱歌,才能够欣赏这些凯歌或合唱歌中那类突兀的过渡、灵活如闪电般呈现的并置意象,那些并置而跌宕跳跃的荷马式明喻”[②]。

口头程式理论不仅对荷马史诗研究影响深远,也成为今日民俗学领域的权威学说之一。而继承这一理论传统的后几代学者更有意识地纠正那种过分强调“程式”以致弱化诗人创造性的倾向。他们强调诗人的每次演述都可能涉及叙事的再创编;只有在创编、演述和流布的相互作用下,《伊利亚特》和《奥德赛》才一步步接近我们今天所熟悉的文本形态。事实上,在《奥德赛》第八卷中,就出现了“神妙的歌人”得摩多科斯按照听众要求调整表演内容的“现场”画面;而佩涅洛佩的“纺织”与奥德修斯的“木工”这两个关键性举动,也与歌诗的创制构成了隐喻关系,揭示出个体、部

① 参阅陈戎女:《荷马的世界——现代阐释与比较》,北京:中华书局,2009年版,第4—19页。

② 诺托普洛斯:《论荷马史诗的并置:荷马批评的新途径》,赵蓉译,刘小枫、陈少明主编:《荷马笔下的伦理》,北京:华夏出版社,2010年版,第35页。

分是如何通过复杂的“编织”与“缀合”构成一个具有崭新意义的整体。[①]在这一整体中，已经很难分辨出最初的一个个线头和一块块木料。“定形”成为一个过程，而不是事件。在其经典著作《荷马诸问题》中，口头程式理论的新一代代表人物、哈佛大学古希腊文学教授格雷戈里·纳吉(Gregory Nagy)就选择从古典学与民俗学的双重视角对荷马史诗传播、定形的“整体形态变迁史”加以梳理，并归纳出了五个阶段，可为参考：

(1) 从公元前两千纪的初期至公元前 8 世纪的中期：最具流变性的时期，没有书面文本。

(2) 从公元前 8 世纪中叶至公元前 6 世纪中叶：一个更形式化或“泛希腊化”的时期，仍然没有书面文本。

(3) 从公元前 6 世纪中叶至公元前 4 世纪的后半叶：一个确定权威的时期。以雅典为中心，从誊录本(transcripts)的意义上说，已经出现了潜在的文本。

(4) 从公元前 4 世纪后半叶到公元前 2 世纪中叶：以雅典的荷马演述传统改革(两大史诗被官方指定为“泛雅典娜赛会”上的演述内容，按要求，吟诵人需依次演述各个叙事段落，禁止随意选取自己喜爱的部分)为发端，荷马史诗进入标准化阶段。

(5) 公元前 2 世纪以降：以亚历山大图书馆主持人阿里斯塔科斯(Aristarchus，约前 215—前 145)完成荷马文本的编订工作为标志，史诗的形态进入稳定时期。[②]

由此，呈现在我们眼前的，就是一段(公共的)程式沿袭与(个人)创新编制相互促进、竞争，两大史诗从口头演述逐渐走向书面定型的动态历史。我们也有理由在下面的行文中用“荷马”统称积极参与到这一历史之中、面向受众而存在的所有文化英雄(而其中是否有一位特别杰出的参与者就叫“荷马”，已经不那么重要)。完成编订、进入稳定期后，荷马史诗的流布与传播命运则相对清晰：众所周知，在被罗马武力征服后，希腊很快以自己更为发达的文明俘虏了胜利者。古罗马文学史上的第一位诗人安德罗尼库斯把《奥德赛》翻译为拉丁文，这可能是荷马史诗最早的译本。在很长一段时间内，它都是罗马学校教习的重要内容，见证了统一的希腊—罗马文化的形成；但数世纪后，这一文化遭到了西方文明另一重要源

---

① 参阅格雷戈里·纳吉：《荷马诸问题》，巴莫曲布嫫译，桂林：广西师范大学出版社，2008 年版，第 116、121—123 页。

② 同上书，第 54—55 页。

头基督教的有力挑战。随着后者的兴起并占据统治地位,对“异教徒”荷马的研究逐渐在欧洲沉寂下来。幸运的是,“在拜占庭的学校里却继续阅读和研究荷马,为他编写注释,解释他的文本”,东罗马帝国保存下来的这支文脉最终也将“回输”到欧洲;14世纪,作为“古希腊人的圣经”、备受古希腊大哲关注的重要作品,荷马史诗很自然地进入到人文主义者的视野。在薄伽丘的强烈要求下,皮拉图斯于1360年将荷马史诗口译为拉丁文。奥力斯帕(1370—1454)前往拜占庭带回的古希腊作品抄本中,就包括10世纪的《伊利亚特》抄本——著名的“威尼斯本”。1448年,荷马史诗最早的印刷版终于在佛罗伦萨出版。而文艺复兴以降,这两部作品始终被视为西方古代文明的象征,在16、17世纪的法国,对它们的评价问题更成为“古今之争”的一个焦点。古典时代对《伊利亚特》《奥德赛》的诠释传统,在近代也得到了延续和重建。在西方历史、哲学、政治与艺术等各个领域,我们都能找到荷马史诗的身影。而从19世纪末到20世纪,除了西方各国不断推出新译本外,伴着强劲的“西风”,荷马史诗在非西方国家的翻译与传播也日益形成规模,成为全世界共同分享的文化经典。①

从20世纪20年代开始,荷马的名字已经频繁出现于中国的各种刊物上。1934年商务印书馆出版了傅东华根据英译本转译的《奥德赛》,这是荷马史诗的第一个中文全译本。1958年,人民文学出版社又出版了傅东华翻译的《伊利亚特》。杨宪益据希腊原文以散文形式翻译的《奥德修纪》于1979年出版。而20世纪90年代出版的罗念生与王焕生译《伊利亚特》、王焕生译《奥德赛》以及陈中梅的两大史诗译本都数次再版,流传十分广泛。立足于希腊原文与相关文化背景,细致琢磨诗体形式,是这些译本的突出特点。与翻译的这种繁荣现象相呼应的是,我国的荷马史诗研究亦日益丰富与专业化,按照西方史诗理论,尤其是口头程式理论发掘与诠释我国(少数民族)史诗的工作更是一直在进行。然而,一个让中国学者困惑、甚至焦虑的事实是,在主流的汉语传统中,终究无法找到与西方史诗对应的表现形态,上古神话亦多零碎散落。自20世纪初开始,王国维、鲁迅、胡适、茅盾、钟敬文以及饶宗颐等一大批学者都曾就此“史诗问题”展开详细论说,提出了“想象力匮乏说、人神淆杂说、文字篇章书写苦难说、亚细亚生产方式说和神话历史化说”等一系假说。除了解释力的不足外,更值得关注的,是隐藏在这种持续的解释冲动背后的西方中心主

---

① 以上论述参阅陈洪文:《荷马和〈荷马史诗〉》,北京:北京出版社,1983年版,第101—109页。

义思维：从西方现代文明的优势地位出发，以神话、史诗为源起的西方文学发展历程被想象为一种先进模式；不能融入其中，就意味着中国文化存在先天“缺陷”（如缺乏想象力和超越性追求，或是异质文化过早被儒家“正统”学说压抑）。而按照单线的进步论叙事，这又被反过来用以解释现代中国的落后、验证西方文化的优越。无论是沉痛检省中国“史诗”的缺席，还是积极从文化边缘地区或古代典籍“发现”史诗（如削足适履地将《诗经·大雅》的某些篇章解释为“史诗”），都反映出一种“受损的民族心”。[①] 除了对本土文化与传统的压抑外，这类看似推崇西学的言说其实也对西方史诗进行了简单化处理，忽略了荷马史诗这类作品的成形与流布是多种文明与历史因素偶合的结果，并不代表某种必然的、普适的道路。相较于从具体文学形态推论其所属文化的高低优劣，从更广阔、丰富的文化背景观看和理解种种特殊的文学表现形态，也许更为可靠。

第二节　荷马史诗与希腊精神

今日通行之《伊利亚特》与《奥德赛》均为 24 卷。前者描绘了特洛伊人与阿开亚人十年大战中最激烈的 51 天作战场面；后者叙述的则是战争胜利后奥德修斯在海上漂泊十年，历经艰险终于返乡，与妻儿相认的故事。作为节日表演与青年教育的重要内容，两部史诗在古希腊时代享有崇高地位，许多人将之视作对真实历史的记录。但随着西方古典世界的失落，荷马史诗所描绘的那个世界被普遍认为纯属虚构。直到传奇人物海因里希·谢里曼（Heinrich Schliemann，1822—1890）经过多年的努力，依靠史诗中提供的蛛丝马迹，终于 1873 年在希萨利克挖掘出了所谓的“普里阿摩斯的宝库”，人们才重新开始考虑荷马史诗的史料价值。在谢里曼与其后数代考古学家的努力下，特洛伊地区从新石器时代到罗马帝国的十一（或十二）居住层逐渐得到完整挖掘。其中的一层更有明显的劫掠与烧毁痕迹，且反映出的就是迈锡尼文化形态，因此也被认定为就是荷马史诗中的特洛伊城（约存在于公元前 1275—

① 参阅林岗：《二十世纪汉语“史诗问题”探论》，《中国社会科学》，2007 年第 1 期，第 131—142 页。

前1225年间)。

不过,研究者也注意到,荷马史诗中的历史跨度极大,且以混杂形式出现。在以特洛伊战争所处的青铜时代为主体背景的同时,史诗中还出现了不少远早于或大大晚于那个时代的事物(包括铁、相关的地理知识和社会关系轮廓等)。从上文对史诗动态形成历史的描绘中,不难理解这种现象的出现。讲述者本身所处的时代显然与其试图讲述的时代混合在了一起。且诗人文思纵横,善加铺陈,仅在描写阿基琉斯盾牌的诗行中,就展现了集会、诉讼、婚礼、征战、农耕、畜牧等一系列场景;尤其是在史诗中俯拾皆是的大量明喻中,"诗人总是避开比较的本源,直接从揭示诗人周围的社会和自然的明喻本身中去寻找乐趣"[①]。这一系列特征让人们更有可能透过两部史诗全方位地认识希腊的早期社会与文化。

相较于其他古文明,希腊文明向来以其现世精神闻名(而中国古代文明是另一个例外)。在荷马史诗中,奥林波斯山上的众神的确占据了重要位置。在《伊利亚特》中,他们的喜怒哀乐甚至直接导致了战场形势的一再反复。然而,无论是外在形象,还是道德品性,再没有哪个文明的神灵比希腊众神更接近凡人了。在他们身上没有任何怪异的、难以在现实中找到对应物的因素存在。诗人在对诸神力量、智慧、美貌与才艺发出赞叹时,与其说是匍匐于不可企及的玄妙境界,毋宁说是在对某些属性达到完善状态的"更卓越的人"表示认同。甚至,神的喜怒、赏罚也并不总是与"正义"相关,"对于荷马史诗中大多数神的行为,可以通过尘世贵族的类似行为相比较,而非与不偏不倚的法官相比较,来获得解释"[②]。而在《伊利亚特》中,无论是狄奥墨得斯刺伤阿佛罗狄忒与阿瑞斯,还是阿基琉斯力战克珊托斯河神,也都未被视作什么不可饶恕的冒犯之举。

然而,需要马上指出的是,对超越性存在的这种(相对而言的)"不敬",并不意味着这些先民对生命中的种种苦难艰辛,包括个体生命的有限缺乏深刻体认。相反,超出人力控制范围的"命运"可以说是两部史诗关键词之一。即使是那些最接近天神的英雄、史诗的主人公们,也难逃速朽者的必然归宿。这让神、人并存的史诗事实上始终笼罩着一层悲剧色彩。更值得关注的是,诗人还以预言、征兆等方式不断提醒听众,英雄即将迎来悲惨命运。临死前的帕特洛克罗斯告诉赫克托尔:"你无疑也不会

---

① 诺托普洛斯:《论荷马史诗的并置:荷马批评的新途径》,赵蓉译,刘小枫、陈少明主编:《荷马笔下的伦理》,北京:华夏出版社,2010年版,第32页。

② 阿德金斯:《荷马史诗中的伦理观》,赵蓉译,同上书,第69页。

再活多久，强大的命运/和死亡已经站在你身边，你将死在/埃阿科斯的后裔、无暇的阿基琉斯的手下。”[①]而赫克托尔临死前又告诫阿基琉斯：“不管你如何勇敢，也请你当心，……当帕里斯和阿波罗把你杀死在斯开埃城门前。”[②]所有的听众当然都已经知晓，这些关于“死亡接力”的预言必将成真。但对悲剧性命运的洞察，既未让史诗中拼死作战的英雄稍有停歇，也未妨碍听众欣赏已故者的辉煌伟业且心向往之。这种“向死而生”的态度格外突出地展现于《伊利亚特》第23卷希腊联军为帕特洛克罗斯举行完葬礼后举办的竞技大赛。一面是严肃而隆重的葬礼，“泪水润湿了沙土，润湿了战士的铠甲”；一面是“围坐一起观看比赛”，在力量与速度的竞争（对人类极限的挑战）中兴高采烈地赢取奖品，同时积极讨论规则与公正的意义（对人类秩序的建构）。死亡的沉重与生命的快乐似乎毫无矛盾，命运的无常只是进一步提醒了古希腊人更好地享受短暂的生命，而未让他们将此世的存在交托给那些不可知的力量。面对宙斯无端降下的迷雾，埃阿斯留下了“如果你想杀死我们，也请在阳光下”[③]的传世名言。对生命强度而非长度的这种奋力追求事实上也成为这两大史诗以至整个古希腊文明独具魅力的地方：“希腊人深知生的苦涩如同他们深知生的甘甜。欢乐与悲哀、喜悦和痛苦在希腊文学中携手并存，却没有引起冲突。不懂得欢乐的人也必然不懂得苦痛。那些精神消沉抑郁的人们不懂得欢乐一如他们不懂得悲伤。希腊人和消沉抑郁无缘。……希腊人深切地、无比深沉地知道生之无常和死之切近。他们一次又一次地强调所有人类的种种努力都是短暂的、无用的，一切美好的、使人快乐的事物都会转瞬即逝。……但是，即使在最黑暗的时代，他们也从来没有失去生活的品味。生活永远是奇妙的、令人欣喜的，世界永远是美好的，而他们，永远为生于其中而欢歌。”[④]

尽管直到第20卷阿基琉斯才真正踏上战场，但这位联军的第一英雄

---

① 荷马：《荷马史诗・伊利亚特》，罗念生、王焕生译，北京：人民文学出版社，1994年版，第16卷第852—854行。

② 同上书，第22卷第358—360行。

③ 同上书，第17卷第647行。

④ 依迪丝・汉密尔顿：《希腊精神》，葛海滨译，北京：华夏出版社，2014年版，第16—17页。

无疑是《伊利亚特》真正的主角。[①] 对这一人物形象的塑造,也最能体现出古希腊人的上述精神取向。从词源学的角度考察,"阿基琉斯"这个名字就与"痛苦"有关,而在史诗中,这一点也得到了充分表现:"他驰骋疆场时,是特洛亚人的灾难,当他撤离战场和战死时,是阿开亚人的痛苦";甚至阿基琉斯本人也始终被"痛苦"所驱使,"失去女俘布里塞伊斯的'痛苦'使他从这个勇士社会分离出去,而他失去帕特洛克罗斯的'痛苦'再次将他拉回阿开亚人的阵营"。[②] 不仅于此,对于阿基琉斯而言,最大的痛苦还在于,他从一开始就被告知,如果他想追求生命的卓越、获得不朽声名,就必须献出自己的生命、迎向速朽的命运。阿基琉斯拒绝与阿伽门农和解时发表的一番言论,表明他对这一悖论性命运有着清醒的认识:"肥壮的羊群和牛群可以抢夺得来,/枣红色的马、三脚鼎全部可以赢得,/但人的灵魂一旦通过牙齿的樊篱,/就再夺不回来,再也赢不到手。/我的母亲、银足的忒提斯曾经告诉我,/有两种命运引导我走向死亡的终点。/要是我留在这里,在特洛亚城外作战,/我就会丧失回家的机会,但名声将不朽;/要是我回家,到达亲爱的故邦土地,/我就会失去美好名声,性命却长久,/死亡的终点不会很快来到我这里。"[③]某种意义上,忒提斯未能为儿子洗尽的凡胎("阿基琉斯之踵")正象征着人类命运的最大悲剧:不可抗拒的"死亡"。但背负着最大"痛苦"的阿基琉斯,恰恰成了史诗中"生命的欢歌"的领唱者:他最终还是放弃了"性命长久",重返战场,并迅速成为战场的真正主导者。《伊利亚特》的第 21、22 卷对阿基琉斯的勇猛进行了长篇的描绘。而对于物产不丰、城邦林立而攻伐频繁的古希腊而言,战士的勇猛就是最重要的德行。阿基琉斯也确实因此而赢得了"不朽声名",以另一种形式延长了自己短暂的生命。无论是对未来命运的恐惧,还是对共同体的责任(他的长期缺席无疑给联军带来了巨大损失),似乎都不及此时此地个体情绪的直接发泄。阿基琉斯绝非后世意义上的"立体"人

---

① 在阿基琉斯登场作战前,史诗其实已多处铺垫其勇猛与赫赫威名。他是否会与阿伽门农和解、返回战场,是作战双方都一直在密切关注的问题。帕特洛克罗斯被杀死后,因失去盔甲而不能作战的阿基琉斯甚至只是"三次在堑壕上放声呐喊",就"三次使特罗亚人和他们的盟军陷入恐慌,/有十二个杰出的英勇将士被他们自己的/长枪当即刺死在他们自己的战车旁"。(《伊利亚特》第 18 卷第 228—231 行)这种高超的铺垫技巧也保证了对故事结局并不陌生的一代代听众、读者能够对阿基琉斯的出场,以及他与赫克托尔大战保持足够的热情。

② 陈戎女:《荷马的世界——现代阐释与比较》,北京:中华书局,2009 年版,第 74—75 页。

③ 荷马:《荷马史诗 · 伊利亚特》,罗念生、王焕生译,北京:人民文学出版社,1994 年版,第 9 卷第 406—416 行。

物，但唯因其“简单”，而得以对各种生命体验进行“极致”表现。除了力克赫克托尔时表现出的勇力外，他还以各种近乎符号化的行为诠释了“委屈”（荣誉被夺）、“愤怒”（拒绝和解）、“悲痛”（失去友人）、“怜悯”（将仇敌的尸体归还给普里阿摩斯）等一系列人类常见情感。也正因为这种情感的浓烈与纯粹，听闻帕特洛克罗斯死讯时他的疯狂举动并无损于其英雄形象：“他用双手抓起地上发黑的泥土，/撒到自己的头上，涂抹自己的脸面，/香气郁烈的袍褂被黑色的尘埃玷污。/他随即倒在地上，摊开魁梧的躯体，/弄脏了头发，伸出双手把它们扯乱。”[①]对生命本身的沉浸，包括对“死亡”的品味，让这些英雄形象足以抵御时间的磨损，始终充满活力，而表现他们的文学作品也“从不会基调灰暗、情绪低沉，而总是黑白分明的，或是深黑的、血红的、金黄的”[②]。

相较于《伊利亚特》（描写的终究是祸福难测的残酷战场），《奥德赛》中神的光辉更为黯淡。神的干预，或者说不可用理智解释的物事大大减少。史诗卷首宙斯更向众神感叹：“可悲啊，凡人总是归咎于我们天神，/说什么灾祸由我们遣送，其实是他们/因自己丧失理智，超越命限遭不幸……”[③]而整部史诗更像是世俗人生的一个隐喻：不同于阿基琉斯的单纯与极致，奥德修斯这一形象“纳入了多元的关怀”，他跌宕起伏的海上漫游，代表了对“名声、自我认知、正义和王权秩序的追求”，成为古今思想家阐释不尽的命题。[④] 而无论对象为何，探索过程都只能通过现实体验而非“神谕”完成。并非偶然的，奥德修斯恰恰是在冥府哈得斯（也即通过直面“死亡”）洞悉了自己的宿命，并最终拒绝女神赐予的“不朽”，决意更积极地投入到现实之中：“今后还会有无穷无尽的艰难困苦，/众多而艰辛，我必须把它们一一历尽。”[⑤]

与这一“探索”主线构成紧张关系的，是贯穿《奥德赛》始终的“伪装”意识：一方面，奥德修斯的敌人往往都隐藏了面目，难窥真相。甜美的洛托斯花、魔女基尔克的美食和塞壬们的美妙歌声或是潜藏着剥夺旅人记

---

① 荷马：《荷马史诗·伊利亚特》，罗念生、王焕生译，北京：人民文学出版社，1994 年版，第 18 卷第 23—27 行。

② 依迪丝·汉密尔顿：《希腊精神》，葛海滨译，北京：华夏出版社，2014 年版，第 17 页。

③ 荷马：《荷马史诗·奥德赛》，王焕生译，北京：人民文学出版社，1997 年版，第 1 卷第 32－34 行。

④ 陈戎女：《荷马的世界——现代阐释与比较》，北京：中华书局，2009 年版，第 142 页。

⑤ 荷马：《荷马史诗·奥德赛》，王焕生译，北京：人民文学出版社，1997 年版，第 23 卷第 249－250 行。

忆/知识的危险,或是代表“全知”的虚假诱惑,它们都意味着“回归”(重新获得个体身份与重回城邦生活)的延迟;另一方面,有意思的是,特勒马科斯与母亲佩涅洛佩也是通过“伪装”(如用“织寿衣”这类巧计假意迎合求婚者)延缓“回归”的失败。而史诗中最成功的伪装者,正是奥德修斯本人——无论是面对雅典娜的化身,还是自己的至亲,奥德修斯的第一反应都是编织故事,使自己的出现合理化,“他说了许多谎言,说得如真事一般”[①]。史诗也多次强调,因为其本人的刻意伪装,加上智慧女神的庇护/掩饰,奥德修斯的行踪与意图总是处于“浓雾之中”。这也成为他逃避危险、达成自己的“探索”目标的最为重要的手段。在两部史诗中,奥德修斯是外貌与身材最不出众的一位主要人物,诗人更是不断通过其他人物的评论强化这一点。按照对英雄形象的程式化描写,这显得十分反常。但事实上,凡俗的形象(更典型的“人”)同样被处理为了奥德修斯对个人智慧的成功“伪装”:“他不把他的权杖向后或向前舞动,/而是用手握得紧紧的,样子很笨;/你会认为他是个坏脾气的或愚蠢的人。/但是在他从胸中发出洪亮的声音时,/他的言词像冬日的雪花纷纷飘下,/没有凡人能同奥德修斯相比,/尽管我们对他的外貌不觉惊奇。”[②]按照《奥德赛》中的补叙,最终结束旷日持久的特洛伊战争的,也确实是奥德修斯瞒天过海的木马巧计,而非阿基琉斯的勇猛无敌;至于奥德修斯战胜巨怪的一幕,更直接地揭示了头脑如何帮助人突破物理层面的局限——对语言和文明规则(“命名”)的巧妙运用(伪称自己名为“无人”),让武力处于绝对下风的奥德修斯成功戏弄了强大的库克洛普斯。作为一个“不知正义和法规的对手”,后者可视为自然与野蛮的象征。巨人最后的叹息,透露出的更多的是诗人对凡人智慧的自得:“(善作预言的特勒摩斯)说我将会在奥德修斯的手中失去视力。/我一直以为那会是位魁梧俊美之人,/必定身体健壮,具有巨大的

---

① 荷马:《荷马史诗·奥德赛》,王焕生译,北京:人民文学出版社,1997年版,第19卷第203行。尽管奥德修斯讲述的游荡经历大多是谎言,与“真实”无关,精妙的语言却使之可信可感、打动人心。日后柏拉图一方面将“逢迎人性中低劣的部分”、有损理性的荷马史诗驱逐出理想国,一方面又认为好的诗歌可以“实施‘巫魔’”,像裹着糖衣的药丸一样充当理想的教育手段,这样的“爱恨交织”,归根到底是因为“像荷马一样,柏拉图了解诗对心灵的巨大‘冲击’,深知它的所向披靡”,荷马对西方诗艺理论的影响不容忽视。参见陈中梅:《神圣的荷马:荷马史诗研究》,北京:北京大学出版社,2008年版,第38页。

② 荷马:《荷马史诗·伊利亚特》,罗念生、王焕生译,北京:人民文学出版社,1994年版,第3卷第218—214行。

勇力,/如今却是个瘦小、无能、孱弱之辈,/刺瞎了我的眼睛……"[①]

从更为抽象的层面来说,"探索"与"伪装"(即自然的"文化化")这两种行为以及它们之间的紧张关系,正是人类文明发展的重要动力。而在《奥德赛》中,这两条线索的汇聚与直接冲突最终出现在佩涅洛佩与丈夫相认的著名场景中。让佩涅洛佩觉得"可信"的,不是被视为神谕的关于"白鹅被老鹰杀死"的梦境,甚至也不是"伤疤"这类容易陷入"永生的神明们的各种计策"[②]的直观标记,而是"婚床的秘密"这类更为隐秘而深刻的私人经验。"这种发现不是一般的认出,而是建立在对表象进行认真观察和仔细询察基础之上的",以至于有研究者认为,在《奥德赛》这类充满实证精神的探索行为(分辨"伪装"与真实)中,已经能看到希腊文明由"秘索思"(mythos)转向"逻各斯"(logos)的某些端倪。[③]

第三节　荷马史诗的当代变异

荷马史诗向来被视为西方叙事传统的一个重要源头。尤其是构成复杂的《奥德赛》更被称为"西方小说的胚胎",为后世作家提供了丰富的主题、结构和原型。[④] 而从早期张扬理性、追寻真与美的漂泊小说,到充满卑琐与幻灭情绪的现代反英雄小说(最著名的莫过于《尤利西斯》),"奥德修斯后裔"命运的起伏,生动诠释了"小说是无神时代的史诗"这一判断。英雄的陨落和旅程意义的不复存在突显出理性过分膨胀后人类精神遭遇的困境。

耐人寻味的是,我们所处的既是一个"经典"遭到空前质疑的时代,又是一个"经典"极度被渴望、一再被重建的时代。如果不抱着本质主义的态度将"经典"的大众消费理解为一种完全负面的解构行为,人们也会从荷马史诗的一些当代变形中找到传统被重新激活的可能。意大利作家亚历山德罗·巴瑞科(Alessandro Baricco,国人最熟悉的也许是由

---

① 荷马:《荷马史诗·奥德赛》,王焕生译,北京:人民文学出版社,1997年版,第9卷第512—516行。《奥德赛》第8卷中,稍早于奥德修斯对自己战胜巨怪这一经历的叙述,歌人吟唱了跛脚的赫菲斯托斯以巧智制服勇猛战神阿瑞斯的故事。两个"反转"故事之间有着明显的平行关系。

② 同上书,第23卷第82行。

③ 陈中梅:《神圣的荷马:荷马史诗研究》,北京:北京大学出版社,2008年版,第415页。

④ 关于这一问题的专门讨论,可参阅:William Bedell Stanford, *The Ulysses Theme: A Study in the Adaptability of a Traditional Hero*, Ann Arbor: University of Michigan Press, 1963。

其剧本《1900》改编而成的著名电影《海上钢琴师》)就应一个名为"重读经典名著"的项目的邀请对史诗进行了重写,推出了《荷马,伊利亚特》(*Omero Iliade*)一书。为了让这一版本更容易被追求实效的现代读者接受,作家对原文进行了较大幅度的剪裁,去掉了那些"重复性的内容",即在相当大的程度上抹掉了史诗口头演述传统留下的程式化痕迹,使那种绵长、反复的原始韵味大大减弱。而另一项重要的删减,是去除了"所有关于神祇显灵的内容"。在原著中,诗人总是习惯性地以"降神"解释或带过那些难以用语言和逻辑直接说明的人物心理、自然现象,并借此对共享同一神话语境的受众进行道德或情感上的影响;但在巴瑞科看来,神祇的频繁出现"不仅极为偏离现代人的情感思维模式,而且时常会破坏故事本身的紧凑性和独特的快节奏",没有必要保留这部分内容。而这一改动之所以可行,归根结底还在于"《伊利亚特》有其自身非常坚实的俗世框架,一旦撇开神祇,这一框架就浮出水面。在神的行为背后,荷马文本所讲述的凡人几乎总是复制神祇的行为,并将其带到所谓的人间"①。换言之,他所做的,只是让一个原本就十分人性化、只是以一种传统思维保留了神祇位置的故事进一步脱魅。事实上,当改编本不再让雅典娜"显身",而是直接将阿基琉斯对阿伽门农的暂时忍耐归结为"最后关头他压制住怒火,停下紧握银质剑柄的手"时②,现代读者的确不会发现有什么难以理解之处;能够自行克制怒气的阿基琉斯虽失去了原著中那种"纯粹"的特质,却也变得更"现实"可感。而巴瑞科版《伊利亚特》的第三处改动更直接改变了作品的结构。故事不再"由设身事外的荷马进行讲述",改由原著中的20个人物分别主宰17个篇章,从各自视角以第一人称讲述自己的见闻、感受。这20个人物大部分来自《伊利亚特》,既包括占据核心地位的大英雄,也有"乳娘"这类原本形象模糊的小人物;但为了故事的完整(满足现代读者的阅读需求和习惯),第17章也即最后一章登场的是《奥德赛》中的歌者得摩多科斯。借他之口,特洛伊战争与主要人物的结局得以补全。按照作家的解释,这一叙事视角的改变是"考虑到朗诵作品的需要","给诵读者最起码的人物角色,以此来避免缺乏人物角色而产生的乏味"。而除了凸显人物个性、加强戏剧性外,这样的改动也是因为古希腊诗人因为"缪斯的惠赐"而获得的全知视角(所有场景都"像自己就在那儿"一样)不

① 亚历山德罗·巴瑞科:《荷马,伊利亚特》,邓婷译,上海:上海文艺出版社,2010年版,第2页。

② 同上书,第5页。

再那么天然合法,"对于当今大众,一个亲历者讲述的故事更便于得到认同"[1]。

从这些改动可以明显看出,改编者并不惮于宣告自己对原著的主观介入,他对作品的定位亦十分明确:相较于走近荷马文明,更重要的是"让那段历史步入向当代的我们讲述的轨道"[2]。而除了迎合现代读者、为"经典"在当代的复活提供前提条件外,巴瑞科的改编还有更大的野心——用《伊利亚特》这部最著名的战争作品表达关于战争的反思。这无疑是一次颇具风险、也很有颠覆性的尝试。在后记《另一种美丽:关于战争的注解》中,巴瑞科坦言:"阅读《伊利亚特》或者像我一样'重写它'并非是在一个随意的年代,如今是战争的岁月。尽管用'战争'来定义世界上正在发生的事情总让我感觉不妥,然而这些年来,与几千年来的战争经历紧密相连的某种咄咄逼人的野蛮,如征战、屠杀、暴力、虐囚、斩首、背叛;英雄主义、武器装备、战略策划、志愿军队、最后通牒、宣告声明等等,又重新成为人类日常生活中的遭遇。残暴和耀眼的军械在历史上长期作为好战人类的一整套行头,曾一度被我们深埋和摈弃,如今又再次浮出水面。在如此微妙和无度的大背景下,即便是一件微不足道的小事也承载着特殊的意义。当众诵读《伊利亚特》是件小事,但并非随手拈来,毫无意义。"[3]事实上,巴瑞科的这种反战、反暴力的关怀对改写版的影响是全局性的。上文提到的三种改动都与此目标有着潜在关联:在减弱原著那种朴拙而庄重、适宜表现战场恢弘气势的史诗程式化风格后,巴瑞科充分发挥了自己笔调轻盈的长处,在几处关键的增补中,刻意放大或加入了一些可以表现"厌战"与"怜悯"情绪的细节。而多个视角的使用,也让这些与战争主题不尽相容的声音可以得到更多的呈现。例如,在男性话语占据了统治地位的原著中,布里塞伊斯这样的人物只是作为一件被赎买争夺、影响战场形势的"物品"存在。作为战争的受害者,她几乎没有权力发出自己的声音。[4] 而在改写版中,第一章的叙事者则是克鲁塞伊丝,并以"一切都要从充满暴力的一天说起"一语开启了整部作品的叙述。在这一

---

① 同上书,第3页。

② 亚历山德罗·巴瑞科:《荷马,伊利亚特》,邓婷译,上海:上海文艺出版社,2010年版,第2页。

③ 同上书,第151页。

④ 布里塞伊斯唯一一次"说话",是在被阿伽门农送还给阿基琉斯后,她面对帕特洛克罗斯尸体的哭诉(《伊利亚特》第19卷第282—300行)。这处偶然出现的"裂缝"成为后世女性主义批评家讨论的一个热点,同时应该也为史诗的现代改编者提供了不小灵感。

章的最后,作家更以一种梦幻般的哀伤笔触补充了战争带给她的深刻创伤:“你们可以想象我今后的生活吗?我时常梦到火药、武器、珍宝和年轻的英雄们,总是在海边,在同样的地方,有鲜血和男人的气味。我生活在那里,众王之王为了我,为了我的美丽与优雅,将他的生命和子民抛弃于风中。当我醒来时,我的父亲就在旁边,他抚摸着我说:‘一切都结束了,我的女儿。睡吧,一切都结束了。’”[①]除了用女性的纤敏与温情冲淡战争英雄的热血外,巴瑞科也给了涅斯托尔、福伊尼克斯这样的老者更多发言机会。在尚武好斗的古希腊人的吟唱中,这些老战士的价值主要体现于贡献战斗经验、提供更好的作战计划;而在《荷马,伊利亚特》中,丰富的作战经历却让老者对战争本身有了另一种看法:“年轻人对战争总抱有古老的想法,认为战争象征着荣誉、美丽和英雄主义。……可我早已年迈,不再相信这样”[②];“他们是那样年轻,相对而言我则是一个老者,一名老师,抑或是一位父亲。眼见他们丧命却无能为力,这就是战争之于我的全部。其他的事,谁还记得呢?”[③]最后,神灵的隐身,也让史诗中的人物可以、而且必须为自己的一切行为负责。他们的进退、生死,不再是不可抗力量随意拨弄的结果,个人的禀赋、兴趣、性格与意志在战争这种极端环境中得到了最大程度的凸显;但相应的,战争对这一切个性的无差别绞杀(巴瑞科保留了原著中关于战争的种种血腥描写)也带有了更为浓重的残酷意味。

在后记中,巴瑞科再次探讨了阿基琉斯的“两难困境”。他承认,那种认为“只有经历致命战争的凶残本性,才能够获得日常生活所无法表达的内容和经验”的战争美学极富吸引力;但那些追慕阿基琉斯的人们应该学会欣赏另一种美丽,一种没有“史诗”般的惊人气势,却更为温和绵长的日常之美:“人们应当展示出照亮生命阴暗的能力,而非借助战争的火焰;给那些东西一个强有力的意义,而不要把它们带到令人炫目的死亡光亮下。改变自己的命运,却不通过占据他人的方式;让金钱和财富运作起来,却不要借助于暴力;找到一个道德尺度,哪怕很高很高,而不应在死亡的边缘寻觅;找个时间和地点好好地认识自己,却不要在战壕之中;认识人们的情感,哪怕是最令人眩晕的极端情感,而不要把战争作为兴奋剂或是通

① 亚历山德罗·巴瑞科:《荷马,伊利亚特》,邓婷译,上海:上海文艺出版社,2010年版,第7页。

② 同上书,第49页。

③ 同上书,第99页。

过日常微小的暴力行为来刺激。”[1]扁平而无差别的现代生活让个体对自我的认知与认同陷入了巨大困境，它所引发的焦虑也是现代人典型的精神症状。这远非阿基琉斯对“声名不显”的忧虑可比。但精神萎靡、个性消泯并不只能通过宣扬力量、重塑(战争、宗教或政治的)“英雄”得到舒缓，也并非无神时代的必然结局。作为一位沉浸于丰富的感性世界并生活于世俗年代的作家，巴瑞科相信，更为审慎地运用理性、寻找生活中的多元价值可以帮助人们跳出阿基琉斯式的困境；而从改写版中那些用隐忍和坚韧抵抗、治疗战争创伤的女人、老者形象来看，作家显然也在着意强调，持续地营造和维系“平凡之美”，需要的勇气其实并不比纵身跃入战场所需更少。

相较于巴瑞科这一不乏反思意味的改写版，2004年华纳兄弟影片公司推出的《特洛伊》(*Troy*)更明确地表达了对市场和消费者需求的迎合。一亿七千五百万美金的巨额投入一方面保证了巨制的顺利完成，另一方面无疑也给创作者带来了更大的票房压力。庞大的制作队伍辗转于伦敦、墨西哥和马耳他三处拍摄地点，以大量历史考证与特技技术(其中包括在影史上首次出现的“虚拟特技人”视效技术)为基础，尽可能地尝试复原历史与原著原貌——这事实上也成为影片最大的噱头之一。按照片方的宣传，大到恢弘壮美的特洛伊古城，小到“剑无护手”“马无脚蹬”这样的细节，无不经过精心的考证。而在表现富有感官冲击力的冷兵器时代肉搏场面与选择豪华亮眼的演员阵容方面，“忠实原著精神”与“吸引现代消费者”的需求也可谓并行不悖。但在一些更为关键的问题上，市场导向显然更占上风。

要在最佳观影时间内完成整个故事的述说，且使之易于被现代观众理解和接受，编剧很自然地删减了几乎所有关于神灵的内容，众神中仅有忒提斯作为主角悲剧性命运的预言者短暂出场，但其海神之女的身份亦表现得十分隐晦。史诗那些程式化的修辞表达也被快速的镜头切换、精炼而追求戏剧性效果的台词所替代。但在时间控制如此紧张的情况下，创作者仍然补充了一些重要内容：首先，影片的后半部分也纳入了《奥德赛》的内容，“木马屠城”成为作品的高潮所在。相对于史诗的片段式吟诵，影片更需要讲述一个完整的故事。而现代观众当然也特别期待，能够

---

① 亚历山德罗·巴瑞科：《荷马，伊利亚特》，邓婷译，上海：上海文艺出版社，2010年版，第159页。

在大屏幕上直接“观看”古希腊经典中自己最熟悉的“木马计”篇章。而影片的第二处增补与古今价值观念的变迁有着关联。如前文已经提到的,对于远古的受众而言,阿基琉斯因为个人利益受损而拒绝上战场、冷眼旁观己方付出沉重代价的做法并不会影响其光辉形象。毕竟,在动乱频发的荷马时代,“竞争”而非“合作”,是最重要的价值导向。对男人的最高赞誉“agathos”指的就是“具有装备精良、强壮威猛、迅疾如风、骁勇善战且足智多谋等素质的勇士……这类人不必因为是勇士而一定需要具备安宁的品质:勇士不必非得可靠、贤明、心智健全或行为正当”[①]。而阿基琉斯的愤怒,也并不在于“布里塞伊斯”这一个体对他有着如何特别的意义——作为战利品,布里塞伊斯固然代表着阿基琉斯的“荣誉”,而荷马史诗中的“荣誉”,也确有高贵、超越时空的一面;但它更“根植于物质,对于英雄的生存不可或缺。荷马的价值观跟所谓基本人权毫无关系。荣誉通常建立在物质基础上,不管这些物质是有生命的,还是无生命的”[②]。事实上,两部史诗中发生的悲剧都肇始于英雄的(首先是物质性的)荣誉被剥夺。无论是战利品被阿伽门农夺走的阿基琉斯,还是家财被求婚人白白耗费的奥德修斯,都不齿于坦承自己疯狂的报复行为源于物质方面的受损,因为在当时的社会语境下,真正的勇士就“必须拥有大量财物和德行”,甚至,“一个人的荣誉就是他的地位,……一旦一个人的荣誉被剥夺,那就意味着他在物质上也近乎贫穷甚至赤贫,有时还可能意味着迅速的死亡。如是观之,荷马史诗中那些围绕荣誉问题发生的暴力和血腥场面,就很少会让人奇怪了”[③]。但显而易见,当代的电影观众是很难分享这样的价值观的。为了让观众能够接受这位主角,就必须为他加入新的反抗动机:影片从一开始,就以一种典型的现代取向极力渲染了以个体价值的实现为重的“战士”阿基琉斯与以利益为重的“政治家”“统治者”阿伽门农之间的冲突。而除了“反威权”外,影片中阿基琉斯的行动更为另一股力量,也即“爱情”所推动。这无疑是最容易被好莱坞观众接受并产生共鸣

---

① 参见罗维:《荷马史诗的道德本质》,赵蓉译,收入刘小枫、陈少明主编:《荷马笔下的伦理》,北京:华夏出版社,2010年版,第114—115页。

② 阿德金斯:《荷马史诗中的伦理观》,赵蓉译,收入刘小枫、陈少明主编:《荷马笔下的伦理》,北京:华夏出版社,2010年版,第61页。

③ 同上书,第66页。阿德金斯的一个有力论点是,如果不承认“荣誉”的物质性,就无法理解福尼克斯在规劝阿基琉斯接受阿伽门农的补偿、返回战场时的话:“接受礼物吧!阿开奥斯人会敬你如天神。/要是你得不到礼物也参加毁灭人的战争,/尽管你制止了战斗,也不会受到尊敬。”(《伊》9.603—605)

的一个元素。布里塞伊斯从原著中的一个小人物转而成为了影片中地位丝毫不逊于海伦、安德罗马克的重要角色，并与阿基琉斯演绎了一出缠绵悱恻的爱情悲剧。在心爱的女人被自己一向厌恶的“统治权威”夺走后，阿基琉斯表现出难以抑制的愤怒，这自然不再难以获得当代观众的同情。同理，原著中帕里斯与海伦的结合主要是受情欲的驱动和神灵摆布，而影片也将其演绎为了一段追求真爱与“心灵自由”(墨涅拉奥斯被塑造为一位粗鲁的“暴君式”丈夫)的好莱坞经典故事。影片结尾，帕里斯更是在情感与城邦责任的双重压力下迅速成长，情节虽不免俗套，人物形象却比史诗中的轻浮原型要讨喜。

相较而言，影片中的另一处补笔，即对宗教信仰与世俗力量之冲突的大力表现更耐人寻味：以布里塞伊斯(被设定为了负责祭祀的王室成员)为代表的特洛伊人对太阳神阿波罗满怀虔诚；而阿基琉斯砍下神像头颅的一幕，除了颇有“暴力美学”的冲击力外，更以最直观的形式表达了人掌握自己命运的强大信心。这对恋人间的对抗不仅源自城邦的对立，也源自对“世俗荣誉”的不同态度。最终，侍奉神灵的布里塞伊斯还是臣服于激情，将自己献给了渎神的阿基琉斯。而在被劫掠的神庙中拯救她的，也是满怀深情的阿基琉斯而非神灵。这类情节的设定寓意其实已十分明显，但创作者犹感不足，在有限片长中还表现了特洛伊首领对战场形势、城邦命运的数次讨论；争论中，普里阿摩斯每每采纳祭司的意见，但祭司的见解、或者说他传达的神谕却总是给特洛伊人带来灾难(尤其是将木马迎入城中的提议)。诚然，祭司阶层从未在希腊历史获得古埃及僧侣所享有的那种绝对统治地位；荷马史诗也始终未剥夺英雄们质疑占卜、神谕的权力。但“质疑卜释总的说来不是一种正确和令人羡慕的举动，不会给质疑的当事人带来好处”，“它暴露当事人的狂傲以及由此导致的对时局的错误判断，表明他们将为自己的愚蠢付出惨重的代价”，换言之，荷马绝不鼓励对传统的任意反叛，也仍然相信在如此多灾多难的生活中，人力始终有不及之处。[①]而在经过世俗化浪潮洗礼的今天，在一部希望凭借高科技“巧夺天工”的商业大片中，创作者不仅拒绝再捍卫已然消散的神的世界，甚至还逆转了卜释的成败——没有什么比个人英雄对神的挑战、且最终获胜更能增加影片情节的冲突性，更能帮助入场的消费者尽情宣泄自己的情绪与欲望。

---

① 陈中梅：《神圣的荷马：荷马史诗研究》，北京：北京大学出版社，2008 年版，第 332—334 页。

第六章
古希腊抒情诗的生成与传播

抒情诗是人类表达思想、抒发情感、进行教诲的一种重要的文学形式，而古希腊抒情诗为人类抒情诗的产生和发展奠定了良好的基础。与叙事诗一样，在古希腊，抒情诗是用来作为记忆的一种方式，记忆和留存难以忘怀的独特的情感经历，记录和传承古代人们与爱情婚姻、神话传说、宗教仪式、口头历史、政治事件以及战争等事件息息相关的一些重要的文化信息。抒情诗艺术的生成和发展时常与音乐传统密切相关。正是因为与音乐的密切关联和必要的借鉴，才使得抒情诗这门艺术形式在没有文字记录的年代萌生和发展。

第一节　希腊抒情诗的起源以及对音乐的借鉴

从诗的起源来看，在人类历史的发展进程中，抒情诗艺术不仅源远流长，而且还以独到的形式表现了生活，记录了时代，以顽强的生命力证实了自己的价值和存在的意义。抒情诗在人类的社会生活中占有极其重要的地位，它和着生活和时代的脉搏一起跳动，凝聚着世界各个民族各个历史发展阶段的精神火花，记录着人类心灵的轨迹和进步的历程，是世界文化遗产中的一个极为宝贵的组成部分。

关于诗的起源，如同诗的定义一样，历来存在着较大的争议。尽管存有争议，但也有一些影响较大的观点。其中最为传统的一种说法是“摹仿说”。这一学说始于古希腊哲学家德谟克利特和亚里士多德等人。德谟克利特认为诗歌起源于人对自然界声音的模仿，亚里士多德在《诗学》中写道："一般说来，诗的起源仿佛有两个原因，都是出于人的天性。"[①]他接着解释说，这两个原因是摹仿的本能和对摹仿的作品总是感到快感。他甚至指出：比较严肃的人摹仿高尚的行动，所以写出的是颂神诗和赞美诗，而比较轻浮的人则摹仿下劣的人的行动，所以写的是讽刺诗。

另外较有影响的有"情感说"（或"情感表现说"）、"巫术说"等。"情感说"认为诗歌起源于情感的表现和交流思想的需要。这种观点揭示了诗歌创作与情感表现之间的一些本质的联系，但并不能说明诗歌产生的源泉，而只是说明了诗歌创作的某些动机。"巫术说"虽然也发现了人类早期诗歌（如《吠陀》等）与巫术的一定的联系，但巫术作为人类早期的重要的社会活动，对诗歌的发展起到的也只是"中介"作用，将其视为诗歌的源泉同样缺乏说服力。

比较具有说服力的观点是"诗歌起源于劳动"，这是一种带有唯物主义思想倾向的观点，很多理论家都对这一命题进行过论述。劳动创造了人自身，使人逐渐摆脱了本能性生存技能的限制，又使人在生产劳动过程中形成了语言和思维，而诗歌则是人类思维水平和语言能力发展到一定程度才得以产生的一种艺术形式。

世界诗歌史的发展历程也得以证明，人类最早出现的抒情类的诗歌是劳动歌谣。劳动歌谣是沿袭劳动呼声的样式而出现的，所谓劳动呼声，是指从事集体劳动的人们伴随着劳动动作节奏而发出的有节奏的呐喊。这种呐喊既有协调动作，也有情绪交流、消除疲劳、愉悦心情的作用。这样，劳动也就决定了诗歌的形式特征以及诗歌的功能意义，使诗歌与节奏、韵律等联系在一起。

由于伴随着劳动呼声的还有工具的挥动和劳动者身姿的扭动，所以，原始的诗歌的一个重要特征便是诗歌、音乐、舞蹈这三者的合一（三位一体）。朱光潜先生就曾指出：中西方都认为诗的起源以人类天性为基础，认为诗歌、音乐、舞蹈原是三位一体的混合艺术，其共同命脉是节奏。"后来三种艺术分化，每种均仍保存节奏，但于节奏之外，音乐尽量向'和谐'方面发展，舞蹈尽量向姿态方面发展，诗歌尽量向文字方面发展，于是彼此距离遂日渐其远。"[②]这也从一个方面说明，诗歌是最初的艺术形式，然后才有了其他的艺术形式。

---

① 亚里士多德：《诗学》，罗念生译，引自《罗念生全集》（第一卷），上海：上海人民出版社，2004年版，第29页。

② 朱光潜：《诗论》，北京：生活·读书·新知三联书店，1984年版，第11页。

正是因为诗歌是其他文学艺术形式的起源,所以其他文学形式中出现的一些问题,尤其是母题、原型等问题,是与诗歌这一最初的艺术形式有着千丝万缕的联系的。

我们从诗的功能来看,也可以看出诗歌是反映时代精神和人类普通的思想情绪的合适的艺术形式之一。

说起诗歌,不得不涉及它的定义。关于诗(poem)的定义,我们只能从历史和文学史发展的角度上作泛义的理解,而不是拘泥于某一时代和某一流派。诗有广义和狭义之分,广义的诗是文学艺术的统称,因此,诗学(poetics)便是研究文学理论的文艺学之意。这与诗的起源或文学艺术的起源密切相关。至于狭义的诗,其定义则更加难以统一,也无法统一起来。俄国评论家别林斯基曾经谈到:尽管所有的人都谈论诗歌,可是,只要两个人碰到一起,互相解释他们每一个人对"诗歌"这一字眼的理解,那时我们就知道,原来一个人把水叫作诗歌,另外一个人却把火称作诗歌。所以,对于狭义的诗的定义以及对诗的内涵,不同的时代、不同的流派、不同的诗人和不同的读者都会作出不同的理解,难以求得统一。但作为一种文学形式,诗也是有规律可循的。其中有一点是明白无误的:诗是美好境界的化身,是人类智慧、人类创造力和想象力的结晶。

人类认识世界,认识生活主要有两种模式,一种是理性分析,一种是综合想象。由于观察的方式不同,所以得出的结论也就不同了。诗大多是综合想象的产物,也无疑是人类传达生活经验的一种理想方式。当然,诗的价值决定于生活经验的理想的诗化的表达,并不完全取决于思想的绝对真实和高尚的程度。

古代学者使用诗的分类来作为诗歌评论的一种途径。亚里士多德在《诗学》中特地将诗描述为三种形态:史诗、喜剧、悲剧,并且基于支撑形态的目的,拓展区别各种形态优劣的准则。随后,美学家确定了新的诗的主要形态:史诗、抒情诗、戏剧诗(将悲剧和喜剧视为诗的范畴)。

作为一种先于文字产生的艺术形式,必须有合适的传播手段。最古老的流传下来的长诗是《吉尔迦美什》,出自公元前四千年的苏美尔,由楔形文字所创作,刻在泥板上。在东方文学中,最古老的爱情抒情诗,也是刻在泥板上,现在名为《伊斯坦布尔 2461 号》,也是一首苏美尔诗歌,它由公元前 2037—前 2029 年的苏美尔新娘朗诵。

但是,诗歌刻在泥板上虽然便于保存,但是不便于传播和普及。而且刻在泥板上还必须以文字的出现为前提。诗歌作为一种艺术形式,其产生是先于文字的。很多作品是文字出现以后对原先的口头传播的文本的重新整理和记录。

而在口头传播的时代,简洁、凝练以及朗朗上口恐怕是一个重要的前提。只有这样,才便于记忆,便于进行口头传播。在古希腊,抒情诗这一艺术形式萌芽的时候,需要表达情感的"诗人"并非善于阅读和书写,为了使自己的"作品"便于记忆,最有效的办法是将此演唱出来,所以最早的诗歌不是以文字记录的,而是通过朗诵和歌唱等口头形式得以流传的。随着书写的发展,诗歌演变成具有固定形态的文学类型,尽管 20 世纪以后,传统诗歌形式逐渐被自由诗体或散文诗体所代替。

由于印刷条件的缺失,在古希腊,文学作品多半是口头流传的。而要使一部作品得以流传,所吟唱的诗歌自然要比一般的陈述更为容易被人记忆。这是诗歌与音乐发生关联的一个主要原因。

就诗的渊源而言,诗源自口头文学创作传统,可以追溯到行咏诗歌。诗可以是抒情的,也可以是叙事的。而且,抒情诗中也可以包含叙事的成分。叙事的诗篇是用富有韵律的语言讲故事。诗之所以包含着韵脚和韵律,其作用就是便于朗诵者和听众记忆。

既然诗歌源自口头文学的创作传统,那么,诗的声音对基调、语气、语义都产生影响。当我们高声读诗时,字母和单词的声响是必须引以注意的。软音字母(soft-sounding letters,如"o")会创造流畅的、令人愉快的声调。硬音字母(hard-sounding letters,如"c"或者"k")则会产生粗粝的、紧迫的声调。头韵是诗行中单词首字母声音的重复。

从流传下来的文献来看,古希腊诗歌的发展是从荷马史诗开始的。而古希腊的抒情诗作为一种定型的艺术形式,是在史诗之后集中产生的。

古希腊文学在"荷马时代"(公元前 11 世纪—前 9 世纪)出现了欧洲文学史上最早的杰作——史诗《伊利亚特》和《奥德赛》。史诗的成就印证了氏族社会的群体意识等时代特性。

到了公元前 8 世纪,希腊的氏族社会开始解体,奴隶制逐渐形成。

随着氏族社会的解体,个人意识逐渐代替群体意识。于是,反映在文学上,表现集体意识的史诗也就衰落,而适应于抒发个人感情的抒情诗便得以流行。

尽管现存的最早的抒情诗是在荷马之后创作的,但是,抒情诗并非源自史诗,也不是由史诗拓展而来的。"抒情诗具有自己的口头创作传统,至少与史诗一样久远。”[1]

在古希腊,抒情诗极大地汲取了音乐的要素。抒情诗有着明晰的技术内涵,必须是以竖琴(lyre)和笛子(flute)等乐器进行伴奏的。抒情诗人也由此不同于剧作家,尽管雅典的戏剧也包含着合唱曲等抒情诗的音乐成分。这些抒情诗人甚至被一些学者称为音乐诗人(musician-poets),他们的作品以诗歌创作和生动的音乐表演为特色。在许多出土的描绘古代抒情诗人的文物中,尤其是瓷瓶中,抒情诗人总是抱着乐器的。音乐的种类也制约着抒情诗的主题。譬如,以长短格(trochaic)和短长格(iambic)为主体的爱情或友谊等题材的抒情诗,多半是以竖琴来伴奏的,而哀歌体抒情诗,则主要是以笛子进行伴奏的。优秀的古希腊抒情诗人阿尔凯奥斯、萨福、阿那克里翁、品达等,都是以音乐与诗歌的结合为特色。他们为抒情诗艺术的奠基和发展做出了重要的贡献。

尤其是阿尔凯奥斯(Alcaeus)、萨福(Sappho)等人的诗歌,为世界抒情诗的艺术发展在主题和基调方面都奠定了扎实的基础。以至于有学者坚信:“阿尔凯奥斯和萨福,他们的抒情诗使古希腊抒情诗达到了登峰造极的地步。”[2]阿尔凯奥斯和萨福等人的诗歌,与音乐密切相关。在一些出土的瓷瓶上,也经常可见这两位诗人的与音乐相关的形象,从一个方面

---

① *Sappho's Lyre: Archaic Lyric and Women Poets of Ancient Greece*, trans. by Diane Rayor, Oakland: University of California Press, 1991, p. 8.

② 吉尔伯特·默雷:《古希腊文学史》,孙席珍等译,上海:上海译文出版社,1988 年版,第 95 页。

证实了抒情诗这一艺术形式在生成时期与音乐的关联。

第二节　笛歌的起源与发展

在公元前750年至公元前500年,希腊世界绽放出多个富有活力的城邦,其成就在许多领域为即将来临的时代奠定了标准。我们没有同时代的历史数据,但是,这一时期的许多诗篇却留存下来。最早的典范便是荷马的史诗作品《伊利亚特》和《奥德赛》以及赫西奥德的《工作与时日》等教诲诗篇。这些诗篇大约创作于公元前8世纪。两人的诗篇是由长短格六音步(dactylic hexameter)所构成的。公元前7世纪和公元前6世纪主要以荷马式的颂歌为代表,这些诗篇以荷马风格和格律的神话叙事见长。另外还有其他诗篇,格律和主题各不相同。这些诗篇,有的由个人演唱,有的由歌队演唱,还有的仅仅由个体朗诵。尽管逻辑性并非十分严格,但是"抒情诗"一词自产生之日起,就常常用来区别那些长短格六音步所写的诗篇。

古希腊的抒情诗,早期主要是在特定的场合用来歌唱的。抒情诗根据独唱和合唱分为独唱抒情诗(monody,希腊语为 μονῳδία,或称为 solo lyric)和合唱抒情诗(choral lyric)两类,又根据所伴奏的笛子和弦琴而分为笛歌和琴歌两类。古希腊的抒情诗中,最早以笛歌居多。笛歌是一种六音步和五音步诗行相间的诗体,诗人写好诗作用笛子进行伴奏咏唱,所以被称为"笛歌"(flute song)。作为乐器的"笛子",在古希腊是一种管乐器,希腊语称为"αὐλός",英文相应译为"aulos"。"笛歌诗人"希腊语称为"αὐλητής",英文相应译为"aulete"或者"aulode",有时也称为"aulist"。有时,也有学者称其为"aulos player",可见,诗歌与音乐在当时基本上是融为一体的。

著名的笛歌诗人有卡利诺斯、米姆泰尔摩斯、提尔泰奥斯、巴克基利得斯、提摩太厄斯等。其中,最具代表性的应是提尔泰奥斯和提摩太厄斯这两位诗人。

提尔泰奥斯(Tyrtaeus)作为希腊笛歌诗人,主要在公元前7世纪后期从事创作活动,作有五卷诗集。他主要创作政治和军事题材的哀歌作品,以战歌鼓舞人们的斗志,劝诫斯巴达人支持城邦的政权并且英勇地与迈锡尼人作战。他的战歌鼓舞了斯巴达人的斗志,使斯巴达人转败为胜:

ἔρδων δ' ὄβριμα ἔργα διδασκέσθω πολεμίζειν,

μηδ' ἐκτὸς βελέων ἑστάτω ἀσπίδ' ἔχων,

ἀλλά τις ἐγγὺς ἰὼν αὐτοσχεδὸν ἔγχει μακρῷ

ἢ ξίφει οὐτάζων δήιον ἄνδρ' ἑλέτω,

καὶ πόδα πὰρ ποδὶ θεὶς καὶ ἐπ' ἀσπίδος ἀσπίδ' ἐρείσας,

ἐν δὲ λόφον τε λόφῳ καὶ κυνέην κυνέῃ

καὶ στέρνον στέρνῳ πεπλημένος ἀνδρὶ μαχέσθω,

ἢ ξίφεος κώπην ἢ δόρυ μακρὸν ἑλών[①]

学会战斗厮杀建立大功，
决不手持盾牌置身箭雨之外。
且让他手舞长矛直逼敌军，
或者用剑杀敌或者活捉，
又让他和敌人脚碰脚，盾撞盾，
羽饰蹭羽饰，军帽擦军帽，
胸膛抵胸膛，厮杀战斗，
或者手持短剑，或者手握长矛。[②]

提尔泰奥斯是卡利诺斯的同时代人。他出生在爱琴海上的一个岛屿上，公元前7世纪初住在雅典，适逢第二次麦西尼亚战争。他在题为《劝诫诗》的诗中劝诫年轻人英勇作战，写道："你应当有坚毅果断的精神，/并肩作战时不要爱惜生命"，这样，年轻人为国捐躯，"男子看见赞叹，女子看见怜爱，生前美，战死也美"[③]，体现出古希腊人注意心灵美与体魄美相结合的健全的人生观。

提尔泰奥斯的作品在世界各国广为传播，早在18世纪他的诗歌就被译成英文，主要英译者有珀尔维尔(Richard Polwhele，1792年出版)、派尔(H. J. Pye，1795年出版)。

提摩太厄斯(Timotheus)作为著名的抒写笛歌的抒情诗人，在马其顿帝国的菲利普二世(Philip II)和亚历山大大帝(Alexander the Great)

---

① Fragment 11. 27—34, cited by Douglas E. Gerber, *Greek Elegiac Poetry*, Loeb Classical Library, 1999, p. 56.

② 吴笛主编:《外国名诗鉴赏辞典 1》(古代卷)，上海：上海辞书出版社，2009年版，第796页。

③ 提尔泰奥斯:《劝诫诗》，水建馥译，飞白主编:《世界诗库》(第1卷)，广州：花城出版社，1994年版，第56页。

统治时期享有盛誉。笛歌的魅力在提摩太厄斯的音乐和诗歌中体现得最为真切。18 世纪英国著名诗人德莱顿在一首题为《亚历山大之宴》(*Alexander's Feast, or, the Power of Music*)的诗中,对提摩太厄斯进行了高度的评价,并借以表明音乐与诗歌的魅力。

在该诗的结尾处,德莱顿写道:

> 提摩太厄斯已能用悠扬的笛子
> 和嘹亮的七弦琴
> 煽起心灵的狂热,或燃起脉脉柔情。[①]

可见,作为抒情诗的笛歌在传达情感、感化人心方面已经发挥了重要的作用,而且诗歌还发挥着重要的教诲功能。

第三节 琴歌的起源以及对抒情诗发展的影响

抒情诗作为人类表达思想情感的一个重要的手段,其乐器的选择尤为重要。相对而言,琴歌比笛歌在抒情诗的发展中更为重要。正是古希腊的琴歌为抒情诗的产生和发展奠定了良好的基础。

古希腊琴歌的产生和发展为世界抒情诗艺术的最终形成做出了必要的贡献,现代意义上的抒情诗的基本概念都在琴歌中得到充分的体现。

琴歌分为独唱琴歌和合唱琴歌两种。公元前 7 至前 6 世纪出现了几个杰出的独唱琴歌诗人。在公元前 6 世纪初,阿尔凯奥斯和萨福用阿尔凯奥斯体和萨福体进行创作,这类诗体后来被贺拉斯所继承,运用到拉丁语诗歌中。

主要的琴歌诗人共有七位,分为独唱琴歌诗人和合唱琴歌诗人。独唱琴歌诗人有萨福、阿尔凯奥斯、阿那克里翁(Anacreon),合唱琴歌诗人有阿尔克曼(Alcman)、斯特斯库罗斯(Stesichorus)、巴库利得斯(Bacchylides)、品达(Pindar)。其中最为著名的有独唱琴歌诗人阿尔凯奥斯、萨福、阿那克里翁和合唱琴歌诗人品达,他们都以琴歌的形式为西方抒情诗的最初发展做出了重要贡献。

古代学者是按照基本的韵律形式,而不是按内容来定义抒情诗的。他

---

① 飞白:《诗海——世界诗歌史纲·传统卷》,桂林:漓江出版社,1989 年版,第 247 页。

们将诗歌分为独唱琴歌(Solo song, or monody or monodic lyric)和合唱琴歌(choral poetry)两类。然而,这一划分,也受到现在一些学者的争议。

但是,无论如何,考虑到抒情诗产生之初与音乐之间的特殊关系,乐器伴奏而产生诗歌已经是难有争议的事实了,所以,有学者认为:“萨福、阿尔凯奥斯和阿那克里翁的诗歌,是严格意义上的抒情诗,因为他们的诗歌是在竖琴的伴奏下所唱出来的。”[①]

尽管希腊诗歌大多是咏唱的,但是,只有极少数带有音乐符号的诗歌片断留存下来。于是,很多古希腊诗歌其实就是“歌”。于是,“我们只是知道歌词以及某些韵律(rhythm),却无法知道其曲调(tune)”[②]。

独唱琴歌不同于合唱琴歌,朗诵场景不像合唱琴歌那样正式,在韵律和语言方面,也有所区别。合唱琴歌的单位是长诗节,对照乐节(重复韵律和诗节),长短句交替,韵律类型也是较为复杂的,而独唱琴歌则使用较短的重复诗节以及简洁的韵律。大多数情况下,独唱琴歌诗人善于用自己的方言进行创作,如萨福和阿尔凯奥斯诗歌中的伊欧里斯方言、阿那克里翁诗歌中的爱奥尼亚方言等,体现了一定的个性化特征。[③]

阿尔凯奥斯(Alcaeus)约公元前630—前620年间生于累斯博斯岛的一个贵族家庭,曾参与过一些反对平民阶层的政治运动,也曾被迫流亡。他的诗有颂歌(颂神的)、情歌、饮酒歌等,最著名的主题是饮酒和爱情,尤其在饮酒歌的创作方面颇具成就。阿尔凯奥斯认为竖琴在酒宴上起着愉快的作用,而正是酒宴为他的大多数诗歌创作提供了机遇。

对现实的失望,使他转向了对酒的关注,写下了“哪里有酒,哪里就有真理”的诗句。他觉得只有在朋友们的酒席上才感到一种超脱和轻松。他写道:

> 朋友啊,你的心为何烦恼?
> 难道能用思绪阻止未来?
> 喝酒吧,酒是医治忧愁的灵丹妙药,

---

① *Greek Lyric*: *Sappho and Alcaeus*, ed. and trans. by David A. Campbell, Cambridge: Harvard University Press, 1990, p. ix.

② *Early Greek Lyric Poetry*, trans. by David Mulroy, Ann Arbor: University of Michigan Press, 1999, p. 9.

③ 参见:*Greek Lyric*: *Sappho and Alcaeus*, ed. and trans. by David A. Campbell, Cambride: Harvard University Press, 1990, p. x.

让我们喝个一醉方休![1]

可见,他的抒情诗在一定意义上反映了当时平民阶层的生活现状和思想观念。

萨福(Sappho)是阿尔凯奥斯同时代的诗人,而且也是出生在累斯博斯岛。他们曾相识,阿尔凯奥斯在一篇断章中,还曾隐约承认了对这位女诗人的爱情。

萨福被柏拉图称为"第十位缪斯",拜伦把她的诗歌比作炽热的火焰,甚至在她去世2500多年后的今天,萨福在全世界的女诗人中仍独占鳌头。把萨福的许多断章残片译成英语的诗人史文朋曾经说过,从断章——全部流传下来的她的手稿来看,他同意希腊人的看法,认为"萨福无疑是有史以来最最伟大的诗人"[2]。她的诗歌都在中世纪,特别是在11世纪被焚毁,现有的是从辞典的字条、出土坟墓、碎瓦片中找到的。大约从古罗马时代起,萨福的生平就开始成为文人的创作题材,一直经历中世纪、浪漫主义时代经久不衰。西方世界对萨福的"接受史",同样也成为当代女性主义学者的一个重要研究领域。

我们对萨福的情况所知无几,传统的说法是她生于累斯博斯岛,父亲是富裕的酒商,在萨福很年幼的时候就去世了。尽管人们对她的朋友、她的爱人、她的婚姻、她的丈夫和她的孩子几乎一无所知,但却有着众多的传说。其中流传最广的是关于萨福爱上了年轻美男子法翁(Phaou)而遭到拒绝的传说。据传法翁轻蔑地拒绝了这位才华出众的女诗人的爱情,于是她无法忍受这种冷漠,在临海的卢卡第安(Leucadian)跳崖自尽。[3]或许这个故事纯属虚构,或许是人们根据她诗中的只言片语而发挥的想象,但无数的人信以为真。

萨福共创作了九部诗集,在希腊化时期,这九部诗集都被编选、阅读,共约五百多首。但是,"火、宗教、时间,对待古希腊的抒情诗,是很不留情面的。文本或出于故意或出于疏忽而消逝了。如今,要想找到古希腊的

---

① 阿尔凯奥斯:《饮酒》,吴笛译,转引自吴笛:《世界名诗欣赏》,杭州:浙江大学出版社,2008年版,第5页。

② 欧·亨·赖特:《世界上最优秀的女诗人萨福》,《文化译丛》,1985年第5期,第3页。

③ 参见:Harold N. Fowler ed., *A History of Ancient Greak Literature*, New York: Appleton and Company, 1903, p. 98.

原始纸草文本,希望极其渺茫"[1]。她的绝大多数诗篇都毁于中世纪了,现流传下来的只是约170个断章残片,而且,多半是通过出土文物以及其他书籍的引用而得以保存下来的。所幸的是其中有两首相对完整,从中可以看出女诗人的思想和才华。

萨福的诗歌主要是描写主人公对女友的爱情和友谊,歌颂主人公的女友的美丽,以及描写与女友相聚的欢乐和分离的痛苦。她善于用形象化的语言来表现内心的感受,如她曾写道:"爱情震撼着我的心灵,/就像狂风摇撼着岩石上的橡树。"在另外一首诗中,她把爱情下定义为"奇特的甜蜜的痛苦",充分表现了古希腊人的复杂、深邃的内心世界,俄罗斯文学史家曾认为:"这一定义本身就足以说明,在希腊诗歌向着发掘人的内心世界的发展道路上萨福迈出了极其重要的一步。"[2]

萨福所留传下来的相对较完整的《我觉得,谁能坐在你面前》一诗。在英译萨福的断章中,排为第31首。萨福创作用的是一种独特的长短格诗体,被称为"萨福体",这种诗体显得极为简洁、优美。

我觉得,谁能坐在你面前,
幸福真不亚于任何神仙,
他静静听着你的软语呢喃,
声音那么甜。

啊,你的笑容真叫人爱煞。
每次我看见你,只消一刹那,
心房就在胸口里狂跳不已,
我说不出话。

我舌头好像断了,奇异的火
突然在我皮肉里流动、烧灼,
我因炫目而失明,一片嗡嗡
充塞了耳朵。

冷汗淋漓,把我的全身浇湿,

---

① Willis Barnstone, *Sappho and the Greek Lyric Poets*, New York: Schocken Books, 1988, p. 15.

② АКАДЕМИЯ НАУК СССР. «Истории всемирной литературы», Издательство «Наука», 1989, Том 1, С. 338.

我颤抖着，苍白得赛过草叶，
只觉得我似乎马上要死去，
马上要昏厥。

但……我能忍受一切。[1]

该诗前四节较为完整，第五诗节只剩下残缺的半行，但是，从诗的内容和基调来看，全诗也是相对完整的，因此，一些英译往往省略残缺的半行，将此诗视为完整的诗篇。如菲利普斯（Ambrose Philips）的英文译文便是以完整的四个诗节所翻译的，并且采用抑扬格四音步这一固定的英诗格律进行翻译。

从《我觉得，谁能坐在你面前》这首诗中我们可以看出，萨福描写爱情，是把爱情当作生理活动和心理活动来描写的，把它当作奇特的诗的力量来进行领会。表现心理活动，女诗人也是从生理变化来体现的。女诗人把从“心房就在胸口里狂跳不已”“舌头好像断了”“奇异的火”突然在皮肉里“流动、烧灼”，直到目眩耳鸣、冷汗淋漓、全身颤抖、马上昏厥这一系列生理行为描写得具体、形象、生动，正是这一系列生理行为，把“发烧又发冷”的心理感觉和抒情主人公“我”的复杂的心理状态恰如其分地展现了出来，既体现了古希腊抒情诗原始的粗犷的特色，也显示了抒情诗本质上的炽烈的、真挚的艺术风格。

该诗结构奇特，抒情主人公与受众之间的关系以及相互之间的作用，构成了该诗潜在的动力。“我”的心理活动以及生理表现，烘托了“你”的“软语呢喃”、甜蜜的声音，以及美丽的笑容所具有的奇异特质。而“你”的这一切特质，则促使了抒情主人公“我”的丰富深邃的内心世界的展现，以及心理和生理的联合作用，从而不再是一般意义上的爱情描写，而是个人的内心世界的发掘。

该诗对许多读者来说都是引人入胜的文本，不仅结构奇特，而且描述含混，说话者、受众以及男人之间的关系是难以理解的。这激发了后来各个时期的许多诗人抒写他们自己的版本：卡图卢斯、菲利普·锡德尼、丁尼生、威廉·卡洛斯·威廉斯、罗伯特·洛威尔等诗人都受到了这首诗的启发和滋养。“萨福的第 31 首作为诗歌文本显示了希腊抒情诗几千年来

---

① 萨福：《我觉得，谁能坐在你面前》，飞白译，飞白主编：《世界诗库》（第 1 卷），广州：花城出版社，1994 年版，第 68 页。

使得读者着迷的能力。”①

当然,更为重要的,是萨福的抒情诗与音乐密切相关。她的竖琴是她抒情的必要途径,而且,竖琴与诗人之间也存在着对话和交流。萨福曾在一首诗中(《断章 118》)写道:“来吧,神圣的竖琴,对我说话,并且为你自己寻找一个声音。”②在另一个断章中,萨福写道:“我现在美妙地唱起这些歌儿,为了愉悦我的伴侣。”我们知道,她所说的伴侣,便是那些歌者自己。

在希腊化时期,萨福的诗歌被广泛编选。而且,也是从希腊化时期开始,随着文化的发展和学术氛围的增强,创作的诗歌开始供人阅读。“人们独自朗读或者在小型聚会朗读。”③于是,萨福的作品得以更为广泛地传播。

阿那克里翁(Anacreon)出生在小亚细亚的泰奥斯城,曾出入于萨摩斯岛和雅典僭主的宫廷。公元前 545 年的时候,他还是青年,已是很有名的诗人。当时泰奥斯人受东方民族压迫,纷纷向希腊半岛移民。他们在色雷斯建立了一个新的殖民城市,叫阿布德拉。北方民族常来攻打阿布德拉城。阿那克里翁参加阿布德拉保卫战,留下许多为阵亡战友面作的悼诗。后来他先后在萨摩斯(公元前 537—前 522)、雅典(前 522—前 514)、帖撒利亚(公元前 514 年以后)当宫廷诗人。他在这些地方,以作颂歌和合唱歌为生,生活安定优裕,不再有早年战斗的豪情,而是寄情于诗酒和爱情。他的诗用爱奥尼亚方言创作,喜欢采用荷马的用词,所写的抒情诗命题新颖,想象奇特,坦率而大胆,如《饮酒歌》:

饮我的杯吧,爱人!活我的生命,
因我的青春而年轻!共有一颗心,
同戴一个花冠,共享一片爱情,
和我一同疯狂,和我一起聪明。④

---

① Felix Budelmann ed., *The Cambridge Companion to Greek Lyric*, Cambridge: Cambridge University Press, 2009, p. 1.

② *Greek Lyric: Sappho and Alcaeus*, ed. and trans. by David A. Campbell, Cambridge: Harvard University Press, 1990, p. 141.

③ *Sappho's Lyre: Archaic Lyric and Women Poets of Ancient Greece*, trans. by Diane Rayor, Oakland: University of California Press, 1991, p. 4.

④ 阿那克里翁:《饮酒歌》,飞白译,飞白:《诗海——世界诗歌史纲·传统卷》,桂林:漓江出版社,1989 年版,第 81 页。

阿那克里翁的作品有琴歌、抑扬格体诗和哀歌等，亚历山大城的学者曾把它们编辑为六卷，但传到今天的只有断简残篇。“阿那克里翁的诗歌，焕发着心灵与肉体的朴质享乐情趣，以轻松活泼的欢畅的短歌片断形式展现出来。”[①]他用爱奥尼亚方言所写的琴歌，大部分是独唱的。他的诗对罗马影响不大，对后世欧洲诗歌的发展却有很大影响，文艺复兴、启蒙运动时期曾流行模仿他的所谓“阿那克里翁诗体”。

阿那克里翁的这首《饮酒歌》，写得豪迈、奔放，我们从中所能看到的不是对奢侈享乐的沉湎，而是一种把握生命的乐观自信，充分表达了古希腊人朴实的现世精神。

这里的“饮酒”，不再是一般意义上的痛饮美酒佳酿，而是已经象征性地转化为对爱情欢乐的享受，对生活美味的品尝，对生命实质的感悟。诗人也正是主张在尽情享受现世生活的乐趣中来体现酒神精神。

这首短诗的语言十分凝练，尤其是词语搭配，如“饮我的杯”“活我的生命”等，显得别具一格，但是内涵深刻、富有哲理，传达了一种自由豪放的境界和把握今朝的积极的人生观。

相对于独唱琴歌，合唱琴歌更接近颂歌体诗歌作品，抒情性不及独唱琴歌。其中最主要的代表是品达。

品达(Pindar)是公元前5世纪希腊最伟大的合唱琴歌诗人。他的作品主要表达对神的赞美，以及对运动会的优胜者和政治领袖的赞美。品达的诗风格庄严，形式严谨，辞藻华丽，被古典主义诗人们看成是“崇高的颂歌”的典范。

品达诗歌作品极多，各体诗均有，包括赞美诗、酒神颂等。虽然大部均已丧失，但传下来一些颂歌，都是专为各地名门子弟参加奥林匹亚等四大竞技会获胜而作，分为四卷：《奥林匹亚竞技胜利者颂》《皮托竞技胜利者颂》《涅墨亚竞技胜利者颂》和《伊斯特摩斯竞技胜利者颂》。

综上所述，在古代希腊，抒情诗是作为独立的存在而生成的，并非源自史诗。而且，抒情诗刚刚萌芽的时候，极大地汲取了音乐的要素，有着明晰的技术内涵，而且必须是以竖琴和笛子等乐器进行伴奏的，从而使得抒情诗这一艺术形式从一开始就具有了构成其艺术特性的音乐成分。萨福等诗人以自己的创作实践，证明了音乐与诗歌的关联，而古希腊特定的

---

① 吉尔伯特·默雷：《古希腊文学史》，孙席珍等译，上海：上海译文出版社，1988年版，第99页。

社会语境,也为突出自我意识的抒情诗这一艺术形式以及代表性作品的生成提供了必须的条件。萨福、阿尔凯奥斯、阿那克里翁、品达等诗人在饮酒、爱情、友谊、战争等诗歌题材方面的最初贡献,也为这些重要文学题材的生成和发展奠定了重要的基础。

第七章
古希腊戏剧的生成与传播

古希腊戏剧是人类戏剧的最早的典范，在世界戏剧艺术发展过程中发挥了重要的作用。古希腊戏剧，尤其是埃斯库罗斯在内的古希腊三大悲剧作家的作品，为世界戏剧艺术的生成做出了最初的贡献。“所流传下来的埃斯库罗斯、索福克勒斯、欧里庇得斯、阿里斯多芬和米兰德的古希腊戏剧文本，以及塞内加、普劳图斯和特伦斯的古罗马戏剧文本，构成了被视为经典并且无可争议的古典戏剧的主体。”[①]古希腊戏剧不仅对于戏剧本身的发展，而且对抒情诗等艺术形式也有独特的贡献。“我们如今在西方世界所理解的戏剧，所有的要素都是在古希腊创造的，尤其是在古代雅典所创造的。”[②]研究其生成渊源、发展演变，对于我们理解戏剧艺术的发展、探讨戏剧艺术的历史使命尤为重要。

第一节　古希腊戏剧的生成渊源

古希腊戏剧的生成渊源是多方面的，其中最主要的是基于史诗和抒情诗的文化语境、基于平民与氏族贵族矛盾冲突的社会语境、基于丰富题材资源的希腊神话，以及基于酒神崇拜的宗教祭祀仪式。

① Marianne McDonald and J. Michael Walton ed., *The Cambridge Companion to Greek and Roman Theatre*, Cambridge: Cambridge University Press, 2007, p. 13.

② Paul Cartledge, "'Deep Plays', Theatre as Process in Greek Civil Life", in Patricia Easterling ed., *Cambridge Companion to Greek Tragedy*, Cambridge: Cambridge University Press, 1997, p. 3.

古希腊戏剧的起源晚于史诗和抒情诗。就文化语境而言,史诗和抒情诗是古希腊戏剧得以生成的基本前提和艺术基础。尽管亚里士多德在论述史诗与戏剧的不同时,坚持认为"戏剧是用动作来摩仿,而不是用叙述"[①]。可是史诗的叙事性无疑为戏剧中的强烈的戏剧冲突提供了启迪,而抒情诗的艺术形式则为戏剧中的歌队以及很多台词提供了依据。"戏剧"一词在希腊文中含有"动作"之意。正是这一含义决定了戏剧艺术的基本特性。因为"所有戏剧的主要特征是动作和对话,也就是带有面部表情的表演和剧中人物之间的谈话"[②]。

古希腊戏剧得以生成的社会基础是当时某些社会集团和敌对力量之间的冲突和剑拔弩张的政治氛围,尤其是公元前6世纪平民与氏族贵族之间的矛盾与斗争。一方面是氏族贵族的残忍和欺压,另一方面是最早的雅典民主制的建立以及民主运动的不断高涨,从而形成社会语境的悖论。在一定意义上,古希腊戏剧得以生成,就是这种悖论的产物。

古希腊戏剧的生成还与神话密切相关。大多数戏剧都取材于希腊神话,但是对希腊神话做了加工和整理,进行了成功的改造。以著名的三大悲剧作家为例,他们所创作的流传至今的34部悲剧作品中,有33部是以神话传说为题材的。在悲剧中,神的身份也是处于变化之中的。譬如,在赫西俄德的《神谱》中,普罗米修斯是一个无足轻重的小神,而且还是一名比较狡猾的骗子;可是到了希腊悲剧作家埃斯库罗斯的笔下,他是窃取天火赐予人类的英雄,是一位不畏强暴、反抗天神、决不妥协、为了真理而顽强奋斗的战士。正因如此,马克思认为:"普罗米修斯是哲学的日历中最高尚的圣者和殉道者。"[③]古希腊神话为古希腊戏剧提供了丰富的资源,而取材于神话的戏剧演出又促使了神话的流传。

尽管希腊的戏剧取材于希腊神话传说,但是,就其生成渊源的社会属性来说,在很大程度上仍然是出于宗教的需求。正如国内学者的陈述:"就在这些巫术摹仿和宗教仪式祭礼中,艺术与戏剧的萌芽开始萌发。尽管这些活动的动力是人类巫术、宗教热忱的凝聚,但是其形态构成却都具有表演的意味,或者是通过规定的身体动作重现生产和战争场面,或者是通过仪典服饰、仪典用语、仪典器具等外部符号,以及一整套完备而复杂

---

① 亚理斯多德、贺拉斯:《诗学·诗艺》,北京:人民文学出版社,1962年版,第9页。

② 谢·伊·拉齐克:《古希腊戏剧史》,俞久洪等译,天津:南开大学出版社,1989年版,第67页。

③ 马克思:《序》,《博士论文》,贺麟译,北京:人民出版社,1961年版,第3页。

的形体动作系列如跪拜、祈祷、献祭、歌舞等，来传达一种内在的精神信息。"[①]"在古代希腊，这个处处皆充满神性的世界里，任何人都想亲近神灵，祈神眷顾，都不是通过诵读教义、刻意苦修，而是通过对崇拜神灵的祭祀活动的具体参与和观看来达到的。"[②]可见，宗教仪式以及参与各种仪式的表演程式，体现了当时的时代特性。"希腊的虔诚，希腊的宗教，……都体现在仪式、节日、竞技、神谕和祭祀活动中。总之，它是关于神祇活动的具体实例，而不是抽象的信条。"[③]

具体而言，古希腊戏剧的产生与对酒神狄奥尼索斯(Dionysus)的宗教祭祀仪式密切相关。"戏剧，就字面意思而言，是宗教仪式之意；戏剧演出，则是城邦节庆的一个部分。"[④]而狄奥尼索斯的生平则出自希腊神话故事。根据传说，宙斯爱上了忒拜公主塞墨勒，与她幽会，让其怀孕。天后赫拉得知此事，十分嫉妒，为了报复，她变成公主的保姆，怂恿公主向宙斯提出要求，要看宙斯真身，以验证宙斯的爱情。宙斯现出雷神原形，喷出雷火，烧死塞墨勒，宙斯抢救出不足月的婴儿狄奥尼索斯，缝在自己的大腿中，直到足月之后才取出。因婴儿缝在大腿里，宙斯走起路来像瘸子，故得名狄奥尼索斯(意为"瘸腿的人")。

悲剧(τραγφδία)这一词由"山羊"(τράγος)和"颂歌"(ᾠδή)两个词所构成，意为"山羊之歌"，起初与祭祀酒神的颂歌有关；"喜剧"一词是由"Komoc"(酒徒的游行)和"颂歌"(Ode)所组成的，也与祭祀酒神的宗教仪式有关。

正因如此，马丁·艾思林在《戏剧剖析》中写道："从历史上说戏剧和宗教是密切相关的；它们的共同根源是宗教仪式。仪式的本质是什么，仪式和戏剧之间有什么联系呢？二者都是带有从演员到观众、从观众到观众的这种反馈的三角影响的集体体验。"[⑤]他还提及这种关联的重要意义："怀着深切的同情去分享另一个人的命运，并深入地彻底洞察这个世界上人类的天性和人生的困苦，这种体验产生了某种类似宗教感情的激情；而这种为超越我们世俗的日常生活经验之外的事物所触动的感觉，一

---

① 刘彦君：《东西方戏剧进程》，北京：文化艺术出版社，1997年版，第4页。

② 吴晓群：《古代希腊仪式文化研究》，上海：上海社会科学院出版社，2000年版，第68页。

③ Moses I. Finly, *The Legacy of Greece: A New Appraised*, Oxford: Oxford University Press, 1984, p. 4.

④ Marianne McDonald and J. Michael Walton ed., *The Cambridge Companion to Greek and Roman Theatre*, Cambridge: Cambridge University Press, 2007, p. 55.

⑤ 马丁·艾思林：《戏剧剖析》，罗婉华译，北京：中国戏剧出版社，1981年版，第19—20页。

旦对命运的作用有了洞察力,就会产生悲剧的崇高、净化的效果。"①

古希腊戏剧的杰出成就,主要体现在埃斯库罗斯(Aeschylus)、索福克勒斯(Sophocles)、欧里庇得斯(Euripides)和阿里斯多芬(Aristophanes)的作品中。埃斯库罗斯的《被缚的普罗米修斯》、索福克勒斯的《俄狄浦斯王》、欧里庇得斯的《美狄亚》以及阿里斯多芬的喜剧,为古希腊戏剧的生成做出了极大的贡献。埃斯库罗斯的《被缚的普罗米修斯》通过普罗米修斯盗天火赐予人类的故事,歌颂了普罗米修斯的反抗精神、必胜信念以及造福于人类的崇高的献身精神。索福克勒斯的《俄狄浦斯王》更是希腊戏剧艺术的典范,曾被西方文艺思想史上的泰斗亚里士多德誉为"十全十美的悲剧",全部希腊悲剧中最典型、最成熟完美的命运悲剧。而欧里庇得斯的代表作《美狄亚》通过美狄亚被丈夫伊阿宋的遗弃和美狄亚的复仇,反映了希腊奴隶社会男女权利不平等以及女性反抗等社会问题,而且在希腊悲剧中开创了通过描写人物内心活动塑造人物形象的先河。

第二节　古希腊戏剧的形式与演变

古希腊在形式方面经历了一系列演变。在形式方面,古希腊戏剧主要有三种,即"悲剧""喜剧"和"萨提洛斯剧"。但是,究竟哪个剧种先产生呢?对此,学界历来存有争议。甚至是悲剧的起源,也众说纷纭,尽管人们普遍认为悲剧起源于公元前6世纪,然而却依然难以拿出确切的证据,难以得出令人信服的结论。

一、三剧种与四部曲

在古希腊神话中,萨提洛斯(σάτυρος)是酒神狄奥尼索斯和潘神的一群侍从,具有山羊的相貌特征,包括山羊的尾巴、山羊的耳朵。"萨提洛斯剧"是古希腊的一种悲喜剧形式,在精神上类似于滑稽模仿的粗俗的讽刺剧。该剧的特色是半人半兽的森林之神萨提洛斯的合唱,充满模拟的酒醉、下流的性兴趣(包括生殖崇拜的小道具)、恶作剧以及总体的嬉戏。"萨提洛斯剧"的具体生成年代存有争议,布罗克特(Brockett)认为:大量证据表明,"普拉提纳斯在公元前501年之前的某个时期就已经创造了这

① 马丁·艾思林:《戏剧剖析》,罗婉华译,北京:中国戏剧出版社,1981年版,第69页。

一剧种”[1]。这一观点也得到了剑桥大学教授伊斯特林(Easterling)的支持。后者认为,到了公元前500年,“萨提洛斯剧”已经被认为是“悲剧理念中不可或缺的组成部分”[2]。

至于古希腊戏剧中的三个剧种究竟哪种最先出现,学界颇有争议。有学者认为,最早出现的是“萨提洛斯剧”(The Satyr Play),在此基础上随后产生了“悲剧”和“喜剧”。布罗克特也持这一观点,他认为“萨提洛斯剧”是第一个戏剧形式,由此逐渐产生出悲剧和喜剧。[3]

但是,也有学者认为,萨提洛斯剧通常不是单独演出的,而是作为最后的一部分同悲剧三部曲连接在一起。我们倾向于认为“萨提洛斯剧”并非先于悲剧产生,而是晚于悲剧产生。由于演变和发展,悲剧逐渐摆脱了与酒神的联系,所以,羊人合唱队就没有存在的必要了,取而代之的是表演真人的合唱队。去掉了有趣的表演和滑稽可笑的萨提洛斯歌唱之后悲剧过于严肃,引起部分观众不满,所以出现了一种新的体裁来代替原始的酒神颂。这一新的体裁便是介于悲剧和喜剧之间的“萨提洛斯剧”。

“萨提洛斯剧”作为雅典三个剧种之一,可以追溯到公元前500年左右的弗利奥斯的普拉提纳斯(Pratinas of Phlius)。在雅典定居后,他也许改编了酒神赞美歌(dithyramb),作为前不久在雅典所产生的悲剧的补充物。这一剧种得到了他的儿子阿里斯忒阿斯(Aristeas)和埃斯库罗斯等人的赞同,并且使其得以发展。

“萨提洛斯剧”常与悲剧共同演出。“所有这些四个一组的作品——三个悲剧和一个萨提洛斯剧组成了‘四部曲’。由于悲剧严肃的剧情而造成的沉痛印象被带有戏谑的对话、歌曲和滑稽可笑的舞蹈的萨提洛斯剧用快乐的玩笑变得轻松了。”[4]如埃斯库罗斯的《拉伊俄斯》《俄狄浦斯王》《七将攻忒拜》等三部是悲剧,与萨提洛斯剧《斯芬克斯》组成一个四部曲。

可见,无论谁先谁后,不可争辩的事实是,萨提洛斯剧等三个剧种是同时存在过的,而随着时间的流逝,只有悲剧和喜剧流传了下来。“悲剧、喜剧、萨提洛斯剧既是演出活动,同样不可否定的是,它们也是文字艺术

---

① Oscar Brockett, *The History of Theatre*, Texas: University of Texas at Austin Press, 1999, p.17.

② P. E. Easterling and M. W. Knox Bernard ed., *The Cambridge History of Classical Literature. Volume I Part 2: Greek Drama*, Cambridge: Cambridge University Press, 1993, p.40.

③ Oscar Brockett, *The History of Theatre*, Texas: University of Texas at Austin Press, 1999, p.17.

④ 谢·伊·拉齐克:《古希腊戏剧史》,俞久洪等译,天津:南开大学出版社,1989年版,第7页。

的杰出作品。”①

二、歌队与演员

一出完整的戏剧,不能没有演员,而在古希腊,演员的角色最初是与合唱队密切相关的。演员源自于歌队。演员最初的功能也在一定的意义上相当于“解释者”,大多通过开场白等,来陈述故事的背景和复杂情节,也为其后的“进场歌”和相应的演出进行引导。

歌队则是古希腊戏剧的一个独特之处。歌队在古希腊戏剧中起着一种类似于现代帷幕的作用。与此同时,歌队的成员又兼有演员和观众两种作用。更为重要的是,歌队是演员得以生成的根源。演员就是从歌队中体现和发展而来的。

公元前6世纪下半叶的歌队

公元前5世纪早期两位身穿鸟服的歌队队员

① Marianne McDonald and J. Michael Walton ed., *The Cambridge Companion to Greek and Roman Theatre*, Cambridge: Cambridge University Press, 2007, p. 36.

歌队朝演员角色的变更以及演员数量的变化是古希腊戏剧发展与变异的一个重要因素。拉齐克所著的《古希腊戏剧史》中写道："人们认为古希腊戏剧中引进第一个演员的是诗人忒斯庇斯，他于公元前534年，当僭主庇士特拉妥统治雅典时，上演了第一部悲剧。从这时候起，方可认为戏剧体裁正式产生。"[①]忒斯庇斯之所以被认为第一个悲剧诗人，是因为他首次发挥了演员的作用。他从合唱队的全体人员中挑出一个作为演员，穿戴不同的服装和面具，一个人扮演几个角色。埃斯库罗斯在演员的数量方面引发了第二次重大革新，将演员的数量增加至两人。亚里士多德说："埃斯库罗斯首先把演员的数目由一个增至两个，并减削了合唱歌，使对话成为主要部分。"[②]当悲剧只有一个演员的时候，所有的角色都由一个人扮演，这样不仅影响戏剧冲突，也不可能出现戏剧中重要的要素——对话。"只是在引进了第二个演员之后，才有可能加强剧情的紧张气氛。"[③]更为重要的是，有了第二个演员，就从其他文学类型所共有的独白走向戏剧所特有的对话。

正是因为演员数量对于悲剧产生的重要意义，在戏剧中引入第二个演员的埃斯库罗斯才被称为古希腊悲剧之父。所以有学者坚持认为，古希腊的悲剧，就现有资料来看，"最早开始于公元前472年埃斯库罗斯的《波斯人》的上演"[④]，这出剧使得他赢得了最初的荣誉。而他后期的戏剧，更是增添了演员的数量。

三、舞台与场景

有了演员，其活动的场景就必不可少了。有了场景，才使得戏剧的两个部分"drama"和"theatre"得以完善。舞台设置的特性决定了戏剧演出的特性。在戏剧得以生成的古希腊，剧场是露天的。古希腊的露天剧场共由三个部分所组成：乐池、景屋以及观众席。

乐池往往位于建筑的中央，这是一个圆形区域，通常作为舞台，是演员表演和歌队吟唱的地方，也是举行宗教仪式的场所。

景屋在乐池的后面，是一个矩形建筑，并有三扇门通往乐池。其功能

---

① 谢·伊·拉齐克：《古希腊戏剧史》，俞久洪等译，天津：南开大学出版社，1989年版，第7页。

② 亚理斯多德、贺拉斯：《诗学·诗艺》，北京：人民文学出版社，1962年版，第14页。

③ 谢·伊·拉齐克：《古希腊戏剧史》，俞久洪等译，天津：南开大学出版社，1989年版，第23页。

④ P. E. Easterling ed., *The Cambridge History of Classical Literature*, vol. I, Cambridge: Cambridge University Press, 2003, p. 258.

相当于古希腊剧场的后台,是演员更换服装和面具的地方。

观众席是环绕在乐池周围的坡形结构。既为了容纳更多的观众,也为了演出的声音效果,观众席通常依山坡的坡度而建造。

戏剧场景的变换也是戏剧艺术得以生成的重要因素。特别是剧中的歌队,在古希腊戏剧中起着场景变换和场景分割的作用。正是这一作用,后来逐渐演变成为现代戏剧中的帷幕。

以古希腊悲剧为例,其基本形式为:开场;进场歌;通常三场戏(与三支"合唱歌"交织);退场。正是这一划分,为现代戏剧的场景以及分割场景的帷幕奠定了基础。

四、主题与时代

如上所述,古希腊戏剧的产生与对狄奥尼索斯的祭祀仪式密切相关。然而,随着时代的变更,古希腊戏剧的主题也相应发生一定的变异。就主题而言,尽管与狄奥尼索斯仍有一定的关联,但相关的其他因素,如政治因素等,也不可忽略。因此,古希腊戏剧的基本主题是神的活动、宗教信仰、命定观念、人与命运的悲剧冲突,以及上苍对人类事务的影响等。这与古希腊人们对自然力的恐惧以及希腊神话的影响密切相关。

当然,随着现实观念的萌芽和发展,为了适应时代的需要,古希腊戏剧的基本主题也逐渐打破神的桎梏,借助于神话表现人类社会中的现实问题也得到一定的关注。那个时代的现实生活中的很多问题,如战争、爱情、法律、妇女地位等,都逐渐成为古希腊戏剧所关注的对象。譬如欧里庇得斯的《美狄亚》,所体现的便是人类社会的妇女问题。而埃斯库罗斯《俄瑞斯忒斯》三部曲中的《报仇神》,则涉及现实中的法律问题。其中有关法庭审判的描述,对于我们了解古代的法律的形成以及法律思想的萌芽,都具有重要的文献价值。

雅典娜为了审判俄瑞斯忒斯一案,设立了特别法庭,开庭审理这一案件。复仇女神们提出了控诉,要求严惩这一前所未有的罪行——杀死母亲的行为。俄瑞斯忒斯承认自己有罪,但是又将罪过推到阿波罗身上,因为这一犯罪行为是阿波罗指使的。阿波罗证实了这一点,并论证了这种复仇的正义性,因为像被害的阿伽门农这样的父亲比母亲来说,对家庭有更大的作用。

在此剧中,埃斯库罗斯以理想的形式描写雅典最高法院。诗人利用神话传说,借古喻今。该剧上演了公元前458年,当时,厄非阿尔忒斯的改革进行不到四年，这一改革剥夺了雅典最高法院的政治影响。在剧中，雅典娜建议法官们投票的那段发言，颇为引人注目。[①] 可见，即使题材出自神话，古希腊戏剧也常常反映现实问题。

第三节 《俄狄浦斯王》生成的悖论语境及其悖论特征

在古希腊悲剧中，《俄狄浦斯王》是一部最令人震惊、最耳熟能详的悲剧作品。同时被誉为希腊悲剧艺术的典范。曾被西方文艺思想史上的泰斗亚里士多德誉为“十全十美的悲剧”，认为它是全部希腊悲剧中最典型、最成熟完美的命运悲剧。在《诗学》中，亚里士多德认为《俄狄浦斯王》作为一出悲剧，最能诠释戏剧的构成。[②] 西方学者瑟德利克·惠特曼概括说：“《俄狄浦斯王》被普遍认为是现存的最伟大的希腊戏剧。”[③]

《俄狄浦斯王》是索福克勒斯（前 496—前 406）的代表作。这部悲剧尽管以结构取胜，但是由于其生成的悖论语境，使得这出戏剧同样以悖论取胜。该剧的悖论不仅体现在艺术特性上，而且也体现在身份悖论、伦理悖论、地域悖论等各个方面。研讨索福克勒斯这部作品得以生成的悖论语境以及相应的悖论艺术特征，不仅可以加深对这部悲剧典范之作的理解，更能促使对传统心理学批评的“俄狄浦斯情结”等问题的反思。从斯芬克斯之谜的解密开始，俄狄浦斯踏上了更为迷惑的人生存在之谜的探索，而这一解密和不解的斯芬克斯之谜既意味着人的自我意识的觉醒，也意味着觉醒之后的困惑。

这部作品虽取材于古希腊神话中的俄狄浦斯“杀父娶母”的情节，但作品并不是以此进行布局，而是采用倒叙法，以追查凶手展开情节，剧作在开场的时候就形成了一个悬念，然后通过一步步的发掘，不断揭示矛盾，直到最后真相大白，引导出惊心动魄的结局。

然而，这部被誉为悲剧典范而倍加推崇的绝对的悲剧作品中，却不乏喜剧色彩，其中既有喜剧中的悲壮，也有悲壮中的喜剧，从而全剧充满了悖论。该剧的悖论不仅体现在艺术特性上，而且也体现在身份悖论、伦理

---

① 谢·伊·拉齐克：《古希腊戏剧史》，俞久洪等译，天津：南开大学出版社，1989 年版，第 40 页。

② J. E. Thomas and E. Osborne, *Oedipus Rex: Literary Touchstone Edition*, Clayton: Prestwick House Inc., 2004, p. 69.

③ C. Whitman, *Sophocles*, Cambridge: Harvard University Press, 1951, p. 123.

悖论、地域悖论等各个方面,甚至连整体结构也都充满了悖论,无疑是一部以悖论而取胜的杰作。正是该剧所充满的悖论,典型地反映了索福克勒斯所处的伯里克利年代(前443—前429)和伯罗奔尼撒战争年代(前431—前404)两种不同的历史阶段的典型特性,其作品中所渗透的种种悖论精神可以视为雅典社会和剧作家时代观的一个缩影。

一、喜剧中的悲壮——艺术悖论

作为这部悲剧的主人公,俄狄浦斯最能体现主体行为的,是解开斯芬克斯之谜。俄狄浦斯解开了斯芬克斯之谜,斯芬克斯跳崖自杀,俄狄浦斯从而获得了众人的拥戴。这一情节看上去具有喜剧色彩,然而事情并非如此。实际上,斯芬克斯之谜的解密,并非悲剧的终结,而是更为悲壮的悲剧的开始,更为难解的人生之谜的开端。

索福克勒斯的《俄狄浦斯王》就是这样一部在悲剧中交织着喜剧成分、喜剧中又蕴含着悲壮要素的作品。

首先,从整体结构来看,作品从追查凶手开始,以凶手暴露、真相大白而告终,这完全是一个典型的喜剧结构。然而,令人遗憾的是,作品中所暴露的凶手却是追查者本人。在顺利追查到凶手、笼罩在忒拜国的悲惨阴影就要消散、万事本该大吉的时候,却又悲剧性地展现一个可怕的真实,所查明的却是一个更为凄惨、更为可怕的真相。

在《俄狄浦斯王》的结尾部分,作者通过歌队长之口也表明了悲剧中的喜剧以及喜剧中悲剧这样一个艺术悖论:"忒拜本邦的居民啊,请看,这就是俄狄浦斯,他道破了那著名的谜语,成了最伟大的人;哪一个公民不曾带着羡慕的眼光注视他的好运?他现在却落到可怕的灾难的波浪中了!"[①]

其次,我们从主人公来看,在人们传统的视野中,俄狄浦斯无疑是一个悲剧主人公,他遭受了悲剧命运的无情的打击,是一个充满悲剧色彩的人物。然而,他又是一个与命运积极抗争的喜剧性人物,在无情的命运之前,他并没有坐以待毙,而是积极采取行动,只不过他的良好愿望与现实之间的冲突成就了他这位喜剧性人物。虽然他的积极抗争最终未能抵挡厄运的降临,但他的性格价值典型地体现在悲剧与喜剧的冲突之中。

---

① 索福克勒斯:《俄狄浦斯王》,罗念生译,《罗念生全集》(第二卷),上海:上海人民出版社,2004年版,第387页。

正因为这出悲剧中蕴含着浓郁的喜剧色彩，所以人们认识到："这出悲剧的效果是于悲愤中透露出崇高，能给人以力量的鼓舞，这对后世西方古典悲剧的审美特征的构建有着极大的影响。"[①]

最后，从斯芬克斯之谜的解密来看，俄狄浦斯的解密既是意味着人的自我意识的觉醒，也是自我意识觉醒之后对人的存在之谜的再度拷问。俄狄浦斯在对命运的抗争中所经历的一切事件，更是对人与命运的悲剧性冲突以及在当时悲剧性语境之下对人的生存悖论的一种深入反思。

二、儿子与情人——身份悖论

索福克勒斯的《俄狄浦斯王》取材于古希腊神话中的忒拜传说。俄狄浦斯的厄运源自于其父拉伊俄斯的罪孽。忒拜国王拉伊俄斯诱奸了克莱西普斯。作为惩罚，阿波罗神谕禁止拉伊俄斯拥有任何子嗣，如若违背，其子必将难逃杀父娶母的厄运。因此，俄狄浦斯一出生就被儿子与情人这一身份悖论的可怕阴影所笼罩。

作为儿子，他一出生就成了他父亲追杀处死的对象，在作为"杀子"典型的同时，却又成了弑父的罪人；作为丈夫，他娶母则是乱伦的罪人。他企图自救，企图摆脱罪孽，而且还一度以为战胜了命运。谁知，他越是努力自救，越是反抗，越是感到命运不可抗拒，越是陷入毁灭和罪恶的深渊，难以自拔。

俄狄浦斯以为自己是科任托斯国王的"儿子"，他是为了躲避杀父娶母的命定罪孽，才远走他乡，浪迹天涯。俄狄浦斯又自认为是依靠他自己的能力，拥戴为王，娶了伊俄卡斯忒，是名正言顺的"情人"，谁知这却是对自己身份的误解。"儿子"和"情人"的身份全都错位。他决意离开的科任托斯国王并非他的亲生父亲，他也并非科任托斯国王的儿子。他破解斯芬克斯之谜之后所获取的奖赏，并非奖赏，而是惩罚。正是出于这一误解，后来才一再导致他的身份悖论，使得他成为"杀父的凶手"和"母亲的丈夫"，他悲叹："我是天神所弃绝的人，是不清洁的母亲的儿子，并且是，哎呀，我父亲的共同播种的人。如果还有什么更严重的灾难，也应该归俄狄浦斯忍受啊。"[②]

"儿子与情人"的双重角色以及这一身份悖论，是形成他悲剧命运的

---

① 冯丽军：《抗争？超越？——试析〈俄狄浦斯王〉中的命运观》，《戏剧文学》，2003年第10期。

② 索福克勒斯：《俄狄浦斯王》，罗念生译，《罗念生全集》（第二卷），上海：上海人民出版社，2004年版，第382页。

不可逃脱的重要因素。而且,这远不止是他个人的悲剧,还是国家的悲剧,城邦的悲剧。正如剧中所述:"城邦,像你亲眼看见的,正在血红的波浪里颠簸着,抬不起头来;田间的麦穗枯萎了,牧场上的牛瘟死了,妇人流产了;最可恨的带火的瘟神降临到这城邦,使卡德摩斯的家园变为一片荒凉,幽暗的冥土里倒充满了悲叹和哭声。"①

但是,俄狄浦斯确实是一个优秀的人物,他看到城邦所遭遇的一切,决心弄明原委,调查真相,为民除害。当他得知杀害老国王的凶手依然逍遥法外,未能得到应有的惩罚,而只有追查到凶手,让其得到惩罚之后,才能消除灾难,他义无反顾,竭力追查凶手:"即使天神没有催促你们办这件事,你们的国王,最高贵的人被杀害了,你们也不该把这污染就此放下,不去清除;你们应当追究。我如今掌握着他先前的王权;娶了他的妻子,占有了他的床榻共同播种,如果他求嗣的心没有遭受挫折,那么同母的子女就能把我们连结为一家人;但是厄运落到了他头上;我为他作战,就像为自己的父亲作战一样,为了替阿革诺耳的玄孙,老卡德摩斯的曾孙,波吕多罗斯的孙子,拉布达科斯的儿子报仇,我要竭力捉拿那杀害他的凶手。"②

可见,悲剧的根本原因是俄狄浦斯的身份悖论,而不是他的品性或者他的性格。更为可怕的是,因为剧本所采用的是倒叙手法,观众始终处在明处,俄狄浦斯反而处在暗处,观众知道俄狄浦斯所不知道的重要细节以及事情真相。因此,俄狄浦斯所做出的任何举动,都会让观众感觉到他陷入更深的命运的魔掌,可他自己对这一切却浑然不知,只能等到最后接受最为严厉的命运的惩罚。

然而,儿子与情人的角色也体现了神的意志与人的伦理的冲突。实际上,在神界,在俄狄浦斯故事所发生并受到左右的奥林波斯诸神中,弑父的故事是习以为常的。从克罗诺斯到宙斯等几代天神的更替,无不伴随着弑父行为的发生。在人间,弑父无疑是大逆不道的行为,儿子与情人的双重角色更是不能容忍的乱伦行为。正是儿子与情人的这一双重身份的桎梏,使得俄狄浦斯处境悲哀,难以成就。

俄狄浦斯的故事在西方文化中是个人身份的原型神话(archetypal myth)。这一神话就其本质意义来说,是自我认知的神话,是人的力量与

① 索福克勒斯:《俄狄浦斯王》,罗念生译,《罗念生全集》(第二卷),上海:上海人民出版社,2004年版,第247页。

② 同上书,第352—353页。

人的弱性的神话,是我们既不能改变也不能逃避的出生事件的决定性力量的神话。“俄狄浦斯是一种黑色的童话,但是,正如纳博科夫谈到另一部关于自我发现和自我欺骗(self-deception)的问题时所说:没有这些童话,世界将不会真实。”[①]

三、罪恶中的清白——伦理悖论

在《俄狄浦斯王》的批评史中,弗洛伊德的“俄狄浦斯情结”这一心理学批评理论,已经被批评界所广泛接受,而且无疑对现代文学批评产生了深远的影响。与此同时,作品中的主人公俄狄浦斯作为“杀父娶母”的罪人也似乎由此得到一定程度的承认,而且已经变得家喻户晓。

俄狄浦斯果真就是这样的罪人吗?我们暂且不去评说弗洛伊德的解释是否公正,因为西方已经对这一问题进行过反思。哲学家德勒兹和加利塔的重要著作《反俄狄浦斯:资本主义和精神分裂症》已经对用精神分析法解读俄狄浦斯的倾向提出了有力的置疑。[②] 而桑德尔·古德哈特(Sandor Goodhart)更是坚持认为“俄狄浦斯情结”的不可信性,甚至认为俄狄浦斯可能根本没有杀害拉伊俄斯。[③]

众所周知,在忒拜传说中,忒拜国王拉伊俄斯诱奸了克莱西普斯,神要对他进行惩罚。这一惩罚就是要其死于儿子之手。于是,其子俄狄浦斯出生三天之后,便被用铁丝穿过脚踵弃于荒野,甚至连他的名字也含有“脚肿”之意。只是执行命令的牧人出于怜惜,把他送给科任托斯的牧人,他才死里逃生。他到了科任托斯之后,成为科任托斯国王玻吕玻斯的养子,享受幸福生活。可是,他成人后从神谕中得知自己将犯杀父娶母的罪孽。为了避免灾难的发生,他被迫离开“父母”所在的科任托斯,前往忒拜。途中他无意中与人发生争执,打死一位老者,实为忒拜国王——他的父亲。他到忒拜之后,为民除害,破解了狮身人面女妖斯芬克斯之谜,被拥戴为王,并依例娶了前王遗孀伊俄卡斯忒——他的亲生母亲。不知不觉之中,他杀父娶母的神谕得以应验。可见,杀父娶母并非他的愿望,也

---

① Charles Segal, *Sophocles' Tragic World: Divinity, Nature, Society*, Cambridge: Harvard University Press, 1998, p. 138.

② Gilles Deleuze and Felix Guattari, *Anti-Oedipus: Capitalism and Schizophrenia*, Robert Hurley, Mark Seem and Helen R. Lane trans., New York: Viking, 1972.

③ Peter L. Rudnytsky, "Oedipus and Anti-Oedipus", *World Literature Today*, Vol. 56, No. 3, Varia Issue (Summer, 1982), p. 462.

并非他的能力所能控制,而是理应得到同情的他的厄运所在,他本人则是无辜的。我们如果对无辜的人强加罪名,显然是有失公允的。更何况他在位十六年,国泰民安,受人尊崇。忒拜瘟疫横行时,他以人民的利益和城邦的安全为重,竭力按照神示追查凶手。当真相大白之后,他从伊俄卡斯忒的袍子上摘下两只她佩戴着的金别针,举起来朝着自己的眼珠刺去,并且这样嚷道:"你们再也看不见我所受的灾难,我所造的罪恶了!你们看够了你们不应当看的人,不认识我想认识的人;你们从此黑暗无光!"[①]可见,俄狄浦斯本人是一个值得同情而且与命运抗争的受害者,一个与生俱有的受害者,促使他悲剧命运的不是他的"俄狄浦斯情结",而是生来不公的命运,以及他父亲所犯的不可饶恕的罪孽。从这一意义上来说,俄狄浦斯杀死拉伊俄斯是"替天行道",即使是罪孽,那也应该是"清白"的罪孽。

因此,罗念生把俄狄浦斯的无意中犯下的罪归于不可知的命运,并得出结论:"俄狄浦斯之所以陷于悲惨的命运,不是由于他有罪,而是由于他竭力逃避杀父娶母的命运。"[②]

索福克勒斯在另一部悲剧《俄狄浦斯在科罗洛斯》中,一再宣称俄狄浦斯无罪,也正说明作者对俄狄浦斯是抱有赞扬和歌颂的态度的。而且,尽管命运不可抗拒,神谕难以抵挡,神捉弄凡人,但是在《俄狄浦斯王》中,神或是神谕却是隐形的,我们所能看到的,是俄狄浦斯与可怕神谕的不懈的抗争。

所以,罪恶与清白也是辩证的,这出戏剧揭示了这一辩证关系,这也正是该剧的成功之处。正如西方学者瑟德利克·惠特曼的解释,他认为该戏剧是"对悲剧概念所作的最完美的诠释",这一悲剧概念就是在一个人"拥有全部荣誉和光彩"的地方"揭示他的邪恶命运",而且,"在并非尽责的难以承受的邪恶中"能够"作出巨大的努力行善"。[③]

四、故土中的异邦——地域悖论

异邦与故土是理想之地与烦恼之地的关系。对多数人来说,前往异邦的旅行是对理想之地的向往,因为这一旅行可以逃避既定的现实,为了改变现实,为了新的发展,超越原有的复杂的社会关系,获得心灵的暂时

---

① 索福克勒斯:《俄狄浦斯王》,罗念生译,《罗念生全集》(第二卷),上海:上海人民出版社,2004 年版,第 380 页。

② 陈建华主编:《外国文学经典——文选与解读》,合肥:安徽文艺出版社,2003 年版,第 17 页。

③ C. Whitman, *Sophocles*, Cambridge: Harvard University Press, 1951, p. 143.

的安歇，获得重新发展和开拓的理性空间。但是，对故土的复杂的思想感情以及固有的思念又常常使得理想成为泡影，思乡和回归又成了必然的选择，成了许多经典文学作品中的经久不衰的主题。

文学中常见的思乡主题，对于俄狄浦斯来说，却是难以企及的。异邦与故土对于常人来说，是异常明晰的。两者之间的关系是对应的。只有明确的异邦与故土的概念，上述的逃避和超越才有可能。

然而，在剧本《俄狄浦斯王》中，所出现的则是异邦与故土的悖论，以及因果关系的倒置。俄狄浦斯本来正是一位摆脱了故土濒临灭亡的厄运，在异邦科任托斯获得好运的王子。可是，对异邦与故土的错误认知，又使得他从好运滑向厄运。在他看来，明明是从故土走向异邦，却成了从异邦走回故土。“表面看来，他是个侨民，一转眼就会发现他是个土生的忒拜人，再也不能享受他的好运了。他将从明眼人变成瞎子，从富翁变成乞丐，到外邦去，用手杖探着路前进。他将成为和他同住的儿女的父兄，他生母的儿子和丈夫，他父亲的凶手和共同播种的人。”[①]

俄狄浦斯以为是自己出生之故土的科任托斯，实为异邦，俄狄浦斯以为是异邦的忒拜，却不是逃避故土的理想的目标之地，实为他的出生之地。原以为离开故土科任托斯可以摆脱可怕的罪孽，在忒拜开始全新的生活，谁知忒拜却是灾难的渊源之地和应验场所。于是，理想之地与烦恼之地的错位，影响了他的抉择；异邦与故土的悖论使得他犯了方向错误，最终导致了他的悲剧命运。

索福克勒斯的《俄狄浦斯王》充满悖论，在该剧整个演出过程中，瞎眼的可以看清真相，明眼的却不明是非。正如忒拜的先知对俄狄浦斯所说：“你骂我瞎子，可是我告诉你，你虽然有眼也看不见你的灾难，看不见你住在哪里，和什么人同居。”[②]然而，一旦在最后演出结束之时，当明眼的俄狄浦斯终于了解到事情的真相以后，他又不得不做出刺瞎双眼、成为盲人的选择。其实，该剧中的悖论，具有自身的社会文化语境。在索福克勒斯所处的时代，“全希腊分为两大阵营，其中归附于雅典的国家，实行民主制或倾向于它，而归附于斯巴达的则是一些寡头政体的国家”[③]。两种政体又导致人们的不同的理念和精神境界。人们一方面用智慧的静穆追求和

① 索福克勒斯：《俄狄浦斯王》，罗念生译，《罗念生全集》（第二卷），上海：上海人民出版社，2004年版，第358页。

② 同上书，第357页。

③ 谢·伊·拉齐克：《古希腊戏剧史》，俞久洪等译，天津：南开大学出版社，1989年版，第1页。

谐深刻,站在宇宙的高度审视人的命运,另一方面又无法抑制生命的冲动,主体精神激昂高扬,于是,不仅体现了鲜明的理性精神,也体现出强烈的感性精神。《俄狄浦斯王》作为古希腊悲剧艺术的典范,其悖论艺术在一定的程度上表现了上述两个方面的特征,在一定意义上体现了在特定时代对人的命运和人生追求的特定反思,更是在一定意义上展现了这部经典作品得以生成的悖论语境。

第四节 《俄狄浦斯王》的现代传播

索福克勒斯的《俄狄浦斯王》自在古希腊生成以来在世界各国得到了广泛的传播,更得到了一致的好评。《俄狄浦斯王》不仅被搬上世界各地舞台,而且被多次改编成影视等其他艺术形式,广为传播,如1957年由古士列(Tyrone Guthrie)执导、坎普贝尔(Douglas Campbell)主演的电影,1967年由帕索里尼(Pier Paolo Pasolini)执导的意大利电影,1968年由莎维尔(Philip Saville)执导、演员阵容强大的希腊电影,以及2004年由维希诺(Jason Wishnow)执导的充满现代气息的电影。根据戏剧《俄狄浦斯王》所改编的电影,通过闪回等电影技巧突出了情节性和悲剧性,使得这部剧本得以更加广泛地流传。

一、《俄狄浦斯王》的诠释与影响

自《俄狄浦斯王》面世之后,在古代就广受好评。"亚里士多德悲剧理论的许多概念都基于《俄狄浦斯王》提出,而这一理论反过来又长时间地影响了后世对于《俄狄浦斯王》的理解。"[①]经过漫长的中世纪之后,在近代欧洲,文艺复兴时期的作家就表现出了对索福克勒斯的浓厚兴趣。古典主义时期,从高乃依到伏尔泰的很多作家受他的影响,拉辛甚至自称是他的学生,称赞《俄狄浦斯王》是一个完美的悲剧。德国批评家莱辛和大诗人歌德对他的技巧也赞赏备至。

就俄狄浦斯神话的现代诠释而言,可谓众说纷纭,从抽象哲学分析到新批评的文本细读,从女性主义批评到性别批评,从结构主义到解构主

① 耿幼壮:《永远的神话——索福克勒斯〈俄狄浦斯王〉的批评、阐释与接受》,《外国文学研究》,2006年第5期,第159页。

义，围绕着对这部戏剧经典的阐释，不断出现新的认知和新的探寻。其中有三种批评模式最具影响：尼采的存在主义观念，弗洛伊德的精神分析学说，以及施特劳斯(Claude Levi-Strauss)的结构主义解读。

对俄狄浦斯的存在主义的解读出现在尼采的《悲剧的诞生》中。尼采关于俄狄浦斯三重命运——破解斯芬克斯之谜、杀死父亲、娶其母亲——的解释，突出表明了俄狄浦斯的一系列事与愿违的悲剧所展现的世界的荒诞与非理性。尼采在《悲剧的诞生》中认为："在索福克勒斯看来，不幸的俄狄浦斯这个希腊舞台上最悲惨的人物是一位高尚的人。……任何法律，任何自然秩序，甚至整个道德世界，都会由于他的行为而毁灭，正是这个行为产生了一个更高的神秘影响区，这些影响力在被摧毁的旧世界的废墟上建立起一个新世界。"[①]

弗洛伊德的精神分析学说对俄狄浦斯神话的解释影响更为广泛。弗洛伊德将知识的含混(ambiguity)解读为主人公智性盛宴与无知的"知识"之间的冲突。在过去隐藏的暴力不是被诅咒之家庭的意外的、特别的事件，而是我们精神生活中的最深沉、最古老、最难处理的部分中的利比多的侵略性的、性欲的驱动。俄狄浦斯杀父娶母的神谕是"命运"或"命数"，我们每一个人都是这一无意识的被压抑欲望的主体。

对于弗洛伊德来说，这部剧本的引人入胜之处在于揭示我们早年那孩童时代的冲动，这一被压抑的冲动作为仍旧制造麻烦的昔日的残余，依然在我们的无意识中活动着。"弗洛伊德的心理分析理论已经成为任何文学批评家都无法回避的问题，而'俄狄浦斯情结'可能是现代最有影响的批评术语。它不仅为后来以心理分析理论为基础的文学批评方法奠定了基础，同时也标志着对于《俄狄浦斯王》的现代批评的开始。"[②]哈罗德·布鲁姆曾表示："由于弗洛伊德不幸地创造了俄狄浦斯情结，我们发现很难在不卷入更为无关的弗洛伊德观点的情况下阐释索福克勒斯的几部俄狄浦斯戏剧。"[③]

列维-施特劳斯对俄狄浦斯神话所作的解释也显得极为独特，认为俄狄浦斯神话不过是一个更大神话结构的组成部分。虽然他并没有对《俄

---

① 尼采：《悲剧的诞生》，赵登荣等译，桂林：漓江出版社，2000年版，第58页。

② 耿幼壮：《永远的神话——索福克勒斯〈俄狄浦斯王〉的批评、阐释与接受》，《外国文学研究》，2006年第5期，第162页。

③ Harold Bloom ed., *Sophocles' Oedipus Plays*, Philadelphia: Chelsea House Publishers, 1996, p. 5.

狄浦斯王》这出戏剧进行分析,但是他的理论对于理解《俄狄浦斯王》戏剧显然具有启发作用。这种结构主义分析显示,“在《俄狄浦斯王》戏剧中,如同在俄狄浦斯神话中一样,可能有一个二元对立的深层结构。”[①]

二、《俄狄浦斯王》的现代演出

19世纪和20世纪也有不少人翻译和改编过索福克勒斯的作品,其中较为著名的有法国的勒贡特·德·列尔(1818—1894)和奥地利的霍夫曼斯塔尔(1874—1929)。索福克勒斯的《俄狄浦斯王》常被后人摹仿,但这些摹仿的剧本大多不太成功,“主要是因为没有能掌握俄狄浦斯的高贵的精神和优良的品质”。譬如:“塞内加把俄狄浦斯写成了一个冷静的人物,法国剧作家高乃依把他写成了一个自私的人物。英国诗人德莱顿和李合写的《俄狄浦斯》简直是一出惊险剧,充满了杀人流血。只有法国作家伏尔泰的《俄狄浦斯王》保存了一点古典精神,上演比较成功。”[②]

直至今日,《俄狄浦斯王》仍在欧洲舞台经常上演,也是世界各地戏剧舞台常态上演的经典剧目。

《俄狄浦斯王》作为戏剧经典,同样在中国受到广泛的传播。1936年,罗念生将这部剧本首次翻译成中文之后,这部剧本就开始在中国产生影响,罗念生的译本也成为广受好评、广为传播的译本。我国的一些著名的剧作家,如曹禺、郭沫若、李健吾、老舍等,都在一定程度上受到《俄狄浦斯王》的影响。仅在改革开放后的20世纪80年代,《俄狄浦斯王》就多次在中国上演。

1986年,中央戏剧学院1984届导演专修班在北京演出《俄狄浦斯王》(导演罗锦鳞)。导演在创作构思中提出的“质朴、简洁、肃穆、凝练、精美”的艺术追求,也基本上符合希腊悲剧的审美特征。古希腊《俄狄浦斯王》的剧本结构严谨,布局完美,具有浓郁的古朴之风和悲壮之美。中国的首次改编演出,遵循了原作的精神实质,没有过多地加入现代元素和中国元素,而是以罗念生的译本为蓝本,以忠实原著精神为基本追求,从导演的构思、追求以及演出的最终效果来看,“都保持了古典戏剧的质朴美,

① 耿幼壮:《永远的神话——索福克勒斯〈俄狄浦斯王〉的批评、阐释与接受》,《外国文学研究》,2006年第5期,第163页。

② 罗念生:《论古希腊戏剧》,北京:中国戏剧出版社,1985年版,第57页。

保持了索福克勒斯原作的时代风貌，整台戏有诗剧的风格，诗剧的神韵"[1]。

该剧的演出基本上保留了原作结构形式如进场、退场、歌队穿插等形式，特别是对歌队处理得好。歌队在希腊悲剧中起着至关重要的作用，在演出中保留不保留歌队、如何处理歌队，是检验是否继承希腊悲剧传统的重要标志。《俄狄浦斯王》的演出把原来歌队的特点、职能都保留下来了，有些地方还有发挥和创造。

更为独特的是，我国改编的《俄狄浦斯王》还受邀到希腊演出。1986年6月16日晚，《俄狄浦斯王》在帕尔纳索斯山腰的古运动场上正式演出。中国的戏剧艺术家们获得了成功，一千多名观众对演出报以热烈的掌声和欢呼。中国戏剧演出团6月19日在雅典卫城山下"希罗典"古剧场进行了第二场演出，同样受到了热烈的欢迎。希腊著名女演员艾兰娜查达莉看完演出激动地流下了热泪。她向中国演员说："你们演得好极了。你们非常尊重希腊的古典传统。"[2]

综上所述，古希腊戏剧的生成反映了特定的古希腊的社会语境，以《俄狄浦斯王》为范例的古希腊戏剧的广泛传播，不仅再现了古希腊戏剧的魅力，同时说明这些戏剧所具有的现代意义。当然，希腊戏剧与希腊神话也有着不可忽略的关联，尤其是《俄狄浦斯王》的成功，也说明了文学经典的承袭与借鉴。在当时所流传的希腊神话中，俄狄浦斯的故事并非如索福克勒斯的悲剧中所展现的。我们可以在荷马史诗中找到当时俄狄浦斯神话的雏形。在《奥德修纪》第11章中，奥德修斯在下界遇到了伊俄卡斯忒（名为俄彼卡斯忒）。荷马接着简要地叙述了俄狄浦斯的故事，包括乱伦、弑父，以及伊俄卡斯忒后来的自杀。然而，在荷马的版本中，在真相揭示之后，俄狄浦斯既没有弄瞎自己的眼睛，也没有外出流亡，而是继续担任忒拜国王。而且，在荷马所陈述的故事中，揭示真相的是神明，而不是索福克勒斯剧本中的俄狄浦斯本人。由此可见，以索福克勒斯《俄狄浦斯王》为代表的古希腊悲剧，为了呈现雅典社会特征，对希腊传统神话作出了一定的改造。而这一改造，无疑是成功的范例。

---

① 引自《真正的艺术才有久远的魅力——〈俄狄浦斯王〉座谈会纪要》，《中国戏剧》，1986年第6期，第24页。

② 吴继成：《世界剧坛的又一次检验——关于〈俄狄浦斯王〉的国外评议》，《戏剧报》，1986年第8期，第59页。

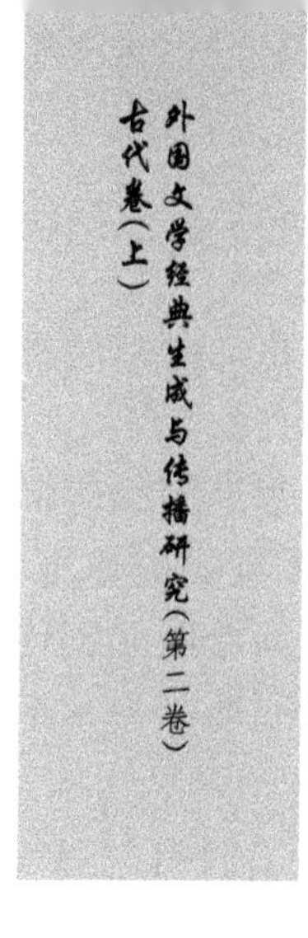

第八章 古罗马文学经典的生成与传播

美国学者吉尔伯特·海厄特（Gilbert Highet）在其代表作《古典传统》（*The Classical Tradition*）中直言："我们的现代世界在许多方面都是希腊与罗马世界的延续。不是所有方面——尤其不是在医学、音乐、工业以及应有科学方面。但是，我们在心智和精神活动的大多数领域都是罗马人的孙辈、希腊人的曾孙辈。"①仅就文学的角度而言，海厄特的这段话至少说明了两个问题：一是古希腊罗马文学是西方现代文学的奠基者，人们在论及欧洲古典文化的时候，类似于"没有希腊文化和罗马帝国所奠定的基础，也就没有现代的欧洲"②的论断可谓屡见不鲜；二是古罗马文学是古希腊文学的继承者，它们在内容和形式上都有一脉相承的亲缘关系，因而人们往往将它们作为古典文学共同体来看待。不过，人们惯于将古罗马文学附属于古希腊文学之后，表现出"重希腊、轻罗马"的倾向。黑格尔曾语带讥讽地谈到古罗马的文化艺术作品"都只是从希腊各地搜集所得，而不是他们自己制造出来的"③，就连撰写了《罗马文学史》（*A History of Roman Literature*）的哈罗德·福勒（Harold Fowler）也不无尴尬地指出："罗马文学归根到底是模仿性的。"④

那么，古罗马文学在模仿古希腊文学之余，有没有形成自身的文学特

---

① Gilbert Highet, *The Classical Tradition: Greek and Roman Influences on Western Literature*, London: Oxford University Press, 1976, p. 1.

② 恩格斯：《反杜林论》，马克思、恩格斯：《马克思恩格斯选集》（第三卷）（第三版），中共中央马克思恩格斯列宁斯大林著作编译局编译，北京：人民出版社，2012 年版，第561 页。

③ 黑格尔：《历史哲学》，王造时译，上海：上海书店出版社，2001 年版，第 309 页。

④ 哈罗德·N. 福勒：《罗马文学史》，黄公夏译，郑州：大象出版社，2013 年版，第 5 页。

性呢？答案显然是肯定的。关于这一点，即便是崇尚希腊典范、认为“诗神把天才，把完美的表达能力，赐给了希腊人”的古罗马大诗人贺拉斯(Quintus Horatius Flaccus)也自豪地宣称过：“我们的诗人对于各种类型都曾尝试过，他们敢于不落希腊人的窠臼，并且(在作品中)歌颂本国的事迹，以本国的题材写成悲剧与喜剧，赢得了很大的荣誉。”[①]这些发扬希腊文学光辉、表现自身民族精神和时代风尚的古罗马文学经典，比如开创“文人史诗”先河的《埃涅阿斯纪》(*The Aeneid*)和拥有“欧洲长篇小说第一座丰碑”之称的《金驴记》(*The Golden Ass*)[②]，经由中世纪以来长期作为国际交流语言的拉丁语的传播，比古希腊文学更为直接地影响了后人的精神生活，成为绵延不绝的伟大传统。

第一节 希腊文学的译介与古罗马文学经典的生成

海伦的经历颇为生动地预示了古罗马文学的生成：作为希腊古典美的象征，海伦被特洛伊王子拐走暗含了希腊古典美被借用和移植的可能。若从神话步入历史现实来看，自称为特洛伊人后代的罗马人，对希腊古典艺术的崇拜犹如他们的先祖对海伦倾城之美的由衷惊叹。因此，我们要分析古罗马文学的内在价值和经典魅力，就必须从根源上探讨古罗马文学对古希腊文学的译介与借鉴，此为古罗马文学的“希腊化”；而古罗马文学在快速汲取和吸收古希腊文学之精髓的同时，也极力保持和探索着自身文学的独特性，从而在璀璨文学殿堂里留下了独特的经典光辉，此为古罗马文学的“罗马化”。

古罗马并不是没有形成过自己的原生文学。从公元前8世纪罗马城邦创建到公元前4世纪共和国建国之初的几百年间里，希腊文明的光辉其实已经辐射地中海周边地区，但自给自足的罗马人“崇实求稳”“保守封闭”，仿佛处在“广袤文化绿野中的一片不毛沙滩，被隔绝、封闭于文明世界之外”，“大大影响了文学的生产力，并造成文学发展上的缺氧症”，[③]仅产生了神话、诗歌、杂剧等早期文学元素。哈罗德·福勒进行过这样的假

---

① 贺拉斯：《诗艺》，杨周翰译，杨义、高建平编：《西方经典文论导读》(上)，合肥：安徽教育出版社，2009年版，第132、130—131页。

② 即阿普列尤斯(又译：阿普列乌斯)的小说《变形记》(*Metamorphoses*)。

③ 亢西民：《罗马文学生成论》，《山西师大学报》(社会科学版)，1989年第2期，第72—73页。

设:“若希腊化影响不曾强烈到妨碍其发展的程度”,这些早期文学萌芽“也有可能演进出一种本地化的文学”。[①]而现实的情况是,在希腊等外来文化不断地冲击与渗透之下,罗马人不再安心于旧有的生存环境和生活方式,开始了攻城略地的殖民扩张活动,希腊遭遇了毁灭性的命运,但其文化艺术成就却被罗马人几乎完整地继承下来,恰如贺拉斯所吟唱:“希腊被擒为俘虏;被俘的希腊,又反过来俘虏了野蛮的胜利者。文学艺术被搬进了荒僻的拉丁地区……”[②]不可一世的罗马征服者之所以心甘情愿地全盘接受希腊文学艺术的浸染,一方面是因为“没有余力”——统治阶级倾力于军事、法律、农业、水利等有利于维持政权稳定和殖民统治的实际工作,来不及逐步发展本民族的原生文学;另一方面是因为“没有需要”——“罗马和希腊同是奴隶社会,基础大致相同,意识形态不妨一致,所以罗马接受希腊古典遗产是顺理成章的事”,而且在罗马本土以及罗马所统治的许多地区,“希腊语是广泛流行的,文化教育也主要是希腊的”,“利用原已存在的统一的文化作为从思想上统一被征服的各民族的统治工具,这从政治角度来看,对于维持罗马帝国的政权是有利的”。[③] 基于以上主要原因,面对代表了当时欧洲文明最为先进水平的希腊文化,罗马人清醒地认识到自身原生文明的落后,以开放豁达的气度毫不犹豫地将希腊的文化成就为己所用,作为希腊文化重要构成部分的希腊文学也在此文化大趋势之下被悉数移植到罗马,开创了罗马文学发展的新阶段。

罗马新文学的形成首先是一个希腊化的过程,有赖于广泛译介希腊文学作品,而且这种译介带有典型的“拿来主义”色彩,不以忠实的直译为目的,更多的是将希腊的荷马史诗、戏剧、散文等精品编译成满足罗马人文化需求的作品。有“古罗马文学史上第一个诗人和剧作家”[④]之称的李维乌斯的译介活动可谓典型,他的文本选择和翻译策略都明显带有向罗马读者靠近的归化目的。以他被后人盛赞为“拉丁文学的始祖”[⑤]的荷马史诗《奥德赛》译本为例,他选择该文本进行翻译的直接动因在于教学,而他的译本也表现出适于教学的诸种特色。作为通晓希腊语和拉丁语的获释奴隶,李维乌斯的重要职责是给主人的孩子和其他贵族子弟传道授业

---

① 哈罗德·N. 福勒:《罗马文学史》,黄公夏译,郑州:大象出版社,2013年版,第4页。

② 郭圣铭编著:《西方史学史概要》,上海:上海人民出版社,1983年版,第36页。

③ 朱光潜:《西方美学史》(上),南京:江苏文艺出版社,2008年版,第77页。

④ 刘文孝主编:《罗马文学史》,昆明:云南人民出版社,2003年版,第41页。

⑤ 哈罗德·N. 福勒:《罗马文学史》,黄公夏译,郑州:大象出版社,2013年版,第6页。

解惑，但当时的罗马并没有适于教授拉丁语的书籍。鉴于《荷马史诗》以其丰富性和文学性早已成为希腊各地的教学用书，李维乌斯自然而然地想到启用这套史诗作为教材。值得注意的是，李维乌斯翻译的是《奥德赛》，而不是《荷马史诗》的上半部分《伊利亚特》，个中缘由不难推敲：一来《奥德赛》的叙事性更强，漫游故事和冒险经历更能吸引学生们的阅读兴趣；二来主人公奥德修斯的海上历程涉及意大利的西海岸和西西里岛，恰恰是学生们耳熟能详的地带。近在咫尺之地所发生的精彩玄妙、匪夷所思之事，绝对是课堂教学的良好素材。在具体的翻译过程中，李维乌斯首先将荷马的"英雄格"（六音步扬抑抑格）改成了本土化的萨图尔努斯诗体[①]，虽然后世学者普遍认为萨图尔努斯诗体不够庄重，却不得不承认它更适合拉丁语，这是李维乌斯的《奥德赛》译本长期以来作为罗马各学校主要教材的重要原因之一。其次，李维乌斯将希腊诸神的名字全都替换成了罗马神话中性质或职能相近的神祇名字，例如希腊的文艺女神缪斯变成了罗马神话中同样居于泉边、给人灵感和启迪的卡墨娜，天帝宙斯被称为朱庇特，天后赫拉被称为朱诺，这充分说明了完整而独具魅力的希腊神话已经渗透到罗马人的精神生活中，并且与罗马的本土神话趋于融合。此外，李维乌斯或大刀阔斧地删略原诗的修饰性词语和说明性副句，或改变原诗词句，甚至扩充原诗内容，以此增加语言层次，加强修辞色彩和渲染诗歌激情，从而呼应了当时罗马盛行的亚历山大里亚诗风。[②]李维乌斯的拉丁译本历来褒贬不一，有人贬之为粗糙、乏味，也有人从中读出了诗意和美感，但无论如何，他的《奥德赛》拉丁语译本"将翻译注入不识古希腊文学基本面貌的罗马文化的洪荒中心"[③]，与之后马提乌斯（Gnaeus Matius）翻译的荷马史诗《伊利亚特》、梅利苏斯（Laevius Melissus）翻译的希腊抒情诗以及其他译者翻译的古希腊诗歌共同启迪了古罗马诗歌的生成。

古罗马早期戏剧翻译也采取了以罗马人为导向的归化翻译策略。再以李维乌斯的翻译活动为例，他受官方委托，在公元前 240 年的罗马大节

---

① 萨图尔努斯诗体即古代拉丁诗体，其格律形式已难考证，目前留存的萨图尔努斯体诗文大部分来自李维乌斯翻译的《奥德赛》和恩尼乌斯创作的有关第一次布匿战争的史诗。

② 李维乌斯的《奥德赛》译本目前只有三十多个片段（四十多行诗）留存，多为后世文法家们从语义学或形态学角度所作的称引。王焕生先生对李维乌斯的拉丁译本有过细致的评析，可参看王焕生：《古罗马文艺批评史纲》，南京：译林出版社，1998 年版，第 30－42 页。

③ Richard H. Armstrong, "Classical Translations of the Classics", in Alexandra Lianaeri and Vanda Zajko, *Translations and the Classic*, New York: Oxford University Press, 2008, p. 169.

期间翻译并改编了欧里庇得斯的悲剧和米兰德的喜剧,成为古罗马真正的文学戏剧的发轫。此后,为满足罗马人不断增长的文化需求,李维乌斯继续编译希腊剧本供舞台演出,并且在剧本选择、翻译技巧等方面充分考虑了罗马人的接受可能。他编译的希腊悲剧往往是神话剧,绝大多数与罗马人耳熟能详的特洛伊战争传说有关,比如《特洛伊木马》《阿基琉斯》《疯狂的埃阿斯》《埃吉斯托斯》等;而他编译的希腊喜剧则主要是繁荣于公元前3世纪以表现家庭矛盾和日常生活为基本内容的"新喜剧",相较于以抨击时政为主的"旧喜剧"而言,它们在题材上更容易被处于社会发展阶段的罗马人所理解与接受。由李维乌斯开创的这类罗马喜剧通常被称为"披衫剧"(fabula palliata),因剧中人物穿着希腊人的披衫(pallium,用一块布披裹在身上成衣衫)而得名,形象地暗示了古罗马早期喜剧的希腊渊源。自李维乌斯开编译之风起,奈维乌斯、普劳图斯(Titus Plautus)、恩尼乌斯(Quintus Ennius)等剧作家又更进一步,使希腊戏剧以破竹之势源源不断地传入罗马,极大地丰富了罗马民众的文化生活。值得注意的是,古罗马作家们通常会声称自己的作品是对希腊原作的忠实翻译,比如,普劳图斯在他的喜剧《驴》的开场词里便提到该剧的希腊原作是德摩菲洛斯(Demophilus)的《驴夫》,而恩尼乌斯最成功的悲剧作品《美狄亚》(*Medea*)便译自希腊悲剧家欧里庇得斯(Euripides)的同名作品。但这种"忠实"只是相对而言,他们往往有意识地改变希腊原文,赋予剧本罗马色彩,以适应罗马观众的需要,以至于西塞罗在谈到这些拉丁作家的翻译风格时,干脆直言他们"不是字面直译希腊诗人,而是再现他们的思想"[①]。

这种自由处理希腊原作的翻译方式,甚至演化出所谓的"糅合"法(contaminatio),即将两部以上希腊剧本糅合到一起,编成情节更曲折、内容更生动的罗马戏剧。糅合法的拥趸者委实不少,但也有来自反对派的指责,古罗马剧作家泰伦提乌斯(Afer Terentius)在其剧作《安德罗斯女子》的开场词里写道:"那些人反对这样做,说不应该糅合剧本。他们作这种批评时貌似精通,其实不正表明他们一无所知吗?他们指责剧作者,其实是在指责奈维乌斯、普劳图斯和恩尼乌斯。剧作者认为,是他们首创了这种方法,他宁愿学习他们编剧时的自由态度,而不想仿效这些人的令人

---

① 王焕生:《古罗马文学史》,北京:中央编译出版社,2008年版,第66—67页。

费解的忠实。"[1]以泰伦提乌斯为首的糅合派和以卢斯基乌斯（Luscius Lanuvius）为首的反对派之间的争论，反映了当时罗马文艺界对希腊剧本的不同翻译态度：卢斯基乌斯等人偏向于对希腊剧本进行单本翻译，文字尽量忠实原文，情节保持原样；但奈维乌斯、普劳图斯、恩尼乌斯和泰伦提乌斯等最为罗马观众倾倒的剧作家们却侧重于以糅合法编译希腊剧本。糅合法的好处显而易见，哈罗德·福勒在评价普劳图斯的剧本时指出："某些拉丁剧本是由两部希腊剧本的内容筛选组合而成，以期造就一部表演成分比两部原作中任何一部都丰富的作品。"[2]泰伦提乌斯的自辩或许能够说明更深层次的问题。他在批评卢斯基乌斯"翻译出色，但写作很糟"的同时，呼吁观众们"给那些能够编出完美的新剧的作家提供成长的可能"[3]，字里行间暗含了罗马文学广泛吸收希腊文学现成成就之后的自我建构需求。

事实上，罗马新文学在对希腊文学整合之初，就已经埋藏了探索与建构自身文学的"罗马化"意图。无论是翻译策略上的归化，还是翻译方法上的糅合，罗马作家们从未停止过对希腊文学经典的创造性翻译与改写，从而在学习和模仿的过程中脱胎换骨，形成崭新的文学面貌和文化精神。以戏剧创作为例，如果说古罗马的"披衫剧"是希腊式喜剧的话，那么"长袍剧"（fabula togata）就是根植于罗马现实生活的本土喜剧；在悲剧领域，以罗马历史和当代事件为题材的"紫袍剧"（fabula praetexta）的出现也表明罗马作家们用拉丁语言镂刻时代精神的创作欲望。自奈维乌斯的紫袍剧《瑞穆斯和罗慕卢斯》《克拉斯提狄乌姆》伊始，普劳图斯、恩尼乌斯等剧坛名流将更多的罗马式生活注入剧作之中，展现了罗马式的日神精神而非希腊式的酒神精神，"以成熟代替幼稚，以理性代替感性，以意志代替性情，以怀疑分析代替天真幻想，以计划周密代替即兴发挥，以规矩严谨代替活泼自由"[4]。他们借助于翻译、模仿、改写，越来越多地挑战人们耳熟能详的希腊经典，实现了民族意识的深层表达，传达了新时代的文化发展趋势。

罗马作家们建构自身经典的欲望在奥古斯都时期达到了巅峰，他们不仅以希腊古典文学为典范，而且力图在模仿之余竞争和超越，形成了古罗马文学的"黄金时期"。无论是维吉尔（Publius Vergilius Maro）的《埃

---

① 王焕生：《古罗马文艺批评史纲》，南京：译林出版社，1998年版，第44页。

② 哈罗德·N. 福勒：《罗马文学史》，黄公夏译，郑州：大象出版社，2013年版，第24—25页。

③ 王焕生：《古罗马文艺批评史纲》，南京：译林出版社，1998年版，第45页。

④ 刘文孝主编：《罗马文学史》，昆明：云南人民出版社，2003年版，第268页。

涅阿斯纪》、贺拉斯的《诗艺》(*Ars Poetica*)还是奥维德(Publius Ovidius Naso)的《变形记》(*Metamorphoses*),三大作家们的代表作虽然都有希腊范本可以溯源,但传达的却是独立的罗马民族精神,对后世欧洲文学的创作与发展作出了重要贡献。以维吉尔的创作为例,他最依赖希腊经典的作品当属年轻时期的作品《牧歌》(*Eclogues*),其中有许多段落直译自希腊诗人特奥克利托斯(Theocritus)的田园诗,另有稍微含蓄一些的段落是对希腊其他诗人的糅合,但即便如此,他还是成功地从希腊血统中精心酿造出纯粹的罗马灵魂。除了延续传统牧歌的写景之外,维吉尔第一次在牧歌形式中描写了战乱中农村经济的萧条,比如第一首里的控诉——"种好了的土地将被粗鲁的屯兵获得,/异族人将占有我们果实,这都是战争/给我们的灾难,把自己土地让给这些人",以及第九首里的哀叹——"我们活到这时,让外来的人/占我们田地,我们从来没想这事会有,/他还说,'这都是我的,你们老田户快搬走。'/我们倒霉了,打败了,一切弄得天翻地覆,/我这里是替他赶这些羊,但愿他受苦";在针砭时弊的同时也表达了自己对社会时政的看法和对新时代的憧憬,比如第四首中以宛若天启的口吻描述一个孩童的诞生、一个黄金岁月的降临,以及第十首里的美好期待——"我多么希望我是同你们一起自在逍遥,/看守着羊群或者培植着成熟的葡萄……/这里有软软的草地,这里有泉水清凉,/这里有幽林,我和你在这里可以消磨时光"。[①] 维吉尔的牧歌带有罗马人的坚韧、克制和浓郁的民族忧患意识,已经远远超出了希腊牧歌的传统藩篱,既联系时政,具有强烈的现实性,又启示未来,带有预言诗的意味。他后来以古希腊诗人赫西俄德(Hesiod)的《工作与时日》(*Works and Days*)为范本创作的《农事诗》(*Georgics*),虽然难免有希腊遗风,但"在遣词造句和诗化魅力上完完全全是维吉尔以其才华进行的独立创造"[②],在顺应时势、强调劳作的同时,巧妙地穿插了一些历史事件和神话传说,赋予农事生活一层诗意的色调。至于他的代表作《埃涅阿斯纪》自不必言,其苦心孤诣、深思熟虑成就了文学史上第一部真正意义上的文人史诗,在公元1世纪中期即被译成古希腊文流传,后又启迪了但丁、彼特拉克、伏尔泰、席勒、歌德、拜伦、丁尼生、奥登等众多西方文学史上的名家,至今仍然是一部具有巨大艺术感染力的经典之作。

---

① 维吉尔:《牧歌》,杨宪益译,上海:上海人民出版社,2009年版,第15、69、77页。

② 哈罗德·N. 福勒:《罗马文学史》,黄公夏译,郑州:大象出版社,2013年版,第119页。

除了奥古斯都时期璀璨的文学巨星以外，罗马帝国走向衰亡的历史天空中也划过了几颗耀眼的文学流星，塞内加（Lucius Seneca）的悲剧、马尔提阿利斯（Marcus Martialis）和尤维纳利斯（Decimus Juvenalis）的讽刺诗、塔西佗（Tacitus）和斯维托尼乌斯（Suetonius）的史传文学、阿普列尤斯（Apuleius）的小说等一系列经典作品千百年来为世人传诵不辍。即便仍然有不少学者秉持"重希腊、轻罗马"的态度——"罗马文艺作为希腊文艺的继承来看，不免是'取法乎上，仅得其中'……希腊文艺落到罗马人手里，'文雅化'了，'精致化'了，但是也肤浅化了，甚至于公式化了"[①]，但古罗马文学的严肃、高贵、古雅、雄浑未尝不是其不同于希腊文学的经典特质。正是基于古罗马文学独特的精神性格、民族心理和艺术风格，我国古罗马文学研究专家王焕生才会给出如下切中肯綮的结论："罗马作家在整体上创造了自己的文学，取得了明显的成就，在有些方面甚至完全可以与希腊人媲美。"[②]

若古罗马人不曾崇拜、译介与模仿古希腊文学，不曾经历"希腊化"过程，那么古希腊文学作品早就湮灭在历史扬长而去的灰烬里了。若古罗马人在利用和吸收古希腊文学成就时没有创立自己的文学，没有"罗马化"的迫切需求，那么古罗马文学作品就不可能"遍传千里，影响着欧洲大陆文学的发展"[③]。英国诗人拜伦勋爵（George Byron）曾在其代表作《恰尔德·哈洛尔德游记》中坦承，他少年时期不得不逐字逐句研读古罗马文学经典，尽管"哥特人、基督徒、战争、水火、时间"让罗马在一次次的外祸内乱、灾难和时间的侵蚀下日渐式微，"杜利的口才，维吉尔的诗篇，/ 李维绘影绘色的史册！但这些东西，/ 却会使她复活"。[④]拜伦的诗行充分说明了古罗马文学作品的历久弥新的经典地位。

第二节　《埃涅阿斯纪》的生成与传播

如同埃涅阿斯是命中注定的英雄，《埃涅阿斯纪》也注定是西方经典

---

① 朱光潜：《西方美学史》（上），南京：江苏文艺出版社，2008 年版，第 78 页。

② 王焕生：《古罗马文学史》，北京：中央编译出版社，2008 年版，第 510 页。

③ 哈罗德·N. 福勒：《罗马文学史》，黄公夏译，郑州：大象出版社，2013 年版，第 2 页。

④ 拜伦：《恰尔德·哈洛尔德游记》，杨熙龄译，上海：上海译文出版社，1990 年版，第 238、239 页。

不可绕过的核心。该史诗还未成形便已名声大噪,古罗马哀歌诗人普罗佩提乌斯(Sextus Propertius)早在公元前1世纪就毫不犹豫地预言说:“罗马作家们,请走开,希腊人,你们也走开!/一部比《伊利亚特》更伟大的著作正在诞生。”[①]虽然普罗佩提乌斯的预言带有民族主义的倾向,但《埃涅阿斯纪》从成诗、出版到传播的历程确实印证了这一点:维吉尔受命于屋大维,用十年时间苦心经营写成了手稿,友人们遵屋大维之命将它整理出版,随后罗马上至达官贵族下至黎民百姓争相传阅与诠释,纷纷视之为罗马帝国的国诗、诗歌艺术的典范。

《埃涅阿斯纪》之所以备受瞩目,据威廉斯(R. D. Williams)观察,主要原因有两点:“一,维吉尔被认为是罗马民族自己的诗人,是罗马的理念和成就的代言人,他最终完成了从希腊诗歌向罗马诗歌的转变;二,无论就结构,还是就文辞和诗韵而言,维吉尔的诗艺都已达到了至善至美的境地。”[②]威廉斯的分析可谓切中肯綮,直指《埃涅阿斯纪》生成的古希腊罗马源流和《埃涅阿斯纪》传播的经典性价值。

作为文人史诗,《埃涅阿斯纪》与传统史诗最大的不同在于其生成动机。在维吉尔之前,史诗往往是许多行吟诗人共同创作的结晶,离不开民间口头流传的过程,如《荷马史诗》也只是集体智慧的综合。《埃涅阿斯纪》则不同,“它的目的不单是艺术上的,而且也是政治上的”[③]。维吉尔在写作《农事诗》期间就已经开始歌颂领袖:“不久我将歌颂凯撒进行的激烈战斗,/使他英名永远传扬,有如凯撒本人/距喷火巨怪提丰的出生那么样长久。”[④]而在《埃涅阿斯纪》里,维吉尔开篇不久便写到天帝朱庇特向爱神维纳斯说明了埃涅阿斯的使命,并补充说道:“从这光辉的特洛亚族系将会产生一个凯撒,他的权力将远届寰宇之涯,他的令名将高达云天,而他的本名尤利乌斯则是从伟大的尤路斯派生而来的……那时,战争将熄灭,动乱的时代将趋于平和。”[⑤]维吉尔笔下的“凯撒”,指的是盖乌斯·尤利乌斯·凯撒·屋大维,公元前27年被授予“奥古斯都”的尊号。在他

---

① 斯维托尼乌斯:《维吉尔传》,维吉尔:《牧歌》,杨宪益译,上海:上海人民出版社,2009年版,第97页。

② R. D. Williams, *Changing Attitudes to Virgil*,转引自王承教等编:《〈埃涅阿斯纪〉章义》,北京:华夏出版社,2009年版,第1—2页。

③ 科瓦略夫:《古代罗马史》,王以铸译,上海:上海书店出版社,2007年版,第612页。

④ 维吉尔:《农事诗》,王焕生译,《古罗马文学史》,北京:中央编译出版社,2008年版,第235页。

⑤ 维吉尔:《埃涅阿斯纪》,杨周翰译,北京:人民文学出版社,2000年版,第10页。

的统治下，罗马的政治秩序走向稳定，结束了长期以来的纷乱，实现了罗马的和平。但罗马并非就此万事大吉，统治阶层内部的矛盾还是存在，奴隶与奴隶主的矛盾依然鲜明，海外受压迫的外族仍在反抗，屋大维竭尽全力想要加强和提高自己的社会威望、巩固和捍卫自己的统治地位。文学成了他可以善加使用的利器，而他也乐于以艺术保护者自居，把当时最有才能的文人吸引到自己周围，其中包括维吉尔、贺拉斯、瓦利乌斯(Lucius Varius Rufus)等，有意识地引导他们支持和歌颂自己的统治。维吉尔在经济上接受屋大维的笼络，在思想上认可屋大维的新政，所以当屋大维希望他以作为维纳斯的后代的尤利乌斯氏族为历史背景，叙述他的事业和功绩的时候，维吉尔创作了这部史诗，完成了政治任务。因此，有人说，《埃涅阿斯纪》实际上是“遵命文学”，带有“御用”的性质。

尽管《埃涅阿斯纪》是在屋大维的襄助下得以完成并出版，尽管维吉尔的碑文上刻有“我歌唱过放牧、农田和领袖”[①]的字样，但维吉尔对屋大维这位“领袖”的歌颂却表现出一定的理性，并没有毫无保留地遵循屋大维的旨意。《埃涅阿斯纪》写得并非像屋大维期望的那样，以神化尤利乌斯氏族和歌颂屋大维的功绩为基本命题，而是更为深沉和复杂，融入了维吉尔的独立思考和个人情调。他敬仰屋大维，埃涅阿斯的坚强、克制、虔敬、忠诚和责任，部分地是屋大维的品格，或者是屋大维倡导的品德。但埃涅阿斯在服从于建立一个新民族、新国家的漫长斗争中，失去了构成个人幸福的一切(不光是狄多，还有他的同伴们、他对仁慈的感知)。维吉尔颇有深意地让史诗在埃涅阿斯的“怒火”中结束——埃涅阿斯将长矛对准了他的对手图尔努斯，后者自知死已临头，请求他把自己的尸体交还给他的父亲，并请求他莫再要憎恨自己；但埃涅阿斯此时想起了在战争中被图尔努斯杀死的战友帕拉斯，慈悲心在他心里消失殆尽，“他又想起了仇恨，心中又重新燃起了可怕的怒火”[②]，随即结束了图尔努斯的性命。埃涅阿斯感到愤怒，但诗行里流露出来的却是一股悲哀的情调，既是对图尔努斯身体之死的悲哀，也是对埃涅阿斯精神之死的悲哀。维吉尔对胜、败双方所遭受的苦难流露出哀叹和同情，表明他在一定程度上对屋大维的事业、罗马帝国的扩张持保留态度。这当然超出了屋大维的本意，也引发了后人对维吉尔“在史诗中支持奥古斯都还是反对奥古斯都、支持帝国还是反

① 杨周翰：《译本序》，维吉尔：《埃涅阿斯纪》，杨周翰译，北京：人民文学出版社，2000年版，第4页。

② 同上书，第342页。

对帝国、支持罗马还是反对罗马”[1]的争议。正是基于此,美国学者大卫·丹比才会说,这部史诗可以“当作一部关于建设与摧毁的诗来读,当作一部关于父与子的诗来读,当作一部关于建立一个帝国却失去其他一切有关紧要的东西的诗来读”,是“一部忧伤的史诗,一场抑郁的歌颂,宏伟却夹杂着虚荣和悲哀,萦绕不去”。[2]

作为一部神话传说史诗,《埃涅阿斯纪》的生成离不开对荷马史诗的模仿。美国学者阿德勒(Eve Adler)指出,《埃涅阿斯纪》最初的三个词语——Arma virumque cano(“我要说的是战争和一个人的故事”[3])——已经表明维吉尔的对手是荷马:“Arma(战争)代表的是阿基琉斯和《伊利亚特》,virum(人)代表的是奥德修斯和《奥德赛》。《埃涅阿斯纪》将在一部作品里面既展现出‘伊利亚特式’的战争英雄,也展现出‘奥德赛式’的流浪英雄。”[4]的确,维吉尔把《伊利亚特》和《奥德赛》同时装进了《埃涅阿斯纪》:史诗由12卷构成,第1卷至第6卷叙述埃涅阿斯离开特洛伊后的漂泊经历,与《奥德赛》的题材性质相似;第7卷至12卷叙述埃涅阿斯抵达意大利后的战争经历,与《伊利亚特》的题材性质吻合。在叙述模式上,正如荷马选择十年征战和十年漂泊的关键时期为开篇,接着以倒叙的形式交代前因后果,最后描绘英雄们荡气回肠的演绎,维吉尔也采取了类似的倒叙。他让故事从九死一生的海上风暴开始,随后才渐渐铺展航行者的身份和风暴的来源,从而进入史诗的核心情节,而埃涅阿斯此前已经经历的七年漂泊则以回溯的方式展现,洋洋洒洒二卷有余。这种从最紧要处开始写,以前发生的事情用倒叙手法介绍的方式,“在古代被视为史诗结构的经典模式”[5],能够很好地抓住读者的注意力,可谓荷马留给维吉尔的一笔宝贵遗产。

除了在题材性质和叙述结构上的模仿,《埃涅阿斯纪》的很多具体情节也直接取法荷马史诗。比如:埃涅阿斯滞留迦太基、恋上狄多的情节,令人想起《奥德赛》中奥德修斯受阻于神女卡吕普索的海岛;先知西比尔引导埃涅阿斯前往冥界、听取亡父的指点的情节,令人想起《奥德赛》中神女基尔克指引奥德修斯前往冥府探知未来;维纳斯请求火神给埃涅阿斯

---

① 王承教:《编者前言》,王承教等编:《〈埃涅阿斯纪〉章义》,北京:华夏出版社,2009年版,第14页。

② 大卫·丹比:《伟大的书》,曹雅学译,南京:江苏人民出版社,2003年版,第171—172页。

③ 维吉尔:《埃涅阿斯纪》,杨周翰译,北京:人民文学出版社,2000年版,第1页。

④ 阿德勒:《维吉尔的帝国》,王承教、朱战炜译,北京:华夏出版社,2012年版,第19页。

⑤ 王焕生:《古罗马文学史》,北京:中央编译出版社,2008年版,第245页。

铸造武器的情节，令人想起《伊利亚特》中忒提斯请求火神给阿基琉斯铸造了新武器；埃涅阿斯的年轻伙伴帕拉斯被图尔努斯杀死的情节，令人想起《伊利亚特》中阿基琉斯的年轻伙伴帕特洛克罗斯死在赫克托尔的长矛之下。此外，《埃涅阿斯纪》中的诸神争吵、海上风暴、漂泊历险、战斗场面、祭祀竞赛等描写，无不与荷马史诗相近相似。这些都表明，维吉尔在创作史诗的时候，把《荷马史诗》当作了基础和参照。

但是，《埃涅阿斯纪》绝不是单纯的模仿之作，而是一首有企图心的变奏曲。如前所述，荷马是维吉尔的对手，是维吉尔力图超越的对象。有意思的是，维吉尔在史诗第 3 卷里设置了一个名叫阿凯墨尼得斯的生还者，他本是奥德修斯的伙伴，特洛伊战争后随奥德修斯返程，却在逃脱独眼巨怪时掉了队，一个人留在了恐怖的爱琴海滨。这个人既可笑又可怜，我们且看维吉尔的描述："忽然间从树林里走出我们从未见过的三分像人的怪物，骨瘦如柴，衣衫褴褛，伸出双手像乞求的样子向岸边走来……他浑身脏得可怕，胡须长得老长，破衣服用荆棘连着，但除此之外，他是个地地道道的希腊人……"[①]骄傲的征服者失去了往日的荣光，倒霉的被征服者表现出耀眼的慷慨。这个昔日驰骋特洛伊的希腊英雄，如今卑躬屈膝地祈求特洛伊人的拯救，个中深意不难推敲。维吉尔在此既表达了一个政治现实——罗马人取代了希腊人；也暗含了一个文学诉求——接纳希腊文学遗产，创作一部脱胎于荷马而内容符合罗马精神的史诗。

《埃涅阿斯纪》处处彰显了这样的文学诉求，我们不妨比较一下该史诗第 6 卷与《奥德赛》第 11 卷。同样是游冥界，维吉尔的写法完全模仿荷马，有时甚至连词句也是照搬的，比如奥德修斯面对母亲的亡灵，"三次向她跑去，心想把她抱住，/她三次如虚影或梦幻从我手里滑脱"[②]，而埃涅阿斯也是"三次想用双臂去搂抱他父亲的头颈，他的父亲的鬼影三次闪过他的手，不让他抱住，就像一阵轻风，又像一场梦似的飞去了"[③]。两者的构思、比喻和用词都是相似的，但抛开这些表面的相似，奥德修斯和埃涅阿斯关心的内容却很是不同。奥德修斯见到母亲之后询问的是家中亲人的境况、王位与财产的问题，埃涅阿斯从父亲那里得知的却是重建家园的使命和罗马未来的历史。两位英雄，一位表现出个体的主体意识，另一位的主体和个性恰恰是要埋葬掉的，成了"神的工具"，"是神的意志的执行

---

① 维吉尔：《埃涅阿斯纪》，杨周翰译，北京：人民文学出版社，2000 年版，第 72 页。
② 荷马：《荷马史诗・奥德赛》，王焕生译，北京：人民文学出版社，1997 年版，第 201 页。
③ 维吉尔：《埃涅阿斯纪》，杨周翰译，北京：人民文学出版社，2000 年版，第 158 页。

者,是一个牺牲自我、泯灭个性的领袖"[1]。因此,我们从《埃涅阿斯纪》中看到的是有意识的神话制造和有责任的民族英雄,而不是荷马对神话的自发体现和对英雄的个性礼赞。维吉尔对荷马史诗的变奏处理,符合奥古斯都时期的民族精神,也符合维吉尔对罗马式英雄的歌颂、对黄金时代的展望和对人世和平的期待。

《埃涅阿斯纪》的生成还借鉴了希腊化时期的亚历山大里亚文学和古罗马早期的历史性作品。较之荷马史诗的壮阔和粗犷,亚历山大里亚文学明显增加了个人感情的描写和渲染,对罗马抒情诗的发展影响深远,也直接影响了维吉尔的创作。比如,《埃涅阿斯纪》第4卷里的埃涅阿斯和狄多的爱情悲剧,便脱胎于阿波洛尼奥斯(Apollonius)在史诗《阿耳戈船英雄》(*Argonautica*)中描绘的伊阿宋和美狄亚的爱情故事,只不过维吉尔扬弃了这类"小型史诗"(epyllion)的不严肃成分,突出了其中的悲剧性意味。较之荷马史诗的民间口头流传性质,亚历山大里亚文学更强调知识,讲究辞藻,这一点在《埃涅阿斯纪》中也有很好的体现。维吉尔家境殷实,先后去过克莱蒙那、米兰和罗马求学,在修辞学、哲学、医学、算学和法律等领域均有钻研,再加上他严谨求实的持续学习态度,这些都确保了他在史诗中全面而生动地呈现了罗马的神话、传说、宗教、族谱、地理、风俗、政治和战争,犹如一部蕴满了罗马千百年来的人类生存境况的诗性百科全书。除此之外,维吉尔的《埃涅阿斯纪》与古罗马早期的历史性作品也存在着继承关系。古罗马的年代记材料,以及各种叙述古罗马历史的作品,成为维吉尔创作这部史诗时的重要知识素材和灵感源泉。尤为值得一提的是,《埃涅阿斯纪》把罗马同特洛伊紧密联系起来的奠基传说,在荷马史诗中不过是只言片语,但自从奈维乌斯在其历史史诗《布匿战纪》(*Belli Punici libri*)中对之进行系统叙述后,这一传统经恩尼乌斯的史诗《编年纪》(*Annales*)到维吉尔的《埃涅阿斯纪》,被罗马史诗的诗人们不断发扬光大,终至深入人心。

维吉尔在充分利用荷马史诗、亚历山大里亚文学和古罗马早期史诗的基础上,以自身至善至美的诗艺构建了一座容纳远古以来的神话传说、罗马建城的历史和共和国的传统的诗歌广厦,最终完成了从希腊诗歌向罗马诗歌的转变。无论从结构还是语言而言,《埃涅阿斯纪》都是拉丁文

---

[1] 杨周翰:《译本序》,维吉尔:《埃涅阿斯纪》,杨周翰译,北京:人民文学出版社,2000年版,第19页。

学中最伟大的诗篇,以至于有学者指出,其后的诗人根本上乃是“后维吉尔诗人”(Post-Virgilian Poet)[①]。维吉尔尚在世的时候,《埃涅阿斯纪》就已经受到罗马举国上下的赞誉,青年更是视之为模仿的经典范本。这种情况一直延续了下来,后来即使欧洲各民族的语言全面取代了拉丁语的统治地位,《埃涅阿斯纪》也仍然是青年最为重要的文学教材之一,不断激发人们的创作灵感,在文学、绘画、音乐、影视等多元文化艺术领域持续地焕发着耀眼的光芒。

《埃涅阿斯纪》在文学领域的传播可谓异彩纷呈。这部伟大的诗篇面世后,不但直接影响了公元1世纪的古罗马史诗,而且也以希腊文译本的形式影响了其他民族的史诗创作。自公元4世纪开始,有关《埃涅阿斯纪》的注疏已然出现,罗马帝国晚期最为著名的疏释家多纳图斯(Aelius Donatus)和塞尔维乌斯(Maurus Servius Honoratus)都对维吉尔的作品产生了浓厚的兴趣,在词语意义诠释、历史疏解、文法解释和风格说明等方面做了大量工作。其中,塞尔维乌斯的维吉尔作品注疏本被认为是“维吉尔疏释的归纳和总结”[②],长期以来是人们研读维吉尔作品的权威版本。这种稳定的局面直到17世纪才被打破,丹尼尔(Pierre Daniel Huet)在重订维吉尔作品注疏时发现了更多的补充性内容,他自信地认为这些注疏也是塞尔维乌斯的,因而将它们收集整理到一起。后世学者则倾向于认为,丹尼尔发现的那些注疏属于多纳图斯,或者至少与他有关,甚至还包括15、16世纪英国学界对维吉尔作品的注疏意见。随着新古典主义的兴起,诗人们对维吉尔推崇备至,出现了西方世界最为重要的维吉尔作品英译本,即至今仍为人赞赏的德莱顿(John Dryden)译《维吉尔作品集》(*The Works of Virgil*),其中包括《牧歌》《农事诗》《埃涅阿斯纪》。维吉尔苦心孤诣地慢慢打磨诗歌的做法,自然无法得到强调“诗歌是强烈情感的自然流露”的浪漫主义诗人们的欣赏,但其融合艺术性、知识性和经典性为一体的诗歌却在19世纪后半期以来再次进入人们的视野,丁尼生(Alfred Tennyson)的一曲《致维吉尔》(*To Virgil*)唱出了其诗作的永恒价值:“你是已逝年代中的灯盏,/是太阳仍为这缥缈人世镀金辉;/你是那冥界里的金树枝——/君主和王国一去那里就永不回;//如今你的广场上不再喧响,/所有紫袍凯撒的穹顶已塌落——/尽管你翻江倒海的韵律/永

① Philip Hardie, *Virgil: Greece and Rome*,转引自王承教等编:《〈埃涅阿斯纪〉章义》,北京:华夏出版社,2009年版,第2页。

② 王焕生:《古罗马文学史》,北京:中央编译出版社,2008年版,第501页。

远让人们追想到罗马帝国。”①

诚然,维吉尔诗作的滚滚回声依然清晰,有学者校订出版了塞尔维乌斯的维吉尔古注,有学者对《埃涅阿斯纪》进行了全面而细致的笺注,也有学者针对《埃涅阿斯纪》的具体卷本展开注疏,这些古籍整理和文本校勘工作为随后颇为热闹的维吉尔研究提供了坚实的基础。据我国学者王承教观察,现今的《埃涅阿斯纪》研究最为突出的特征莫过于“乐观解读和悲观解读的对立”②:一方面是“欧洲学派”,他们强调《埃涅阿斯纪》的正面价值,肯定奥古斯都统治下的罗马帝国;另一方面是“哈佛学派”,他们反对传统的乐观解读,宣称《埃涅阿斯纪》的题旨是政治成功的阴暗面和帝国的沉重代价。当然,在这两种针锋相对的观点之外,还有不落窠臼的英、法学界,他们从人道主义、政治哲学等角度对《埃涅阿斯纪》展开了全新的解读。从早期的注疏到如今的重释,维吉尔及其《埃涅阿斯纪》以其经典性魅力不断吸引着读者的注意力,引导他们结合自身的社会历史处境进入史诗明暗交错的时序,在虚构与史实的双重线索中体会其深沉的“历史感”和“思想的成熟性”③。

《埃涅阿斯纪》的传播不仅体现在文本的译介与诠释上,还体现在诗中震撼人心的场面和情节对后人的启发与教益。但丁(Dante Alighieri)在《神曲》(*La Divina Commedia*)里借古罗马诗人斯塔提乌斯(Publius Papinius Statius)之口颂扬了《埃涅阿斯纪》乃无数诗人创作灵感的不竭之源:“引起我写诗的热情的火种是那神圣的火焰迸发出来的、使我情绪激奋的火花,一千多位诗人的创作热情都是被这神圣的火焰点燃起来的;我说的就是《埃涅阿斯纪》,在作诗上,它对我来说是妈妈又是乳母:没有它,我连分量只有一德拉玛的东西都写不出来。”④维吉尔对但丁的重要性,几乎再怎么强调都不过分,若其神学体系允许,他定会乐意安排维吉尔带着他走过地狱、炼狱之后,再陪同他前往天堂。而维吉尔对斯塔提乌斯以及“一千多位诗人”的重要性,自然不是但丁凭空杜撰的。斯塔提乌斯是一位史诗诗人,他的代表作《忒拜战纪》(*Thebaid*)和《阿基琉斯之歌》

① 丁尼生:《致维吉尔》,《丁尼生诗选》(英汉对照),黄杲炘译,北京:外语教学与研究出版社,2014 年版,第 299 页。

② 王承教:《编者前言》,王承教等编:《〈埃涅阿斯纪〉章义》,北京:华夏出版社,2009 年版,第 14 页。

③ 杨周翰:《译本序》,维吉尔:《埃涅阿斯纪》,北京:人民文学出版社,2000 年版,第 19 页。

④ 但丁:《神曲·炼狱篇》,田德望译,北京:人民文学出版社,1997 年版,第 274 页。

(*Achilleid*)在中世纪享有盛名，被广泛诵读、学习和研究，但他自始至终都认为是《埃涅阿斯纪》给予他创作的灵感，在作品里用“神圣”形容《埃涅阿斯纪》，称其为千古绝唱，还说自己的史诗“要远远地跟在它后面，永远尊敬它的足迹”[①]，而不是试图与之竞争。在整个中世纪，维吉尔“被视为诗歌中一切魅力的化身”，甚至“成了一切智慧和魔法的主宰”[②]，虽然这种神秘化的倾向伴随着文艺复兴的兴起而有所减弱，但维吉尔作品的宏大构思和精心运笔依然有巨大的影响力。但丁构思《神曲》时，直接的灵感之源就是《埃涅阿斯纪》第 6 卷的冥界之旅。后来，意大利诗人彼特拉克(Francesco Petrarca)以第二次布匿战争为题材创作的叙事长诗《阿非利加》(*Africa*)、意大利诗人阿里奥斯托(Ludovico Ariosto)创作的叙事长诗《疯狂的罗兰》(*Orlando Furioso*)、意大利诗人塔索(Torquato Tasso)创作的叙述长诗《被解放的耶路撒冷》(*La Gerusalemme Liberata*)、葡萄牙诗人卡蒙斯(Camoens)创作的史诗《卢济塔尼亚人之歌》(*Os Lusíadas*)、英国诗人弥尔顿(John Milton)创作的叙述长诗《失乐园》(*Paradise Lost*)、法国作家伏尔泰(Voltaire)创作的史诗《亨利亚德》(*La Henriade*)，莫不是以《埃涅阿斯纪》为典范。此外，德国文艺理论家莱辛(Gotthold Lessing)的美学名篇《拉奥孔》(*Laocoon*)、英国人类学家弗雷泽(James Frazer)的人类学巨著《金枝》(*The Golden Bough*)、英语诗人艾略特的那首被誉为西方现代文学的里程碑作品《荒原》(*The Waste Land*)等，也都从《埃涅阿斯纪》中汲取了灵感，采撷了素材。

《埃涅阿斯纪》的传播自一开始就超越了文字的界线，在绘画、雕塑、戏剧、音乐、漫画、影视等艺术领域表现出蓬勃的生命力。古罗马人熟谙形式美的价值，他们继承并超越了希腊人的雕塑和绘画艺术，而《埃涅阿斯纪》作为罗马民族的立国诗，其故事情节常常被具体地呈现出来。后世的艺术家们则不断开拓表现的技巧和方式，个性化地诠释《埃涅阿斯纪》的精彩部分。仅以《埃涅阿斯纪》最吸引人也最能体现矛盾冲突的第 4 卷为例，这段描写埃涅阿斯与迦太基女王狄多的爱情悲剧的内容，是古往今来众多艺术家们的兴趣所在。在绘画领域，以此为题材的作品层出不穷，其中德国画家鲁本斯(Peter Rubens)、英国画家透纳(Joseph Turner)、法国画家盖兰(Pierre Guérin)的同名画作最负盛名。在音乐领域，以此为

---

① 但丁：《神曲·炼狱篇》，田德望译，北京：人民文学出版社，1997 年版，第 282 页。

② 哈罗德·N. 福勒：《罗马文学史》，黄公夏译，郑州：大象出版社，2013 年版，第 129 页。

核心内容谱写的歌剧、音乐剧不胜枚举,其中英国作曲家珀塞尔(Henry Purcell)创作于1689年的歌剧《狄多与埃涅阿斯》(*Dido and Aeneas*)和意大利剧作家梅塔斯塔齐奥(Pietro Metastasio)创作于1724年的歌剧《被抛弃的狄多》(*Didone Abbandonata*)至今仍常演不衰。更令人震撼的是,被誉为"钢琴之父"的意大利作曲家克莱门蒂(Muzio Clementi)于1821年发表了钢琴奏鸣曲《被抛弃的狄多》,以纯音乐的形式如泣如诉地再现了这段爱情悲剧的百转千回。这些从视觉到听觉的艺术硕果,乃至如今以此为题材的影视作品,既是几代人的审美经验和个性气质的绝佳展示,也是《埃涅阿斯纪》的丰富性和经典性的多重演奏。

有人说:"维吉尔之伟大首先也就在于,他是罗马之伟大的说明与总结,是罗马之伟大的集大成者;作为诗人,他为那些历史陈迹注入了永恒的生命力。"[①]而他的《埃涅阿斯纪》便是这份"伟大"最为重要的载体。但丁曾暗示他的《神曲》是"跟随着敬爱的人的足迹前进"[②],从这个角度而言,维吉尔也是跟随了荷马、阿波洛尼奥斯、奈维乌斯等前人的足迹,才在世界文学史上留下了自己坚实的印记;他的印记,又在时间的漫长涤荡中印刻进千千万万读者的心灵,衍生出繁花似锦的艺术变体,展现了经典之所以为经典的永恒魅力。

第三节 《金驴记》的生成以及对小说发展的影响

阿普列尤斯的长篇小说《金驴记》在世界文学史上占有十分突出的地位,不仅代表了以抨击专制统治、嘲讽道德堕落为主要特征的古罗马中后期文学的最高成就,也是欧洲原始小说的集大成之作。它以史诗般的广阔场景、引人入胜的故事情节、亦庄亦谐的叙事风格和生动传神的变形描写,从各个方面奠定了欧洲长篇小说的基本面貌,被誉为浩如烟海的欧洲小说艺术成果里的第一座丰碑。

这部杰作诞生于公元2世纪,最初题名为《马达多拉城阿普列尤斯的变形记》(*Apulei Madaurensis Metamorphoseon*),后以《变形记》传世。公元5世纪,基督教教父奥古斯丁(Aurelius Augustinus)根据小说中人

---

① G. B. Townend, *Changing Views of Virgil's Greatness*,转引自王承教等编:《〈埃涅阿斯纪〉章义》,北京:华夏出版社,2009年版,第4页。

② 但丁:《神曲·地狱篇》,田德望译,北京:人民文学出版社,1997年版,第176页。

变形为驴的故事，称小说为《驴》。后来又有人在“驴”前冠上“金”字，以此称赞小说为“最优良的”“奇妙的”，《金驴记》的名称因而深入人心、流传于世。小说全篇 11 卷，讲述的是一个名叫鲁巧（又译卢基乌斯）的年轻人非同寻常的际遇：他因故赴希腊旅行，羁留巫术之乡塞萨利，亲眼目睹女巫凭借魔药施展变身术，遂请他的情人（女巫的侍女）帮忙偷拿魔药。不料侍女拿错药膏，使他误敷在身，非但未能如愿变为飞鸟，反而变成一头毛驴。在寻找能让他恢复人形的玫瑰花的过程中，他历经千辛万苦，相继服役于强盗、隶农、骗子、磨坊主、菜农、兵痞以及贵族厨奴等人，同时阅尽世间百态和奇闻轶事，最后在埃及女神爱希丝的神恩之下吞食玫瑰花环，蜕掉驴皮，恢复人形，并皈依教门。在鲁巧变身为驴、恢复人形的情节主线里，阿普列尤斯还借不同的叙述者之口讲述了许多插曲，使小说内容粲然生辉，更具魅力。

阿普列尤斯在小说中开宗明义地表明：“笔者欲以米利都之文体，为你编造各种笑谈，想用本人娓娓动听之叙述，抚慰你那宽容的耳朵。”[①]就小说的生成而言，这里点出了《金驴记》的体裁与古希腊作家阿里斯提得斯（Aristides）的作品《米利都的故事》（*Milesiae Fabulae*）的承袭关系。阿里斯提得斯生活在公元前 2 世纪的古希腊城邦米利都，他的作品《米利都的故事》主要由带有异域色彩的爱情传奇故事组成。公元前 1 世纪，《米利都的故事》被译成拉丁文，由于“语言粗鄙，文字猥亵，充斥着大量的色情描写”，在罗马可谓声名狼藉，但是它的写作方式，“主要是故事接故事、故事套故事”的特点，为后来的作家多次袭用。[②] 现存的第一部罗马小说——佩特罗尼乌斯（Gaius Petronius）创作于公元 1 世纪的小说《萨蒂利孔》（*Satiticon Liber*）——便沿用了《米利都的故事》的体裁形式。这部以流浪汉为主人公展现世态人生的小说一度失传，直到文艺复兴以后才被人们发现了残篇断章。从《米利都的故事》到《萨蒂利孔》，流浪汉小说的模式和插曲式的结构愈发地清晰，可惜它们都过早地沉寂于时间的流沙之下，除了直接影响了当时的作家，尤其是阿普列尤斯的创作以外，并没有为后世欧洲小说的发展提供助益。反倒是博采众长的《金驴记》，继承了以往小说的主题表现、叙事手法和写作技巧，放弃了那些浓重的色情描写或落拓不羁的爱欲细节，获得了普遍性的认可，奠定了欧洲长篇小

---

① 阿普列乌斯：《金驴记》，刘黎亭译，南京：译林出版社，2012 年版，第 1 页。

② 唐丽娟：《欧洲第一部流浪汉小说——〈萨蒂利孔〉》，《外国文学评论》，1993 年第 1 期，第 102 页。

说的基础。

《金驴记》的"变形"题材,尤其是"人—驴"的变形,也有深厚的渊源。古希腊罗马神话传说里蕴藏着丰富的变形故事,神祇和凡人皆会由于某种原因而变成动物、植物、石头、星辰等,古罗马作家奥维德的《变形记》便是这样一部描写从开天辟地到奥古斯都时期的各种变形故事的史诗性巨制。古希腊哲学家毕达戈拉斯(Pythagoras)的"灵魂轮回说"也为变形思维形式提供了理论依据,他认为任何生物都有灵魂,而灵魂能够从一种生物体进入到另一种生物体,永不消失。毕达戈拉斯派的哲学思想在阿普列尤斯生活的罗马共和国末期十分流行,这在一定程度上促成了他接受灵魂不死、一切皆变的观点。

在丰富的变形故事中,"人—驴"变形格外醒目。小亚细亚地区古老的民间传说里就有此类变形传说,比如在古老的《旧约·民数记》第22章中,巫师巴兰的驴就曾忽作人言。可惜的是,这些传说大多以纸草文献的形式记录,经年累月已成了残篇断章,无法窥得原初的面貌。据说,后来有个名叫卢基乌斯的希腊人完整地写过"人—驴"变形的小说,只不过也已失传。到了公元2世纪,几乎与阿普列尤斯同时期的希腊语讽刺作家卢奇安(Lucianus,又译琉善)写了一篇不太长的小说《卢基乌斯或驴》(*Lucius vel Asinus*)。关于这部作品,公元9世纪后半期的君士坦丁堡总主教福提乌斯(Photius)曾经说,他读过希腊人卢基乌斯的《变形记》,并称该书的前两卷被卢奇安用于自己的作品《卢基乌斯或驴》。[1] 卢奇安的故事讲得并不复杂,阿普列尤斯在《金驴记》中沿用了这一题材,却并未满足于此。他的独创主要有以下三个方面:一是铺陈演绎,在原有的"人—驴"变形大框架的基础上穿插了大量妙趣横生的神话、传奇、寓言以及形形色色人物的生活插曲,从而极大地丰富了小说的篇幅和内涵;二是妙笔生花,细致入微地描写了鲁巧变驴和复形的过程,入木三分地刻画了鲁巧以及其他人物面对不同情景和境遇时的心理活动,把这些莫须有的事情写得似乎触手可及;三是道德劝喻,欲念横流、蛊惑害人者无法得到真正的幸福,只有像鲁巧那样历经了"灵"与"肉"的双重洗礼才能重获新生,其中的劝诫性和喻世性不言自明。

作为最靠近古希腊文学传统的古罗马长篇小说之一,《金驴记》是阿

---

① 参见王焕生:《古罗马文学史》,北京:中央编译出版社,2008年版,第454页。

普列尤斯“向荷马致敬”的诚意之作[①]，在叙事策略、人物塑造和修辞手法上多有借鉴《荷马史诗》，尤其是《奥德赛》。尽管阿普列尤斯直言他效仿古希腊作家米利都的文体，而米利都文体最大的特色在于流浪汉小说模式和插曲式结构，但主人公的漫游和大故事套小故事的结构，其实也是《奥德赛》最为重要的叙事策略，两者之间的承袭关系并不隐晦，无怪乎18世纪英国作家菲尔丁(Henry Fielding)曾说荷马史诗是“西方小说的胚胎”[②]。

荷马的启迪更明显地表现在人物塑造上，阿普列尤斯在小说中通过主人公鲁巧之口感叹荷马在这方面的过人之处：“古代希腊人中的诗圣确实有其道理，因为当他想描写一个智慧超群的人时，便会在诗篇中将那人想象成这个样子：他游历了许多城邦，了解各种各样的人，之后就获得了巨大的才能。”[③]这里的“诗圣”指的是荷马，而他描写的那位“智慧超群的人”指向了奥德修斯。我们只要看看荷马为这位英雄准备的数量众多的修饰语，便可看出阿普列尤斯所言非虚——“神样的、勇敢的、睿智的、足智多谋的、机敏多智的、历经艰辛的、饱受苦难的、阅历丰富的”[④]。奥德修斯在特洛伊战争结束后，经过十年海上历程才得以返回家园，既是艰苦卓绝的漫游与漂泊，也是英雄品格的形成与展示。荷马的这种“注重通过人物的阅历以及人物与人物之间的关系来刻画英雄形象”[⑤]的塑形技巧给予阿普列尤斯重要的启迪。在《金驴记》中，阿普列尤斯把主人公鲁巧放置于广阔的社会现实和具体的生存境遇中，让他接触上至总督、公主、法官等达官显贵，下至手艺人、奴仆、强盗等三教九流，生活经历不可谓不多姿多彩。鲁巧自言：“我也十分感谢我所化身的驴体，并留下一种惬意的回忆。事实上，它让我在其皮肉下藏身，通过各种遭遇和命运女神的考验，至少赋予我一种极其丰富的阅历。”[⑥]这“丰富的阅历”，如同奥德修斯

---

① James T. Svendsen, “Narrative Techniques in Apuleius's Golden Ass”, *Pacific Coast Philology*, Vol. 18, No. 1/2, (Nov., 1983), p. 23.

② 亨利·菲尔丁：《约瑟·安特路传》原序，转引自李志斌：《漂泊与追寻——欧美流浪汉小说研究》，北京：中国社会科学出版社，2008年版，第23页。

③ 阿普列乌斯：《金驴记》，刘黎亭译，南京：译林出版社，2012年版，第231页。

④ 王焕生：《前言》，荷马：《荷马史诗·奥德赛》，王焕生译，北京：人民文学出版社，1997年版，第3页。

⑤ 李志斌：《论〈金驴记〉对欧洲古典文学传统的继承与超越》，《湖北大学学报》(哲学社会科学版)，2007年第2期，第102页。

⑥ 阿普列乌斯：《金驴记》，刘黎亭译，南京：译林出版社，2012年版，第231页。

的“游历”,最终促成鲁巧完成了“灵”与“肉”的升华。

荷马的启迪还体现在具体的修辞手法上,尤其是荷马式的比喻和铺排句式。荷马是一位语言大师,他的比喻往往取材于自然界中的动植物与景象、狩猎行为、农事活动,非常简单明了,却又生动形象。比如,当他叙述阿波罗愤怒地从奥林波斯山下来时,形容他“有如黑夜盖覆大地”[①],这个比喻既点出了天神从天而降的气势,也暗示了天神怒火中烧的可怕。阿普列尤斯借鉴了此类修辞方法,大量使用质朴的比喻烘托人物、渲染气氛、激发联想。例如,他形容鲁巧的姨母——“目光犹如鹰眼一样敏锐,脸蛋儿漂亮得像一朵花儿”;形容鲁巧对情人的爱欲——“残酷无情的爱神把箭刚一射在我的心窝上,我就竭尽全力拉开了我的弓,而现在我担心弓弦绷得太紧则会断掉”;形容鲁巧皈依教门时见到的神秘字迹——“文字的笔画皆是一些圈圈串串,状似车轮或者葡萄藤上的卷须”。[②] 荷马的铺排句式也影响了阿普列尤斯的创作,比如,他描写鲁巧向万能的爱希丝女神祷告时,便洋洋洒洒地铺排了女神的各种具象和能力——“啊,天后,你就是哺育者得墨忒耳,谷物之母……你就是福玻斯的姐妹,悉心照料着孕妇分娩……你就是可敬的珀尔塞福涅,夜里用呼唤声和三副面孔管制着幽灵……是你用阴间的光明照亮各地城池,用寒露的光辉哺育丰满的种子,用孤独的云游倾泻你那溶溶的光色……”,而当爱希丝女神现身时,也以铺排句式彰显自己的身份——“我是宇宙之母,万物之主,世纪之源,冥间之王,天神之首……”[③]荷马以来的史诗诗人们惯用铺排式的结构,即围绕一个中心对象展开发散式的描写,气势磅礴且情感浓郁,非常贴合宏大叙述。无论是荷马式的比喻还是铺排句式,阿普列尤斯运用起来都是得心应手、熨帖自如,这与他熟稔希腊语、直接研读古希腊经典的能力密不可分。

有人评价说,阿普列尤斯“是一位寓言大师,但更是一位独创风格者”,“从其充满冒险、幻想和矛盾的心灵中,反映出迷信与科学,圣洁与亵渎,宗教与世俗,即说教与谈笑具有相同的魅力”。[④] 他能博采众长,融合古希腊罗马以来的各种文学文化渊源,赋予《金驴记》独具特色的文学与

---

① 荷马:《荷马史诗·伊利亚特》,罗念生、王焕生译,北京:人民文学出版社,1994年版,第3页。

② 阿普列乌斯:《金驴记》,刘黎亭译,南京:译林出版社,2012年版,第27、40、311页。

③ 同上书,第292、294页。

④ 迈尔凯西:《拉丁文学史》,转引自刘黎亭:《译本序》,阿普列乌斯:《金驴记》,刘黎亭译,南京:译林出版社,2012年版,第5页。

历史价值。该作品自问世之初就广受青睐，以手抄本的形式广为流传，后又以各种译本行世。据《金驴记》的中文译者刘黎亭观察，“从 14 世纪起，《金驴记》逐渐传入欧洲乃至世界各地”，到目前为止，“外文译本几乎应有尽有”。[①] 无论是在语言风格、写作技巧还是创作素材上，《金驴记》在流传过程中都为后世作者树立了典范，深远地影响了欧洲乃至世界的小说发展。

《金驴记》对后世小说发展的影响，首先在于题材，而题材的影响至少有两个层次可以追寻。其一，情节主线的“人—驴”变形题材在后世小说里时有重现。虽然“人—驴”变形题材并非阿普列尤斯首创，但他在《金驴记》中最为完整地呈现了这个题材。当其他相关的传说、故事以及小说消失于历史长河之中时，《金驴记》以其无可挑剔的艺术价值和审美趣味持续地吸引读者的目光，从而将“人—驴”变形题材流传甚至融合进其他民族的文学母题里。无论是英国作家莎士比亚(Shakespeare)在戏剧《仲夏夜之梦》(*A Midsummer Night's Dream*)中设置的织工波顿变身为驴的桥段，还是法国作家巴尔扎克(Balzac)在小说《驴皮记》(*La Peau de Chagrin*)里构思的人披驴皮的细节，抑或是意大利作家科洛迪(Carlo Collodi)在童话《木偶奇遇记》(*Le Avventure di Pinocchio*)中描绘的皮诺曹变成了驴的经历，都可以说明“人—驴”变形题材是欧洲文学里的常青树。据我国学者刘以焕的考证，这个题材还一方面在波斯、阿拉伯流传，并由此中转到印度，另一方面连及西亚、非洲，甚至传到了中国。古波斯、阿拉伯毗邻罗马帝国，受其文化影响，出自该地区中世纪的民间故事集《一千零一夜》(*Tales from the Thousand and One Nights*)中的《白第鲁·巴西睦王子和赵赫兰公主的故事》，就以“人—驴”变形作为核心题材。后来，由于罗马、波斯等地与印度的文化交流与交融，“人—驴”变形题材在印度典籍中时而可见，并伴随着佛教东传出现在了我国的佛教典籍译本以及相关文本中，比如宋代话本《大唐三藏取经诗话》里有关小沙弥变身为驴、恢复人形的描述。当然，我国“人—驴”变形题材更广为流传的版本是唐传奇《幻异志》中的“板桥三娘子”的故事。这则人驴互变的故事，据杨宪益考证，应该不是经由印度流传过来的，而是“与唐宋时著名的昆仑奴同来自非洲东岸，被大食商人带到中国来的”[②]。因此，《金驴记》

① 迈尔凯西：《拉丁文学史》，转引自刘黎亭：《译本序》，阿普列乌斯：《金驴记》，南京：译林出版社，2012 年版，第 4 页。

② 杨宪益：《译余偶拾》，济南：山东画报出版社，2006 年版，第 63 页。

的“人—驴”变形题材可谓“后世这类作品的先声”[1]。其二,情节支线上的各类插曲故事为后世小说提供了宝贵的素材。《金驴记》插曲迭出,诸如“苏格拉底死于非命”(卷一)、“泰利伏龙痛失耳鼻”(卷二)、“小爱神丘比特痴恋凡间女子普绪喀”(卷四、五、六)、“卡莉黛殉情”(卷八)、“瓮的买卖”(卷九)、“磨坊主夫妇反目成仇”(卷九)、“继母戏继子”(卷十)等插曲,都是相对完整的小故事,尤其是“小爱神丘比特痴恋凡间女子普绪喀”的插曲,在篇幅上相当于中篇小说的规模,一直被认为是全书最为动人的爱情插曲。这些插曲故事,或是启迪了后世作家的创作灵感,构成了其他作品的主要题材;或是被后世作家原封不动地安插在自己的作品里,构成了其他作品的插曲故事。比如,“小爱神丘比特痴恋凡间女子普绪喀”的插曲千古流传之后仍有勃勃生机,英国当代作家刘易斯(C. S. Lewis)的《裸颜》(*Till We Have Faces*)便是以此故事为题材写就的寓言小说,只不过叙述者从《金驴记》里的老太婆变成了普绪喀的姐姐;而“瓮的买卖”和“磨坊主夫妇反目成仇”这两桩风流韵事,被意大利文艺复兴作家薄伽丘(Boccaccio)移植到《十日谈》(*Decameron*)中,分别构成了第七日的第二个故事和第五日的第十个故事。以上两个层次的题材影响,关键在于《金驴记》中大大小小的故事精彩纷呈,具有被吸收和加工的经典性价值。

《金驴记》对后世小说发展的影响,还在于由变形艺术思维带来的异类视角。变形艺术思维根植于远古人类“万物有灵论”的宇宙观,代表了他们对自然演变、人类生活以及未来世界的价值判断和因果解释,因此古老的变形故事往往不以展现情节的精巧、细节的动人或人物形象的生动为主要目的,更多的是借助“变形”来惩恶助善。阿普列尤斯的《金驴记》承继了古老的变形艺术思维,但他的关注点已经不再是单纯的趣味性和劝诫性,而是透过“驴形人”的异类视角观察社会、体悟生活。当鲁巧站立为人的时候,他以一个有地位的希腊人身份观看世界,这个世界多多少少是浮华有趣的:他出入高堂华屋,享受锦衣玉食,过着游戏人间的无忧无虑的生活。但是当他变形为驴之后,他以畜类之身、人类之心的“驴形人”身份观察世界,这个世界便展现出它残忍和无耻的面目。他游走社会角落,经常风餐露宿,过着朝不保夕的颠沛流离的生活。而且由于他的身份是一头驴,人们在他面前无须掩饰,他便可以亲眼见到或亲耳听到人们最隐秘的言行,洞察各种社会现象的内幕和各个社会阶层的处境。这样的

[1] 刘以焕:《古代东西方“变形记”雏型比较并溯源》,《文学遗产》,1989年第1期,第28页。

异类视角可谓得天独厚，兼容了人和畜类的双重视域，全方位地呈现了更为广阔和复杂的社会生活画面，正是在这个意义上，刘黎亭认为这部小说除了通常意义上的"娱心""劝善"的功能外，还有"名为谈笑，实则咒世"的讽刺小说的功能[①]。在《金驴记》的启示下，欧洲小说史上逐渐出现了一个独特的变形艺术画廊：一类是变形人的外形彻底沦为非人的异类，比较典型的有文艺复兴时期西班牙小说《小癞子》(*La Vida de Lazarillo de Tormes*)的续本[②]，以及20世纪德语小说家卡夫卡(Franz Kafka)的小说《变形记》(*Die Verwandlung*)，这些变形为鱼或虫的人的生存遭遇，是人类异化处境和精神灾难的深层关照；另一类是变形人的外貌异于常人，比较典型的有法国文艺复兴时期作家拉伯雷(Francois Rabelais)的小说《巨人传》(*Gargantua et Pantagruel*)，以及英国18世纪作家斯威夫特(Jonathan Swift)的小说《格列佛游记》(*Gulliver's Travels*)，这些变形艺术形象，或以巨人的体格表现人之伟大，或以侏儒、耶胡等变形体格暗示人之卑陋，反映了人对自身之谜的困惑与反思。若从更为宽泛的意义上而言，后世的动物小说，比如日本近代作家夏目漱石(Natsume Soseki)的小说《我是猫》(*I Am a Cat*)、美国当代作家萨姆·萨维奇(Sam Savage)的小说《书虫小鼠》(*Firmin*)等，虽然主人公是动物，而不是变形人，但它们以动物的习性和生活反映人类思想感情和社会文体，可谓《金驴记》异类视角的余音。

作为欧洲最早又最完整的长篇小说，《金驴记》为后世流浪汉小说奠定了基本体式。西方有"流浪汉小说"(picaresque novel)这一体式，一般文学史概言起于16世纪中叶的西班牙，以《小癞子》为开山之作。但也有学者认为流浪汉小说可以上溯千百年至公元1世纪的《萨蒂利孔》，而《金驴记》在现存最为完整的该类小说里当属第一部。无论流浪汉小说的开山鼻祖是谁，都无法抹煞《金驴记》对该小说体式的启示与影响。有关流浪汉小说的体式特点，西方学者早已有所归纳，比如美国当代学者威廉·索尔(William Thrall)和阿迪森·希伯德(Addison Hibbard)在《文学手册》(*A Handbook to Literature*)里总结了七大特点，后来的批评家虽有

---

① 刘黎亭：《译本序》，阿普列乌斯：《金驴记》，刘黎亭译，南京：译林出版社，2012年版，第2页。

② 据杨绛考证，《小癞子》有两个续本，一个是1555年比利时出版的续本，主人公坠海后变身为鱼，遇到人间无处存身而潜入海底的"真理"女神，颇具讽刺意味；另一个是1620年法国出版的续本，主人公坠海后被渔人网出，当作海怪展览敛钱，经历颇多苦难。参见杨绛：《〈小癞子〉译本序》，《杨绛文集·文论戏剧卷：文论、喜剧二种》，北京：人民文学出版社，2009年版，第16页。

不同的意见,但对流浪汉小说的主人公形象、叙事视角、漫游模式和情节结构等方面的看法基本一致。我国学者杨绛在翻译与研究流浪汉小说方面卓有成就,她的点评十分切中肯綮:“流浪汉小说都是流浪汉自述的故事”,流浪汉“到处流浪,遭遇的事情往往不相关联”,因而情节上“由一个主角来贯穿杂凑”。[①]这些话点出了流浪汉小说的基本体式,恰恰也是《金驴记》非常突出的艺术特点,我们不妨一一对应来分析。第一,主人公是“流浪汉”,他们出身低微,是小人物或“非英雄”(anti-hero)。《金驴记》的主人公鲁巧虽然出身贵族,但他变身为驴后,连最低微的奴隶都可以使唤他、打骂他,是十足的“流浪汉”。第二,采取“自述”式的第一人称叙事视角,将小说主人公与叙述者合二为一。主人公鲁巧是《金驴记》的叙述者,他变身为驴之后一直保持着人所特有的心理活动功能,叙述着自己遭遇的各种情景或境遇。第三,漫游模式,主人公的漫游行为推动小说情节的发展。鲁巧随着各类主人的变换不断移动着足迹,逐渐展现了广阔的罗马帝国外省生活画面和多元文化形态。第四,插曲式结构,在情节主线上横生枝蔓,嵌套其他故事,与主线相辅相成,甚至独立于主线之外。《金驴记》的“人—驴—人”主线上串联了一个个孤立的插曲,前文已有论述。由此可见,《金驴记》具备了后世流浪汉小说的一般特征,因而英国哲学沃尔什(P. G. Walsh)认为,“自意大利文艺复兴以来,阿普列尤斯的小说对欧洲文学产生了深刻的影响,阿普列尤斯则是西班牙的流浪汉小说诞生初期唯一最有影响的作家”,他甚至断定,是阿普列尤斯“帮助了西班牙流浪汉小说的建立”。[②]这样的论断并非没有依据,因为早在15世纪初,《金驴记》就已经被译为意大利文、法文、西班牙文等广为流传,而《小癞子》的佚名作者对古典文学不仅非常了解,而且驾轻就熟,所以不能不怀疑这位作者受到过《金驴记》的影响。自《小癞子》以降,欧洲的流浪汉小说以井喷之势从西班牙向英国、德国、法国等地扩展,无论是西班牙作家塞万提斯的《堂吉诃德》(*Don Quixote de la Mancha*)、英国作家奈希(Thomas Nashe)的《不幸的旅行者》(*The Unfortunate Traveller*)、德国作家格里美尔斯豪森(Grimmelshausen)的《痴儿西木传》(*Simplicius Simplicissimus*)、法国作家勒萨日(Alain-René Lesage)的《吉尔·布拉

① 杨绛:《〈小癞子〉译本序》,《杨绛文集·文论戏剧卷:文论、喜剧二种》,北京:人民文学出版社,2009年版,第6页。

② 转引自唐丽娟:《欧洲第一部流浪汉小说——〈萨蒂利孔〉》,《外国文学评论》,1993年第1期,第106页。

斯》(*Gil Blas*),还是其他同样具有“幽深的时间跨度、灵巧的结构形式、开阔的空间视野、丰富的生活素材”的流浪汉小说,《金驴记》都是他们最为重要的源头。

我国学者王焕生曾言:“时至今日,阿普列尤斯仍然在古代叙事文坛和小说发展方面占有不可动摇的历史地位。”[①]诚然,阿普列尤斯承上启下,兼容浪漫主义和现实主义两大创作手法的艺术特征,广纳写实、猎奇、讽刺、象征、幽默于笔底,让罗马帝国“白银时期”的社会风貌、现实生活以及人们的精神层面和理想追求,尽数浮现于他的长篇小说《金驴记》,对欧洲后世小说的发展产生了不可磨灭的影响。

综上所述,古罗马文学继承了古希腊文学的光辉传统,历经“希腊化”和“罗马化”的脱胎换骨的过程,建立了富有本民族特色的文学,并且产生了足以与古希腊最优秀的文学作品媲美的经典作品。无论是“黄金时期”的《埃涅阿斯纪》,还是“白银时期”的《金驴记》,都充分说明了经典作品的承继性、包容性、多元性和开放性。有意思的是,维吉尔一度被视为“智慧和魔法的主宰”,阿普列尤斯也曾被认为是“强大的巫士”[②],这些联想暗含了蒙昧时期的人们对语言驾驭能力的近乎迷信的崇拜,也印证了维吉尔和阿普列尤斯这两位古罗马作家的卓尔不群的艺术天赋和炉火纯青的创作才能。他们留下的经典,继续影响并改变着我们的文化生活。

---

① 王焕生:《古罗马文学史》,北京:中央编译出版社,2008年版,第458页。

② 哈罗德·N. 福勒:《罗马文学史》,黄公夏译,郑州:大象出版社,2013年版,第260页。

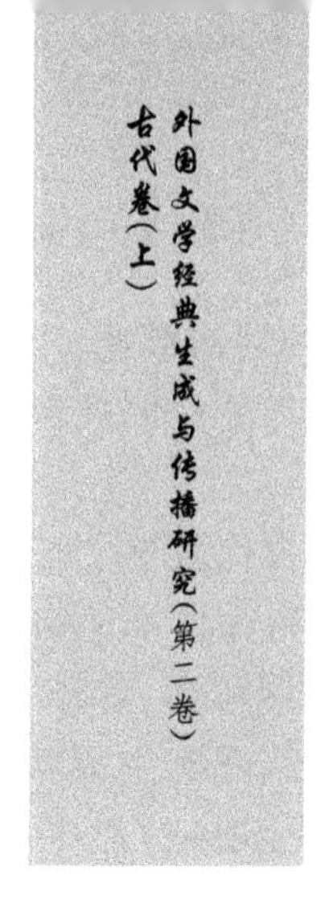

第九章
波斯诗歌的生成与传播

波斯是世界上有名的文化古国之一，素有“诗国”之称。波斯位于亚洲西部，是东西方文化的汇合处。但中世纪的波斯诗歌是指中世纪用波斯语进行创作的诗歌作品的总称。其范围不仅包括伊朗，也包括现在的阿富汗、阿塞拜疆，以及塔吉克斯坦等中亚细亚国家。波斯诗人的创作不仅影响了整个伊斯兰世界，而且影响了西方文坛。“在西方，从歌德以及其他诗人身上，都可以看到他们的语言魅力和纯情抒情诗的影响。”[1]

第一节　苏非主义与波斯诗歌的生成

萨珊波斯帝国于 651 年被阿拉伯大军覆灭，波斯从此开始了伊斯兰化过程。其后，阿拉伯统治者强行推行阿拉伯语，使得波斯民族语言受到极大的负面影响。但是，自 9 世纪开始，阿拉伯哈里发政权对波斯的统治开始削弱，波斯地方王朝得以兴起。此时，波斯东北部呼罗珊地区的一种名为“达里语”的方言逐渐发展壮大起来，成为波斯新的民族语言，即“达里波斯语”，或简称“波斯语”。因此，自 9 世纪起，波斯语诗歌得以诞生。生活在 9 世纪和 10 世纪的诗人鲁达基，即被誉为“波斯诗歌之父”。波斯文学的黄金时代是 11—15 世纪。这一时期，出现了许多卓越的波斯诗人，他们写出了许多题材新颖、内容丰富、风格独特的诗歌作品，甚至被西

---

① 伊萨·萨迪格：《伊朗文化史》，泽巴出版社，1975 年版，第 456 页。转自海亚姆：《鲁拜集》，张鸿年译，长沙：湖南文艺出版社，2001 年版，第 8 页。

方学者们称为波斯的“文艺复兴”。在这六个世纪的时期里，波斯诗坛上群星闪烁，几乎每一个世纪都会出现一两个才华横溢的诗人，他们以独具风格的诗歌创作，极大地丰富和发展了世界诗歌的艺术宝库。

中世纪波斯诗歌的生成与苏非主义不无关联。“苏非”派是伊斯兰教中一个影响很大的神秘主义派别。“苏非”原意是“羊毛”，因该派成员以身着粗毛织成的衣服而得名。苏非主义产生于7世纪末。传说女教徒拉比阿·阿德威叶(约717—801)是苏非派最早出名的一位圣徒，她宣称曾在梦中会见先知穆罕默德，能与真主“结合”。后来，梳毛人哈拉只公开宣称“我即真主”。他在自己写作的诗中宣扬了苏非主义的基本思想：

> 我即我所爱，所爱就是我；
> 精神分彼此，同寓一躯壳；
> 见我便见他，见他便见我。

哈拉只于公元922年被宗教裁判所处死，被认为是最伟大的苏非主义的殉道者。

苏非主义最初只是提倡一种禁欲生活。当它接受了佛教、基督教和古希腊神秘哲学的影响之后，才逐渐形成它的神秘主义理论。这就是：真主是永恒的美，达到真理的道路则是爱；修行的目的，则是通过冥想和内心自修，认识真主，以求神我相通，神人合一。后来，苏非主义又发展成为神智教和无我主义的泛神论等派别，形式多种多样。最后，也从反对正统而成为维护正统宗教的派别。“苏非神秘主义在波斯地区兴盛起来，波斯诗歌从歌功颂德、优美而浅薄的宫廷诗转向阐述宗教哲理的神秘主义诗歌，波斯诗人对诗歌的认识也随着诗歌思想内容的改变而改变。这时，诗人们虽然仍在自己诗歌中对王公贵族们歌功颂德，但这种歌功颂德已不是诗歌的核心内容，而只是出于传统因袭或出于生存需要而将这种歌功颂德放在自己诗歌著作的开头作为一种形式化的点缀。”[①]而且，中古波斯的苏非派诗人，大都接受了苏非主义离经叛道的思想。苏非派诗人的创作，对波斯和其他国家文学，都有很大影响。正是苏非主义的影响，波斯诗歌才得以出现黄金时代，并以鲁达基、菲尔多西、海亚姆、尼扎米、萨迪、鲁米、哈菲兹等这些杰出的波斯诗人为代表。

鲁达基(850—941)被誉为“波斯诗歌之父”。他是波斯古典文学的始

① 穆宏燕：《波斯古典诗学研究》，北京：昆仑出版社，2011年版，第8页。

祖,也是波斯古典诗歌的奠基人,主要用双行诗进行创作,体裁有颂歌等。“鲁达基的抒情诗写得很优美,具有流畅如泉、诗境如画、包含哲理、隽永深邃的特点,造诣之高是同时代诗人难以与之相比的。”[①]

菲尔多西(940—1020)的主要贡献是史诗《列王纪》(又译《王书》)。《列王纪》结构宏伟,人物众多,其中包括波斯历史上五十多个帝王的生平事迹,还有四千多年流传民间的神话传说,是“一部典型意义上的民族英雄史诗”,被誉为“波斯文明和伊朗古代社会生活的百科全书”[②]。

尼扎米(1141—1209)以叙事诗而著称。他的《蕾莉与马杰农》叙述了男女青年的爱情悲剧,被欧洲人誉为“东方的罗密欧与朱丽叶”。

萨迪(1208—1291)是一位著名的哲理诗人。由于外族入侵,战祸连年,他前半生过着颠沛流离的生活,积累了丰富的生活经验。他后半生退隐故里,埋头著书。其代表作为《果园》和《蔷薇园》(又译《古洛斯坦》)。《果园》是一部宣传道德原则的教诲性叙事诗集,共分《论善行》等十个部分。《蔷薇园》由散文诗和韵文诗交织而成,散文诗简洁明晰,韵文诗充满哲理,无论是散文诗还是韵文诗,都渗透着耐人寻味的苏非主义思想。

鲁米(1207—1273),原名为莫拉维,他深受苏非主义的影响,是波斯神秘派诗歌的最杰出的代表。鲁米最重要的诗歌作品是他的长篇叙事诗——六卷集《玛斯纳维》(*Masnavi*)。这部巨著结合寓言与历史、传说与轶闻,阐述苏非主义教义。“玛斯纳维”一词源自于阿拉伯的“偶韵体”(muzdavaj),以“偶韵体”创作的《玛斯纳维》“是一部讲述苏非神秘主义玄理的博大精深的叙事诗集,忠实地实践了莫拉维在其序言中所倡导的诗歌的神圣使命”[③]。

哈菲兹(1320—1389)这个名字就是“能背诵古兰经的人”之意。他采用“哈宰里”诗体,写了大量的抒情诗。“哈宰里”是波斯古典诗的一种传统形式,每首诗由七到十五个联句组成,每联尾音押韵,每一到二个联句构成一个诗的意境。这种诗体十分自由,哈菲兹用它来抒发自己的感情,表达对美好事物的追求,达到高度完美的艺术境界。

作为一个苏非派诗人,哈菲兹在创作中表现了对人生、对过去、对未

---

① 张晖:《鲁达基和他的诗歌艺术(译者序)》,鲁达基:《鲁达基诗集》,张晖译,长沙:湖南文艺出版社,2001年版,第14页。

② 张鸿年、宋丕方:《菲尔多西和〈列王纪〉(译者序)》,见菲尔多西:《列王纪全集》,张鸿年、宋丕方译,长沙:湖南文艺出版社,2001年版,第20页。

③ 穆宏燕:《波斯古典诗学研究》,北京:昆仑出版社,2011年版,第297—298页。

来的探索精神，而且也富于批判精神。他的诗歌主题，一是颂酒，二是歌颂爱情。他借这样的题材表现了芸芸众生的愿望以及诗人自己的思想情感。如在颂酒的诗歌里，他曾写道：

酒能提神，但狂风把花儿扫荡，
切莫贪杯，即使是琴声飘荡悠扬，
小心狡黠的密探，把酒杯藏在长衫袖里，
这时代也鲜血淋淋，和盛着红酒的杯儿一样。

而在描写爱情的诗歌中，他则把爱情抽象化，表现出了强烈的反宗教、反禁欲主义的思想：

是醉是醒，人人都把真情向往，
清真寺、修道院，处处都是爱的殿堂。

波斯诗人在诗歌创作之后，往往是通过吟唱进行流传。“在古代，诗人的作品靠歌者的吟诵和演唱流传，这样的歌者被称为传诗人，重要的诗人一般都有自己专门的传诗人。……诗人是诗歌思想灵魂的创造者，而歌者、琴师的吟咏和弹奏只是赋予诗歌的躯体和生命(指诗靠歌者的弹唱而得以广泛流传)……”[①]

第二节 波斯诗歌在中国的译介与传播

相对于其他地区的诗歌，波斯诗歌在中国的传播要早得多。最早将波斯诗歌带到中国的可以追溯到奔波于海陆丝绸之路上的友好使者。[②]“14 世纪的摩洛哥旅行家伊本・白图泰在杭州居然听到一位中国歌手用波斯文演唱萨迪的抒情诗。”[③]

波斯作为诗国，其诗歌艺术成就达到了极高的水准。在我国，波斯诗歌翻译同样取得了丰硕的成就。不仅出现了借助了英译本进行转译的优秀译本，而且发展到直接从波斯文较为系统地翻译波斯诗歌。

潘庆舲选编的《郁金香集——波斯古代诗选》、张晖翻译的《波斯古代

---

① 穆宏燕：《波斯古典诗学研究》，北京：昆仑出版社，2011 年版，第 4—5 页。

② 参见《丛书总序》，“波斯经典文库”，长沙：湖南文艺出版社，2001 年版。

③ 同上。

抒情诗选》、张鸿年编选的《波斯古代诗选》等,对于全面了解波斯诗歌艺术发挥了开创和普及的作用。而湖南文艺出版社出版的18卷集"波斯经典文库",是全面译介波斯诗歌的系统工程,也是我们理解和认知波斯诗歌艺术的珍贵文献。

潘庆舲选编的《郁金香集——波斯古代诗选》,于1983年由江西人民出版社出版,主要收了鲁达基、菲尔多西、海亚姆、尼查米、萨迪、鲁米、哈菲兹、贾米等八位古代波斯诗人的诗作,既有《卡里莱与迪木乃》《王书》《七美图》等长诗的选译,也有独立成篇的抒情诗,主要译者有潘庆舲、宋兆霖、水建馥、孙用、林陵等。编选者就诗人的创作以及诗歌艺术,做了简短而又中肯的评述。

张鸿年编选的《波斯古代诗选》,收入"外国文学名著丛书",由人民文学出版社1995年出版,编选了鲁达基、菲尔多西、欧里杨等二十多位诗人数百首诗歌作品。编选者在序言中对波斯诗歌的发展做了简要概述,并且认为:"九世纪下半叶已有近代波斯语诗歌出现。近代波斯语诗歌的产生和发展,实际上与独立于阿拉伯帝国的伊朗各地方政权的统治者们大力提倡和积极鼓励诗歌创作有密切的关系。"①

张晖所译的《鲁达基诗集》(2001年版),共分四辑,选译了近170首鲁达基的诗作,包括双行诗体的哲理诗、颂赞诗以及四行诗等,对于全面理解被誉为"波斯诗歌之父"的鲁达基的诗作具有重要的意义。鲁达基所写的双行诗体,其实并非要求双行押韵,这有区别于西方的双行诗(couplet),而是常常隔行押韵,无论多少双行,都是一韵到底。鲁达基的四行诗,多半是一、二、三行押韵,与中国古典诗歌中的绝句押韵方式极为相似。如在《四行诗》的第11首写道:

> 一听你的芳名,我便意畅心欢,
> 你的福运正是我幸福的源泉;
> 不论何时,只要有人在议论你,
> 千种忧念便把我的心神扰乱。②

可见,张晖从波斯文所译的《鲁达基诗集》,非常严谨,在形式和内容方面,都贴近原诗,体现了原诗的风采和神韵,为鲁达基在中国的传播做

---

① 张鸿年:《译本序》,张鸿年编选:《波斯古代诗选》,北京:人民文学出版社,1995年版,第3页。

② 鲁达基:《鲁达基诗集》,张晖译,长沙:湖南文艺出版社,2001年版,第144页。

出了应有的贡献。

萨迪以哲理诗而闻名，他的《果园》和《蔷薇园》在世界各国广为流传。中译本《果园》主要有张鸿年的译本（湖南文艺出版社，2000 年版）和张晖的译本（宁夏人民出版社，2007 年版）。萨迪的《蔷薇园》（*Kolestan*）于 1943 年被首次从波斯文译成中文，名为《真境花园》，译者为穆斯林前辈学者王静斋，在重庆《回教论坛》杂志连载，后因杂志社遭到敌机轰炸而停止。1947 年，北平牛街清真书报社出版了该译本的单行本。中华人民共和国成立后，1958 年，在《蔷薇园》成书 700 周年之际，人民文学出版社出版了由水建馥根据伊斯特维克（E. B. Eastwick）英文译本转译的版本，名为《蔷薇园》。两个译本“不仅译笔风格各有特色，而且在内容繁简、结构以及次序编排上，也有出入差异，可能是所据原本不尽相同的缘故，更何况直译与转译、摘译与全译肯定会存在难以避免的歧解”[①]。2000 年，著名波斯文学翻译家张鸿年的译本《蔷薇园》得以在湖南文艺出版社出版。该译本直接译自波斯文，共分八章，译文不仅准确，而且生动流畅，体现了萨迪质朴平易、明白晓畅、又精练优美、含蓄凝重的艺术风格。2012 年，杨万宝译本面世，也是直接译自波斯文，名为《古洛斯坦》（宁夏人民出版社），译本共分“帝王的品性”“修士的品德”等八章，内容齐全，表述流畅，理解准确，不失原意，较为成功地展示了该书的全貌。

如果说鲁达基和萨迪在中国的传播还主要限于学界和宗教界，那么哈菲兹则走向大众了。

邢秉顺翻译的《哈菲兹抒情诗选》（外国文学出版社，1981 年版），使得我国读者对于哈菲兹的诗歌有了初步印象。2001 年出版的两卷集《哈菲兹抒情诗全集》[②]共收诗作 571 首，而每首诗作则由 5 至 16 个联句所组成。译者在翻译过程中，考虑到中文读者的阅读习惯，基本上将两个联句合在一起进行编排。两卷集《哈菲兹抒情诗全集》，使得中国读者能有机会系统鉴赏和研究哈菲兹的诗歌。在题为《“设拉子夜鹰”——哈菲兹》的译者序中，邢秉顺不仅对哈菲兹抒情诗的形式特征做了详尽介绍，尤其是卡扎尔诗体，认为：“卡扎尔是波斯古典诗歌的一种传统形式。……哈菲兹丰富了这种诗的体裁，把它发展到一个新的高峰。他通过这种传统诗体，抒发自己的自由思想和对美好事物的追求，表达自己对世界的看法，

---

① 林松：《古洛斯坦·译本序》，萨迪：《古洛斯坦》，杨万宝译，银川：宁夏人民出版社，2012 年版，第 2 页。

② 哈菲兹：《哈菲兹抒情诗全集》（上、下），邢秉顺译，长沙：湖南文艺出版社，2001 年版。

赋予它以鲜明的时代精神。”[①]从这本抒情诗集里,我们可以看出哈菲兹更具个人性的灵性觉悟之路,以及精神世界的自由实现和成长的轨迹。

就长诗的翻译而言,最突出的贡献无疑是六卷集《列王纪》和六卷集长篇叙事诗《玛斯纳维》的翻译了。

《列王纪》是菲尔多西创作的一部卷帙浩繁、人物众多的民族英雄史诗,全书有6万联(12万行)。张鸿年和宋丕方两位译者为《列王纪全集》的翻译所付出的艰难耕耘是难以想象的,由于他们的辛劳,使得这部史诗的中译本成为世界上为数不多的《列王纪》全译本之一。这部史诗产生于10—11世纪之交,作者菲尔多西大约于公元975年开始创作,于1009年完稿。史诗描写伊朗萨珊王朝被阿拉伯人推翻之前伊朗50位国王统治时期的时代风貌,时间跨度达4500年以上。《列王纪》的内容包括三个部分:神话传说、勇士故事、历史故事。“神话传说部分包括雅利安族早期迁徙的传说以及衣食的获取、国家的形成、宗教的出现、节日的确立。勇士故事是全书的主干。这部分基本是描写勇士鲁斯塔姆率领众勇士反抗敌国土兰的侵略,保卫祖国的英勇事迹。这部分约占全书的二分之一。历史故事部分大体相对于全书的三分之一。这部分也有不少着意之笔。特别是写到萨珊王朝奠基人阿尔达希尔和这一王朝的国王阿努席尔施政治国的方略,反映了伊朗的先进的政治制度和丰富的施政经验。”[②]史诗中的一些人物,如鲁斯塔姆等,以忠诚和勇敢广受好评,深深地影响了俄国作家茹可夫斯基、英国作家阿诺得以及德国作家歌德等人的创作。

《玛斯纳维》是鲁米的代表作,共六卷,由25632个联句所组成,共51264行诗,也是苏非神秘主义诗歌的集大成之作。该书采用故事套故事的手法,以生动的故事和形象的比喻,阐述对真主的认知。“《玛斯纳维》囊括了苏非神秘主义的各种理论的精华,阐述了苏非思想的精髓,是深邃的思想海洋,蕴藏了瑰丽的珍珠,被誉为‘波斯语的《古兰经》’。”[③]六卷集《玛斯纳维》的中文翻译同样是一个浩大的工程,我国的波斯文学学

---

① 哈菲兹:《哈菲兹抒情诗全集》(上卷),邢秉顺译,长沙:湖南文艺出版社,2001年版,第15页。

② 张鸿年、宋丕方:《菲尔多西和〈列王纪〉(译者序)》,见菲尔多西:《列王纪全集》,张鸿年、宋丕方译,长沙:湖南文艺出版社,2001年版,第14页。

③ 穆宏燕:《波斯大诗人莫拉维和〈玛斯纳维〉》(译者序),莫拉维(鲁米):《玛斯纳维全集》(一),穆宏燕译,长沙:湖南文艺出版社,2002年版,第17页。

者群策群力，在21世纪初顺利地完成了这部巨著的翻译出版。第一、二、六卷由穆宏燕翻译，第三卷由元文琪翻译，第四卷由王一丹、宋丕方翻译，第五卷由张晖翻译。尽管由多位译者翻译，但具有一致的翻译准则和统一的艺术追求，译文风格也基本统一，每个联句押韵，可谓神形兼顾，而且诗句流畅，诗意盎然。为了便于普通读者研读，译者对一些专门词语和典故做了详尽的注释，从中不难看出译者所付出的艰辛。

第三节　《鲁拜集》的生成与传播

欧玛尔·海亚姆(Omar Khayyam, 1048? —1122)出生在中古波斯一个名叫乃沙堡的地方(即现在伊朗的内沙布尔)，生活在塞尔柱王朝(1037—1194)的玛立克国王和桑伽尔国王统治时期。这个王朝的统治者是突厥人。“在异族统治下的伊朗社会有两个特点，即带有民族色彩的政治压迫和宗教压迫。”①

欧玛尔·海亚姆生前并不以诗歌创作而闻名，而是从事与自然科学相关的工作，曾在宫廷任太医以及天文方面的职务，还曾修订历法、筹建天文台，长期以数学家、天文学家和哲学家而闻名，是第一个提出代数三次方程式理论的人，被誉为“整个伊斯兰统治时期最杰出的数学家”②。他尽管曾经以自然科学家而闻名，但是，“他在自然科学领域的任何重要成果，不被同时代人所理解，所以在人类社会进程中没有发挥任何作用”③。他之所以能够有机会从事诗歌创作，是因为他一直受到宫廷的眷爱。据传，他还在乃沙堡城中学习的时候，与一位后来成为首相的同学结下了深厚的友谊。这个同学就是乌穆尔克(Nizam-ul-Mulk)，他后来做了阿尔普·阿斯兰苏丹(Sultan Alp Arslan)的首相。这位首相要表示对海亚姆的善意，于是他对首相说：“我不要什么高的职位和荣誉，只请你给我

---

①　张鸿年：《波斯大诗人海亚姆和〈鲁拜集〉》，海亚姆：《鲁拜集》，张鸿年译，长沙：湖南文艺出版社，2001年版，第15页。

②　古拉姆·玛赫桑·牟萨哈伯：《欧玛尔·海亚姆在数学世界中的地位》。转引自张晖：《译者前言》，哈亚姆：《柔巴依诗集》，张晖译，长沙：湖南文艺出版社，1988年版，第5页。

③　Игорь Андреевич Голубев. «Тайнопись Омара Хайяма», См. Омар Хайям. «Рубаи. Полное собрание»: РИПОЛ классик; Москва; 2008, с. 1.

一份不大的年金,使我能将我的一生贡献于诗歌和研究。"[①]于是,首相给他安排了优厚的年金和住处,使得他能够潜心从事诗歌创作和学术研究。海亚姆的自然科学家和诗人的双重身份,也在一定意义上相得益彰。诗人的想象力拓展了海亚姆科学研究的空间,推动了他在自然科学领域的发明。而自然科学家的身份,又使得海亚姆的诗歌创作显得严谨,诗歌意象包罗万象,而且,其诗歌的一个重要特色就是重视考据论证、逻辑推理、演绎。这在自然科学成就和常识还不是十分普及的时代,显得异常可贵。

正是因为科学家的身份,以及养尊处优的生活环境,他的诗歌创作不必敷衍塞责或者趋炎附势。

欧玛尔·海亚姆创作所用的诗体是鲁拜体(Rubai,复数为Rubaiyat),即一种四行诗体。有关鲁拜体诗歌的生成起源,学界历来存有争议。这一争议主要体现在伊朗学界与他国学界的分歧。鲁拜体与我国的绝句存在相似之处,当年郭沫若翻译《鲁拜集》时,就看出了这一点。他在诗集的序言《诗人莪默·伽亚谟略传》中写道:"读者可在这些诗里面,寻出我国刘伶、李太白的面孔来。"[②]而且,鲁拜体的兴起也主要发生在唐朝控制西域中亚地区之后,所以,不少学者认为两者之间存在着渊源关系。杨宪益先生就曾撰文,认为鲁拜体的产生有可能受到唐代绝句的影响。而且,他还在文中提到,意大利学者包沙尼(Alessandro Bausani)也持这一观点,认为鲁拜体可能来自中亚的西突厥,与唐绝句同出一源,而且是受到唐代绝句的影响而产生的。[③] 我国学者穆宏燕则从二者之间的外在形式、起承转合的内在结构、表现内容的内在精神等三个方面进行了详尽的比较研究,深入考察了两者之间的可能关联。[④] 而伊朗学界则坚持否认这一关联。"伊朗学界普遍认为波斯四行诗源自波斯民族自身的民歌'塔朗内',认为民歌是一个民族的诗歌的最早生发源头。"[⑤]

欧玛尔·海亚姆的《鲁拜集》充满着哲理色彩,并且闪烁着人性的光

---

① 转引自小泉八云:《菲茨杰拉德和海亚姆的〈鲁拜集〉》,见海亚姆:《鲁拜集》,鹤西译,北京:世界图书出版公司,2010年版,第3页。

② 郭沫若:《诗人莪默·伽亚谟略传》,莪默·伽亚谟:《鲁拜集》,郭沫若译,合肥:安徽人民出版社,2013年版,第22页。

③ 杨宪益:《试论欧洲十四行诗及波斯诗人莪默凯延的鲁拜体与我国唐代诗歌的可能联系》,《文艺研究》,1983年第4期。

④ 穆宏燕:《唐绝句与波斯四行诗之比较及其可能联系》,《中国国学》,第21期。

⑤ 穆宏燕:《波斯古代诗学研究》,北京:昆仑出版社,2011年版,第256页。

彩，确实“包含了哲人的迷惑和诗人的潇洒”[①]。无论从内容还是诗艺来看，欧玛尔·海亚姆似乎都不是为中世纪的人们而创作，而是为现代人所写的。于是，七个半世纪以后，直至19世纪英国诗人菲茨杰拉德将其诗歌译成英文之后，其诗人的地位才得以确立。

菲茨杰拉德的英文译文一百余首，那么海亚姆的《鲁拜集》是不是一百余首呢？答案是否定的。张鸿年翻译的《鲁拜集》，是从波斯文原版著作翻译的，共收诗380首，数量是菲茨杰拉德英文译本第一版的五倍。《鲁拜集》的其他英译本收诗数量也较为可观。怀恩菲尔德(E. H. Whinfield)的英译本收诗500首，尼古拉斯(J. B. Nicolas)的英译本收诗464首。相对而言，《鲁拜集》的俄译本就收诗数量而言更为壮观。由于中世纪的波斯在地理方面囊括现在中亚的一些国家，所以中亚一些国家在收集整理翻译《鲁拜集》方面走在前列。乌兹别克科学院翻译的俄文版《海亚姆诗集》收诗453首。[②] 该书由五位翻译家合作翻译，其中第1—190首由鲁米尔(О. Румер)翻译，第191—202首由特霍尔热夫斯基(И. Тхоржевский)翻译，第203—222首由杰尔扎文(В. Державин)翻译，第223—350首以及第381—453首由普利塞茨基(Г. Плисецкий)翻译，第351—380首由斯特里日科夫(Н. Стрижков)翻译。

而目前收入诗歌最多的一本书是戈鲁别夫(Игорь Андреевич Голубев)翻译的于2008年在莫斯科出版的《鲁拜全集》[③]，共收诗1306首。戈鲁别夫认为，菲茨杰拉德的翻译是“意译”(вольный перевод)[④]。所以，他在翻译中主张严格尊崇原文。由于中世纪的波斯不同于现在的伊朗，还包括阿塞拜疆、塔吉克斯坦等中亚国家，而这些中亚国家曾经是苏联的版图，所以苏联或现在的俄罗斯的有关学者在波斯诗歌收集、翻译和研究方面的优势以及突出成果也就不言而喻了。戈鲁别夫的译本是通过计算机分析技术，对中世纪《鲁拜集》手稿进行甄别考据之后而翻译的。所以，对于海亚姆究竟创作了多少首鲁拜诗，学界恐怕很难达到一致的意见。但是，可以发现，菲茨杰拉德的英文译本是一个选本。既然是选本，

---

① 黄克孙：《新版序》，奥玛珈音：《鲁拜集》，黄克孙译，南京：译林出版社，2009年版，第2页。

② Академия наук Узбекской ССР Институт Рукописей. Омар Хайям. Рубаи, Издательство ЦК Компартии Узбекистана, Ташкент, 1982.

③ Омар Хайям. «Рубаи. Полное собрание»: РИПОЛ классик; Москва; 2008.

④ Игорь Андреевич Голубев. Тайнопись Омара Хайяма. Омар Хайям « Рубаи. Полное собрание»: РИПОЛ классик, Москва, 2008.

那么如何选择,也是值得关注的。

菲茨杰拉德翻译《鲁拜集》之后,使得该诗集广泛流传,在英国文坛产生了难以估量的影响。2009 年,在菲茨杰拉德《鲁拜集》英译本出版 150 周年的时候,1 月份的《卫报》撰文说:"《鲁拜集》的出版对维多利亚时代的英国来说,其重大的影响并不亚于同在 1859 年出版的达尔文的《物种起源》。"[①]而且,这一影响远远不限于英国,甚至扩张到西方许多国家。美国有学者认为:"在 19 世纪,菲茨杰拉德在美国所拥有的崇拜者大概是要多于他本国的。"[②]仅在 19 世纪八九十年代,美国就出版了多种菲茨杰拉德所译的《鲁拜集》,从微型开本到对开本应有尽有,价格从数十美分到一百美元,成为美国文坛经久不衰的经典书目。

菲茨杰拉德所翻译的《鲁拜集》,1859 年初版时收诗为 75 首,1868 年第二版时增加到 110 首,1872 年、1879 年、1889 年又分别出版了经过修订的第三版、第四版和第五版,第五版共收诗 101 首。菲茨杰拉德一百余首的《鲁拜集》,与其说是翻译,不如说是翻译与创作的结合,是真正意义上的创造性翻译(transcreation)。英国学者赫伦-艾伦(Edward Heron-Allen)曾对菲茨杰拉德的《鲁拜集》和波斯文《鲁拜集》进行了详尽的考证,认为 1889 年第五版的《鲁拜集》中,有 49 首是能够找到一一对应源语文本的翻译,有 44 首是数首诗的合成翻译,另有 8 首诗很难找到对应,属于改写或译自其他波斯诗人的作品。

这一考证,由于波斯文版本的权威性难以定论,也很难说明其考证的正确性,但是,却给我们大致展现了菲茨杰拉德的翻译风格和翻译主张。他在翻译过程中,有时非常忠实,甚至神形兼顾,有时采用合成翻译,或打乱原文顺序重新进行组合,有时则完全采用意译的方式了。但是,无论采取何种方式进行翻译,菲茨杰拉德都没有忘记译者的使命:"对我而言,我是想通过认真翻译把它拽出死亡,赋予其生命。"[③]可见,对他而言,采用什么翻译手段是次要的,最为主要的,是力图通过翻译来使得源语文本获得再生,并以新的生命获得流传。

我们现以较为著名的第 12 首为例,来看看菲茨杰拉德英译文的风

① http://www.theguardian.com/books/booksblog/2008/dec/29/poem-week-edward-fitzgerald

② Mukhtar Ali Isani, "The Vogue of Omar Khayyám in America", *Comparative Literature Studies*, Vol. 14, No. 3 (Sep., 1977), p. 256.

③ 转引自劭斌:《诗歌创意翻译研究:以〈鲁拜集〉翻译个案为例》,杭州:浙江大学出版社,2011 年版,第 66 页。

采。这是一首比较忠实的翻译,直接译自波斯文的张鸿年的译文是忠实于波斯文的翻译,我们可以将此作为参照:

一罐红酒,一卷诗章,
一块大饼,填饱饥肠。
我与你在荒原小坐,
其乐胜过帝王的殿堂。①

俄罗斯最为流行的普利塞茨基俄文译文与此也非常接近,从一个侧面提供了论证:

O, если б, захватив с собой стихов диван
Да в кувшине вина и сунув хлеб в карман,
Мне провести с тобой денек среди развалин, -
Мне позавидовать бы мог любой султан.
假如躺在沙发手拿一卷诗章,
还有一罐酒,外加一袋食粮,
我哪怕与你成天在废墟上度过,
那么也会让任何一个国王垂涎三丈。

(吴笛 译)

以上俄文译文中,代替"荒原"的是"废墟"(развалина),同时,将"坐"的概念变成了"躺",而且有了所躺的场所:"沙发"。

在海亚姆的《鲁拜集》创作七百多年之后,1859年菲茨杰拉德的英文译文如下:

Here with a Loaf of Bread beneath the Bough,
A Flask of Wine, a Book of Verse—and Thou
Beside me singing in the Wilderness—
And Wilderness is Paradise enow.

该首诗在1859年的英译本中,编号为第11首。英译文基本上尊崇波斯原文,"酒""诗""粮"等意象以及"荒原"场景一个不少,叙说者和听众"你"也完全在场。只是意象的排列顺序略有变化,第1、2行的意象顺序为"粮""酒""诗",另外,第1行的"beneath the Bough"(在树荫下)波斯文

---

① 海亚姆:《鲁拜集》,张鸿年译,长沙:湖南文艺出版社,2001年版,第74页。

中是没有的。

1868年第二版时,菲茨杰拉德对译文进行了修订。修订后的译文如下:

Here with a little Bread beneath the Bough,
A Flask of Wine, a Book of Verse—and Thou
Beside me singing in the Wilderness—
Oh, Wilderness were Paradise enow![1]

该首诗在1859年的英译修订本中,编号改为第12首。第1行有小小的变动,将"Loaf"改为"little",第2行和第3行没有任何改动。而第4行改动了两个地方,一是将连接词"And"改成了感叹词"Oh",二是将系动词"be"从"is"改成了"were",在时态和语气上使得诗句的内涵得以升华。第1行的改动可有可无,第4行的改动令人拍案叫绝。

而在1872年的修订本中,他又对第1行和第2行进行了修订:

A Book of Verses underneath the Bough,
A Jug of Wine, a Loaf of Bread—and Thou
Beside me singing in the Wilderness—
Oh, Wilderness were Paradise enow!

1872年的修订本去掉了诗首的一个音步"Here with",将"Verse"改为复数形式"Verses ",并且对意象的排列顺序进行了调整。将"粮""酒""诗"的排列调整为"诗""酒""粮"。这一改动,不仅使得文字语句更为规范,而且使得韵律也更为协调。从此之后,这一译本便固定下来,没有改变,成为译诗经典,并且广为流传了。

如果说菲茨杰拉德的第12首译诗是神形兼顾的典范,那么第20首则是突出神韵了。第20首诗的波斯文原文如下:

هرسبزه که بر کنار جوئی رسته است
گوئی زلب فرشته خوئی رسته است
پا بر سر سبزه تا بخواری نهی
کان سبزه ز خاک ماهروئی رسته است

① Omar Khayyam, *Rubaiyat of Omar Khayyam*, Edward Fitzgerald trans, NewYork: Garden City Publishing Co., Inc., 1937, p. 46.

张鸿年根据波斯文原文翻译的中文译文可以作为这首诗的基本内容的一个参照。译文如下：

小溪岸边的每株嫩草，
或许是美人鬓下的秀发。
漫步草坪脚步千万放轻，
如花的美人正憩息在草下。[1]

将青草与美人的秀发相关联，探讨其中的相似性，这无疑突出了人与自然之间的密切关系，具有浓郁的生态意识。俄罗斯最为流行的鲁米尔的俄译同样论证了该诗的基本内涵：

Трава，которою-гляди！-окаймлена
Рябь звонкого ручья，-душиста и нежна.
Ее с презрением ты не топчи：быть может，
Из праха ангельской красы взошла она.[2]
青草镶在潺潺流动的溪边，
看吧，这般芬芳，情意绵绵。
切莫对她轻蔑地践踏，也许，
她正是源自绝代美女的残颜。

（吴笛 译）

菲茨杰拉德的英译如下：

And this delightful Herb whose tender Green
Fledges the River's Lip on which we lean—
Ah，lean upon it lightly！for who knows
From what once lovely Lip it springs unseen！

我国学界大多是根据菲茨杰拉德的英译而转译的，如郭沫若20世纪20年代的译文和飞白20世纪80年代的译文都是如此：

这河唇的青青春草
我们在枕之而眠——
轻轻地莫用压伤它罢！

---

① 海亚姆：《鲁拜集》，张鸿年译，长沙：湖南文艺出版社，2001年版，第26页。

② Омар Хайям. Рубаи. Издательство ЦК Компартии Узбекистана，Ташкент，1982.

那怕是迸自美人的唇边!

(郭沫若译)

我俩枕着绿草覆盖的河唇,
苏生的春草啊柔美如茵,——
轻轻地枕吧,有谁知道
它在哪位美人唇边萌生!

(飞白译)

再如菲茨杰拉德的英译本的第29首,英译文如下:

Into this Universe, and why not knowing,
Nor whence, like Water willy-nilly flowing:
And out of it, as Wind along the Waste,
I know not whither, willy-nilly blowing.
我像流水不由自主地来到宇宙,
不知何来,也不知何由;
像荒漠之风不由自主地飘去,
不知何往,也不能停留。

(飞白译)

该诗中,将自己比作“水”与“风”,而且“不知何来”,也“不知何往”。此处所表现的恰恰是整个西方哲学所探究的“我是谁?”“我从哪里来?”“我到哪里去?”这三个问题。

与该诗相对接近的波斯文原诗如下:

از آمد ن و رفتن ما سود ی کو؟
وز تار وجود بود ما پودی کو؟
از آتش چرخ چشم پاکان وجود
می‌سوزد و خاک می‌شود دودی کو؟

在张鸿年根据穆罕默德·阿里·伏鲁基编选的《鲁拜集》翻译的中文译本中,编号为35首,译文如下:

我们来去匆匆,到底为了哪般?
什么是编织生命的经线和纬线?
命运的烈火烧灼正直人的眼睛,

明眸化为焦炭，为何不见半缕青烟？[①]

我们再参照主张直译的戈鲁别夫《鲁拜全集》中的俄文译本：

Где польза от того, что мы пришли-ушли?
Где в коврик Бытия хоть нитку мы вплели?
В курильнице небес живьем сгорают души.
Но где же хоть дымок от тех, кого сожгли?
我们来去匆匆，究竟益处何在？
即使编入细线，哪里是存在的毡毯？
一颗颗灵魂烧灼在苍天的香炉，
可是为何不见被烧者的一缕青烟？

（吴笛 译）

该俄文译诗收在戈鲁别夫所译的《鲁拜全集》中，编号为第 171 首。该译文从内容上看与波斯文原文差距极少，与菲茨杰拉德的英文译诗相比尽管意象的使用有所不同，但是所表达的精神内涵并无二致。

可见，菲茨杰拉德的英文译本《鲁拜集》是注重体现原文精神内涵的。但是在翻译技巧方面，不仅采用翻译、合译、意译、改译等多种形式，而且对原文的排列顺序进行了富有目的的调整。经过顺序的调整，思路更加贯通，思想也更加明晰。以第 35、36、37、38 首为例，这四首尽管在菲茨杰拉德的译本中排列在一起，但是波斯原文却分散在各个不同的地方。以张鸿年译自波斯文《鲁拜集》为例，菲茨杰拉德的第 35 首译自波斯文《鲁拜集》的第 126 首，第 36 首译自第 238 首，第 37 首译自第 311 首，第 38 首译自第 3 首和第 5 首。而据《波斯文学史》(*Literary History of Persia*)介绍："在波斯文学中，四行诗总是完整的独立的单位，通常没有以四行诗编号而构成的长诗，在四行诗的诗集中，唯一遵守或公认的编排顺序是根据字母的顺序。"[②]本是独立的诗，在菲茨杰拉德的译文中，经过精心安排和调整，诗与诗之间便有了一定的关联，如第 35 首至第 38 首：

35

Then to this earthen Bowl did I adjourn
My Lip the secret Well of Life to learn:

---

① 海亚姆：《鲁拜集》，张鸿年译，长沙：湖南文艺出版社，2001 年版，第 8 页。

② E. G. Browne, *Literary History of Persia*, vol. II, p. 259.

And Lip to Lip it murmur'd—"While you live
Drink! —for once dead you never shall return."

36

I think the Vessel, that with fugitive
Articulation answer'd, once did live,
And merry-make; and the cold Lip I kiss'd
How many Kisses might it take—and give!

37

For in the Market-place, one Dusk of Day,
I watch'd the Potter thumping his wet Clay:
And with its all obliterated Tongue
It murmur'd—"Gently, Brother, gently, pray!"

38

And has not such a story from of Old
Down Man's successive generations rolled
Of such a clod of saturated Earth
Cast by the Maker into Human mold?

35

我把唇俯向这可怜的陶樽,
想把我生命的奥秘探询;
樽口对我低语道:"生时饮吧!
一旦死去你将永无回程。"

36

我想这隐约答话的陶樽
一定曾经活过,曾经畅饮;
而我吻着的无生命的樽唇
曾接受和给予过多少热吻!

37

因为我记起曾在路上遇见
陶匠在捶捣粘土一团;
粘土在用湮没了的语言抱怨:

“轻点吧，兄弟，求你轻点！”

38

岂不闻自古有故事流传，
世世代代一直传到今天，
说是造物主当年造人
用的就是这样的湿泥一团？①

经过这一排列顺序的变动，所表达的思想就特别明晰了。深刻地体现了诗人对人的存在之谜的探讨。这四首诗仿佛不是独立成篇的诗作，而是密切相关、环环相扣的探索生命奥秘的组诗。第35首借无生命的陶樽之口来叙说“及时行乐”的哲理，仿佛是一篇科学论文。开篇的基本观点是：无生命的陶樽其实是有生命的，而且生命的体验是“及时行乐”。从此可以看出，当西方尚处在中世纪的教会神权的统治之下的时候，东方诗歌中已经强烈地闪耀着具有人性色彩的“及时行乐”的思想。尤为重要的是，从某种意义上来说，中古时期东方诗歌中的这一主题在不同的地理方位上表现了西方的人文主义的先声。接着，第36首继续“论证”陶樽所具有的生命特质，陶樽不仅具有人类形态“樽唇”，而且有着人类情感体验。在此，可以看出，生命的体验，不仅在于吃喝，更在于情感。第37首进一步挖掘陶樽富有生命的证据，继而从陶樽的原料泥土入手，以亲眼目睹的见证说明泥土的生命特性。第38首则更加升华到陶樽的起源与人类的起源的高度。上帝造人和陶匠制作陶樽，都是以泥土为原料，更是加深了自然界的泥土与人类世界的同一性。

在这四首诗中，从描述陶樽的生命特征开始，过渡到描写陶樽的情感特质，继而探究陶樽生命的论据，最后上升到宗教的层面来说明陶樽与人类的相似性。这几首诗浑然一体，层层递进，一步一步地从陶樽、泥土等无生命的物体中揭示存在之谜，探讨生命的价值和生命的能量。

菲茨杰拉德的这种对原文的排列顺序重新调整之后所进行的翻译，在意境、意象以及思想内涵等方面都发生了一定程度的改变，从而更适合于译入语读者的接受，经过再经典化的译作也更适于吟咏和流传。

《鲁拜集》在中文世界的传播，分为两个类型，一是以译自波斯文的作品而传播，二是以从英文转译的作品而传播。相对而言，从波斯文原诗翻

① 海亚姆：《鲁拜集》，引自飞白：《诗海——世界诗歌史纲·传统卷》，桂林：漓江出版社，1989年版，第111页。

译的作品主要在学界流传,影响较为有限。以英文转译的译本则为广大读者所认可。所以,《鲁拜集》主要借助于菲茨杰拉德的英文译文的转译而广为传播的。

我国最早翻译的海亚姆的《鲁拜集》,是郭沫若 1924 年翻译出版的《鲁拜集》,由上海泰东书局出版。该版本流传甚广,20 世纪 40 年代之前,由创造社出版部、光华书店、大光书局等再版。在 20 世纪 50 年代和 70 年代,又由人民文学出版社多次再版。进入 21 世纪之后,又有中国社会科学出版社 2003 年 9 月(英汉对照插图珍藏)版、长春出版社 2009 年(杜拉克插图本)版、安徽人民出版社 2013 年版。

除了郭沫若所译《鲁拜集》,其他较全的译本约有数十种,其中从英文转译的包括吴剑岚、伍蠡甫译《鲁拜集》(上海黎明书局,1935 年版),孙毓棠译《鲁拜集》(韵体译本,1939 年全部刊于上海《西洋文学月刊》),李竟龙译《鲁拜集》(旧诗体译本,1942 年毛边纸自印),潘家柏译《鲁拜集》(新诗无韵体译本,1942 年版),黄克孙译《鲁拜集》(启明书局,1956 年版;译林出版社,2009 年版),陈次云、孟祥森译《狂歌集》(晨钟出版社,1971 年版),黄杲炘译《柔巴依集》(上海译文出版社,1982 年版),虞尔昌译《鲁拜集》(中外文学月刊,1985 年),孟祥森译《鲁拜集》(远景出版社,1990 年版),柏丽译《怒湃译草》(英汉对照插图本,中国人民大学出版社,1990 年版),李霁野译《鲁拜集》(百花文艺出版社,1991 年版),傅一勤译《鲁拜集》(台北文鹤出版有限公司,2003 年版),江日新译《鲁拜集》(《中国时报》,2008 年版),鹤西译《鲁拜集》(世界图书出版公司,2010 年版),藤学钦译《陌上蔷薇:鲁拜集新译》(中国海洋大学出版社,2011 年版),眭谦译《莪默绝句集》(巴蜀书社,2011 年版),王虹译《鲁拜集》(花城出版社,2012 年版)等。

直接译自波斯文的译本有:张晖译《柔巴依诗集》(湖南人民出版社,1988 年版),邢秉顺译《鲁拜》(载于人民文学出版社的《鲁达基、海亚姆、萨迪、哈菲兹作品选》,1999 年版),张鸿年译《鲁拜集》(湖南文艺出版社,2001 年版),穆宏燕译《海亚姆四行诗百首》(伊朗纳希德出版社,1994 年版)和《海亚姆四行诗集》(伊朗坦迪斯出版社,2002 年版)。

除了以上较为齐全的译本,还有不少文学家或翻译家对《鲁拜集》进行了选译,多则数十首,少则一两首,这些译者中,有很多是著名的作家、学者、译家,其中包括胡适、闻一多、徐志摩、林语堂、刘半农、吴宓、施蛰存、梁实秋、伍蠡甫、郑振铎、朱湘、飞白、屠岸等著名人士。

《鲁拜集》中文译本，绝大多数为新诗格律体翻译，也有一些古体诗翻译的实践，如吴宓、李宽容、黄克孙、柏丽、李霁野、江日新、鹤西、眭谦等译诗就是用七绝和五绝或五律翻译的。现仍以《鲁拜集》第12首为例，比较欣赏各家文言文译诗的风采。其中以七绝翻译的如下：

一箪疏食一壶浆，
一卷诗书树下凉。
卿为阿侬歌瀚海，
茫茫瀚海即天堂。

（黄克孙 译）

轻荫如盖耽华章，
美酒干酪溢流芳。
为有卿卿清歌发，
直把僻乡作帝乡。

（于贞志 译）

一卷诗伴酒一壶，
面包一块树为庐。
荒原听汝歌清曲，
便是天堂下凡图。

（辜正坤 译）

一曲新诗酒一杯，
面包一卷树荫隈。
荒原顿变天堂样，
有汝酣歌展我眉。

（柏丽 译）

粗茶淡酒又何妨，
乐向林间觅新章。
但得佳人常相伴，
清歌一曲至天堂。

（飘红 译）

树下有酒又有粮，
诗书美人伴我赏；

美人为我歌旷野，
旷野于我即天堂。

(傅一勤译)

一卷诗词一壶酒，
与君且作逍遥游，
君于我侧歌而舞，
荒野犹如乐园中。

(孟祥森 译)

一卷诗书一绿荫，
箪瓢酒食意中人，
阿卿傍我歌荒野，
醉比天堂胜几分。

(藤学钦 译)

一片干糇一卷诗，
一壶美酒傍疏枝。
荒原有汝歌清发，
爰得乐郊无尽时。

(眭谦 译)

以五律或五绝翻译的译诗主要有：

高槐亦何郁，荫对一诗章，
置酒于其间，裹糇在我旁，
君须傍我立，长歌达四荒，
四荒匪不遥，凭君接帝乡。

(吴剑岚 译)

树下读诗章，
干粮美酒尝，
君歌妙意曲，
旷野亦天堂。

(李霁野 译)

以上《鲁拜集》的中国古体诗翻译，多数为七绝，有的为五律(吴剑岚译)，有的为五绝(李霁野译)，在押韵方式上，基本上是AABA韵式，其中绝大多数又以"ang"为韵(如黄克孙、于贞志、吴剑岚、飘红、李霁野、傅一勤译诗),以此来传达原诗的气势,其余分别押"u""iu""en"等韵。这些译文各显神通,各具特色,异彩缤纷,但是有一点是共同的,那就是所有这些古诗译文都是根据菲茨杰拉德的英译所转译的。可见,菲茨杰拉德的英译在《鲁拜集》的传播中所产生的巨大作用,这一点,正如张承志在《波斯的礼物》中所作的概括:"确实,这位风流诗人的绝妙'鲁拜',引得中国人译者如蜂,兴而不衰。""重译不厌的一个原因,是由于那个用着方便且大名鼎鼎的、费茨吉拉德(Edward FitzGerald)英译本。中国人的乐此不疲,也是因着欧洲人的嗜爱无止。""放肆的剖白,明快的哲理,鲜活的句子。不知它究竟是莪默的,还是费茨吉拉德的。这些胡姬当炉的妙歌,它挑逗了中国文人的渴望和趣味,教导了他们个性解放的极致。文人们出于惊喜,争相一译,寄托自由的悲愿。它不仅是一股清风;对翻译家们来说,它若是末日洪水才好,他们盼它帮忙,冲毁压抑人性的旧中国于一个早晨——于是译笔缤纷,华章比美。"①

综上所述,中世纪的波斯诗歌是世界诗坛的一个奇迹,波斯诗人的创作影响了包括伊斯兰世界在内的整个世界文坛。尤其是海亚姆的《鲁拜集》,在英语世界的经典重生以及在中文世界的广泛译介和传播,都为民族文学的发展提供了资源,展现了应有的活力,也为民族文学对外传播的途径激发了理想的启示。

---

① 张承志:《波斯的礼物》,《人民文学》,1999年第10期。

第十章
《源氏物语》的生成与传播

《源氏物语》是日本文学史上的一部重要的经典作品，作者紫式部(约978—1015)是日本平安时代鼎盛时期的一位贵族妇女，全书依据她在皇宫中担任皇后女官的所见所闻创作而成。尽管该书成书年代至今尚不明确(一般认为是在1001—1008年间)，但比起中国最早的长篇小说《水浒传》《三国演义》，这部作品的面世还要早三百年之久。《源氏物语》全书共54回(卷)，融浪漫与写实手法于一体，以近100万字、795首和歌、出场人物达440余人的鸿篇巨制生动再现了平安时代贵族王室的百态众生，自问世以来，即在日本文学史上享有中古物语文学最高成就的美誉。不仅如此，它还被公推为世界最早的长篇写实小说，以其炫目奇丽的身姿闪耀在世界文学的宝库中。

第一节 《源氏物语》的社会语境与物语文学的生成

作为日本文学史上的一部里程碑式作品，《源氏物语》迄今已走过长达千年的漫漫历程，针对这部作品的研究成果早已汗牛充栋。就像中国学界因对《红楼梦》的热衷而自成一门显学——“红学”一样，在日本，对《源氏物语》的研究也相应促生了“源学”以及针对其作者紫式部研究的“紫学”。而在这些浩如烟海的“源学”与“紫学”研究成果中，《源氏物语》与物语文学的生成素来是学者们热议的话题。对于一部以写实著称且成就颇高的物语文学作品而言，若要明晰《源氏物语》的物语渊源，还原其创作之际的社会语境无疑是必要之举。

《源氏物语》的作者紫式部生于平安王朝中期的一个没落贵族世家，受父亲的熏陶与影响，自小便展露出过人的文学天赋，婚后三年丈夫不幸病故。后入宫做皇后彰子的贴身女官，为皇后讲解汉文典籍。自身的孤苦境遇，加之对宫闱内部倾轧争斗的耳闻目睹，促使紫式部将所见所闻、所思所想凝注于笔端。在《源氏物语》中，她以其细腻纤柔的笔触，为我们全景式真实再现了平安贵族社会的日常生活与那个时代特有的文化、政治、宗教、艺术等礼教习俗。这尤为突出地体现在贯穿全书的一条重要主线即光源氏摄政上。

众所周知，平安朝到了紫式部生活的10世纪中叶至11世纪初，天皇的地位早已名存实亡，权倾朝野的藤原道长实际上独揽了当时的政治、经济、军事、文化等各项大权。藤原道长的摄关政治主要是通过将女儿送入后宫立为皇后，进而自己以外戚的身份左右朝廷的宫闱政策取得。在《源氏物语》中，同样的故事亦发生在弘徽殿女御、秋好皇后、明石皇后等诸多女性身上。其实，不仅贵为皇后的女性无法主宰自身的命运，只能听任政治利益的摆布，即便贵族与平民家的小姐，在一夫多妻制的社会背景下，其婚恋的结局也不过沦为男性的附庸与家族利益的牺牲品。于是，在政治与男权的双重压迫下，女性的悲剧命运注定成为必然。她们或如空蝉、浮舟那般作无奈抗争，最终选择遁入空门；或如六条御息生前死后幻化为厉鬼枉为付出的情感控诉、呐喊；即便最得光源氏宠爱的紫姬，依旧不堪忍受源氏的朝三暮四，正值芳华便悒郁而终。从这些凄婉悲怆的女性身上，所折射出的正是平安时代浮华盛世掩映下的政治文化与男女婚恋生活的真实写照。

除却爱情、政治这两大主题之外，《源氏物语》还以细致翔实的笔触全方位再现了平安贵族社会的各种习俗，例如个体生命从诞生直至死亡所历经的“汤殿始”“着衣始”“加冠”“着裳”“结婚”“算贺”“葬送”等仪式。此外，作品中还处处可见对平安时代人们所普遍秉持的伦理道德、宗教信仰，以及绘画、书法、音乐、和歌、园林、服装艺术等审美喜好的生动描摹和刻画。可以毫不夸张地说，《源氏物语》堪称日本平安时代传统文化的一部大百科全书。

写实性不仅是《源氏物语》的创作基石，还是它区别于先前日本物语文学创作的显著特征。“物语”（ものがたり）在日文中的释义是说话、讲故事。作为日本古代小说的前身，物语文学诞生于平安时代（794—1185）前期，它是“平安至镰仓、室町时代主要文学样式之一，源于神话、传说和民间故事"[①]。在《源氏物语》之前,日本的物语文学已不乏其例,归结起来主要有"以和歌为中心的歌物语和以虚构故事为中心的传奇物语"两大类。其中前者代表作有《伊势物语》《大和物语》,后者代表作有《竹取物语》《落洼物语》等。[②] 与这两类物语相似,《源氏物语》在形式上承袭了物语文学大多采用的每回(卷)各自为独立的小故事,再由一个个小故事缀合成长篇的特点。所不同的是,在内容上,《源氏物语》取材并建基于平安时代贵族社会的现实情境,又兼收并蓄了"物哀"的浪漫主义创作风格,从而将中古的日本物语文学创作推至巅峰。

说起"物哀"(物のあはれ),在日本文学史上可谓源远流长,素被奉为"日本文学的传统美学理念"。简言之,"物哀"是由外部世界的事物引发的主体内在同情与哀思,或可谓睹物生"哀"、"哀"物同一。我国学者刘铁曾不无精辟地指出:"物哀"的生成与日本传统文化乃至"日本的地理环境有着密不可分的联系。……日本作为岛国,多台风地震,人类的情感在面对强大的自然灾害面前显得不堪一击,这种脆弱的地理环境带给民族心态上不可磨灭的自我哀伤感,影响了主体对客体的审美感知情趣,最终形成了独具日本文化特色的审美理念即:物哀"[③]。

"物哀"最早发端于8世纪的和歌集《万叶集》,到了11世纪的《源氏物语》,这一"美学理念"更是被演绎至极致。根据日本学者上村菊子、及川富子、大川芳枝的统计,《源氏物语》一书中出现的"哀"多达1044次,出现"物哀"也有13次之多。[④] 在《源氏物语》中,一方面,"物哀"手法的大量运用无疑有助于更为精微地展现人物的内心情状;另一方面,人物的"哀"也愈发真切地传达映照出外在现实世界的伤感之境况。事实上,正是"物哀"与写实两种手法的同步大量采用,最终铸就了《源氏物语》在日本古代文学乃至世界文学史上的辉煌。诚如叶渭渠先生在《日本文学思潮史》一书中对《源氏物语》的精当阐述:

> 《源氏物语》是以"物哀"为中心,以接触人生所感的"哀"为主调,但它没有离开人生,没有离开现实的世界。也就是说,"物哀"并非与写实的"真实"文学精神全然无关。相反,"物哀"是以真实为根基的。

---

① 吕元明主编:《日本文学词典》,上海:上海辞书出版社,1994年版,第10页。

② 同上。

③ 刘铁:《源氏形象的情感特征》,《辽宁大学学报》(哲学社会科学版),1993年第6期,第36页。

④ 参见尤忠民:《日本文学中的传统美学理念——物哀》,《天津外国语学院学报》,2004年第6期,第49页。

应该说，紫式部在传统的真实文学理念的空间，开拓了日本古典写实主义的新天地。[1]

其实，在《源氏物语》第二十五回《萤》中，作者紫式部本人就曾假借主人公光源氏之口，表达了自己对物语文学的看法：

物语虽然非如实记载某一人的事迹，但不论善恶，都是世间真人真事。观之不足，听之不足，但觉此种情节不能笼闭在一人心中，必须传告后世之人，于是执笔写作。因此欲写一善人时，则专选其人之善事，而突出善的一方；在写恶的一方时，不仅专选稀世少见的恶事，使两者互相对比。这些都是真情真事，并非世外之谈。[2]

不难看出，紫式部笔下的"物语"实乃对"世间真人真事"的"突出"或典型化处理。也正由此，《源氏物语》得以打破先前传奇物语、歌物语的传统创作范式，将物语文学根植于"真情真事"的现实土壤里，从而对后世的日本物语文学走向产生了极其深远的影响（譬如之后涌现的《狭衣物语》《堤中纳言物语》等物语文学作品无论在抒情写实还是在结构编排、人物塑造等层面都纷纷仿效《源氏物语》）。日本的物语文学花园亦因《源氏物语》这株奇葩而焕发出勃勃生机。

第二节 《源氏物语》的中文译介

《源氏物语》与中国读者的结缘恐要追溯到 20 世纪 20 年代末，当时的日本文学研究专家谢六逸先生功不可没。谢六逸先生在 1918 年至 1922 年间曾留学日本的早稻田大学。尽管所学专业与文学并无关联，但凭着对日本文学的一腔热爱，他潜心研读日本文学典籍，并撰写了与之相关的大量研究文章。在日本文学研究方面，谢六逸先生做出了许多开创性的贡献，其中之一就是 1929 年由他本人撰写的《日本文学史》《日本文学》两部著作的正式出版。在这两部著作中，谢六逸先生首次将《源氏物语》的成书背景与故事梗概以较为完整的形式介绍给中国读者。对这部中古文学巨制，谢六逸先生推崇备至："平安时代小说的代表，首推《源氏物

---

① 叶渭渠：《日本文学思潮史》，北京：北京大学出版社，2009 年版，第 89 页。

② 紫式部：《源氏物语》（上），丰子恺译，北京：人民文学出版社，1980 年版，第 526—527 页。

语》,这是一部具有世界的价值的著作。"[①]

尽管谢六逸先生对《源氏物语》有如此之高的评价,但由于译本缺失,这部煌煌巨制却始终仿若闭锁深闺的少女,无缘让中国读者一览芳容。这种状况直至20世纪50年代方得以改善。与其他世界文学名著在中国的际遇相似,长达百余万字的《源氏物语》同样历经了从选译本到全译本的译介过程。其最早的中文选译本是钱稻孙先生译的该书第一回"桐壶",刊登在《译文》杂志1957年8月亚洲文学专号上。虽然只有短短的一回,但译文的优美流畅足以令人过目难忘。不仅如此,这篇译文的另一可贵之处还在于译者给出了多达五十处的注释,用来引领读者更好地了解日本中古时期的文化风俗。这以后,注释的多寡优劣也成为译界评判《源氏物语》译本良莠的一个非常重要的标准。

有关《源氏物语》的中文全译本,迄今为止国内译本众多,初步统计总共有九种。它们分别是:(1)丰子恺译本,人民文学出版社,1980年到1983年版;(2)殷志俊译本,远方出版社,1996年6月版;(3)梁春译本,云南人民出版社,2002年3月版;(4)夏元清译本,吉林摄影出版社,2002年8月版;(5)姚继中译本,深圳报业集团出版社,2006年6月版;(6)郑民钦译本,北京燕山出版社,2006年6月版;(7)康景成译本,陕西师范大学出版社,2008年12月版;(8)王烜译本,中国华侨出版社,2010年8月版;(9)林文月译本,译林出版社,2011年6月版(林文月先生的全译本最早是在我国台湾的《中外文学》刊物上连续刊载,从1973年4月号到1978年12月号,共刊发66期。这期间每年出版一册单行本译本,到1978年年底,合计五册的全译本由《中外文学》出版社出版完成。[②] 这里指的是其在我国大陆出版的全译本)。目前得到学界广泛认可和瞩目的只有丰子恺先生的译本(以下简称丰译本)与林文月先生的译本(以下简称林译本)。

作为国内知名的翻译家、画家、文学家,丰子恺先生对《源氏物语》可谓情有独钟。据他本人回忆,早年留学东京时,他就对与谢野晶子的《源氏物语》现代语译本爱不释手。这以后丰子恺先生开始"发心学习日本古文",并期盼有朝一日可将《源氏物语》译成中文,以便让更多的中国人关

---

① 谢六逸:《日本文学史》,上海:北新书局,1929年版,第90页。

② 林文月:《修订版序言》,紫式部:《源氏物语》(一),林文月译,南京:译林出版社,2011年版,第29页。

注并走近这部作品。[①] 这一夙愿在1961年最终得以实现。从1961年8月到1965年9月，受人民出版社委托，丰子恺先生历时四载，殚精竭虑，最终完成《源氏物语》全译本的浩大工程。后由于"文化大革命"的影响，这部书稿未能及时出版。直至1980年12月，这部约110万字的书稿方得以问世，由人民文学出版社正式出版发行。

丰译本与林译本的一个共通之处是二者在文体的选择上都力求做到忠实原文。正如林文月先生在《源氏物语》的"修订版序言"中所说："一个翻译者落笔之初首先面对的问题，应该是文体的选择。尤其是文学的翻译，不仅须求其'信'与'达'而已，原著文字氛围的把握，更不容忽视。"[②]《源氏物语》作为日本"古典文学之泰斗"[③]，即便是现代日语译本，例如谷崎润一郎译本、与谢野晶子译本等，也无一不保留其原著古雅隽永、华丽秾柔的语言文字特点。与之相应，丰译本的做法同样注重突出原著语言的古典性："原本文字古雅简朴，有似我国《论语》、《檀弓》，因此不宜全用现代白话文翻译。"[④]而林译本则"采用白话文体，但是在字句的斟酌方面，也努力避免陷于过度现代化，尤忌外来语法的羼入，以此试图把握比较典雅的效果。"[⑤]兹以《源氏物语》第一回"桐壶"的开篇为例，试比较丰译本与林译本在语言文体上的异同：

> 话说从前某一朝天皇时代，后宫嫔妃甚多，其中有一更衣，出身并不十分高贵，却蒙皇上特别宠爱。有几个出身高贵的妃子，一进宫就自命不凡，以为恩宠一定在我；如今看见这更衣走了红运，便诽谤她，妒忌她。和她同等地位的、或者出身比她低微的更衣，自知无法竞争，更是怨恨满腹。这更衣朝朝夜夜侍候皇上，别的妃子看了妒火中烧。大约是众怨积集所致吧，这更衣生起病来，心情郁结，常回娘家休养。皇上越发舍不得她，越发怜爱她，竟不顾众口非难，一味徇情，此等专宠，必将成为后世话柄。[⑥]

---

① 丰子恺：《我译〈源氏物语〉》，《名作欣赏》，1981年第2期，第21页。

② 林文月：《修订版序言》，紫式部：《源氏物语》(一)，林文月译，南京：译林出版社，2011年版，第24页。

③ 丰子恺：《译后记》，紫式部：《源氏物语》(下)，丰子恺译，北京：人民文学出版社，1980年版，第1289页。

④ 同上书，第1290页。

⑤ 林文月：《修订版序言》，紫式部：《源氏物语》(一)，林文月译，南京：译林出版社，2011年版，第24页。

⑥ 紫式部：《源氏物语》(上)，丰子恺译，北京：人民文学出版社，1980年版，第1页。

再看林文月所译《桐壶》:

> 不知是哪一朝帝王的时代,在后宫众多女御和更衣之中,有一位身份并不十分高贵,却格外得宠的人。那些本来自以为可以得到皇上专宠的人,对她自是不怀好感,既轻蔑,又嫉妒。至于跟她身份相若的,或者比她身份更低的人,心中更是焦虑极了。大概是日常遭人嫉恨的缘故吧,这位更衣变得忧郁而多病,经常独个儿悄然地返归娘家住着,皇上看她这样,也就更加怜爱,往往罔顾人言,做出一些教人议论的事情来。那种破格宠爱的程度,简直连公卿和殿上人之辈都不得不侧目而不敢正视呢。[①]

两篇译文在语言文字的处理上,的确都是文白相夹,力求做到现代与古典意韵并重,但细阅之,不难发现丰译本的语言要更为雅致,颇有明清古典小说之风。譬如那句开场白"话说从前某一朝天皇时代",就比林译本的"不知是哪一朝帝王的时代"更令人仿佛置身在久远的年代。并且,"天皇时代"显然比"帝王的时代"更贴合日本国的社会语境。而从语言的流畅、利落程度上看,较之林译本,丰译本似乎也明显更胜一筹。

另举书中"物哀"手法的运用为例。源氏因与右大臣之女、天皇尚侍胧月夜私通,触怒了右大臣和太后,不得已离开京都,避居到一个名叫须磨的荒僻之地。紫姬日夜思念源氏,常常在家中睹物思人、触景伤情:

> ……看到公子往时出入的门户、常凭的罗汉松木柱,胸中总是郁结。阅世甚深而惯于尘劳的老年人,对此情景也不免悲伤。何况紫姬从小亲近公子,视同父母,全靠他抚养成人。一旦匆匆别去,其恋慕之殷,自属理之当然。[②]

"自古多情伤离别",在丰子恺先生典雅委婉的文字之间,满溢着紫姬对丈夫源氏的依依不舍和眷恋,那种与源氏经年以来相濡以沫而生发出的离别之悲、相思之苦也变得益发荡气回肠。两相对比,林译本的语言似乎更流于直白:

> ……往日他经常进出的房间啦,还有那几根他时常依靠的桧木柱子等,无一不教她睹物思人,触景生情,而满怀辛酸。这情景,即使是曾经风波,历尽沧桑的中年人都难以忍受;何况对于年轻的紫夫人

---

① 紫式部:《源氏物语》(一),林文月译,南京:译林出版社,2011年版,第3页。

② 紫式部:《源氏物语》(上),丰子恺译,北京:人民文学出版社,1980年版,第275页。

言之，源氏之君是她从小视作父母般亲近倚赖的人，如今骤别，也真难怪她这般苦苦思恋呢。①

谈及《源氏物语》的翻译，不可不提的是对书中"和歌"（わか）的处理。和歌在日文中的训读之意是"和答之歌"，用于与某人的唱和应答。和歌最早见于《万叶集》的题语②，是日本韵文学最古老的形式之一。《源氏物语》中的和歌总计 795 首，这些和歌对故事情节的发展与人物内心的摹写起着至关重要的推动作用。日本江户时代著名国文学家本居宣长曾如是评价《源氏物语》中的和歌："欲知歌道之本意，宜精读此物语，领悟其情味；且欲知歌道之风采，宜细观此物语之风采以领悟之。此物语之外则无歌道；歌道之外则无物语。歌道与此物语其趣全同。盖夫论辩此物语之事之前，即当先知歌道之论。咏歌者之情趣，当全为此物语之情趣也。"③

事实上，《源氏物语》中的和歌不仅有助于领悟"物语之情趣"，其构成方式也自成一体，即均为 5、7、5、7、7 的 31 音节组成的短歌。对这些形式齐整的和歌，林译本的译法是"自创三行、首尾句押韵的类似楚歌体形式"④，丰译本则采用中国古诗的五言绝句和七言二句进行翻译。显然，林译本的译法在讲求形式的合式之余，其最大弊端是译者为保证三行楚歌体的文字容量，往往会主观添加原文中没有的语句。而丰子恺先生的译法则相对灵活。日本著名作家中村真一郎在仔细比照英、法、美、德各国的《源氏物语》译本之后，曾对丰子恺先生的五言绝句和七言二句的和歌译本做出高度评价："前者（即五言绝句——笔者注）合辙押韵，后者（七言二句）却不必押韵脚，用这种中国诗的传统写法来翻译日本和歌，使之更加生动多采，读起来仿佛进入了中国古典诗歌的境界，这是非常难能可贵的。"⑤兹举第一回桐壶更衣因备受天皇专宠而遭宫中妃嫔妒忌作弄，心情痛苦难当，身体也日渐羸弱终至气息奄奄，临别之际对天皇所吟的和歌为例：

限りとて別げるる道のしきにぃかまほしきは命なりけり。

---

① 紫式部：《源氏物语》（一），林文月译，南京：译林出版社，2011 年版，第 258 页。

② 姚继忠：《〈源氏物语〉和歌艺术风格论》，《四川外语学院学报》，2004 年第 5 期，第 50 页。

③ 曹顺庆主编：《东方文论选》，成都：四川人民出版社，1996 年版，第 782 页。

④ 林文月：《修订版序言》，紫式部：《源氏物语》（一），林文月译，南京：译林出版社，2011 年，第 24 页。

⑤ 《日本著名作家中村真一郎评丰子恺译〈源氏物语〉》，《日本研究》，1987 年第 3 期，第 88 页。

林译本的三行楚歌体译文如下：

生有涯兮离别多，
誓言在耳妾心芳，
命不可恃兮将奈何！[①]

丰译本则采用七言二句的译法：

面临大限悲长别，
留恋残生叹命穷。[②]

倘将这两首和歌译文与日语原文加以对照，会发现原文中并无“誓言在耳妾心芳”的对应词句，这应该是林译本在原文基础上的自行添加。而究竟林译本此举是为进一步渲染桐壶弥留之际的依依惜别，抑或服务于其三行楚歌体的译文形式所需，我们不得而知。但是，比较而言，丰译本的七言二句更遵从原文和歌中的词句表达，因而也更令人信服。

此外，针对《源氏物语》中牵涉的异域文化并不为中国读者熟知的问题，无论林译本还是丰译本，都非常强调注释的完整与详尽。并且，除却注释，林译本每卷首还附有人物关系图解，书后附有“源氏物语各贴要事简表”，林文月先生作的序言对了解作者紫式部生平、《源氏物语》的文体特征、平安朝特有的社会背景与风俗礼仪等方面都有很大的帮助。同样，丰译本也在书中附有“源氏物语主要人物关系图”等。

综上所述，尽管《源氏物语》在我国的译介经历尚不逾百年，但我国翻译界对这部古典小说一直青睐有加。经过钱稻孙、丰子恺、林文月等诸多翻译家们的共同努力，《源氏物语》这株异域奇葩终在中国的土地上落叶生根，成为中国读者感受并知晓邻邦日本国文学与文化的一个绝佳载体。

第三节 《源氏物语》的跨媒体传播以及对后世的影响

2008年适逢《源氏物语》这部古典小说问世一千年。这一年，以日本的京都市为中心，日本各界举办了一系列主题为“《源氏物语》千年纪”的大型活动。其中最引人注目的莫过于影视、绘画、雕塑、戏剧、动漫等不同

① 紫式部：《源氏物语》(一)，林文月译，南京：译林出版社，2011年版，第5页。
② 紫式部：《源氏物语》(上)，丰子恺译，北京：人民文学出版社，1980年版，第4页。

类别的媒体对《源氏物语》的重新聚焦与演绎。借助于这样的跨媒体传播方式,《源氏物语》的故事也愈发深入人心、妇孺皆知。事实上,说起《源氏物语》的跨媒体传播,恐怕最早可追溯至平安时代末期。在对此展开具体论述之前,我们还是有必要大致了解何为“跨媒体传播”及其具体含义。

所谓跨媒体传播是指信息在不同媒体之间的流布与互动,它至少包含两层含义:其一是指信息在不同媒体之间的交叉传播与相互整合;其二是指媒体之间的合作、共生、互动与协调。随着科学技术的蓬勃发展,媒体早已不仅仅停留在传统的纸质文本上,各种新兴媒体的出现在变革与丰富人们生活的同时,也为文学经典在不同媒体间的广泛传播提供了多条崭新的路径。譬如就《源氏物语》而言,除文字之外,它的主要传播路径还包括各种视觉媒体如绘卷、影视、漫画等。

先说“绘卷”。作为日本国的一项传统艺术形式,绘卷诞生于平安时代末期。绘卷即我们常说的书籍插画,是在小说中配以插图来解说故事的创作形式。这里所说的“绘”,就是先以细细的线条勾画人物或物体的形象,再用各色矿物颜料在线条轮廓内涂上浓重明艳的色彩。作绘在日本古代贵族女子中间颇为盛行,故又常被称为“女绘”。“绘”的常见形式是绘画。在平安时代之前的日本绘画因主要效仿唐代的画卷风格,故素有“唐绘”之称。到了平安时代,在中和“唐绘”艺术特征的基础上,出现了大量富含日本本国民族特色的绘画作品,后世谓之为“大和绘”。同样,与绘画近似,日本的绘卷也经历了从模拟唐代绘画到自成一体的进程。平安时代末期的绘卷就是带有浓郁日本特色的“大和绘”的呈现。这当中,藤原隆能绘制的《源氏物语绘卷》堪称日本大和绘卷史上的巅峰之作。

藤原隆能的这套《源氏物语绘卷》比《源氏物语》小说的创作要晚一个世纪。据考定,该原始绘卷应为10卷,总计80到90幅画作,分别依据《源氏物语》54回故事内容且每回选取1至3个精彩片段创作而成,其中每幅均绘制在高约22厘米、长约48厘米、宽约36厘米的纸张上。但因种种原因,目前这套绘卷留存在世的画作仅19幅,分别保存在名古屋的德川美术馆(15幅)和东京的五岛美术馆(4幅)。绘卷以自上向下的斜视角度绘制而成,画中人物均以线条的形式勾勒出来,画笔细腻精确、线条刚柔相济。唯一的不足是绘卷中人物形象的描绘有些程式化,都是钩鼻、线眼、点唇,但瑕不掩瑜,人物的心理活动却委实刻画得惟妙惟肖、入木三分,显示出画家高超过人的绘画技巧。不仅如此,每幅画的主色调还对照小说中相应的主题,对不同人物的身份及不同场面分别采用不同的色彩着以处理。

正是自藤原隆能的这套《源氏物语绘卷》始,日本的绘卷和插图艺术益发呈现出兴盛繁荣的气象,相继涌现了镰仓时代的战史插图、俳句诗词的插图、江户时代的“浮世绘”、明治时期开创的新版画插图,以及大正、昭和时期直至今日的多元化插图,可谓流派纷呈,溢彩流光。

如果说《源氏物语绘卷》堪为《源氏物语》这部小说古时的姊妹篇,那么,到了近现代,《源氏物语》的主要传播途径当首推影视传播了。

自电影技术传入日本以来,将《源氏物语》这一古典文学瑰宝搬上银幕并在其中担纲角色就成为日本几代电影人的梦想。迄今,《源氏物语》在日本总共拍摄有四个电影版本。它们分别是:1951 年吉村公三郎导演、长谷川一夫主演的《源氏物语》;1961 年森一生导演、市川雷藏主演的《新源氏物语》;2001 年堀川敦厚导演,吉永小百合、天海佑希、常盘贵子主演的《千年之恋之源氏物语》;还有 2011 年底改编自高山由纪子的小说《源氏物语 悲哀的皇子》(《源氏物语 悲しみの皇子》)的最新版电影《源氏物语千年之谜》,由日本著名导演鹤桥康夫执导,主演为生田斗真、中谷美纪等。

历数这四个电影版本,其中最受观众喜爱和熟悉的莫过于《千年之恋之源氏物语》与《源氏物语千年之谜》这两部影片。投入巨资拍摄、演员阵容恢弘强大以及画面的唯美固然是这两部电影胜出的不可或缺的原因,但更为重要的,则在于两部影片独具匠心的改编和演绎。颇为有趣的一点是,两部影片都不约而同地将主人公光源氏的情感爱欲与《源氏物语》作者紫式部的个人遭遇叠加在一起。较之新近的《源氏物语千年之谜》,2001 年版的《千年之恋之源氏物语》明显更忠实于原著。尽管囿于影片时长所限,原著中许多人物并未出场或仅是捎带而过,但故事情节基本与小说一致。不同的是,影片另行添加了作者紫式部的身世以及她本人与藤原道长的情感纠葛作为影片情节发展的另一条重要主线。在紫式部向藤原道长女儿彰子的娓娓讲述中,引出其作品中主人公光源氏与众多女性包括继母藤壶皇后、紫姬、六条御息、胧月夜、三公主、明石道长之女的爱恨情仇。片中最令人印象深刻的改编是夜半时分,一个个衣着艳丽、霓裳飘飘的凄婉女鬼在城市上空的游荡,她们哀怨动人的吟唱似乎也道尽了那个时代女性命运的无以自控与无比凄凉。

2011 版影片《源氏物语千年之谜》撷取的只是原著的前半部分,讲述了源氏与藤壶皇后、六条御息、夕颜、妻子葵姬的情感,并未涉及作品中后来出现的紫姬、三公主等女性。如果说在影片《千年之恋之源氏物语》中，紫式部更多是以旁观者的身份默默见证着光源氏年少时的情感初绽、盛年时的情感盛放，以及伴随紫姬的英年早逝而来的情感枯朽与死亡，那么，在2011版的《源氏物语千年之谜》中，紫式部则化身为作品中的六条御息，在六条御息一次次魂魄出窍、变身厉鬼的惊悚中，时时与精神上的另一个自我做着殊死抗争。作为原作中本不起眼的一个次要女性人物，六条御息在这部影片中却被赋予了非常重要的使命。在她身上，不难看出现代女性的诸多特质。她疯狂而忘我地痴爱着光源氏，在与阴阳师安倍晴明的斗法中，终至成为“无法洗去罂粟味”的女鬼，为了避免给心上人带来更多的伤痛和折磨，她不顾光源氏的苦苦挽留，最终选择离开光源氏。影片在藤壶皇后剃度出家、光源氏失魂落魄、归返途中与紫式部不期而遇的一段对话中戛然而止，光源氏的惊愕乃至放声大笑似乎也预示了他的情感故事还将继续，永无终止……

影片的另一大看点是它浓墨重彩、生动细致地再现了平安时代盛行于贵族阶级的宗教文化与各式风俗礼仪，譬如影片对阴阳道的添加与渲染。有别于小说《源氏物语》对佛教因果报应、世事无常诸思想的强调，影片通过对阴阳师安倍晴明的情节虚构，展现出平安时代为统治阶级笃信并用以维护其政治势力的另一重要宗教——阴阳道。

阴阳道大约在公元6世纪中叶传入日本，略晚于佛教的传入。它是在中国道教阴阳五行思想的基础上，混合了密教的占卜术与日本当地文化创立而成。影片中阴阳师安倍晴明在与六条御息的斗法中，口念的咒语“道生一，一生二，二生三，三生万物……”就明显来自道家始祖老子的辩证统一哲学思想。阴阳道在当时的日本极为盛行，就连贵族阶级的日常生活起居都要严格遵从阴阳道的法令行事。不仅如此，阴阳道的预测结果还直接影响着国家政策的制定与实施，乃至于在日本当时的中务省，专门设有“阴阳寮”这样的职能部门，负责对日常事务的占卜、天文气象的观测、历法的制定等。

影片中的安倍晴明在日本历史上确有其人，他是平安时代极负盛名的大阴阳师，深得历任天皇包括花山天皇、一条天皇的信赖，也是当时的摄政关白藤原道长的得力护卫和干将。在影片中，他是除紫式部之外，唯一可以在现实世界与《源氏物语》小说的虚拟时空中自在穿行的人物。在现实生活中，他作为藤原道长的贴身护卫和精通阴阳法术的大师，对困扰紫式部的心魔了然于胸，并时时警告藤原道长远离紫式部；在小说的虚拟时空中,他与六条御息的怨灵即紫式部的心魔斗智斗法,最终成功骇退六条御息,也使得紫式部离开藤原道长,归隐乡间。影片对由安倍晴明代表的阴阳道宗教习俗的精心构思与着力铺陈,不仅令故事的情节更为跌宕起伏,也使得观众对日本平安时代的宗教文化有了更深刻的理解和洞察。

除电影外,《源氏物语》在当代日本的另一重要跨媒体传播途径是漫画。这当中,最为人称道的是由日本著名漫画大师大和和纪根据该小说改编创作的同名漫画作品《源氏物语》。这套漫画始创于 20 世纪 70 年代末,所有画面均未经过电脑技术的辅助而由大和和纪本人亲手绘成,画面的华美婉约与务求忠实于原著使其成为《源氏物语》诸多漫画中的精品。这套漫画最初是以连载的方式问诸于世,自昭和 54 年(1979)开始连载至平成 5 年(1993)年结束,总计长达 14 年之久,该漫画的单行本总发行量超过 1600 万册。1985 年这套漫画被制作成录像带,后该录像带荣获国际新媒体节(加拿大多伦多)优秀奖。2009 年,由知名动画导演出崎统领衔监制,将大和和纪绘制的这套漫画改编成 13 集系列动画《源氏物语千年纪》,并启用曾为《怪化猫》等动画片担纲声优的樱井孝宏为光源氏配音。与上述《源氏物语》电影版本的最大区别是,大和和纪的漫画作品与动画《源氏物语千年纪》都更为忠实且详尽地展现了原著的原初情节与风貌。

作为日本文学不可逾越的一座巅峰,《源氏物语》的最大功绩是奠定了后世日本文学创作的主基调。譬如它的"物哀"与写实并举的创作风格,以及以描写源氏私人情感生活为主题的创作内容,不仅对江户时代以追求享乐、恋爱为人生真谛的町人文学的浮世草子(うきよぞうし)影响颇深,还直接促成了后世日本的私小说、情色文学的诞生。遍览日本诸多知名作家譬如田山花袋、岛崎藤村、德田秋声、永井荷风、谷崎润一郎等人的作品,都不难觅得《源氏物语》的踪迹与影响。这当中,影响最为深远的,当属 1968 年诺贝尔文学奖首位日本得主、著名作家川端康成了。

许是由于自小父母猝然辞世,与双目失明的祖父相依为命的缘故,幼年的川端康成孤僻封闭,也正是自"那个时候他开始阅读《源氏物语》——在他的一生中,这本书是另一个重大的影响;评价他的作品,就不可避免地要提到《源氏物语》"。1968 年 12 月 12 日,川端康成作为首位获得诺贝尔文学奖的日本作家站在斯德哥尔摩的颁奖台上,宣读了一篇题为《我在美丽的日本》(《美しい日本の私》)的演说辞。在这篇演说辞中,川端康成曾如是谈及《源氏物语》对自己创作的影响:

……这些作品创造了日本美的传统,影响乃至支配后来八百年

> 间的日本文学。特别是《源氏物语》,可以说自古至今,这是日本最优秀的一部小说,就是到了现代,日本也还没有一部作品能和它媲美,在十世纪就能写出这样一部近代化的长篇小说,这的确是世界的奇迹,在国际上也是众所周知的。少年时期的我,虽不大懂古文,但我觉得我所读的许多平安期的古典文学中,《源氏物语》是深深渗透到我的内心底里的。在《源氏物语》之后延续几百年,日本的小说都是憧憬或悉心模仿这部名著的。[①]

在其他散文名篇中,川端康成也曾屡屡提及《源氏物语》对日本文学以及对他本人创作的影响。尤其对《源氏物语》中"物哀"手法的运用,川端康成更是赞不绝口。譬如在《美的存在与发现》一文中,他就曾援引本居宣长的评论,盛赞《源氏物语》的"物哀":"在物语书类中,数这《源氏物语》是最优秀之作了。可以说,是无以类比的。……任何的'物哀'都没有如此纤细、深沉。……所有文词都无比优雅,自不待言。……连春夏秋冬的四季景色,草木的千姿百态等,都描写得淋漓尽致。男男女女的神态、心理,都刻画得各具个性、栩栩如生。其演绎的手法,朦胧的笔致,也是他人所不及的。"[②]

其实,川端康成之语也道出了贯穿于他本人文学创作的重要特质,即对以"物哀"为主要美学理念的日本传统文学的传承。如前文所述,日本文学向来重自然感悟、物我感应,这尤为突出地体现在《源氏物语》的创作中。对此,川端康成显然深有体悟。还是在《我在美丽的日本》一文中,川端康成对日本美术研究专家矢代幸雄的诗句"雪月花时最怀友"加以引申:"由于美的感动,强烈地诱发出对人的怀念之情。这个'友',也可以把它看作广泛的'人'。另外,以'雪、月、花'几个字来表现四季时令变化的美,在日本这是包含着山川草木、宇宙万物、大自然的一切,以至人的感情的美,是有其传统的。"[③]在川端康成的代表作《雪国》《古都》中,随处可见"物哀"手法的纯熟运用,借由主体人的感官观照,即便自然界的最细小生物也折射出个体生命无常的至理。兹举《雪国》中一段对秋虫的摹写:

> 还有一只飞蛾,好像贴在纱窗上,静静地一动也不动,伸出来它那像小羽毛丝的黄褐色的触角。但翅膀是透明的淡绿色,有女人的

① 川端康成:《川端康成散文选》,叶渭渠译,天津:百花文艺出版社,1988年版,第221页。
② 同上书,第241—242页。
③ 同上书,第212页。

> 手指一般长。对面县界上连绵的群山,在夕晖晚照下,已经披上了秋色,这一点淡绿反而给人一种死的感觉。只有前后翅膀重叠的部分是深绿色。秋风吹来,它的翅膀就像薄纸一样轻轻地飘动。[①]

在秋日萧瑟背景的映衬下,小说中男主人公岛村在旅居乡村客栈时,不经意发现落在纱窗上的一只飞蛾。继而,他从对飞蛾翅膀上的"一点淡绿"冥想到死亡,以及对个体生命短暂无常的哀叹。诚如学者吴舜立在《川端康成文学的自然审美》著作中对"物哀"的精当总结:"'物哀'之所以成为日本美学和文学的最高原则和境界,就是因为它浓缩了大和民族关于生命与死亡、此岸与彼岸、瞬间与永恒、有限与无限的丰富深邃的生命体验,'融化了日本式的安慰和解救'的思想追求。"[②]川端康成可以说是继紫式部的《源氏物语》之后,最得"物哀"之精髓的当代日本作家。

回首走过的千年,《源氏物语》经历了从中古到当代、从日本本土到异域它邦的漫漫时空之旅,与此同时,其传播路径也日趋多元,从最初一维式平面文字到现今立体化多种媒体的具象呈现。我们有理由坚信,随着时间的推移,《源氏物语》这株旷世奇葩必将以更为傲人的身姿带给人们更多的震撼与惊喜!

---

① 川端康成:《雪国 古都 千只鹤》,叶渭渠、唐月梅译,南京:译林出版社,1996年版,第50页。

② 吴舜立:《川端康成文学的自然审美》,北京:中国社会科学出版社,2011年版,第280页。

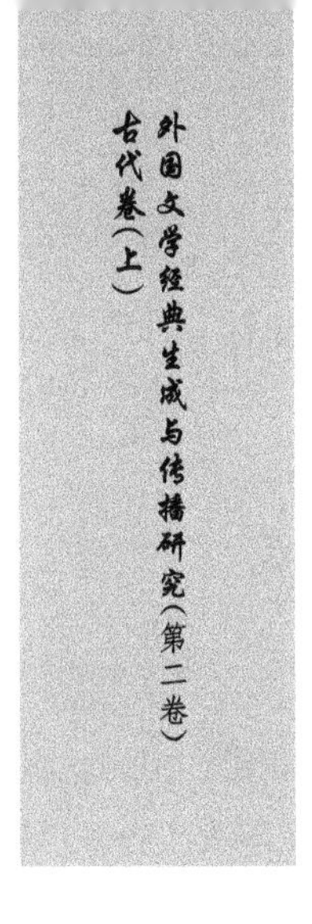

第十一章
中世纪英雄史诗的生成与传播

英雄史诗是欧洲中世纪最早出现的文学类型之一。在严格意义上，英雄史诗指的是至少符合下列标准的作品：长篇叙事体诗歌，主题庄重，风格典雅，集中描写以自身行动决定整个部落、民族或人类命运的英雄或近似神明的人物。[1] 中世纪英雄史诗大多是由一个或众多文人根据民间口头流传的关于战争时期部落或民族英雄的故事整理而成的书面形式的史诗，又称原生史诗[2]。

中世纪英雄史诗根据其内容和产生时间可以分为两大类：一类是中世纪早期英雄史诗，反映了封建制度确立以前以及未受基督教影响的各民族部落的生活，代表作品有日耳曼人的《希尔德布兰达之歌》、盎格鲁-撒克逊人的《贝奥武甫》，以及冰岛的《埃达》和《萨迦》。另一类是中世纪中后期的英雄史诗，大都出现在公元11世纪前后，是西方封建制度发展过程中的产物，普遍受到基督教思想的影响。这类史诗往往以某一历史事件为基础，虽有传奇色彩，但已不具有神话性质，中心主题是封建意识浓厚的"忠君爱国"。此类英雄史诗的代表作品有法兰西民族的《罗兰之歌》、西班牙民族的《熙德之歌》、德意志民族的《尼伯龙根之歌》以及俄罗斯民族的《伊戈尔远征记》。

中世纪英雄史诗的生成与传播和历史、民族、社会、国家密切相关，它是文明发展和文化传承的有力证据，是各民族生活和精神的写照，对于民族文化和民族精神的构建、民族语言和民族文学的发展、后世叙事文学，

---

① M. H. 艾布拉姆斯：《文学术语词典》(中英对照)，北京：北京大学出版社，2009年版，第153页。

② 叶舒宪：《英雄与太阳：中国上古史诗的原型重构》，西安：陕西人民出版社，2005年版，第4页。

尤其是文人史诗及其他长篇叙事诗的创作,都产生了重大的作用。

第一节 中世纪英雄史诗的生成语境

一、"英雄时代"铸就"英雄史诗"

欧洲史上的中世纪一般指从公元450年左右罗马帝国衰亡到15世纪文艺复兴之间的1000年。这是人类社会从古希腊古罗马的"神的时代"到文艺复兴的"人的时代"的过渡时期。西方历史哲学之父维柯在《新科学》中将这一时期称之为"英雄时代"。作为近代最早的历史进化论主张者维柯认为:

> 这三个时代的划分是由埃及人传给我们的,埃及人把世界从开始到他们的那个时代所经历的时间分为三个时代:(1)神的时代,其中诸异教民族相信他们在神的政权统治下过生活,神通过预兆和神谕来向他们指挥一切,预兆和神谕是世俗史中最古老的制度;(2)英雄时代,其时英雄们到处都在贵族政体下统治着,因为他们自以为比平民具有某种自然的优越性;(3)人的时代,其时一切人都承认自己在人性上是平等的,因此首次建立了一种民众(或民主)的政体,后来又建立了君主专政政体。①

英雄史诗正产生于第二个时代,即英雄时代。维柯指出了这一时代的特点:贵族政体的统治以及优越于平民的英雄的出现。

英雄时代的概念最早出现在古希腊彼阿提亚诗人赫西俄德的长诗《工作与时日》中。长诗将人类的发展分为五个阶段:黄金时代、白银时代、黄铜时代、英雄时代、铁器时代。在赫西俄德的笔下,英雄时代的希腊经历了进攻底比斯和远征特洛伊的战争。这就是狭义的英雄时代,也就是古希腊的英雄时代,是荷马史诗反映的那个时代。

而广义的英雄时代则泛指各个民族历史上相当于荷马时代的那个发展阶段。古希腊的英雄时代在时间上比其他民族要早得多。在德国、斯堪的纳维亚和英国,则指4—6世纪以后了。正如恩格斯在描述人类社会由野蛮时代向文明时代过渡时所说:"一切文化民族都在这个时期经历了

---

① 维柯:《新科学》(上册),朱光潜译,合肥:安徽教育出版社,2006年版,第75页。

自己的英雄时代：铁剑时代，但同时也是铁犁和铁斧时代。”[①]马克思在《摩尔根〈古代社会〉一书摘要》中科学地称英雄时代为原始社会“野蛮期”的高级阶段。黑格尔更是形象地将“英雄时代”称之为“史诗的摇篮期”[②]。

英雄时代，人与自然的关系是一种“时而友好时而斗争的强烈而新鲜的共同生活”[③]的关系。由于生产力欠发达，人们还没有足够力量抵制自然灾害，从自然界获取的物质生活资料也不充足，因此“英雄时代”充满人兽之争、部落之争和仇杀械斗。但是较之“神的时代”，人类群体在自然斗争中开始取得了最初的胜利。在这样的历史条件下，以武力建功立业成为了衡量英雄人物的标准。只有能征善战、勇武出众、领导本民族的人才能称为“英雄”。于是，古老的“神性英雄”让位于英雄史诗的主人公——超人的“人间英雄”。

从社会制度来看，英雄时代是一个军事民主制时代。父权制被确立，氏族制度还存在，但已经开始瓦解。黑格尔这样描述英雄史诗生成的“中间时代”：

> 一方面一个民族已从混纯（沌）状态中觉醒过来，精神已有力量去创造自己的世界，而且感到能自由自在地生活在这种世界里；但是另一方面，凡是到后来成为固定的宗教教条或政治道德的法律都还只是些很灵活的或流动的思想信仰，民族信仰和个人信仰还未分裂，意志和情感也还未分裂。[④]

他就是说，这种“尚未分裂的原始的统一”正是民族形成初期的特有的情形。一旦分裂消亡了，那么史诗也消亡了，让位于抒情诗和戏剧体诗了。

古希腊古罗马的“英雄时代”铸就了荷马史诗，铸就了《埃涅阿斯纪》等伟大的古代史诗，中世纪的欧洲更多的民族经历了自己的“英雄时代”，铸就了更多的伟大史诗。

---

① 王希恩主编：《马克思、恩格斯、列宁、斯大林论民族》，北京：中国社会科学出版社，2013 年版，第 101 页。

② 黑格尔：《美学》（第三卷下册），朱光潜译，北京：商务印书馆，1981 年版，第 110 页。

③ 同上书，第 118 页。

④ 同上书，第 109 页。

二、蛮族的兴起呼唤英雄史诗

中世纪早期的欧洲经历了巨大的社会动荡，首先是民族大迁徙，主要是匈奴人、日耳曼人各部落在罗马帝国后期迁徙、转战、建国的历史过程。在这一时期，数不清的民族为了躲避战乱，离开了自己祖辈生活的土地。一些部落进入原始社会晚期后，经济发展，私有制、阶级初步产生，人口增加引发扩张和迁徙。同时，匈奴人的西迁和一些部落的移动也引起了连锁反应。远古的氏族社会解体，新的民族、新的文化共同体正在凝结。因此，中世纪英雄史诗常常被看作一个民族文化精神形成时期的活化石。

公元前1世纪中叶，罗马帝国统帅凯撒征服了高卢(即古代法国)。之后，高卢被罗马统治了500年。在罗马帝国的北部，相当于今天欧洲的北起波罗的海、南到多瑙河、东至维斯杜拉河之间的广大地区，居住着日耳曼人，人口大约有500多万。日耳曼人分很多部落，有东哥特人、西哥特人、汪达尔人、盎格鲁人、撒克逊人、勃艮第人、法兰克人等。当时，他们还处于原始社会阶段，以畜牧、狩猎为生。相对于罗马人来说，他们要落后得多，所以被称为“蛮族”。

在罗马帝国强大的时候，为了保障自身的安全，罗马人有时主动攻打日耳曼人，有时又允许一部分日耳曼人进入北部边境，帮助罗马人守卫边疆，有时不断挑拨离间日耳曼各部落之间的关系，让他们自相残杀。在与罗马人的接触中，日耳曼人逐渐掌握了先进的生产工具和武器，生产力水平不断提高。随着人口的增加，为了生存和满足自己对财富的渴望，日耳曼各部落的首领率领族人不断袭击已经衰落的罗马帝国。

公元5世纪，罗马帝国在奴隶起义和蛮族入侵的打击下崩溃了。三个日耳曼部落——法兰克人、西哥特人和勃艮第人入主高卢，建立起一系列蛮族国家。例如，公元378年匈奴人西迁引起哥特人大迁徙，后东哥特人在意大利建东哥特王国；西哥特人转战希腊、意大利进入今法国南部和西班牙北部，建西哥特王国(419年)；原居住在今德国北部的汪达尔人向西南进入西班牙，又渡海到达北非，以迦太基为首都建汪达尔王国(439年)；原居莱茵河下游的法兰克人迁入今法国、比利时、卢森堡等地，建立法兰克王国(481年)。一般认为568年伦巴德人进入北意大利建立伦巴德王国标志着民族大迁徙的结束。这些王国一旦建立，他们就编织起神话，讲述关于自己在东欧和斯堪的纳维亚的故土生活。换句话说，他们“创作”了自己的民族起源。曾经是欧洲文明圈外的几个强大“蛮族”建立自己的国家，以另外一种不同于罗马人的统治方式继续谱写着民族的史诗。

传统观点认为蛮族入侵唯一的影响就是对先进文化的破坏，这显然是不全面和不客观的。其实，“蛮族原始社会所拥有的朝气蓬勃的社会制度和文学艺术，以及长期形成的原始习惯法，对于维持其社会稳定和团结，都是非常重要的。野蛮人在这些方面都对后来中世纪文明的发展做出了巨大贡献”[①]。在欧洲文明的进程中，蛮族文化的作用是不可忽视的，从某种意义上讲，正是有了蛮族的入侵以及民族和文化的碰撞融合，才有了后来的欧洲文化的发展模式。

各民族在早期出现的史诗都有其时代的必然性。在古英国盎格鲁-撒克逊时期不同部落、不同民族在不断征服、融合及同化的过程中，时代需要出现民族史诗这种文学形式，以一种精神力量来唤起人们的民族意识，增强人们的自尊心和民族自豪感，提高人们的民族忧患意识，提升民族凝聚力，从而在民族内部产生强烈的民族认同感。

部落的迁徙以及由迁徙而造成不断的战祸也为英雄史诗的生成提供了现实基础。朱寰先生在《世界中古史》中指出：公元5世纪中叶盎格鲁-撒克逊人渡海侵入不列颠时，正处于原始社会末期军事民主制阶段。战争以及进行战争的组织现在已成为民族生活的正常职能。他们向不列颠的迁徙就是为了掠夺，把掠夺他人的财富看成是最荣耀的事情。这是盎格鲁-撒克逊的“英雄时代”。英雄史诗《皮奥沃尔夫》（今译《贝奥武甫》）部分地反映了盎格鲁-撒克逊人的氏族制度及其解体的特征。英勇善战的人民英雄贝奥武甫战胜了恶魔格兰道尔，为人民建立了功勋。史诗里歌颂的英雄的许多品质可能源自迁徙时代的民间传说和英雄歌，因而反映了氏族解体时期军事首长和亲兵、领袖和人民之间的关系。[②]

这些新的民族还带来了黩武主义。平静生活的乐趣和复杂的休闲方式渐渐不为人们所崇尚，取而代之的是蛮族的扈从军及其首领的英雄气概。所谓扈从队，就是在一位军事首领领导下的一个精锐的军事连队。在战争中，扈从队在军事首领的率领下作战，他们由忠诚、荣誉、勇气互相团结在一起。在战争中，军事首领要身先士卒，以高人一筹的勇气激励士兵们忠诚和英勇地作战。扈从队是后来西欧骑士制度的滥觞，而这种小

---

① 朱寰、王建吉：《世界古代中世纪史》，北京：北京大学出版社，1993年版，第232页。

② 朱寰主编：《世界中古史》，长春：吉林出版社，1981年版，第70页。

团体的军事行动更容易彰显英雄的个人风采，成为英雄史诗最好的创作素材。正如《欧洲中世纪史》中所说：

> 罗马时代乡村生活的文明礼仪被尚武的思想所取代。罗马和蛮族的上层阶级渐渐融合在一起，从而产生了中世纪的欧洲贵族，他们富有、高傲、会随时下达命令，也随时准备好杀人。自娱自乐是他们生命中的重要部分，他们吟唱的史诗讲述勇武的战士面临可怕的敌人时的英雄事迹。[①]

三、封建社会的确立需要英雄史诗

自公元476年西罗马帝国灭亡后，欧洲开始进入封建时代。公元5—10世纪是欧洲封建国家产生与形成时期。英雄史诗中经常出现的几个基本主题谴责诸侯的叛乱、歌颂帝王的武功、宣扬忠臣的事迹，正是封建社会发展的上述历史要求和进程在文学中的反映。

日耳曼各部落联盟灭亡西罗马帝国后，在原帝国领土上建立了一些“蛮族”国家。其中存在时间最长、版图最大、最具有代表性的是法兰克王国，历时360多年。5世纪晚期，高卢东北法兰克部落首领克洛维联合其他部落打击西罗马帝国的残余统治势力，在征服大部分高卢、剪除其他法兰克部落首领后，于481年建立法兰克王国，开创了墨洛温王朝。但随着基督教势力的日益壮大，罗马教皇请求与法兰克王国结成政治和宗教联盟。到公元800年，宫相丕平被罗马教皇里奥三世加冕为“罗马人皇帝”，法兰克王国成为查理帝国。公元843年，查理帝国分裂为三个部分：东法兰克王国(德意志)、西法兰克王国(法兰西)、意大利(包括北部日耳曼地区)。公元962年，东法兰克皇帝奥托被教皇加冕为“神圣罗马帝国皇帝”，但实权仍掌握在封建领主的手中。加洛林王朝在德意志和意大利延续到10世纪初，在法兰西则延续到10世纪末。在法兰克王国兴起的同时，日耳曼人中的盎格鲁、撒克逊、朱特等部落渡海抵达不列颠岛，经过一个半世纪的征服战争，至7世纪初形成七个王国，史称“七国时代”。9世纪早期，七国中的威塞克斯联合各王国抵抗入侵的丹麦人，由此形成统一的英吉利王国。

随着法兰克王国的不断扩张、征服，西欧的封建制度也在各地逐渐确

---

① 朱迪斯·M.本内特、C.沃伦·霍利斯特：《欧洲中世纪史》，杨宁、李韵译，上海：上海社会科学院出版社，2007年版，第53—54页。

立起来。农民在战乱中既要服兵役又要担负捐税，难以维持生计，被迫把土地“献给”附近的贵族或教会寻求“庇护”，并以交地租和服劳役为条件，再请求把那块土地“发给”自己耕种。这种“委身式”关系使农民失去了土地所有权和人身自由，沦为依附于教俗贵族的农奴。同时，原来的隶农和残存的奴隶也逐渐转化成为农奴。随着土地分封的发展，封建等级制度逐渐建立起来。从国王到骑士，从封建领主到依附于土地的农奴，形成了封建统治的等级制度。在欧洲，国王拥有土地最多、权力也最大，其下按等级可以分为公、侯、伯、子、男爵位，再往下是骑士，最底层是农奴。国王仅仅是名义上的全国最高土地所有者，其实他除直辖的一部分土地外，绝大部分已作为封土（由采邑发展而来，封土是世袭的）分封给他的附庸——公爵或伯爵等大封建领主贵族。这些大封建主又把土地分成小块，授予众多的小贵族——骑士。这样，以承担兵役义务和土地为纽带的由大、小封建贵族组成的封建等级制度就系统完整了。每一个分封给他人臣属土地的大贵族称为封主，而每个下级领受土地的人，则称为封臣。这就构成了以国王为塔尖，往下越来越大的金字塔形的封建统治阶级结构。受封贵族须向国王宣誓效忠，战时自备武器战马，率部众听候调遣。由此，效忠于领主成为封建道德的最高标准。封建制度上升阶段，封建国家形成的过程中，力图实现国家统一和中央集权的王权，代表着历史的进步方面，符合当时人民的愿望，王权就成了歌颂对象。

中世纪英雄史诗，尤其是中后期的英雄史诗，是封建制度确立后的产物。王权是历史进步因素，是统一国家的象征，也是中世纪英雄史诗的重要主题。《罗兰之歌》中反复咏唱“可爱的法兰西”，以此表达人们要求建立有强大封建王权的统一封建国家的愿望。而史诗的主人公都是封建国家的英雄，表现的是他们忠君爱国的观念和统一祖国、为民族建功立业的封建时代的英雄主义精神。例如《罗兰之歌》的主人公罗兰是一个爱国忠君的英雄人物，把保卫法兰西、保卫祖国的威名看成自己的天职。

当然，在中世纪，封建社会内部也存在着各种矛盾，除了封建阶级与农奴农民阶级的压迫和反压迫的阶级斗争之外，还存在着王权与教权的斗争、中央集权与地方领主分裂倾向的斗争。占有自给自足的庄园和戒备森严的城堡的封建领主，独霸一方，各自为政，彼此进行武装斗争，或者联合起来反对君主，造成诸侯混战的局面。这一切也都成了英雄史诗题材的重要来源。

第二节　中世纪英雄史诗的民间流传与后期整理

一、英雄史诗作为一种口头文学

长期以来，学术界普遍认为，在书面文学出现前，有一种口头文学存在，比如古代口头流传的神话、民间史诗、民间传说、民间歌谣等。在大多数中国学者看来，口头文学"是劳动人民的口头创作"，是民间口耳相传的文学作品。口头文学与书面文学相对，属于民间创作，没有固定的作者。凡是通过口头流传的叙事性作品或诗歌等，都被认为是口头文学。通过口头流传的民间史诗、民间传说、民间故事和民间歌谣即使被搜集整理出版之后，在学界也仍然被当作口头文学。[①]

英雄史诗就是一种口头文学。从时间顺序上来看，它大多以口头传诵—书面记载成为文字—口头、书面并存的形式流传。米尔曼·帕里和艾伯特·洛德在对《荷马史诗》的研究中，认为史诗是一个源远流长的口头传统的产物。在史诗的流传过程中，两种人很重要：第一种人是英雄史诗口头流传阶段的吟游诗人，他们是史诗的咏唱者；第二种人是将口头传诵的英雄史诗记载成为书面文字形式的神职人员，他们是史诗的记录者和编写者。例如《贝奥武甫》大约口头流传于6、7世纪，大约于8世纪才有书面文本；《罗兰之歌》也在吟游诗人口中传唱了一百多年，在11世纪出现了最初的抄本；《熙德之歌》《尼伯龙根之歌》也都如此。

中世纪，盎格鲁-撒克逊时期的吟游诗人大致可分为"斯可普"(scop)和"格利 "(gleeman)两种，前者大都演奏自己创作的故事，而后者往往演奏他人创作的作品。后来这个差别逐渐消失，两个名称都用来指自己创作自己演唱的艺人。其实，在上古和中古的欧洲大陆，这些人几乎到处存在，只是各个国家称呼不同罢了。在法国，他们被称为"荣格勒"或"特鲁伯德"；在挪威，叫做"斯盖尔特"；在斯拉夫语中，则为"格斯拉"。就如《文学的故事》中所说：

> 在这个伟大的时代中，吟游诗人并不是那些在歌剧中穿着华丽衣服、弹着吉他的民谣歌手，他们是绅士、骑士、贵族，甚至是一国之君，他们创作着韵文和诗歌，把音乐当做一种高贵的技艺。吟游诗人

① 聂珍钊：《文学伦理学批评：口头文学与脑文本》，《外国文学研究》，2013年第6期，第9页。

> 的等级是具有排斥性的，只有那些证明自己在诗歌方面具有相当高的才智，并且能够作出优秀的歌曲的人才会被公认为吟游诗人。但另一方面又表现得非常民主，因为一个社会地位很低的人也能够赢得这一很多人都在觊觎着的荣誉。那些不是吟游诗人的贵族会出钱资助这一韵诗和歌唱的艺术，在自己的庄园中宦养一些真正的诗人，或者热情款待那些从其他贵族庄园中过来的吟游诗人。[①]

当时的吟游诗人深受人们的尊重，并经常得到国王和贵族的赏赐。他们所演唱或朗诵的诗歌往往也就是他们自己创作的诗篇。当时一般老百姓几乎都是文盲，一方面有文娱生活的要求，另一方面还希望通过文娱活动获得一些他们无法在书本上获得的历史知识和民族传说。

但是大部分吟游诗人不识字，他们做的只能是初步的搜集整理和口头传诵的工作，英雄史诗的文字记载是由第二种人来完成的，即神职人员。首先，中世纪整个社会的文化状况是堪忧的，普通大众基本是文盲，文化由教会掌握，只有教士具备将口头传诵的英雄史诗记载下来的能力。他们识字，会书写，因为成为教士最基本的条件就是通晓拉丁文，能阅读《圣经》。其次，教会是特权阶级，教士们拥有将史诗记录下来的物质条件。中世纪，造纸术还未传入欧洲，羊皮纸、墨水、鹅毛笔、蜡块等书写工具对于普通大众而言还是奢侈品。当然，口头传诵的英雄史诗在被教士纪录成为文字文本的同时，也深深地烙上了基督教的印记。

洛德还于1960年出版了提出“史诗是程式的，构成史诗的语言是传统的”这一著名论断的奠基性著作《故事的歌手》。洛德认为，通过对史诗文本的音韵、固定词语等考察中，得出这样的判断：荷马史诗是传统的产物，古希腊歌手是凭借着特殊化的语言即程式使他们的史诗传统得以传承和流布的。[②] 荷马史诗如此，英雄史诗亦然。只是中世纪英雄史诗演唱的场所不再是古希腊时代的宗教祭典或者剧场，只有宫廷或贵族的城堡或者城市中的广场和小酒馆（城乡祭祀、娱乐的中心）两类场所。在国王或者部落首领的宴会上，大家一边开怀畅饮，一边听吟游诗人引用古人的英雄事迹。相比较而言，能够进入城堡甚至宫廷中的诗人毕竟是少数，大多数的吟游诗人还是混迹于城市之中。罗马帝国衰亡以后，中世纪城

---

① 约翰·阿尔伯特·梅西：《文学的故事》，孙青钥译，合肥：安徽人民出版社，2012年版，第129—130页。

② 转引自万建中主编：《新编民间文学概论》，上海：上海文艺出版社，2011年版，第81页。

市兴起。酒馆与广场就是大多数城市人寻找乐趣的场所,这些听众数量很多,流动性很大,秩序往往不佳。诗人的演唱过程之中特别注意使用吸引听众的技巧。常常把若干重要段落重复吟唱,在主要的人名或地名后面常常加上一些特殊的形容成分,例如《熙德之歌》中在吉时良辰挂上宝刀的熙德、豪迈的卡斯蒂利亚等。

因此,英雄史诗首先是一种口头文学,口头性是它的基本特征。一开始,英雄史诗是用来演唱的,在整理成为文字之前,一直在民间口头流传。由于口头传唱,没有定稿,虽然有一定的程式,但是不同的吟游诗人甚至普通大众都能对之进行增删改动。流传时间越长,参与创作与修改的人就越多,直至它被某个教士整理记载成为文字。下面列举几部代表性的英雄史诗的民间流传与后期整理过程。

二、代表性英雄史诗的民间流传与后期整理

1.《贝奥武甫》

古英语文学中成就最高的《贝奥武甫》是英国古代最长的一首叙事诗,占现存盎格鲁-撒克逊诗歌总量的十分之一。然而,这首诗对于英国而言却是一个"舶来品"。早在6、7世纪就以口头的形式流传于日耳曼民族聚居的北欧沿海。6世纪中叶被晚一批的入侵不列颠岛的盎格鲁人带到英国。

陈才宇在其《贝奥武甫》译本前言中指出:"根据有关学者考证,历史上确实有过贝奥武甫其人,而且确实是史诗中提到的高特国王海格拉克的外甥。有一次,海格拉克率舰队劫掠莱茵河下游弗罗西亚人的土地,当时该地是法兰克王国的一部分。他们获得赃物甚丰,正欲启程回去,忽遭法兰克士兵的袭击。海格拉克死于战场。贝奥武甫杀死一名法兰克旗手,泅水逃回高特。这件事发生在公元521年,史诗《贝奥武甫》中穿插提到过四次,正好与法国史学家格利高里的《法兰克的历史》和无名氏的《法兰克史记》所记载的由实吻合。"[①]李赋宁也认为:"在《贝奥武夫》史诗里,仅有一处提到这场战役。那是在贝奥武夫的暮年回忆中提起的(第2910—2920行)。虽然史诗没有着重叙述这场战役,但这一历史事件却能说明《贝奥武夫》取材于斯堪的纳维亚的历史和人物。另外,这部史诗

---

① 《贝奥武甫 罗兰之歌 熙德之歌 伊戈尔出征记》,陈才宇等译,南京:译林出版社,1999年版,第4页。

的神话成分也来自斯堪的纳维亚的民间传说（关于熊或“蜜蜂·狼”的故事）。”[①]斯堪的纳维亚的历史事件和民间传说结合起来成为中世纪欧洲口头文学传统。

可见，《贝奥武甫》的口头流传时间为6—7世纪之间这一说法是可信的，史诗的主题是5—6世纪斯堪的纳维亚的历史和故事，史诗的主要人物和英雄们主要来自斯堪的纳维亚半岛。学界一般认为，其文字整理作者可能是公元8世纪英国北部或中部一位基督教诗人。根据其情节判断，作者很可能生活在古代莫西亚的西部，即今天的英格兰中西部地区。他把英雄传说、神话故事和历史事件三者结合起来，仿效古代罗马民族史诗《埃涅阿斯纪》，加上带着基督教的观点，写下了长达3182行的诗作。但今天我们读到的本子是10世纪某个僧侣修订的，用古英语西撒克逊方言书写的。这个手抄本现在保存于伦敦英国博物馆中，1815年第一次排印。

《贝奥武甫》成书的8世纪与300年前史诗口头流传的时代已经大不一样了。以异教思想为主导的氏族制度已经解体，取而代之的是封建土地所有制。基督教经历了从圣·奥古斯丁初期传播到取得英国国教地位的全过程，教会的势力发展到与封建贵族分享国家政权的地步。作为上层建筑的文化教育事业则完全控制在僧侣手中。也就是说，《贝奥武甫》的故事发生在前基督时代，而将口头流传的史诗记载整理成为文字的人却无疑是一个基督徒。肖明翰指出了这一尖锐的问题：“作为一个具有深刻历史意识的基督徒诗人，他必然遇到并必须解决如何塑造异教英雄和如何处理异教素材这个十分棘手的问题，使之既不犯明显的时代错误，也不违背自己的信仰并为广大基督徒读者所接受。”[②]他进而指出，《贝奥武甫》的作者十分巧妙地将异教词汇基督教化这一方法和利用已经被基督教化了的异教词汇来解决了这个问题，从而诗中提到的神灵、人物、事件乃至一些价值观念都可以同时在基督教和异教两个不同层面上进行解读。[③]

因此，《贝奥武甫》体现的宗教观念具有两重性，即基督教和日耳曼两大传统的并存与融合。比如反复无常的命运之神就常常与仁慈而万能的

---

① 李赋宁：《古英语史诗〈贝奥武夫〉》，《外国文学》，1998年第6期，第65页。

② 肖明翰：《〈贝奥武甫〉中基督教和日耳曼两大传统的并存与融合》，《外国文学评论》，2005年第2期，第85页。

③ 同上。

上帝同日而语。

2.《罗兰之歌》

《罗兰之歌》是法国最早的一部英雄史诗,是法兰西民族高度封建化时代的产物。

封建欧洲最著名的国王查理大帝在全欧洲进行他的帝国扩张。公元778年,为了征服伊比利亚半岛,他亲征西班牙。他在南下进攻萨拉戈萨时受到了阻力。萨拉戈萨坚壁清野,深沟高垒,固守城池。查理围攻两个多月,毫无任何进展,又听闻后方起火,于是决定班兵回朝。在回师的途中,途经龙塞沃峡谷时,查理遭到了伏击,损失惨重,狼狈撤退。更为重要的是,在这次伏击当中,他损失了一员大将——布列塔尼边区总督罗兰。这场战役是查理戎马一生当中不愿触及的耻辱,他在有生之年对之缄口不谈。

然而从9世纪开始,查理大帝和他的勇将罗兰的事迹在民间却传开来了,由吟游诗人交口相传。他们在传播的过程中添加各种绘声绘色的传说,并对故事加上自己的润色,使得这场败仗变成一场大胜仗,其中查理大帝是英武神威的,而罗兰则是勇敢慷慨的。

一般认为,《罗兰之歌》在吟游诗人口中吟唱了一百多年,在公元11世纪出现了最初的抄本。根据安德莱·布尔日的研究,成书年代约在1087到1095年之间。而杨宪益认为,这部史诗显然在公元1066年以前就存在了;可能当时还没有定本,只依靠某种简略的"话本"和职业歌人的记忆流传下来,不过史诗的大致内容业已存在。[1]

《罗兰之歌》现存的手抄本有八种版本,分别为法兰西、英格兰、意大利、尼德兰、日耳曼、威尔士、斯堪的纳维亚等版本。这八个版本内容大致相同,学界公认英国牛津大学收藏的一个抄本的价值超过其他各个版本的总和,是最为完备的。牛津抄本是于19世纪30年代在英国被发现的,用盎格鲁-撒克逊语写成,共3982行。一般学者又根据其他版本校订后补上一些诗行,共计4002行。每行句子十个音节,每一节内句数不等,同一节内每句句尾用半谐音一韵到底。各个抄本原本没有名称,在19世纪后先后排印,毫无例外都用《罗兰之歌》这个书名。牛津抄本在1837年由法朗西斯克·米歇尔(1830/1833—1905)第一次出版,后经历代专家勘误匡正,渐趋完善。

---

① 《罗兰之歌》,杨宪益译,上海:上海译文出版社,2008年版,第2页。

《罗兰之歌》的写定者是谁？这至今没有确切的答案。牛津抄本的最后一句是："杜洛杜斯叙述的故事到此为止。"一般认为杜洛杜斯不是编撰者便是抄录者。至于谁是杜洛杜斯，历来没有一个肯定的、具有说服力的、为大家所接受的说法。在那个时期的法国历史上，可以与杜洛杜斯这个名字沾边的有古龙勃的杜洛杜斯、安韦尔默的杜洛杜斯、费康的杜洛杜斯。由于《罗兰之歌》最初流传于法国北方诺曼底地区，费康的杜洛杜斯被认为最有可能是那位杜洛杜斯。他是征服者威廉的侄子，起先在费康的三圣寺当修士，随同威廉国王参加过1066年的黑斯廷斯战役，后来又在彼得博罗当本堂神甫，所以也被称为彼得博罗的杜洛杜斯。不管是哪个杜洛杜斯，从他在《罗兰之歌》中留下的印记来看，显然是一位受过良好拉丁语教育的僧侣，既潜心教义，也崇尚武道。[①] 杨宪益认为，史诗原作者大概是法兰西的布列塔尼人，后来史诗又经过诺尔曼的文人加工，这是从史诗的文字和其他方面可以断定的。他的依据是两位作家的记载。杨宪益指出，在公元1066年诺尔曼人征服英国之后，有一位诺尔曼作家，芒姆斯布瑞的威廉，曾写了一部《诸王史》。他说当诺尔曼大公威廉开始征服英国的决定性战役时，"那时就歌唱了《罗兰之歌》，因为这位英雄的战斗榜样可以激励战士们……"这是关于这部史诗的最早可靠记载。在1160年，另一位诺尔曼作家魏斯在他的诗里也提到，在这次战役中，一个叫台勒佛的职业歌人在威廉大公面前歌唱了关于查理大帝以及罗兰和奥利维等大将如何战死的谣曲。

《罗兰之歌》编订时，封建社会的发展与等级制度的确立，基督教与伊斯兰教在地中海一带争夺的加剧，使得民间传说掺入了当时的政治社会内容和宗教神秘色彩。由于《罗兰之歌》的编订者是高级神职人员，让广大的民众更加坚定对基督的信仰是他编写此书的目的。因此，牛津抄本将袭击查理部队的巴斯克人换成了信奉伊斯兰教的撒拉逊人，把查理大帝的征战描绘成宗教圣战，把牺牲者刻画成捍卫神圣信仰、抵抗外族异教分子的英雄烈士。[②] 罗兰的故事逐渐变成基督教与伊斯兰教大规模长期战争中的一个重要篇章。然而，这并不成功，正如杨宪益所说：

---

① 《贝奥武甫 罗兰之歌 熙德之歌 伊戈尔出征记》，陈才宇等译，南京：译林出版社，1999年版，第4页。

② 唐志强：《光辉的里程碑——〈贝奥武夫 罗兰之歌〉》，《法国研究》，1984年第4期，第9—10页。

> 虽然中世纪文人企图把这部史诗加工改造成一部描写基督教徒和伊斯兰教徒战争的作品,但他们做得并不成功;当时欧洲文化还处于比较落后的状况,近东一带的伊斯兰教文化,在十字军东侵时代,比起欧洲文化来是先进的。欧洲的寺院文人对伊斯兰教文化并没有真正了解。诗里描写伊斯兰教徒崇拜各种邪神,实际上是反映了欧洲基督徒自己的信仰。伊斯兰教并不是多神教,也不会供奉穆罕默德的神像;至于其他邪神,如特瓦冈本来是中古基督教中魔鬼的一个名称,再如阿波连是希腊罗马时代的阿波罗,朱庇特也都是希腊罗马的神名。诗里的"异教徒"也并不完全指伊斯兰教徒,其中也包括了撒克逊人,丹麦人,斯拉夫人,匈牙利人,鞑靼人等等,也就是说,包括任何在当时西欧基督教文化以外的人。[①]

当然史诗在英雄形象的塑造、战斗精神和忠君爱国主题的弘扬方面都颇具光彩。

3.《熙德之歌》

《熙德之歌》是西班牙文学史上最早的一部史诗。它是盛行于12世纪的游唱诗中唯一流传到今天、保留最完整的长篇纪功诗,也是西班牙最早用民间口语卡斯蒂利亚语保存下来的文学作品。

《熙德之歌》被编订成文字一般认为是在1140年至1157年之间,即熙德逝世40年之后。研究《熙德之歌》的权威学者堂拉蒙·梅嫩德斯·皮达尔认为,该史诗的作者有两个人,最早版本的作者是戈尔马斯的圣埃斯特万人,而另一个作者则是一位居住在梅迪纳塞利(今索利亚地区)附近的、与摩尔人混居的西班牙游唱歌手。后者改写了全诗并补充了某些偏离历史事实的内容。而当今流传于世的版本是由一个名叫佩德罗·阿瓦特署名的1307年完成的手抄本,共74页。手抄本原稿的开始、中间和结尾处各失落了一页,失落部分根据《卡斯蒂利亚二十国王编年史》上的记载以散文形式得到补遗。全诗共3730行。

西班牙有一位卡斯蒂利亚的骑士,名叫罗德里戈·狄亚士,1040年左右生于皮伐尔,由于他骁勇善战,摩尔人对他也十分尊敬,称他为"熙德"(在阿拉伯语中"熙德"是对男子的尊称)。这就是《熙德之歌》在现实生活中的原型,一个典型的中世纪西班牙封建骑士。因为熙德在和摩尔人的斗争中立下不少汗马之功,卡斯蒂利亚国王阿方索六世1074年把自

---

① 《罗兰之歌》,杨宪益译,上海:上海译文出版社,2008年版,第4—5页。

己表妹希媚娜嫁给熙德。大约在1081年,熙德得罪了阿方索六世,得到了放逐的处分。熙德被放逐以后,不得已率领一批愿意追随他的卡斯蒂利亚骑士到割据萨拉戈萨的摩尔国王的军队中服役,在不断的混战中打了不少胜仗,愈来愈多的卡斯蒂利亚骑士慕名而来,投到他的麾下。1094年他攻下了瓦伦西亚,事实上成为当地独立的统治者,并且攻占不少邻近的土地,不断地和摩尔人作战,几乎战无不胜。1099年,他在瓦伦西亚去世。他的妻子带着他的遗体回到故乡卡斯蒂利亚。

熙德的原型只不过是一个英勇无畏、武艺高强、善于领兵打仗,主观上为自己、客观上为西班牙人民的"光复运动"做出一定贡献,而赢得了人民的爱戴的封建骑士而已。然而,就是这样一个封建骑士,在《熙德之歌》中却被塑造成了一个西班牙民族英雄的形象。由此我们可以看出:"作者是一个极富于理想的人,他把这位英雄一生真正事业中的几种较小的事渲染得十分活跃……把这位粗鲁的武士变成他个人理想中的英雄,在作者的理想中,西特(即熙德)是卡斯特儿(即卡斯蒂利亚)爱国精神和热心于基督教的代表人物。"①

在这史诗出现后,熙德成了西班牙人民心目中的民族英雄。创作史诗的民间歌手把西班牙人民的气质与灵魂都寄托在熙德身上:坚强的意志,直率的性格,从容的礼貌,稳重的作风,真挚的爱情,对国君的忠诚,反抗外族侵略的勇敢善战,以及宽宏的骑士精神。

4.《尼伯龙根之歌》

《尼伯龙根之歌》是德国最具影响力的英雄史诗,是欧洲中世纪英雄史诗中的杰作。它于5、6世纪初具雏形,11、12世纪时基本定型并形成文字。它是在德意志口头流传的古代日耳曼英雄传说的基础上用长篇史诗的叙事形式加工创作的,也标志着德语文学英雄史诗没有文字记载的历史空白的终结。

《尼伯龙根之歌》的内容来源于两个彼此独立的传说系统:一是关于布伦希尔德或西格弗里德的传说,二是关于勃艮第王朝覆灭的传说。这两大传说系统最初见诸文字是《埃达》中的《古西古尔德之歌》和《古阿提里之歌》。第一个传说系统早在5世纪或6世纪就已经形成了,当时流传一首名为《布伦希尔德之歌》的英雄歌,与《尼伯龙根之歌》的第一部分情

---

① 李俄宪:《比利牛斯半岛上的一曲英雄赞歌——〈熙德之歌〉多元观照》,《外国文学研究》,1989年第3期,第123页。

节大致相同。12 世纪又产生了《新布伦希尔德之歌》。如果说关于布伦希尔德或西格弗里德的传说是虚构的,那么勃艮第的传说是有确切的历史渊源的。民族大迁徙时期,日耳曼的一个部族勃艮第人曾建立了显赫一时的勃艮第王国,公元 434(或 435)年遭到西罗马帝国的沉重打击,次年被匈奴人彻底消灭。大约 5 世纪,就有一首以勃艮第王国覆灭为内容的名为《法兰克勃艮第之歌》的英雄歌流传开来。大约 1160 年,勃艮第传说又出现了一部重要史诗《尼伯龙人惨史》。

到《尼伯龙根之歌》成书的 13 世纪,这两个传说系统已经发展了数百年,故事情节和人物形象基本已经定型。《尼伯龙根之歌》的伟大之处在于它将这两个本身并不相关的传说在史诗中由克林希尔德这个前后以西格弗里德与艾柴尔之妻的不同身份的角色联系起来,成为了一个首尾连贯、总体统一的故事。

《尼伯龙根之歌》的编订者已经无法考证,只能大致推测是一名神职人员。从作品的特质和描绘的内容来看,他多是一个有教养、有公职权利的下层骑士。传说 12 世纪初,帕骚的大主教沃尔夫格尔·封·艾尔拉委托身边的一位僧侣用书面形式记录下几个世纪以来口头流传的尼伯龙根传说。他要求作者的创作要符合时代精神,能够与关于亚瑟王及其骑士的文学作品和关于特洛伊战争的小说相媲美。于是这位僧侣便开始搜集、加工能找到的口头传诵材料,并且试图迎合其委托人和读者的兴趣,把不同的素材联系起来,赋予其统一的诗节。

《尼伯龙根之歌》在中世纪湮灭,直到 18 世纪才被重新发现。迄今为止,考古发现的《尼伯龙根之歌》手稿有 30 多个版本,其中包括收藏于德国、奥地利两国图书馆的约 10 部全版或接近全版的手稿,此外还有 20 多部残缺不全的抄本。史诗分 39 个段落,2400 个诗节,最初写在羊皮纸上。版本的手稿的内容和语言风格都存在着不小的差别。可以看出,有的版本写作水平比较低,内容含糊,缺乏逻辑,语音文字较粗糙;而有的版本创作水平比较高,听众或读者显然属于出身较高贵、有一定教养的阶层。在这些手稿中最重要的有三部:发现于奥地利福拉尔贝格州的霍恩埃姆斯,现存于德国慕尼黑国家图书馆,学术界习惯上称为 A 版;现存于瑞士圣加伦修道院图书馆,即 B 版;荷恩埃姆斯—拉斯贝尔克版,即 C 版。C 版于 1755 年由德国外科医生雅可布·赫尔曼·欧伯莱特在奥地利发现的。所有考古发掘的手稿中,C 版是最古老的版本,源自 13 世纪初。但奇怪的是,从内容上看,C 版诞生的时间显然相对较晚,因为它比其他版本内容更丰富，改编的成分更多，表现的多为中世纪的生活场景，而A版和B版所叙述的内容与北欧的古老神话和传说有更大的关联。普遍认为，目前已经发现的手稿中，B版最接近作品的正本；A版是从B派生出来的，比B版简短；C版是最完整的，明显经过了仔细加工。大多数18世纪之后用高地德语翻译的《尼伯龙根之歌》译本都是以C手稿为依据的。以字母C命名的手稿现为巴登-符腾堡州银行财产。

在所有《尼伯龙根之歌》的手抄本中都包含有一篇附件，即4360行的双韵诗体，名为《哀诉》。大多数专家认为它在大约公元1220年写成，与《尼伯龙根之歌》的作者是同一人。《哀诉》的叙述技巧与《尼伯龙根之歌》大相径庭，语言平淡乏力而更多地流露出教化与布道的痕迹，也没有顾及美学质素。但不得不说，正是由于这首《哀诉》的存在，才使得《尼伯龙根之歌》有了完整的情节、最终的结局。

《尼伯龙根之歌》的编订者很少在叙述中加入自己的意见，做出裁决式的判断，或对读者的理解作出引导，使得《尼伯龙根之歌》有了"半历史"的雅号。但同样，《尼伯龙根之歌》的编订者借助古代日耳曼人的英雄形象，表现了12、13世纪的社会生活和骑士理想。故事中人物的思想、价值标准和行为方式都是12、13世纪的，体现了13世纪初期人们对谦和而威严的英雄本质的认同与赞赏。

5.《伊戈尔远征记》

著名考古学家、文物收藏家穆辛-普希金于1795年通过他的代理人在雅罗斯拉夫尔的救主寺发现了一部手抄的古代文集，其中的一篇就是《伊戈尔远征记》。该手抄本用基本上摆脱了教会斯拉夫语的古俄语书写，其成书年代大约为11、12世纪，同时代的手抄本在前苏联保存至今的只有一百种左右。1800年，在穆辛-普希金与其朋友，专家马利诺夫斯基、邦蒂什-卡缅斯基和著名作家和历史学家卡拉姆辛的共同努力下，《伊戈尔远征记》出版了第一个版本，并在原文后附加了译文和注释。1812年，这部手抄本的原稿在大火中烧毁。现存的《伊戈尔远征记》最古老的版本是献给叶卡捷琳娜二世的原稿复制本以及1800年出版的印刷本。

《伊戈尔远征记》是王公内讧与异族侵略的历史记录。据《俄罗斯编年序史》和《加里奇-伏林编年史》记载，基辅大公符拉基米尔·莫诺玛赫曾于1111年击溃波洛夫人，占领了他们的全部领土，还赶走了波洛夫人首领奥特罗克与首尔昌。1184年，基辅大公斯维雅斯拉夫对第聂伯河流域的波洛夫人再一次进行了规模宏大的征讨，击败了对方并俘虏了首领柯比雅克。然而伊戈尔未能参加俄罗斯诸侯的这次联合讨伐，于是在第二年和兄弟、儿子、侄子一起召集了军队擅自进攻波洛夫人。这次力不从心的远征遭到了失败，俄罗斯国家和人民因此蒙受了一场巨大的灾难。史诗叙述的正是基于远征的历史，开始写伊戈尔扬威出征及征讨的经过。

虽然关于史诗的编订者为何人至今尚未定论。李锡胤在其译本前言中提出的关于编订者的猜测就有以下几种：名歌手米都谢；伊戈尔公爵本人；加利奇大贵族彼得·波里谢维奇；某千夫长之子；千夫长拉古伊尔等。而他本人更倾向于集体创作。[①] 曹靖华认为，从长诗的情节结构可以看出，作者写的虽然是一件具体的史实，但与编年史很不一样，作者并不追求完全写实，他的主旨是写出这一具体历史事件所具有的内在的、全民族的含义，同时表示自己对它的态度。作者通过种种艺术手法成功地体现了自己的构思。诸侯之间的封建割据局面关系到俄罗斯国家的生死存亡，诸侯必须从失败中吸取经验教训。[②]

利哈乔夫考证出史诗的成书年份为 1187 年。因为史诗中列举了当时还在世的王公时，提到了 1187 年死去的加里奇公雅罗斯拉夫·奥斯莫梅尔，呼吁他"射死康恰克"；而结尾处"歌颂"年轻的王公时，提到了伊戈尔的儿子，此人是于 1187 年获释回国的符拉基米尔。

第三节　中世纪英雄史诗的经典化历程

一、英雄史诗的经典化之路

中世纪英雄史诗的经典化之路颇为漫长，大多都经历了一个从湮没到再发现的过程。

《贝奥武甫》在英国文学中的接受之路就是如此。在古英语文学中，它一向处于边缘位置，从未充当全民族的课本。一般认为，公元 11 世纪诺曼征服结束了古英语文学的繁荣，《贝奥武甫》也被束之高阁了。美国学者鲁宾斯坦博士所著的《英国文学的伟大传统》一书中，对英国文学的梳理也是从伊丽莎白时代开始的，只字不提《贝奥武甫》。而大部分英国文学史也是将乔叟作为英国文学伟大传统的开端，尊称他为"英国文学之

---

① 《贝奥武甫 罗兰之歌 熙德之歌 伊戈尔出征记》，陈才宇等译，南京：译林出版社，1999 年版，第 17 页。

② 曹靖华主编：《俄国文学史》，北京：人民文学出版社，1989 年版，第 11 页。

父”。直到19世纪,《贝奥武甫》才开始受到文学家和批评家的关注。据冯象的《贝学小辞典》中记载,1815年,冰岛学者索克林在丹麦出版《贝奥武甫》的第一个古英语版本。之前,1805年,英国历史学家特纳在他的皇皇巨著《盎格鲁-撒克逊人的风俗、地产、政府、法律、诗歌、文学、宗教和语言史》里,就已经译出了片断。[①] 渐渐地,几乎所有的欧洲文学史和英国文学史都无法绕过《贝奥武甫》,《牛津英国文学百科全书》中也设专章对《贝奥武甫》进行了介绍和研究。19世纪末,关于史诗中的基督教和日耳曼文化传统的呈现和关系问题的论争也在学术界展开。如著名作家康拉德在其著作《英国文学中的人物历史》中就完全用基督教文化来解读《贝奥武甫》,完全忽略《贝奥武甫》中的异教因素,把一些明显带有异教色彩的情节强行拉入基督教的范畴。直到20世纪90年代,英国诗人斯考特·毛根和爱尔兰诗人谢默斯·希尼同时分别将《贝奥武甫》用现代英诗的形式翻译出来,降低了史诗的阅读门槛,《贝奥武甫》才引起了普通大众的阅读兴趣。尤其是希尼的译本成了英语文学畅销书,并被收入了《诺顿英国文学选》。由此,《贝奥武甫》完全步入了文学经典的行列。两个世纪以来,《贝奥武甫》不同体裁的译本已近300种,包括阿拉伯语、朝鲜语和至少六种口语译本,并被改编成话剧、喜剧、音乐剧、电影、电视、小说、童话和连环画等。

无独有偶,《尼伯龙根之歌》在德语文学中也是步履艰难。它被收入1504年到1517年撰写的《阿姆布拉斯英雄故事集》后,从16世纪开始被人淡忘。16世纪最后一位提及这部史诗的学者是瑞士的历史学家沃尔夫冈·拉奇乌斯。1557年,他在自己的学术著作《论民族大迁徙》中援引了《尼伯龙根之歌》中的几个段落。到了17世纪上半叶,《尼伯龙根之歌》完全湮没在故纸堆中,250年内无人问津。1755年,C手稿的发现使得这部史诗重新进入人们的视线,而发现者欧伯莱特也被誉为“重新发现德国中世纪的人”。19世纪,《尼伯龙根之歌》被提升为民族史诗。1808—1809年,歌德在魏玛文学界内朗诵《尼伯龙根之歌》,并且给予史诗高度评价。浪漫派的代表人物施莱格尔也认为,《尼伯龙根之歌》应成为“我们诗歌的整个基础和柱石”,并呼吁把它编入学校的教材,使之成为教育德国青少年的主要用书。自19世纪以来,不仅研究《尼伯龙根之歌》的论著与日俱增,而且利用《尼伯龙根之歌》的题材进行创作和改写的作品也层

① 《贝奥武甫》,冯象译,上海:上海三联书店,1992年版,第198—199页。

出不穷,如瓦格纳利用这一题材创作的歌剧《尼伯龙根指环》等。直到最近研究和改写《尼伯龙根之歌》的兴趣仍方兴未艾,德国还建起了《尼伯龙根之歌》博物馆,并开始举办《尼伯龙根之歌》节。

《罗兰之歌》《熙德之歌》和《伊戈尔远征记》也都先后经历了类似的过程。中世纪英雄史诗的经典化之路为何如此曲折?这与英雄史诗中的异教思想密切相关。虽然英雄史诗都由神职人员最后编订,在其编订过程中,或多或少在口头文本的基础上加上了基督教思想,然而其与《圣经》等宗教文学无法相提并论,其中不乏异教思想。这种阻力在英雄史诗的流传成书阶段就已经先天存在。据记载,查理大帝的宫廷教师英国人阿尔昆被认为那个时代最博学多才的人,而他就曾经写信给林迪斯坊修道院院长指责其不该在教堂中吟唱古日耳曼英雄英叶德的传说故事。因此,在基督教一统天下的年代,英雄史诗的流传成书原本就十分艰难。

而之后的文艺复兴三百年又将中世纪看作"漫长而黑暗"的,并希望重回古希腊和古罗马,从希腊和罗马文学中汲取创作养分。基于以上两大原因,中世纪英雄史诗就这样被遗忘了数百年,其经典化的脚步也停滞了数百年。

二、英雄史诗在中国的传播

英雄史诗在中国的译介从五四前后开始。第一个译介者应该是周作人。1914 年,周作人写了《英国最古之诗歌》一文,详细介绍了《贝奥武甫》的内容、情节和艺术特色,认为它"质朴古雅","庄严之气,悲哀之情,透纸而出",正是英国人历来"宝重是书"的原因。此后,1917 年,他又在其《欧洲文学史》第三卷中开辟专章"异教诗歌"对《贝奥武甫》《伊戈尔远征记》等多部英雄史诗进行了简明扼要的阐述。1921 年,作为第一个访问苏联的作家,瞿秋白在《十月革命前的俄罗斯文学》中提到了《伊戈尔远征记》的写作年代、作者、主题、内容和艺术。他指出:"十二世纪末至十三世纪初的古文,最确实而且完全可读的,要算《纪依鄂尔之役》一碑,记 1185 年依鄂尔征伐波洛夫族之役。著者大约是当时的侍卫,不但有美文的手笔,并且论述出征失败的原因,而对于王侯有所蔑谏。"1927 年,郑振铎在《文学大纲》之"中世纪欧洲文学"一章中指出:"在这黑暗的时代里,各国的文学却渐渐地露出他们的曙光。正如黑夜孕育着黎明,黑暗时代也孕育着欧洲各国的文学的第一次光明。各国的民间史诗都在这个黑暗时代完成。”[1]随后，介绍了《尼伯龙根之歌》等中世纪有代表性的英雄史诗。

中华人民共和国成立后，在每一部“西方文学史”的“中世纪文学”章节中总会有关于英雄史诗的探讨。较有代表性的有：由杨周翰、吴达元、赵萝蕤主编，冯至、朱光潜等参加编写的中国当代第一部较为完备的欧洲文学史专著《欧洲文学史》，分上、下两卷，由人民文学出版社于1964和1979年先后出版；2001年译林出版社出版的杨惠林、黄晋凯著的我国第一部中世纪的断代文学史《欧洲中世纪文学史》等。学界关于中世纪英雄史诗的研究也逐步开展起来，有一定数量和较高质量的专题论文，论及史诗的人物塑造、史诗和民族精神、写作特点、译本述评等问题。也有一些专门研究中世纪文学的学术专著大篇幅论及英雄史诗，比如陈才宇的《古英语与中古英语文学通论》（商务印书馆，2007年版）、肖明翰的《英语文学传统之形成：中世纪英语文学研究》（上、下卷）（社会科学文献出版社，2009年版）、刘建军的《欧洲中世纪文学论稿：从公元5世纪到13世纪末》（中华书局，2010年版）等。

时至今日，中世纪英雄史诗的代表作品已经都有多个汉译版本。《贝奥武甫》有三个译本，分别为：陈国桦的《裴欧沃夫》（中国青年出版社，1959年版，根据1957年出版的大卫·乌恭特的散文译本翻译）、冯象的《贝奥武甫：古英语诗》（生活·读书·新知三联书店，1992年版，根据现藏大英博物馆古英语手稿翻译）和陈才宇的《贝奥武甫》（译林出版社，1999年版，根据1991年英国米德尔塞克斯出版的“盎格鲁-撒克逊丛书”中的古英语和现代英语对照排本《贝奥武甫》翻译）。《罗兰之歌》有两个译本，分别由杨宪益（上海译文出版社，1981年版，根据英国牛津大学图书馆所藏抄本翻译）和马振骋（译林出版社，1999年版，根据牛津版本校订版翻译）翻译。《熙德之歌》有四个译本，它们是赵金平版、段继承版、屠孟超版和尹承东版。赵版根据西班牙马德里1955年出版的第九版《熙德诗》翻译，由上海文艺出版社于1982年出版；段版翻译于20世纪80年代，由中国文联出版社于1995年出版；屠版由译林出版社于1997年出版；尹版由重庆出版社于2000年出版。《伊戈尔远征记》有两个版本，分别为魏荒弩的《伊戈尔远征记》（人民文学出版社，1983年版）和李锡胤的《伊戈尔出征记》（商务印书馆，2003年版）。《尼伯龙根之歌》有三个版

---

① 郑振铎：《文学大纲》（上），长春：吉林人民出版社，2013年版，第240页。

本:1959年由民文学出版社出版的钱春绮译《尼贝龙根之歌》;1999年由译林出版社出版的安书祉译《尼伯龙人之歌》;2005年由华东师范大学出版社出版的曹乃云译《尼伯龙根之歌》。

第四节 中世纪英雄史诗的经典性阐释

一、珍贵的史学价值

英雄史诗是我们了解中世纪社会与文化的一座桥梁。在中世纪的历史文献中,关于各蛮族早期历史的文献还是比较有限的。古罗马最伟大的历史学家塔西佗的《阿古利可拉传》《日耳曼尼亚志》虽然有关于日耳曼人、不列颠人、犹太人、埃及人等的记载,但论述较简,只是一些大体上的描述。此后,法兰西历史学家爱因哈德所著之《查理大帝传》、西班牙著名的历史学家伊斯多尔的《西哥特、汪达尔、苏埃汇诸王的历史》等记录都颇为简略。阿尔弗里德大帝在位开编的《盎格鲁-撒克逊编年史》是"古英文史书的基础权威著作",也被称为"一个西方国家以其自己的语言写成的第一部连贯的本国历史"。该书虽然完整,是一部大事志,但同样缺乏社会深层文化精神的记载。

中世纪英雄史诗为我们保存了不少早期蛮族社会的史料,是一批很珍贵的具有历史文献意义的作品。虽然《贝奥武甫》中主人公战妖魔杀毒龙的情节以及吃人的巨人、吐火的毒龙等使得史诗具有一定的民间童话性质,但它仍然有很强的史料价值。例如,前面所述贝奥武甫是历史上真实存在的人物;其次,史诗中有很多"离题"的插曲,主要是通过在各种场合对历史事件或历史传说的述说、吟唱或回忆来呈现的。插曲虽然与史诗的主体情节没有直接关系,但是其中的历史人物、历史事件都是真实的,有丹麦部落酋长与弗里西亚国王的纷争,丹麦国王为了调解其国家与西塞巴斯人的世仇嫁女联姻最终失败,瑞典国王追杀侄儿,等等。《罗兰之歌》记述的也是历史上的查理大帝和他的勇将罗兰的事迹。《熙德之歌》是根据西班牙著名民族英雄罗德里戈·狄亚士的生平事迹创作的。而《伊戈尔远征记》也与史书《伊帕吉夫编年史》963年条中关于伊戈尔出征的记录相应和。这些史诗的主人公都是以姓名相同的历史人物为原型塑造的,历史背景也是以穿插具有史料价值的插曲为手法而构成的。

此外,较之那些简要记录史实的史书,英雄史诗鲜活而细致地反映了当时社会现实，让我们看到了当时欧洲各民族社会生活和精神生活的全貌。从《贝奥武甫》中，我们就看到了北欧日耳曼民族前封建时代贵族社会的生活。请看史诗开篇：

> 诸位安静！我们已经听说，
> 在遥远的过去，丹麦的王公、首领，
> 如何将英雄的业绩一一创建。
> 斯基夫之子希尔德，常常从敌人手中，
> 从诸多部落那里，夺得领土，
> 想当初他孤苦零丁，如今却
> 威镇四方酋长；他已如愿以偿，
> 在天地间建功立业，声誉日增，
> 直到鲸鱼之路四邻的部落
> 一个个不得不向他臣服，
> 向他纳贡；哦，好一个强大的国王！①

从中我们可以看出，贝奥武甫生活的年代是一个战乱频繁的野蛮年代。当时氏族之间、部落之间经常发生血仇摩擦，劫掠成了财富积累的重要途径，打仗或者劫掠得来的战利品必须首先呈献给国王。英雄史诗中也有关于当时风俗的描述，如《熙德之歌》第二歌"熙德女儿的婚礼"中生动地记述了当时西班牙婚礼的风俗习惯：

> 盛大的婚宴就在体面的城堡中举行。
> 次日熙德命人竖立七块木板，
> 午饭前就全部被人打翻。
> 婚庆整整持续了十五天，
> 过了这个时间，宾客们开始辞行。
> 熙德·堂罗德里戈——吉日良辰诞生的人，
> 将一百多头牲口送给来宾，
> 其中有驯马、骡子，还有不少良驹，
> 此外，还有服装、皮衣和斗篷，
> 赠送的钱币数不清。②

---

① 《贝奥武甫 罗兰之歌 熙德之歌 伊戈尔出征记》，陈才宇等译，南京：译林出版社，1999 年版，第 17 页。

② 同上书，第 498—499 页。

从这几行诗中,我们就可窥见中世纪西班牙婚礼持续的时间、"竖木板,打木板"以及宾客离去时主人回礼等习俗。

然而,英雄史诗是文学艺术作品,并非历史的真实写照。前节论述过,《罗兰之歌》将历史上的一场败仗变成一场大胜仗,将在战斗中殉国的将士罗兰则是写成了战无不胜的英雄。《熙德之歌》则将熙德一个英勇无畏、武艺高强、善于领兵打仗,主观上为自己的封建骑士崇高化为一个民族英雄形象。而《贝奥武甫》的编订者也将前基督时代的日耳曼传说基督教化了。而正是这历史真实与艺术真实之间的差别为我们考察当时的社会思想面貌提供了很大的研究空间。《贝奥武甫》的基督教化,反映了当时基督教一统天下的局面;罗兰和熙德的英雄化则体现了当时封建王国弘扬"忠君爱国"思想。

如前所述,中世纪英雄史诗还是一个民族文化精神形成时期的活化石。它是在欧洲蛮族原初心理的沃土中孕育的。别林斯基曾说:"民族性是叙事长诗的基本条件之一,史诗所表现出来的民族性,乃是民族特性的烙印,民族精神和民族生活的标记。"如德意志民族从萌芽到基本定型的时期与《尼伯龙根之歌》广为传唱的时期几乎同步,《熙德之歌》最早见诸文字是 12 世纪,这是西班牙语经历了民间拉丁语的蜕变、书面语言基本定型的时期,《熙德之歌》正是标志西班牙语言定型的第一部作品。《熙德之歌》还成功地塑造了中世纪西班牙的民族英雄熙德的形象,反映了当时整个民族的心理态势。"它的最大的美,就在于它是一部生动的诗——有动作的诗,不仅是供人吟唱,它所描写的英雄,是完全西班牙人的气格,卡斯特儿民族特性的象征。"①

二、豪迈尚武的英雄气概

在人类历史的长河中,特别在人类文明的初创时期,原始人类对周围存在的事物往往表现出无与伦比的惊奇,卡莱尔称这种"对事物无限的惊奇"的情感为"崇拜"。随着人类文明的发展,自然崇拜、神崇拜逐渐过渡为"英雄崇拜"。所谓英雄,是指被视为拥有超凡能力的人。而"英雄崇拜",即以无比的炽烈之情,衷心敬仰与膜拜一位神一般的最崇高的人物。英雄史诗就源自英雄崇拜这一情感。

① 李俄宪:《比利牛斯半岛上的一曲英雄赞歌——〈熙德之歌〉多元观照》,《外国文学研究》,1989 年第 3 期,第 122 页。

古希腊《荷马史诗》中的阿基琉斯和奥德修斯就是英雄。中世纪英雄史诗的主人公贝奥武甫、罗兰、熙德、伊戈尔等也都是英雄，颂扬其豪迈尚武的英雄气概始终是英雄史诗的主题。

中世纪英雄史诗中的英雄首先力量非凡，战功赫赫。比如，贝奥武甫"一只手的力量就与三十个勇士的力量相当"[①]。史诗中，贝奥武甫来到丹麦自动请缨时，还历数了自己过往不平凡的战功来显示自己非凡的战斗能力：

因此，我的同胞——那些智慧的大臣，
就建议我踏上此次征程，
来此拜见你赫罗斯加国王，
因为他们知道我力量非凡。
他们曾亲眼目睹我从战场凯旋，
浑身沾满血污，在一次争战中，
俘获了五个巨人，捣毁了巨人家族；
有天晚上，我还在波涛中历经艰难
杀死众多海怪，替高特人报了仇——
把怪物撕成碎片——而这一次，
我打算单独跟魔怪格兰道尔
较量较量。[②]

贝奥武甫非但俘获五个巨人，还捣毁巨人家族；非但杀死众多海怪，还将海怪撕成碎片，英勇无比。《尼伯龙根之歌》中的英雄西格弗里德也是如此。诗中写道："相传，他曾经亲手杀死一头凶猛的巨龙，/皮肤因沐浴过龙血变得像鳞甲一样坚硬，/从此刀枪不入。"[③]由于叛徒甘尼伦出卖，敌人的十万大军将罗兰的两万人马围困。在困境中，罗兰对剑沉吟：

朵兰剑啊，你多么华丽、明亮和灿烂！
你在阳光下像火似地发亮燃烧！
当查理在莫里埃纳山谷时，
上帝通过天使在空中向他宣布：

---

① 《贝奥武甫 罗兰之歌 熙德之歌 伊戈尔出征记》，陈才宇等译，南京：译林出版社，1999年版，第31—32页。

② 同上书，第33页。

③ 《尼伯龙人之歌》，安书祉译，南京：译林出版社，2000年版，第23页。

把剑赠给一位伯爵统帅。
高贵伟大的国王让我佩带。
我带了你为他征服了安茹和布列塔尼,
征服了普瓦图和曼恩;
我带了你为他征服了自由的诺曼底,
普罗旺斯和阿基坦,
伦巴第和罗马尼亚全境;
我带了你为他征服了巴伐利亚和佛兰德,
勃艮第和波兰全境;
君士坦丁堡向他进贡,
萨克森向他称臣。
我带了你为他征服了苏格兰和爱尔兰,
英格兰也归入他的管辖,
我带了你征服了那么多的国家,
并入查理的版图……[①]

罗兰的战功实在骄人,难怪查理王对他爱护有加。英雄气概除了善战,还少不了英勇。在敌众我寡的情况下,罗兰带领军队奋勇杀敌。史诗中开战前,罗兰的一段誓言突显英雄的勇敢:

让上帝成全我们吧!
为了国王我们应该在这里停下。
藩臣必须为君王分忧,
不怕烈日严寒,
不怕忍饥挨饿。
人人都要奋勇杀敌,
不让别人对着我们唱哀歌!
异教徒走邪道,基督徒为正义。
我发誓以身作则。[②]

这样悬殊的战斗力量对比,实力弱的一方纵使再智勇双全也是很难获胜的。然而罗兰和他的两万大军最终战死沙场,但其战斗勇气可嘉。

---

① 《贝奥武甫 罗兰之歌 熙德之歌 伊戈尔出征记》,陈才宇等译,南京:译林出版社,1999年版,第276—277页。

② 同上书,第209页。

此外,忠诚、荣誉感强和慷慨也是英雄豪迈气概的内涵。忠君爱国是其永恒的主题,尤其是中世纪中期以后的史诗:贝奥武甫臣服于丹麦国王赫罗斯加;罗兰忠于查理大帝;熙德为卡斯蒂利亚国王阿方索国王效忠。而战士们则要忠于自己的首领,依靠勇敢和战功来博取首领的赏识。罗兰在陷入危机的时候,他的战友奥里维伯爵要其吹响号角,请求查理大帝派兵增援,而罗兰却回答:“那真是愚不可及!我会在富饶的法兰西丢尽颜面。”[①]他更不想“因我的过错让父母遭受责难,让富饶的法兰西丢尽脸面”[②]。可见,荣誉对英雄有多重要,甚至比战争的胜负更重要。史诗中的英雄挥金如土,毫不吝啬。征战前,熙德将女儿和妻子托付给修道院时说道:“如果我留下的这笔钱不够开销,/就请您设法加以垫付,/您现在花一个马克,/将来我还四个向修道院把账算清。”[③]而且他每次战后总要给下属发放战利品:

> 熙德的人立即搜索敌营,
> 缴获了盾牌、武器和大批金银;
> 还从摩尔人手中,
> 夺得五百一十匹骏马良驹。
> 众人情绪高昂,兴高采烈,
> 发现自己人只损失了十五名,
> 缴获的金银数也数不清。
> 有了战场上获得的这笔财富,
> 基督徒们个个都变成了有钱人。
> 熙德让摩尔人回到自己的城堡,
> 还给他们每个人有所馈赠。
> 熙德和他的随从欣喜万分,
> 下令在将士中分发许多金银。
> 熙德本人得到五分之一的战利品,
> 光马就有一百匹整。
> 主啊,他对部下分配财物多么公平!

---

① 《贝奥武甫 罗兰之歌 熙德之歌 伊戈尔出征记》,陈才宇等译,南京:译林出版社,1999年版,第212页。

② 同上书,第212页。

③ 同上书,第390页。

无论是士兵还是军官人各一份。
良辰吉日诞生的人安排得有条不紊，
对每个跟从他的人都酬以重金。[①]

英雄的慷慨不仅仅是广散财物的慷慨，还是承担起为民谋福利的责任，甚至不惜牺牲自己的生命。

中世纪英雄史诗中的英雄不同于古希腊史诗中的英雄。古希腊的英雄是神性英雄，任性鲁莽；中世纪的英雄是人性英雄，是有理智的人。古代史诗中的英雄是个人主义英雄；中世纪史诗中的英雄是集体主义英雄、是民族精神的体现。古代英雄没有明确的集体意识，英雄之间的合作仅仅是一种力量的合作；而中古史诗中的英雄有明确的集体意识，他们之间的合作是精神的凝聚，是集体协作，是在忠君爱国精神的激励下而凝聚的集体。[②] 刘建军认为，中世纪史诗在思想价值上首要特征是展示了特定历史文化时期的“人”的因素的强势存在，表现“人是英雄”的主旨，强调特定历史时期人的作用与价值。[③]

三、后世叙事文学的蓝本

中世纪英雄史诗因其生动的人物形象、精彩的故事情节和巧妙的叙事手法构成了欧洲古代叙事文学的基本特征，同时也为后来的叙事文学的创作提供了重要的依据。

就人物形象而言，中世纪英雄史诗中人物形象的塑造不仅栩栩如生，而且真实可信，有立体感。如贝奥武甫年轻和年老时形象的对比十分有艺术感染力：年轻的贝奥武甫血气方刚、疾恶如仇、勇猛无比，而年老的则稳重、老练、务实，并怀有伟大的博爱精神。熙德也是一个性格丰满完整、有血有肉、多种性格多维统一的形象。在熙德身上，理智与情感、儿女情与风云气得到了统一。《罗兰之歌》中对反面人物甘尼伦的描写也相当成功，非常真实可信。史诗并没有把这个叛徒一上来就丑化到令人难以相信的程度；相反，在若干描写里，还提到了他高贵的仪表和在敌人面前表现的某些勇敢，但是也明白指出了在华丽外表里隐藏的叛徒的丑恶灵魂。

---

① 《贝奥武甫 罗兰之歌 熙德之歌 伊戈尔出征记》，陈才宇等译，南京：译林出版社，1999年版，第420页。

② 金朝霞：《欧洲中世纪史诗对古代史诗在题材内容方面的继承与超越》，《河南大学学报》(社会科学版)，第43卷第5期，2003年9月，第66—67页。

③ 刘建军：《欧洲中世纪史诗的历史文化阐释》，《北方论丛》，2009年第3期，第87页。

最初甘尼伦只表现为与罗兰看法不同，他认为“要保持明智”；在路上同大食使臣同行时，他还是对查理王表示无限忠心和敬佩的；到了马西理王面前，他最初也还忠实地传达了查理王的旨意，甚至冒了一些生命危险；在史诗第500行以后，原诗大概缺漏了几行，后面我们就看到由于他缺乏坚定立场，已经决定接受敌人的贿赂、出卖自己人了，这时“他们还彼此吻了嘴和脸”。这种性格的发展是很符合真实生活规律的。诗人关于这个叛徒的高贵仪表的描写正是为了更加衬托出他丑恶的本质，而并不是为他开脱。①

《贝奥武甫》在史诗情节的安排上就很有特色。它一方面用充分、详尽的史诗叙述手法，来开展贝奥武甫降妖除怪的主要情节；一方面用简练、省略的引喻暗示手法，来呈现插曲和离题的话。② 如果说《伊利亚特》选取了长达十年的特洛伊战争最后的几个星期，《熙德之歌》的情节裁剪也很巧妙，选取了熙德漫长一生中后五六年的战斗生活，实际上也只写了他最后两三年的几次战役和女儿们的婚事，通过这些反映了熙德一生的事迹及形象性格的全貌。同时，史诗也选取最能表现人物形象性格的事件大力渲染，如攻取和保卫阿尔塞尔的战役、与巴塞罗那伯爵的战斗、攻取瓦伦西亚的战役以及与卡里翁两公子的官司。这几件事都是表现作品中心主题的重要事件，同时也是表现主人公熙德形象性格的主要章节。作者对此不惜笔墨，既叙事又抒情，洋洋洒洒，而在写到熙德被放逐的原因时只是用简练而准确的几行诗，不到十个字就扼要地交代了问题，把故事情节过渡到放逐以后的熙德的行动，从而抓住主线铺展开去，使作品主次分明，给人以鲜明的主体印象。③

而《伊戈尔远征记》更是开启了俄罗斯史诗型小说发展的可能。它是宏大的社会历史语境与英雄故事的融合，既是一部讲述英雄远征故事的史诗型社会小说，也是讲述战争时期一个家庭悲欢离合的史诗型家庭小说。作品的集中紧凑的结构、宏大的战争场景以及插叙手法等，都对《上尉的女儿》《战争与和平》等后世俄罗斯叙事文学产生了深远的影响。

作为文学经典，中世纪英雄史诗是人类艺术史上辉煌的财富，影响深远，甚至在21世纪仍然大放异彩。它们不断地被“重写”，甚至是跨越专

---

① 《罗兰之歌》，杨宪益译，上海：上海译文出版社，2008年版，第6页。

② 李赋宁：《古英语史诗〈贝奥武夫〉》，《外国文学》，1998年第6期，第68页。

③ 李俄宪：《比利牛斯半岛上的一曲英雄赞歌——〈熙德之歌〉多元观照》，《外国文学研究》，1989年第3期，第127页。

业门类地被“重写”。

古英语诗歌研究的权威托尔金创作的奇幻小说《霍比特人》和《魔戒》三部曲风靡一时。《魔戒》三部曲迄今已发行1亿多册,被译成各种语言。如果说《霍比特人》与《贝奥武甫》惊人相似,那么《魔戒》三部曲也承继了《贝奥武甫》中将基督教思想与异教思想相融合的特点。托尔金也坦承《贝奥武甫》在其创作中起到了重要的作用。《魔戒》三部曲还被改编成电影,其中《魔戒3:国王归来》在第76届奥斯卡上获得了11个奖项。此后,《贝奥武甫》也被拍成电影。2006年7月7日首映的《贝奥武甫与格兰道尔》以史诗第一部分贝奥武甫与格兰道尔及其母亲的争斗的情节为基础,在适当改编的基础上把贝奥武甫这个一千多年以前的英雄带到了21世纪。一年之后,由华纳兄弟电影公司改编推出,由安吉丽娜·朱莉、安东尼·霍普金斯、布莱丹·格里森等一线明星出演的电影《贝奥武甫:北海的诅咒》再次在票房上获得了不俗的成绩。与电影《贝奥武甫》同步推出的还有根据电影制作的电子游戏《贝奥武甫》。在《博得之门》和《冰风谷》等系列游戏中,也出现了和史诗《贝奥武甫》中的角色同名同姓的龙套角色。

德国19世纪中叶著名的戏剧家弗里德里希·黑伯尔为了表达对同时代戏剧创作的不满,1861年在《尼伯龙根之歌》的基础上创作了戏剧《尼伯龙根》三部曲。“重写”历史上,影响更大的是瓦格纳的鸿篇巨制音乐剧《尼伯龙根指环》,在音乐史、戏剧史和歌剧史上都享有至高无上的荣誉。从1848年创作伊始到1874年总谱截稿,这部乐剧的创作历时26年之久。全剧需要四个晚上连续演出,耗时多个小时,提前四到五年订票。瓦格纳的《尼伯龙根指环》这一文学重写的最大意义是重塑了西格弗里德这一民族英雄的形象,他成了激情的浪漫主义反叛英雄。21世纪,尼伯龙根传说以更多的形式在世界各地流传,连网络游戏都成了其重要的传播途径。近年来,国内外流行的大型网络游戏如《魔兽世界》《大航海时代》中都有很多“尼伯龙根”元素作为文化背景。《大航海时代》将获得尼伯龙根指环作为游戏任务,而《魔兽世界》中的侏儒族和精灵族也能在《尼伯龙根之歌》中找到原型。

《伊戈尔远征记》《熙德之歌》和《罗兰之歌》也都被“重写”。鲍罗丁根据12世纪的俄罗斯史诗《伊戈尔远征记》自编脚本并作曲,创作了歌剧《伊戈尔王》。《熙德之歌》和《罗兰之歌》也于20世纪被搬上银幕。史诗中的人物和情节在跨世纪“重写”中也并非一成不变,这就表现出了当代文化在接受史诗上的一些新特点。

第十二章
骑士文学的生成与传播

在中世纪欧洲的教会文学、英雄史诗和民谣、骑士文学、宗教文学等四类文学中,诗歌这一形式占主导地位。就连一些叙事性作品和戏剧等,也主要是用诗体写成的。

中世纪显著的时代特征是教会神权统治一切,宗教信仰不仅是思想政治而且是文化生活的主要内容。欧洲的中世纪宗教诗歌如同其他形式的宗教文学,是以基督教的《圣经》为“理论基础”和“法律依据”,束缚人们的思想,为教会神权服务,抒发宗教感情,歌颂圣经美德,是“神学的奴仆”。然而,宗教诗歌尽管题材狭窄、内容单一,但是,所采用的神秘的梦幻和寓意性象征等表现手法,都为文学的发展起了一定的作用。

就中世纪的宗教神权统治一切的时代特征而言,骑士文学具有重要的反对宗教神权的进步意义。

骑士文学分为骑士抒情诗和骑士传奇(骑士叙事诗)两类。骑士抒情诗以“普罗旺斯抒情诗”为代表,主要形式为“破晓歌”;骑士传奇以亚瑟王传奇为代表,主要作品为《特里斯坦与伊索尔德》。

骑士文学是中世纪欧洲所特有的一种文学现象,其生成与中世纪特有的骑士制度密切相关。可以说,骑士文学就是骑士制度的产物。骑士是下层的小封建主,是大封建主所豢养的封建武装。一旦需要,骑士们自己就备好武器、马匹,为封建主去打仗,去立功,有了战功还可以获得大封建主的赏识。

骑士的信条是忠君、护教、行侠,他们把这些看作荣誉;骑士还要效忠于自己的女主人,要为封建主和所谓的心爱的贵妇人去冒险,以争取最大的荣誉。这也就是所谓的骑士精神。

第一节 骑士抒情诗的生成、流传与现代变异

骑士抒情诗是中世纪抒情诗创作的一个新阶段。骑士抒情诗大约出现于11世纪下半叶的法国南部,由于大贵族的扶持,得到迅速发展,并传播到北方。

据史料记载,"在11至12世纪时,法国西南部的普罗旺斯、图鲁兹和阿基坦等地区,出现了一批用竖琴或六弦琴伴唱的诗歌形式"[①]。

骑士抒情诗往往按照一个模式创作,缺乏一定的新意,优秀作品屈指可数,但时代贡献不可忽略。至13世纪中叶,骑士抒情诗开始衰落。骑士抒情诗的中心内容是讴歌骑士对贵妇人的爱情。对爱情的描写显然与中世纪盛行的禁欲主义相悖,同教会宣扬的来世思想发生冲突。在艺术上,骑士抒情诗较之英雄史诗也有所发展。骑士抒情诗讲究形式工整、结构对称和辞藻华丽,大多采用民间流行的短诗,比英雄史诗精炼得多。骑士抒情诗开始对人的精神生活进行探索,从英雄史诗只描绘人的行动和外部世界转向描绘人的内心感受,这无疑又是一个大的进展。由于诗人们十分注意文字的锤炼和用字的准确,因此,骑士抒情诗"在新时代的一切民族中第一个创造了标准语言。它的诗当时对拉丁语系各民族甚至对德国人和英国人都是望尘莫及的范例"[②]。法国的骑士抒情诗对整个欧洲产生了重大影响,但丁也从中汲取了有益的营养。

骑士抒情诗属于世俗文学,最早产生于11世纪下半叶法国南部的普罗旺斯,所以也称普罗旺斯抒情诗,发展到13世纪已经相当繁荣,自13世纪中叶开始衰落。普罗旺斯抒情诗对拉丁语系各民族以及英、德等都产生了一定的影响。骑士抒情诗的种类有"牧歌""情歌""破晓歌"等,其中以"破晓歌"最为著名。"破晓歌"描写的是骑士与情人在夜间幽会直至破晓时分离别的情景,表达他们的欢乐与离愁。就思想意义而言,骑士抒情诗有力地冲击了当时教会的禁欲主义的宣传和封建的婚姻制度,具有一定的进步意义。在艺术方面,骑士抒情诗讲究形式的工整、结构的对

---

① 刘建军:《欧洲中世纪文学论稿:从公元5世纪到13世纪末》,北京:中华书局,2010年版,第293页。

② 马克思、恩格斯:《马克思恩格斯全集》(第五卷),中共中央马克思恩格斯列宁斯大林著作编译局编译,北京:人民出版社,1959年版,第420页。

称、语言的华丽，并注意描绘人的内心感受。

在骑士抒情诗的“牧歌”“情歌”“破晓歌”等种类中，最具文学色彩和思想意义的也是“破晓歌”。相对于“情歌”中那种不求回报理想化的爱情，“破晓歌”中的爱情则颇为现实。

“破晓歌”的生成渊源是骑士叙事诗中特里斯坦与伊索尔德在花园里约会的场景。[①] 这一场景不仅成为“破晓歌”中的说话者和“潜在的听众”得以产生的根源，而且也是“破晓歌”的基本主题所在。

骑士抒情诗中的代表形式“破晓歌”同样是中世纪的特有产物。在世界文学史的漫长发展进程中，“破晓歌”不仅具有固定的文学题材，而且形成了特定的文学样式，从而，“显著地影响了文学类型学的发展”[②]。“破晓歌”从古罗马的抒情诗开始产生，在中世纪的“普罗旺斯抒情诗”中形成了相对统一的类型，后经过文艺复兴、17 世纪的玄学派，直到 20 世纪的庞德、普拉斯等诗人，几乎在世界文学发展的各个阶段一直表现出旺盛的生命力，对于世界诗歌艺术无疑发挥了独特的作用，既反映了时代的变迁，也以独特的形式影响了诗歌艺术的发展。

一、“破晓歌”的生成渊源

根据《美国英语语言传统辞典》(*The American Heritage Dictionary of the English Language*)的解释，“破晓歌”(aubade)是指描写情侣在破晓分离的诗歌。从语源学来看，该词源自古法语普罗旺斯抒情诗的“albade”，而“albade”源自“alba”，“alba”一词则源自拉丁语“albus”(白色；微光)。正是这一具有“破晓”“微光”含义的词语，构成了中世纪“破晓歌”中的一个进行重复抒写的要素。

追溯起来，“破晓歌”这一文学样式，最早出现在古罗马的拉丁语诗歌中。最具代表性的是奥维德《恋歌》第 1 卷第 13 首。奥维德的作品为“破晓歌”奠定了基础，所表现的破晓时分情侣的感情也颇为典型：“现在我欣喜地躺在我姑娘温柔的怀抱，/现在她如此甜美地归附于我。/现在睡眠依然安逸，空气依然凉爽，/鸟儿敞开清澈的喉咙放声欢歌。”[③]于是，有学者认为：“情侣在破晓时分的分离作为文学常态，能够追溯到荷马或萨福

---

① 陆扬：《欧洲中世纪诗学》，上海：上海社会科学院出版社，2000 年版，第 163 页。

② Marianne Shapiro, “The Figure of the Watchman in the Provençal Erotic Alba”, *MLN*, Vol. 91, No. 4. (1976), p. 607.

③ Ovid, *Amores*, Tom Bishop trans., New York: Routledge, 2003, p. 31.

这些古代作家的作品中。然而,奥维德的《恋歌》第 1 卷第 13 首,无疑为西方文学传统中的这一传承,设定了一个样板。"[①]

然而,这一榜样发生效用是在中世纪,尤其在中世纪的"普罗旺斯抒情诗"中达到一个顶峰,形成了相对统一的类型。"普罗旺斯抒情诗"中的"破晓歌"对宗教神权和来世主义而言,表现出了强烈的反封建、反禁欲主义的色彩,所描写的是超越封建婚姻关系的一种爱情理想,具有相当重要的进步意义,从而在世界文学史发展中占有不可或缺的一席之地。

中世纪的"破晓歌"的基本形态是一种描写天色破晓、白昼来临、恋人必须分离的哀歌,歌颂典雅爱情,主要描写骑士和贵妇人在共度良宵之后,黎明前醒来依依惜别的情景。它以真挚热烈的情感、男女之间的幸福的缠绵以及坦诚热切的语言为主要特色,如贝特朗在一首《破晓歌》的开头部分写道:

> 一名骑士睡在他心仪的女人身边,
> 在亲吻间发出询问,情意绵绵:
> 亲人啊,我该怎么办呢,亲人?
> 黑夜即将终结,白昼就要降临。
> 我听到巡夜人在高喊"离开",
> 破晓之后,白昼便接踵而来。[②]

"破晓歌"虽然有共同的主题,但其叙述形式并不固定,尤其是叙述者以及视角富有变换。其中有为主人或友人望风放哨的守夜人(放哨人)从望楼上所发出的天将破晓的告诫的呼声,有加入作者旁白的叙述者第三人称的叙述,也有以男女情人对话形式的直接表白和哀叹。

贝特朗的《破晓歌》主要是以第一人称抒情,是描写骑士和贵妇人在夜间幽会以后在破晓时分离别的情景。全诗共分五节,采用双行韵,既严谨规范,又富有变化,具有强烈的节奏感和音乐性。每一诗节的最后,都要重复:"我听到巡夜人在高喊'离开',/破晓之后,白昼便接踵而来。"这一诗句的重复,既增强了作品的音乐性,又强化了"破晓歌"这类作品的主题。该诗的第一节,直接陈述骑士和他心仪的女子在度过情意绵绵的夜

---

① Pablo Zambrano, "On John Donne's Subtle Subversion of Ovid Amores I, XIII", *Exemplaria* Vol. 9, No. 1. (1997), pp. 211-212.

② 贝特朗:《破晓歌》,吴笛译,参见吴笛主编:《外国名诗鉴赏辞典 1》(古代卷),上海:上海辞书出版社,2009 年,第 356 页。

晚之后面对破晓的困惑。巡夜人已经在高喊“离开”了,可是骑士和他所爱的女子依然情意绵绵,难舍难分。第二诗节所表达的是这对情侣的良好的企盼。企盼白昼和破晓不再迫使情侣分离,让彼此相爱的情侣永远相处在一起,让真挚的骑士永远躺在他最动心的女人的怀抱里。

亲人啊,倘若白昼和破晓
不再迫使情侣分道扬镳,
那么最好的祝福就是真挚的骑士
躺在他最动心的女人的怀里。
我听到巡夜人在高喊“离开”,
破晓之后,白昼便接踵而来。

第三、四两节突出描写分离的痛苦,骑士认为这种情侣的分离是人世间最大的痛苦和悲戚,他们之间所剩的残夜已经屈指可数,随着白昼的逐步临近,他们的分离的痛苦越发剧烈。我们从他们的痛苦中感受到他们爱情的真挚与炽热。

亲人啊,世界上的任何痛苦和悲戚,
都比不上情侣之间的别离;
我自己能够根据短暂的残夜
来计算我们遭受的痛苦何等剧烈。
我听到巡夜人在高喊“离开”,
破晓之后,白昼便接踵而来。

亲人啊,我得走了,可你必须记住:
我属于你,无论我走到何处;
请把我永远铭刻在你的心头,
因为我虽然离去,心却在此处存留。
我听到巡夜人在高喊“离开”,
破晓之后,白昼便接踵而来。

诗的最后一节,可以视为一种山盟海誓。骑士发誓,他一定会回到自己所爱的女子身边。因为在他的心目中,爱情比生命更为重要,爱情的力量比死亡还要强大。没有爱情,一个人如同行尸走肉,有了爱情,死神也会被爱者所战胜。

亲爱的,没有你,死神就会将我追寻,

是爱情让我忘记了我的全部生命。
我一定会回来的,尽一切力量,
因为没有你,我如同死了一样。
我听到巡夜人在高喊“离开”,
破晓之后,白昼便接踵而来。[①]

可见,源自于古罗马的“破晓歌”在以骑士为时代重要特性的中世纪这一特定的社会语境下逐渐迅速发展。正是有了骑士制度,骑士与贵妇人之间的爱情成了重要主题,这一文学形式才有了存在和发展的空间。尽管这些作品歌颂的不是正当的夫妇之爱,然而,对于当时教会的禁欲主义和对封建婚姻制度来讲,这却是一种具有时代进步意义的冲击,在一定程度上冲破了禁欲主义思想的束缚。

二、“破晓歌”的玄学继承

“破晓歌”这一文学样式尽管在中世纪达到一个高峰,然而随后在文艺复兴时期逐渐衰落,在17世纪的玄学派诗歌中又以独特的形式得以再现。“破晓歌”的艺术成就在英语文学中同样得到了充分的展现。最早的例子可见于被誉为“英语诗歌之父”的乔叟的《特罗伊拉斯与克莱西德》以及《里正的故事》等作品中。尽管英国玄学派的主要代表诗人约翰·多恩并非英语文学中首先抒写“破晓歌”的诗人,但他所创作的“破晓歌”相对而言最为集中、典型,也最为著名、成功。多恩所创作的《早安》(*The Good-Morrow*)、《日出》(*The Sun Rising*)和《破晓》(*Break of Day*)等诗作,既是对中世纪“破晓歌”诗歌创作传统的一种自觉的继承,而且从某种意义上说,也是在不同的时代对这一题材所作的玄学诠释和开拓,从而将一种相对古老的文学形式娴熟地运用到17世纪的玄学派诗歌的创作中,极大地丰富了玄学派诗歌的艺术成就。

“破晓歌”的内涵很符合多恩的创作主题,因为多恩在创作《早安》等诗歌的早期创作阶段,就是一位擅长描写爱情的抒情诗人。作为英国玄学派诗歌的代表人物,多恩诗歌的玄学色彩在早期的一些描写爱情主题的诗歌中体现得尤为典型。

当然,多恩早期的“破晓歌”之类的诗作,与传统的“破晓歌”有着根本

---

① 贝特朗:《破晓歌》,吴笛译,参见吴笛主编:《外国名诗鉴赏辞典 1》(古代卷),上海:上海辞书出版社,2009年,第356—357页。

的区别,这一区别首先体现在玄学派诗歌的“巧智”(wit)和奇喻(conceit)这些基本技巧方面。

如在题为《破晓》的诗中,诗人以“rise”(起床)、“light”(光亮)、“break”(破晓)等词的“双关”技巧,来构成玄学的思维:

> 哦,亲爱的,不要起床,躺着别动;
> 现在的光亮只是来自于你的眼睛;
> 尚未破晓,破碎的是我的心,
> 只因为我们分离的时刻必将降临。
> 躺着吧,否则我的欢乐就会消亡,
> 毁灭在它们的年幼的时光。[①]

而在著名的诗作《早安》中,多恩就以玄学的诗歌艺术技巧抒写了爱的发现和爱的拥有。正因为多恩对传统“破晓歌”所作的玄学的开拓,该诗不仅成为多恩早期著名的作品,也成了英国玄学派诗歌中的最具代表性的作品之一。

该诗尽管采用的是欧洲传统文学中的“破晓歌”的形式,但充满了玄学的色彩。与传统“破晓歌”诗人普遍关注“共度良宵”的欢乐以及随后“依依惜别”的离愁不同,多恩无疑具有思想的深度并且善于使读者也使自己震惊。他将凌晨的苏醒诠释为不仅是时间的更替,更是生命的发现。除了“巧智”和“奇喻”等玄学派的基本技巧,该诗的玄学特征还表现在微观世界与宏观世界的对比方面。正是这一对比,突出体现了17世纪玄学派诗人独特的宇宙观和时间意识。尤其是第二诗节,着眼点是目光,两个灵魂的苏醒说明的也就是爱的苏醒,苏醒后道过早安的双方相互之间紧紧凝视,之前如梦的人生经历终于结束了。他们睁开眼睛相互凝视时,感到震惊,这震惊并非出自恐惧,而是出自爱情,出自爱情的发现和拥有。在苏醒的恋爱者的目光中,微观世界放大了,连小小房间也点缀成为大千世界,爱情的私人空间值得探索,因为它拥有外部世界的一切价值。宏观世界和微观世界在此相互交织,诗人将无限放大的恋人所拥有的微观世界与航海家所探索的宏观世界相提并论,突出了个人宇宙空间的存在、人生的意义和爱的发现。

可见,作为英国玄学派诗歌中的最具代表性的作品之一,这首诗以微

---

① John Donne, *Poems of John Donne*, Vol. I, E. K. Chambers ed., London: Lawrence & Bullen, 1896, p. 22.

观世界与宏观世界的对比以及苏醒后灵魂互道早安的结构模式来对超越死亡、合而为一的理想的情感境界进行了独到的玄学诠释和赞美。诗中所表现出的能量、力度和气势也是普罗旺斯抒情诗之类的“破晓歌”所难以比拟的。

三、“破晓歌”的“戏剧独白”

“破晓歌”在传播过程中又一个不可忽略的贡献是对“戏剧独白诗”的影响。戏剧独白诗(dramatic monologue)是英语诗歌中的一种独特的艺术形式。在西方的诗歌评论中,戏剧独白诗也是一个学者们极为关注的研究课题。然而,在论及戏剧独白以及相应的批评传统中,研究者多半关注的是英国维多利亚时代的勃朗宁、丁尼生等作家。人们普遍认为,勃朗宁是这一诗歌艺术形式的开创者和杰出的代表。尽管西方学界对此存有争议,但是所拓展的范围仍限于19世纪的诗歌。

为了说明问题,我们先来了解人们所认为的“戏剧独白诗”的主要特征。戏剧独白作为一种诗的体裁,是一种不同于哈姆雷特式“是生存还是死亡”的向观众剖析心理状态的“内心独白”(soliloquy),而是剧中人物对另一个剧中人物所说的“台词”。戏剧独白有一定的叙事成分,并且具有对话的成分和口语的色彩。通过戏剧独白这种诗中的叙述,我们可以感受到作品中至少有两个戏剧人物存在。并且,在这两个人物之间,存在着一定的戏剧冲突。正如飞白先生所说:“在这种不上演的戏剧独白诗中,戏剧事件和行动已让位于心灵的发展。”[①]

阿伯拉姆斯(M. H. Abrams)认为戏剧独白诗具有以下三个特征:“1. 诗中只有一个说话的人物,该人物显然不是诗人自己,在决定性时刻的特殊情景下,所说出的话构成了全部的诗篇。2. 这一人物在与一个或更多的人物说话,并发生关联;但是我们只能从说话者的话语线索中得知听众的存在,以及他们的言行。3. 控制诗人选择以及抒情主人公说话情境的主要原则,是向读者展示说话者的情绪和特性,以增强读者的兴趣。”[②]戏剧独白是表达人物观点的一种方法,促使听众更深入地理解该人物的内心情感世界。

飞白在评价勃朗宁的戏剧独白诗的特点时,精辟地总结了三个特征:

---

① 飞白:《诗海——世界诗歌史纲·传统卷》,桂林:漓江出版社,1989年,第606页。

② M. H. Abrams ed., “Dramatic Monologue”, *A Glossary of Literary Terms*, Boston: Thomson Wadsworth, 2005, pp. 70—71.

"1. 由一个剧中人独白，诗人不作任何讲解，而且即没有舞台布景，也没有动作表演。没有对白，只有独白。2. 那么，这种独白何以是'戏剧'呢？关键在于独白者是处在戏剧情境之中的，他的独白并非自言自语，也不是向读者剖析自己……而是剧中人对剧中人说的一段话……而没有听到他的对立面的话。…… 3. 独白的台词是片断的，掐头去尾的，留下了大量需要填补的空白，需要读者补足。"[①]

对照这些基本特征，我们通过仔细研读可以发现，早于勃朗宁两百年以前的英国玄学派诗歌中，就有很多典型的"戏剧独白"诗。英国玄学派诗人马韦尔、多恩、卡鲁等人所创作的一些作品中，不仅富有戏剧情境，而且还符合"戏剧独白"诗的典型要素，如多恩的《跳蚤》《早安》《日出》《影子的一课》、卡鲁的《致我的反复无常的女友》、萨克林的《对一个情人的鼓励》、罗伯特·赫里克的《疯女之歌》等，都是戏剧独白的典型体现。

我们再往前追溯，可以发现，中世纪的"破晓歌"中已经具有"戏剧独白"诗的基本特征。"破晓歌"是关于情侣在破晓时分恋恋不舍地分离的诗歌。常常是情侣之间的对话，所以，这一形式具有某些戏剧成分。法国著名的由贝特朗创作的《破晓歌》尽管大多是第一人称对恋人的讲述，但是，开头两行则已表明是第三人称叙事，诗中的"我"不是诗人自己，也不是事件的陈述者，诗中"我"的话语不过是直接引语而已。

可见，戏剧独白这一诗歌形式的几个重要元素，如口语体措辞风格、潜在听众的存在以及心理上的自我展现，都在贝特朗的《破晓歌》中典型地呈现出来。其实，只有一些典型的戏剧独白诗才具备上述三大要素，而经常被人们视为戏剧独白诗的其他一些作品，尤其是20世纪艾略特等诗人的作品，这三大要素并不齐全。以至于西方学者对这一标准一再修订。伊丽莎白·豪(Elisabeth A. Howe)认为，对于戏剧独白诗，只有一个特征是普遍具有的，那就是，"就说话者身份而言，他不是诗人自己，而是另外一个人，不管他是尤利西斯和泰索尼斯(Tithonus)一般的神话人物，或者像马沃伊尔(Marvoil)一般的历史人物，还是普鲁弗罗克(Prufrock)或《洛克斯利大厅》(*Locksley Hall*)中的士兵一般的虚构性人物"[②]。

同样，在"戏剧独白"诗的形成过程中，"破晓歌"的影响还可以从"破晓歌"起始的奥维德《恋歌》第1卷第13首诗中领悟。在这一方面，《恋

① 飞白：《诗海——世界诗歌史纲·传统卷》，桂林：漓江出版社，1989年，第606—607页。

② Elisabeth A. Howe, *Dramatic Monologue*, New York: Twayne Publishers, 1996, p. 3.

歌》对多恩的《日出》等诗的影响非常明晰。两首诗中的鲜明特征就是其中蕴涵的“对白”。多恩的《日出》中,恋人与新升的太阳形成冲突,犹如奥维德诗中的被拟人化的曙光女神奥罗拉。尽管太阳或奥罗拉都没有说话,但是,这两首诗中都蕴涵着对话成分,即恋人与不在场的听众之间的对话。

可见,“破晓歌”有很强的戏剧对白成分,而“戏剧独白”诗也包含着戏剧对白的成分,所以,“破晓歌”无疑对“戏剧独白”诗的形成和发展产生了深远的影响。我们甚至可以将中世纪达到顶峰的“破晓歌”视为最早的“戏剧独白”诗。

四、“破晓歌”的现代变异

起源于古罗马、成熟于中世纪的“破晓歌”,经过漫长的流传,到 19 世纪末和 20 世纪发生了鲜明的变异。而且,不仅文学领域,甚至音乐和美术领域,都受其影响。如在俄国音乐家里姆斯基-科萨科夫的《西班牙随想曲》中,第一乐章和第三乐章都是《破晓歌》,作为西班牙阿斯图里亚斯地区用来迎接日出的舞曲,富有令人兴奋的节庆色彩。20 世纪法国作曲家拉韦尔的钢琴曲《镜》中的第 4 曲《小丑的破晓歌》、19 世纪德国作曲家瓦格纳的管弦乐曲《齐格弗里德田园曲》等乐曲,也都采用了这一体裁。

在美术领域,立体画派的创始人巴勃罗·毕加索(Pablo Picasso)的《破晓歌》(*L'Aubade*),又名《裸女与乐师》,是一幅举世闻名的艺术作品,画中所强调的也是与诗歌相近的吹笛者与裸女之间的对话。

到了 20 世纪,“破晓歌”这一文学样式在诗歌领域也同样以各种变异的形态出现。美国诗人庞德、普拉斯、艾米·洛威尔、米蕾、斯奈德,英国诗人菲利普·拉金,俄罗斯诗人洛赫维兹卡娅,西班牙诗人洛尔卡等,都创作过“破晓歌”。

我们仅以庞德、普拉斯等美国诗人的作品为例,便能清晰地感知这一现代变异。他们都将“破晓歌”这一艺术形式巧妙地运用到各种形式的现代主义诗歌流派中。

意象主义大师庞德在一首题为《破晓歌》的诗中写道:

凉爽得犹如铃兰
那苍白湿润的花瓣,

破晓时分她躺在我的身边。[1]

如同《在地铁车站》，庞德的这首诗是典型的意象主义诗歌，表面上的呈现蕴涵着深邃的情感力量。诗中有着鲜明的意象并置。纯净洁白的铃兰和身边的女子这两个意象的类比，不仅有着惊人的力度，而且，这两个意象在“破晓”微暗的映衬之下，其白净和光彩更加得到突出。

不过，传统“破晓歌”的分离还是能够隐约被感知到。在比较艾米·洛威尔(Amy Lowell)的《破晓歌》和庞德的《破晓歌》的区别时，马丁尼(Erik Martiny)认为：“两位诗人具有明显的术语上的区别——洛威尔的诗中的陈述者等待会面，而庞德诗中的陈述者别无选择，唯有分离。”[2]

与意象主义大师在“破晓歌”中表现意象并置所不同的是，美国著名自白派女诗人普拉斯则在诗中突出了表现自我的毁灭情绪以及强烈的女性意识。正因如此，有的论者在评论自白派诗人普拉斯诗歌创作时说：“普拉斯的诗作可以被当成详尽的自我毁灭的记事簿来阅读。”[3]

自白派女诗人普拉斯的《破晓歌》在某种意义上来说，记录的也是“自我毁灭”，但是，这一“自我毁灭”是与对新生命的赞美结合在一起的。其主题与美国诗人霍尔的《我的儿子，我的刽子手》一诗非常接近。

她在第一节首先形象性地说明新生命的来源：爱情使你开动起来，像只胖胖的金表。可见，这一新的生命是由于“爱情”“开动”的结果，于是，新的生命像只胖胖的金表，并以自己的哭声宣告在自然界的要素中占了一席之地。

接着，在第二诗节和第三诗节，女诗人则富有哲理地阐述了新的生命与母体之间的辩证关系。在普拉斯看来，一个新的生命的诞生，象征着另一个旧的生命的衰败，所以，她用“你的裸体/遮蔽起我们的安全”来表现这种辩证关系。

我算不上你的母亲，就像一块浮云，
蒸馏出一面镜子，反射出自己
在风的手中被慢慢地抹除。

---

① Ezra Pound, *New Selected Poems and Translations*, New York: New Directions Publishing Corp, 2010, p. 41.

② Erik Martiny ed., *A Companion to Poetic Genre*, West Sussex, UK: John Wiley & Sons Ltd, 2012, p. 380.

③ Fred Moramarco and William Sullivan, *Containing Multitudes, Poetry in the United States since* 1950, New York: Twayne Publishers, 1998, p. 89.

你的飞蛾般的呼吸在单调的红玫瑰中间
通宵达旦地扑动,我醒来倾听:
遥远的大海涌进我的耳朵。①

所谓母亲,不过是"一块浮云","蒸馏出一面镜子",然后,对着这面镜子,看着自己的年岁怎样"慢慢地抹除"。

然而,尽管新的生命的成长记录着旧的母体的逐渐毁灭,女诗人仍然以初次作为母亲的欢快,歌唱自己的"破晓歌",诗的最后两行"你试验着一把音符,/清晰的元音气球般地冉冉升起"②则体现了欢快之情和对新的生命活力的由衷赞叹。

由此可见,"破晓歌"作为一种特定的文学形式,在其生成与演变的过程中,独特地反映了时代的变迁和文学的发展。中世纪普罗旺斯"破晓歌"所体现的反封建精神,17 世纪英国玄学派"破晓歌"所反映的独特的宇宙观以及相应的"发现"意识,20 世纪西方现代主义"破晓歌"中所反映的时代困惑,都是"破晓歌"的意义所在。而"破晓歌"对英国诗歌中重要的"戏剧独白诗"的意义,更是不可小视。正是在"破晓歌"的时代变迁和现代变异中,这一文学形式的独特的认知价值和艺术魅力得以展现。

第二节 骑士传奇的生成与流传以及对后世的影响

如同骑士抒情诗,骑士传奇(Romance 或 Chivalric romance)的中心也是在法国,不过它不是流行在法国的南方,而是流行在法国的北方。这类作品从内容上来看主要是骑士的冒险故事和骑士与理想女子的爱情故事。题材来源于古代希腊罗马的文学作品,尤其是神话传说,如忒拜传说、特洛伊故事等,或是不列颠的古代传说,如亚瑟王传奇等。骑士传奇中的冒险故事令人惊奇,充满奇幻特质,作为主人公的游侠骑士常常具有英雄本质,路打不平,并且"以强烈的异性恋和谦和而威武的

---

① Sylvia Plath, *The Collected Poems*, New York: Harper & Row, Publishers, Inc., 1981, p. 156.

② Ibid., p. 157.

举止区别于以男子气概和英勇尚武为特征的一些故事诗和其他类型的史诗”①。

骑士传奇的生成渊源主要有史诗、民歌、宗教和骑士制度等。史诗以及民间神话和传说中的事件再一次在骑士传奇中出现和被改写。然而，骑士传奇与中世纪的英雄史诗的区别在于主题的变换，骑士传奇将护教行侠以及冒险和爱情故事纳入了创作之中。

就创作语言而言，骑士传奇起初是以古代法语、盎格鲁-诺曼语以及奥西坦语创作的，后来才被人们用英语和德语创作。起初，骑士传奇是以诗体形式创作的。到了13世纪初，骑士传奇逐渐被人们以散文体进行创作。再后来，人们以散文体形式对先前流行的韵文体骑士传奇不断进行改写。

骑士传奇的题材范围较为广泛，但是，最为主要的大致为三种题材：一是“罗马事件”（Matter of Rome），集中抒写与特洛伊战争混合的亚历山大大帝的生平事迹；二是“法国事件”（Matter of France），主要抒写查理大帝以及罗兰骑士的故事；三是“不列颠事件”（Matter of Britain），主要抒写亚瑟王和他的圆桌骑士的故事。

在这些骑士传奇中，“不列颠事件”中的亚瑟王传奇具有代表性，也是其中的一个重要成就。作为比较盛行的一种题材，亚瑟王传奇描写的是亚瑟王和他的圆桌骑士的故事。亚瑟王是不列颠传说中凯尔特人的部落首领，他建立了很多战功。他的城堡叫作卡美洛特（Camelot），城堡的大厅当中摆着一张巨大的圆桌，圆桌周围有一百多个座位，凡是建有功勋的骑士，都可以在其中占有一席之地。由此引导出许许多多骑士冒险行侠的故事。

亚瑟王传奇着重抒写骑士的一系列冒险故事，是英国最早的民间传说之一，也是后世世界文学题材的重要渊源，深深地影响了从中世纪到20世纪的世界文学。亚瑟王的故事发生在公元500年前后的罗马时代，当时几乎没有任何文字记载，主要靠英国民众口口相传才得以产生影响。到了公元800年左右，威尔士的一位修士写了一本《布灵顿人的历史》，书中首次记载了一位名叫“亚瑟”的贵族领导威尔士人如何抵抗撒克逊人的入侵。公元12世纪前后，欧洲的吟游诗人结合多位骑士的故事，开始传

① “Chivalric romance”, in Chris Baldick ed., *Oxford Dictionary of Literary Terms*, 3rd ed., Oxford University Press, 2008.

颂亚瑟王的传说。其后各个时期都有一些作家或学者将民间流传的亚瑟王故事整理加工,形成具有影响的文学作品,塑造了勇敢的亚瑟王形象以及众多光辉的骑士形象。

根据描述,亚瑟王在卡美洛特建立宫廷之后,挑选了一百多位圆桌骑士:

> 亚瑟在议会厅里摆开一张巨大的圆桌,这样桌边的每一个人都能得到平等的发言权,没有座次贵贱之分。亚瑟希望所有坐在桌前的骑士都能平等相处,与国王共同商讨战争与和平事宜。
>
> 这是一个庄严的时刻,坎特伯雷大主教为骑士们祈福,祝福他们成为圆桌骑士。亚瑟站在议会厅最高处,每一位骑士依次来到亚瑟面前,向他宣誓效忠。他们立誓成为勇敢与善良的表率,永不妥协,永不恶毒,永不残酷。如果失败的敌人请求宽恕,便将得到宽恕。他们永生都不会为邪恶与金钱作战。每年的降灵节盛宴,他们将重申圆桌骑士的誓言。①

亚瑟王以及他所挑选的圆桌骑士立下了许多丰功伟绩,经过一代又一代作家的精心加工整理和虚构创作,已经成为世界文学史上著名的传奇,并且为许多作家提供了素材,激发了创作灵感。“亚瑟王与圆桌骑士的故事是一部无韵的史诗,传奇的骑士故事曾经令多少西方少年热血沸腾,立志做个骑士,或者具有骑士精神。西班牙经典小说中堂吉诃德疯狂地迷恋骑士小说,离不开骑士小说本身的巨大魅力。当然,不能否认亚瑟王与圆桌骑士这部远古的经典中也有一些时代的局限,例如对血统的尊崇、对贵族身份的看重等。同时,作为一部骑士小说,故事中的女性形象还不够丰满生动,体现出男性小说特有的思维模式。”②

骑士传奇对后来世界文学发展的影响是多方面的,概括起来主要集中在四个方面:

一是对现代叙事文学的影响,尤其是对长篇小说形成和发展的影响。骑士传奇有着曲折离奇的故事结构,跌宕起伏的情节线索,充满异国风情的自然风光,还有性格丰满的人物塑造,这些都是现代长篇小说的重要结构因素。受其直接影响的典型例子便是塞万提斯的《堂吉诃德》。而且,从一些民族语言的“长篇小说”名称中也可以清晰地看出这种影响以及长

---

① 莱德福:《亚瑟王传奇》,刘云雁译,杭州:浙江大学出版社,2014年版,第24页。

② 刘云雁:《译者后记》,见上书,第151页。

篇小说与骑士传奇的渊源关系,如在法语中长篇小说为"roman",小说家为"romancier",俄语长篇小说名为"роман"。这些名称进一步说明了近代小说与骑士传奇之间密不可分的关联。

二是对文学题材的影响。骑士传奇中有着曲折感人的爱情故事,而且骑士的一个重要职责就是忠实于自己理想的恋人,心甘情愿地为她们去行侠冒险。这一题材在一定程度上作用于后世的创作,在主题学意义上深深地影响了爱情小说,因此有了爱情小说(love story)等基本题材。而正是这一题材,使得骑士传奇在被翻译成中文时,有了"罗曼史"等译名,甚至使其常常被当成"风流韵事"而普遍接受。在西方语言中,现在"romance"也通常指"romance novel",这类小说主要关注男女主人公之间的关系和富有浪漫色彩的爱情故事,而且,这类小说往往具有"获得情感满足的充满乐观情调的结尾"①。

三是对浪漫主义文学的影响。浪漫主义的名称"romanticism"便来源于骑士传奇"romance"。骑士传奇反映了理想化的骑士生活,富有神秘色彩,也充满着想象和异国情调,说它是欧洲最早出现的浪漫主义文学也不为过。正是这些独特的文学色彩,使得19世纪浪漫主义作家将之予以承袭,发扬光大,并且发展成为一场具有革新色彩的文学运动,在世界文学发展进程中发挥了重要作用。

四是对后来作家创作风格的影响。非凡的人物性格、感伤的情感渲染、奇特的幻境描写、对忠诚和荣誉的崇尚、故事场景的童话倾向——后世文学中的这些特性都是从中世纪骑士传奇中接受而来的。甚至连一些科学幻想作品,以及诸如奥康尼等西方当代作家作品中的怪诞风格,都有一定的骑士传奇的痕迹。奥康尼在谈到小说中的怪诞风格的时候,甚至将其标为"现代骑士传奇传统"②。

第三节 《特里斯坦与伊索尔德》的流传及跨媒体改编

《特里斯坦与伊索尔德》是最具代表性的骑士传奇。作为圆桌中的一

---

① "Romance Novels—What Are They?", *Romance Writers of America*, retrieved 2007—04—16.

② Flannery O'Conner, *Mystery and Manners*: Occasional Prose, New York: Farrar, Straus and Giroux, 1969, p. 39.

名骑士,特里斯坦与爱尔兰公主伊索尔德的故事感人至深。

在文学领域,特里斯坦与伊索尔德的传说在12世纪非常流行,同时,作为写作题材广为流传。早期的传说主要出自12世纪下半叶法国北方两位诗人所创作的两部传奇,这两位诗人是托马斯(Thomas of Britain)和贝罗尔(Béroul)。但是,这两部作品并没有完整地流传下来,而是缺头少尾,残缺不全。贝罗尔的长诗写于1160年左右,留存下来的只有主干部分,共4485行。托马斯的长诗约写于1172年至1175年,留存下来的仅有3146行。他们这些长诗的渊源可以追溯到原始的凯尔特传奇。

稍晚一些的传说来自13世纪的散文体特里斯坦传奇。代表作品有英国作家托马斯·玛洛利(Thomas Malory)所创作的《亚瑟王之死》(*Le Morte d'Arthur*),以及13世纪德国诗人戈特弗里德·冯·施特拉斯堡(Gottfried von Straßburg)的同名叙事诗《特里斯坦与伊索尔德》。

直至20世纪,特里斯坦的传说都经久不衰。20世纪有德国作家托马斯·曼1923年发表的《特里斯坦与伊索尔德》,以及法国作家约瑟夫·贝蒂耶(Joseph Bédier)1900年出版的《特里斯坦与伊索尔德》①。

《特里斯坦与伊索尔德》是法国中世纪骑士文学中最著名的传说,作品讲述了一个动人的爱情故事。在大多数文学作品中,主人公特里斯坦(Tristan,也被拼为Tristram)是一个具有传奇色彩的骑士。康沃尔国国王马克要娶爱尔兰公主伊索尔德(Isolde,也被拼为Iseult或Yseult)为王后,派特里斯坦前往爱尔兰迎亲。返航途中,特里斯坦与伊索尔德谈得投缘,由于口渴,一起误饮了爱尔兰王后为女儿准备的一种药酒,从而产生了一种奔腾放肆、经久不衰、势不可御的激情。这一爱情故事最后以悲剧结束。在他们两人的坟头,一边长出了玫瑰,一边长出了葡萄,玫瑰与葡萄的枝叶紧紧缠绕。

中世纪骑士传奇《特里斯坦与伊索尔德》不仅以文学作品广为流传,而且以音乐、影视等多种艺术形式流传。

在音乐流传中,以瓦格纳(Richard Wagner)的音乐剧(music drama)《特里斯坦与伊索尔德》最为著名。瓦格纳的基本素材来自13世纪德国诗人戈特弗里德·冯·施特拉斯堡的同名叙事诗,与法国作家约瑟夫·贝蒂耶编订的小说体传奇来源基本一致。但是当瓦格纳的音乐剧最终完成时,它打破了原著的局限性。他根据自己的艺术观念,进行了成功

① 罗新璋的中译名为《特利斯当与伊瑟》。

的开拓。剧作以严谨的三幕剧结构，体现了诗与音乐的古典完善。

瓦格纳三幕音乐剧中第一幕的场景是浩瀚大海中的独行孤船上，特里斯坦奉康沃尔国王、自己的叔叔马克之命，接来了将成为康沃尔王后的爱尔兰公主伊索尔德，而特里斯坦与伊索尔德早就相恋。在这一幕中，一位青年水手唱着壮丽的骊歌。在孤船离康沃尔越来越近的时候，大海汹涌澎湃，象征着一对恋人激愤心情。为了避免即将面临的情感的痛苦，他们决定以毒药来结束一切。然而，侍女布兰甘妮却以迷药代替了毒药，双方顿时爆发难以遏制的激情……

第二幕发生在暮色笼罩下的宫中花园。伊索尔德不顾侍女布兰甘妮的劝阻，来到花园同恋人私会。她按照事先的约定，熄灭了手中的火把，特里斯坦前来赴会。在夜幕中，一对情侣紧紧拥抱，充满狂喜，情欲荡漾，具有致命诱惑力的二重唱，使全剧达到了异常激动人心的高潮。沉浸在爱河之中的恋人忘记了时间，不知不觉黑夜逝去，白昼已经重现。马克国王同随行武士梅洛特打猎归来，发现了特里斯坦与伊索尔德的恋情，将利剑刺入了特里斯坦的躯体。

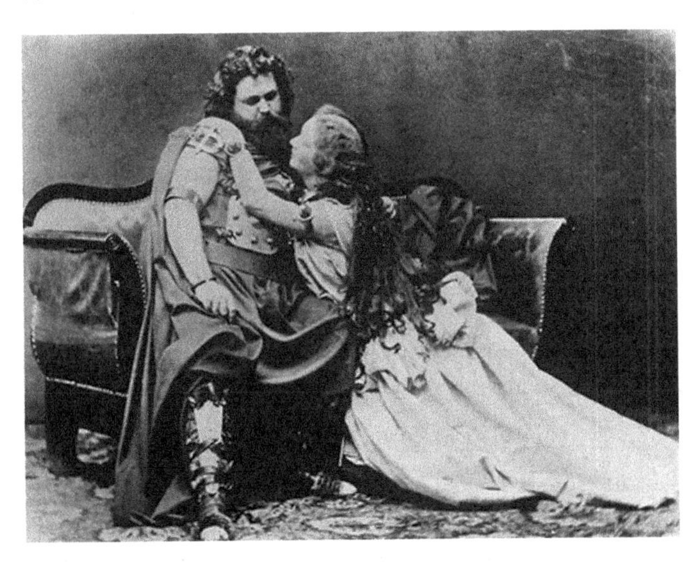

第三幕的场景是在高崖上的一棵菩提树下。濒临死亡的特里斯坦俯视苍茫大海，期待着伊索尔德的到来。牧童吹奏着一支凄婉的悲歌，在昏迷与清醒之间，特里斯坦产生了幻觉……不知多久之后，他终于听到了他所渴念的熟悉的声音，伊索尔德来到了他的身边。在伊索尔德的温柔怀抱中，特里斯坦注视着她，满怀内心的喜悦离开尘世。“伊索尔德的情死之歌”此时轻轻地升起，一曲终了，伊索尔德倒在特里斯坦的怀里，也沉入无知无觉的死亡，沉入永恒的爱情之夜。

从瓦格纳的音乐剧来看，悲剧色彩较为浓郁。开头第一幕一改文学文本中误饮爱酒的情节，男女主人公一开始就打算殉情，只是由于侍女以迷药代替毒药才得以生存下来。第三幕所渲染的是死亡的欢乐，突破了原著中的玫瑰与葡萄紧紧缠绕的缠绵的描写，而是突出国王马克和特里斯坦所处的不同的境界：一个陷入生的痛苦，过着缺乏爱情的生活；一个沉入无知无觉的死亡，并在死亡中与伊索尔德永恒相伴。这一悲剧意识使瓦格纳的崇拜者、著名哲学家和诗人尼采深深折服，他写下这样的评论：“对于那些病得还不够重，还不能享受这种地狱中的欢乐的人来讲，人世间是多么可怜。”[①]瓦格纳也曾经这样说过：这部音乐剧“充满了最强烈的生命力，而我情愿把自己裹在结局飘扬的黑旗中死去”[②]。

影视改编中，最具代表性的是凯文·雷诺兹(Kevin Reynolds)执导的同名电影《特里斯坦与伊索尔德》[③](*Tristan & Isolde*, 2006)。该电影由著名影星詹姆斯·弗兰科(James Franco)和索非亚·迈尔斯(Sophia Myles)主演。影片由德国、瑞士、美国、英国、捷克等国电影公司共同制作，20世纪福克斯公司发行。

在这部电影中，开头部分突出了悲剧爱情的历史语境：公元5世纪，罗马帝国崩溃，各部落割据英格兰，爱尔兰国王乘机进犯。康沃尔部落领袖马克王意欲实现英格兰统一大业，在他的领导下，凯尔特人、盎格鲁人、撒克逊人、朱特人联合起来，反抗爱尔兰的统治。

电影改编还突出了伦理抉择。通过伦理抉择，电影既加强了故事的悬念，也烘托了男女主人公之间爱情关系的复杂和独特。这一伦理抉择，首先体现在伊索尔德身上。美丽聪颖的伊索尔德面临痛苦的多重伦理抉择。在康沃尔的一次抵御爱尔兰入侵的战斗中，特里斯坦杀死了爱尔兰军队首领莫洛德，自己也身负重伤，遭到了莫洛德的毒箭。宫廷御医无法救治，特里斯坦被抬上了一艘木船，扔进了大海，由命运来决定他的最终归属。躺在一艘木船上的特里斯坦随波而下，一路漂到邻国爱尔兰，被正从海边经过的爱尔兰公主伊索尔德发现。特里斯坦杀死的莫洛德正是伊索尔德的未婚夫。尽管伊索尔德发现眼前的骑士便是杀死自己未婚夫的

---

① 转引自刘忆斯：《音乐世界永恒“指环王”》，《深圳晚报》，2013年5月23日，第B08版。

② 转引自刘忆斯：《爱情，放射神圣而永恒的光芒》，《晶报》，2011年3月20日，第B09版。

③ 该影片中文又译《崔斯坦和依索德》《王者之心》。

仇人,可是特里斯坦迷人的眼神令伊索尔德动情。她不但没有对他下手,反而对他悉心照顾,并且产生了炽热的感情。

对特里斯坦产生了深挚感情的伊索尔德,有着高贵的皇家血统,身为公主无奈地被父王许配给康沃尔国王马克,只能强忍爱情的折磨,被动地成为康沃尔国的王后。

痛苦的伦理抉择,也体现在男主人公特里斯坦身上。特里斯坦和马克国王有着亲缘关系,从小失去父母的特里斯坦是在叔叔马克国王的悉心抚养下才长大成人的,两人情同父子。在伊索尔德的悉心照料下伤愈的特里斯坦不得不回到马克国王身边。后来,在爱尔兰国王举办以自己美丽女儿为奖品的全英骑士大赛中,特里斯坦奉国王马克之命代替他参加比赛。特里斯坦不负期望,为马克国王赢得了公主。然而,当特里斯坦看到公主的真实面貌时,才知道,原来公主就是他所深爱的伊索尔德!其后,特里斯坦在面对自己同伊索尔德的恋情以及国王叔叔与王后婶婶这一痛苦的事实时,所面临的艰难抉择是难以想象的。影片正是通过突出爱情与伦理道德的强烈冲突,来烘托爱情的自然魔力。

影片对原著情节的成功改造还典型地体现在结尾部分。在影片的结尾,奄奄一息的特里斯坦躺在大海边上,而心爱的伊索尔德却没有将他抛弃,而是伴随着他。因此,尽管生命是短暂的,但是特里斯坦和伊索尔德的爱情却超越了时空,获得了永恒。濒临死亡的特里斯坦对伊索尔德说:“我不知道生命是否比死亡伟大。但是爱情比两者更为强大。”为了传达这一永恒的恋情,影片的最后结尾是伊索尔德向特里斯坦诵读一首优美动人的抒情诗。这部以中世纪骑士传奇所改编的影片所引用的是17世纪英国玄学派诗人约翰·多恩的抒情诗《早安》中的最后两个诗节：

现在向我们苏醒的灵魂道声早安，
两个灵魂互相信赖，毋须警戒；
因为爱控制了对其他景色的爱，
把小小的房间点化成大千世界。
让航海发现家向新世界远游，
让无数世界的舆图把别人引诱
我们却自成世界，又互相拥有。

我映在你眼里，你映在我眼里，
两张脸上现出真诚坦荡的心地。
哪儿能找到两个更好的半球啊？
没有严酷的北，没有下沉的西？
凡是死亡，都属调和失当所致，
如果我俩的爱合二为一，或是
爱得如此一致，那就谁也不会死。①

该诗强调了爱情的强大力量和超越时空的永恒性。在空间上，爱情的双方达到了"两个半球"的境界，达到了合而为一的境界，那么就可以超越死亡，达到时间上的永恒。引用的这一诗篇与影片结尾的场景和意境是非常吻合的。

综上所述，骑士文学作为中世纪的典型文学类型，在生成过程中与中世纪的时代语境密切关联。由于受到骑士制度等社会语境、民间文化传统等方面的影响，形成了独特的"破晓歌"等骑士抒情诗和亚瑟王传奇以及《特里斯坦与伊索尔德》等骑士传奇。骑士文学也深深影响了浪漫主义等后世文学。尤其是骑士传奇，对叙事文学的发展产生了重要的影响。而"破晓歌"和《特里斯坦与伊索尔德》在音乐、美术、影视等跨媒体传播中也是一个不可忽略的重要源泉，并对现当代西方文化的发展产生了重要作用。这一点更是体现了中世纪文学经典的经久不衰的艺术魅力。

---

① 多恩：《早安》，飞白译，引自飞白主编：《世界诗库》(第2卷)，广州：花城出版社，1994年版，第149页。

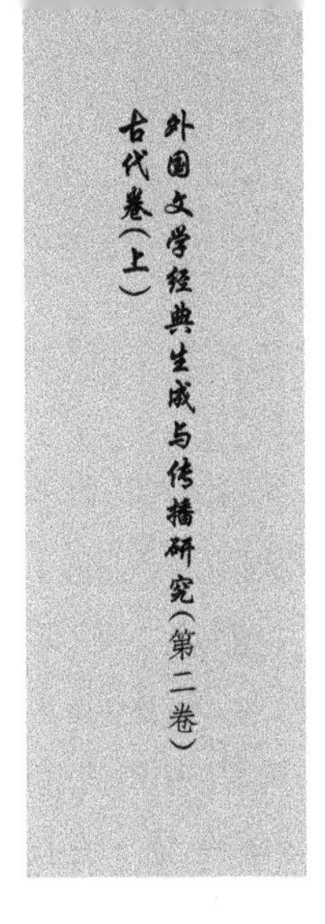

第十三章
《神曲》的生成与传播

《神曲》（*La Divina Commedia*）是但丁的代表作，意大利语的原意是“神圣的喜剧”（英译为 *The Divine Comedy*）。为什么要叫做“喜剧”？但丁曾经说过：他的这部作品开始是写可怕的地狱，最后是写光明的天堂，终结是一切顺利，万事大吉，全书所采用的这样一种结构，是符合中世纪有关喜剧概念的。而“神圣”一词是后人表示对这部作品的尊崇以及作品的神界内涵而加上去的，特指这部作品所蕴含的高深莫测的神圣主题和崇高的意境。“在《神曲》中就是地狱—炼狱—天堂的历程；而这一历程与基督教神学所描述的‘原罪—审判—救赎’的人类历程是一致的。”[①]

第一节　《神曲》在意大利的经典生成及其社会基础

一、《神曲》在意大利的经典化足迹

《神曲》在意大利最初的传播体现了它作为意大利文学经典的巨大影响力，而这种影响力首先产生于但丁对创作语言的选择：《神曲》是用意大利语写成的，而不是文坛盛行的拉丁语。其实当时并没有现今意义上的意大利语，因为当时官方通行的语言是拉丁语，而意大利人民的语言则与其他民族的语言一样，只被视为“俗语”。而但丁则以诗人的前瞻性看到了意大利人民语言的前景，他在《论俗语》中提出要创造一种来自并高于各意大利方言的意大利人民共同语。正是由于这个缘故，《神曲》问世之

---

① 朱耀良：《走进〈神曲〉》，天津：天津社会科学院出版社，2004 年版，第 9 页。

初便引起意大利人民的极大热情,正如布克哈特在《意大利文艺复兴时期的文化》一书中指出的那样,“就连驴夫也能吟哦但丁的诗句”①。

然而但丁的这一选择在当时是冒了很大风险的,事实上意大利学术界对此并不认可。波伦那大学的维吉里奥(Virgilio)便认为俗语与拉丁语之间是一场致命的争论,用“俗语”写《神曲》的但丁注定不能成为桂冠诗人。维吉里奥于1320年(但丁逝世于1321年)写信给但丁,信中表示自己不理解一个成熟博学的诗人何以在表现重大的主题时竟使用意大利“俗语”而不是使用拉丁语:“这样重大的主题,您为何竟仍诉诸俗语,使我辈无能弟子如同面对行吟歌人,一无所获?”②

显然在他看来,用俗语写诗的但丁竟然自甘与民间的行吟歌人为伍,这不免让人痛惜,因此他请求但丁使用拉丁语进行创作,说这将使但丁“光泽的鬓角飘洒着桂冠的芬芳”。在这里,维吉里奥恳切的声音使人感到俗语与拉丁语之间差异之巨大,而这一差异在但丁死后则更加拉大,以致比但丁晚40年的彼特拉克做出了与但丁迥然相异的选择。彼特拉克用拉丁语写了一部庄严神圣的史诗《阿非利加》,显然意在创造一部与维吉尔《埃涅阿斯纪》同样伟大的史诗,并且他还在逝世前嘱咐亲人烧掉那本用意大利语写成的《歌集》。拉丁语这种强劲的势头当然有其历史原因,因为当文艺复兴的潮流涌来的时候,复兴古代文化的热情使人们过度追逐拉丁语的正统典雅而忽略了时代的另一个潮流,那就是各民族国家不可阻挡的兴起,而统一与提升民族语言就成了这一时代潮流的必然前提。于是历史的选择就与彼特拉克开了个玩笑,他的《歌集》成了传世经典,而《阿非利加》则很少被人提起。

历史的选择正是但丁的选择,他死于维吉里奥给他写信的第二年,因而后者终于也没能给他戴上桂冠。但是,但丁对意大利语言的贡献已经写就了意大利语最光辉的一页,他被后人认为是当之无愧的意大利语言之父。

意大利人民对俗语写成的《神曲》无限热爱,与学术界对俗语的轻蔑形成了鲜明的对比。而在这场俗语与拉丁语的致命争论中,双方的唯一共识是《神曲》内容的伟大,连维吉里奥也高度肯定他写出了“这样重大的主题”,这是《神曲》成为伟大经典的根本原因。此后但丁虽然被冷遇,但

---

① 雅各布·布克哈特:《意大利文艺复兴时期的文化》,何新译,北京:商务印书馆,1979年版,第199页。

② Michael Caesar, *Dante: The Critical Heritage*, London: Routledge, 1989, p.105

最终不会被遗忘，因为这时比但丁小48岁的薄伽丘仍在热烈地追捧但丁。薄伽丘在《十日谈》第四天第一个故事中以讲故事人的口吻谈到但丁对女性的崇敬，这从一个侧面表明但丁在当时已经家喻户晓。薄伽丘晚年潜心钻研古典文学，在佛罗伦萨讲解和诠释《神曲》，用意大利文写了《但丁传》，既肯定了但丁崇高的诗人地位，又肯定了《神曲》思想与艺术的伟大。这是《神曲》的经典之路上极有价值的一笔。

在随后的世纪里，或许人们都还只是感性地推崇《神曲》主题的重大，像薄伽丘一样；直到意大利学者维柯从理论上谈论但丁的时候，人们才真正能够想一想《神曲》主题为何重大。维柯把《神曲》看作反映时代生活的伟大史诗，把但丁称作"基督教时代的荷马"①，他认为历史的变化经过三个阶段：神的时代、英雄时代、凡人时代，认为历史变化经历了最后一个阶段以后，就会重新回复到原始时代，如此周而复始。因此他认为，基督教历史与希腊罗马历史有一种发展阶段的相似性，都是从原始的野蛮的形态发展到更高的文明阶段，荷马是希腊罗马文化中原始的诗人；而在基督教文化也有一个原始的野蛮时代，但丁就是这个时代的最高代表，他以原始诗人的诗性智慧全面而生动地反映了这一时代的伟大精神。

《神曲》经典路上的高潮发生在19世纪中叶，这时复兴运动正如火如荼地燃烧着整个意大利。这个走向复兴的民族选择的不是古罗马的辉煌，而是但丁，是但丁通过《神曲》给意大利带来的统一的旗帜。不过，也正如意大利复兴运动领袖马志尼所说的那样，"但丁的秘密在于它联系着当前"②，在争取民族解放的斗争中，但丁的旗帜作用远比《神曲》内容的影响力要大得多；而这时但丁本人的影响则为《神曲》的经典化形成增添了无穷的正能量。

意大利复兴运动使但丁和《神曲》的影响迅速扩展到整个欧洲，它至少在两重意义上与欧洲更紧密地联系在一起：第一，意大利复兴运动针对的是封建专制统治势力和外国势力的控制，这些反动势力同时也是各国人民的反抗对象。第二，各国的反动势力与教皇相勾结，站在"政教分离"的欧洲先进政治理念的对立面，因此意大利人民的政治斗争就有了全欧洲性的政治进步的意义，而但丁《帝制论》关于政教分离的理论阐述和他在《神曲·天国篇》中通过日轮天里的托马斯·阿奎那所表述的政治理念，

---

① Michael Caesar, *Dante: The Critical Heritage*, London: Routledge, 1989, p. 42

② Ibid., p. 58

使他当之无愧地成为“政教分离”思想的首创者之一,此时更鲜明地代表着欧洲先进的政治理想。

《神曲》在问世之初便走出国界,陆续在法国、英国、德国等国家产生重要的影响;而《神曲》成为世界文学的伟大经典则是19世纪中叶以后的事。随着意大利复兴运动对欧洲产生影响,欧洲各国读者也越来越了解但丁;而随着资本主义在欧洲全面占领上层建筑,当资本主义在佛罗伦萨的萌芽时代所暴露的种种弊端都在欧洲尽情上演的时候,人们才感到《神曲》批判力的震撼。人们开始从《神曲》的形象中寻找哲学的力量、伦理的力量和信仰的力量,以此完成巴尔扎克伟大的现实批判所未竟的事业。其实,当巴尔扎克将自己的全部作品命名为“人间喜剧”的时候,他心里应当是非常清楚自己的全部努力与但丁“神圣的喜剧”之间逻辑上的互补性的。

二、《神曲》经典生成的社会基础

《神曲》问世于欧洲社会大变革的前夜,这场变革起点的时间与地点都指向了意大利的佛罗伦萨,雅各布·布克哈特称之为“名副其实的第一个近代国家”[①];与之相应的是此时此地诞生了《神曲》的作者但丁,恩格斯称之为“中世纪最后一位诗人”和“新世纪最初一位诗人”。然而这个“第一个近代国家”的称号却是用血与火的内战换来的,而但丁成为“新世纪最初一位诗人”的代价是他的终生流放。他在流放中写出的《神曲》后来成为举世公认的文学经典,也是人们常以对照生活的伦理学经典。

《神曲》经典生成的社会因素可从三个方面来观察:一是13世纪后半叶意大利动荡的社会现实,二是中世纪意大利对古代文学的浓厚兴趣,三是意大利传统的基督教信仰。这三个方面的因素通过影响诗人但丁的个性化经历与思考而深刻地渗透在《神曲》的形象中,由是形成了这部世界文学名著独一无二的艺术特色和博大精深的思想。

但丁时代的意大利社会现实是《神曲》思想内容的来源。发生在意大利的社会变革是以教皇为中心的中世纪欧洲秩序重组的开端。欧洲的基督教会于12世纪达到了鼎盛,欧洲民众对教会无比虔诚,就连王权在教会面前也是毫无权威可言,正如托马斯·阿奎那在论及政教关系时所说的那样,“政权之服从于教权,犹如肉体之服从灵魂”。然而当教会的无限权威

---

① 雅各布·布克哈特:《意大利文艺复兴时期的文化》,何新译,北京:商务印书馆,1979年版,第139页。

使教皇变得日渐"伤不起"的时候,欧洲的教会便开始走向了它的反面。

但丁的故乡佛罗伦萨是中世纪欧洲封建统治最薄弱而资本主义萌芽最早兴起的地方。正如西方学者指出的那样:"中世纪城镇的产生及其发展是城镇的经济作用的结果。"[①]而经济领域里资本主义因素的不断发展又促进了社会的整体变化,它瓦解了欧洲封建政治体制,使平等的观念深入人心。而这一时期经济领域对政治领域影响的最集中体现则是意大利的党争与内战,尤其集中于政权与教权的冲突。罗马教皇和神圣罗马帝国皇帝为权力和财富进行了长期的政治斗争,佛罗伦萨城邦共和国也形成了两个对立的政党:基白林党和贵尔夫党。基白林党支持神圣罗马帝国皇帝,贵尔夫党支持罗马教皇。基白林党于1293年被打败,而获胜的贵尔夫党不久后又分裂成黑、白二党,彼此进行残酷的斗争。教皇的威信此后一落千丈:教皇卜尼费斯八世被法国国王的军队逮捕然后凌辱致死,此后十几任教皇不能住在教皇国而只好屈尊于法国为囚禁他们而建造的阿维农教皇宫。

但丁是这场政治斗争的直接参加者和受害者。他被选为佛罗伦萨市六位执政官之一,秉公执法,坚持与一切损害意大利民族利益的现象作不妥协的斗争。他因此而受到迫害,终身流亡他乡,而他在流放中写出的《神曲》则是他对意大利动乱现实所作的深刻思考。

《神曲》生成的另一个重要因素是古代文化的影响,这实际上也是欧洲文艺复兴的前奏。古希腊罗马文化在14世纪产生了蓬勃有力的影响,而意大利人对古代文化的接受实际上始于更早的时期。但丁生于1265年,早年便师从勃鲁内托·拉蒂尼,受到古代文化的熏陶。而他最崇敬的便是古罗马诗人维吉尔,并最终让他在《神曲》的地狱和炼狱中做了自己的导师。

意大利人对古代文化的兴趣,正如布克哈特指出的那样:"在意大利则无论有学问的人或一般人民,他们的感情都自然而然地投身了整个古典文化那一部分,他们认为这是伟大的过去的象征。"[②]但丁所崇敬的维吉尔,在他的时代已经具有崇高的声望:"中世纪知晓的拉丁经典作家中,当首推维吉尔……,'作为罗马留下的文学遗产无与伦比的中心,作为古

---

① 雅克·勒高夫:《中世纪文明(400—1500年)》,徐家玲译,上海:格致出版社,2011年版,第73页。

② 雅各布·布克哈特:《意大利文艺复兴时期的文化》,何新译,北京:商务印书馆,1979年版,第168页。

典学术的代表,作为帝国崩溃后幸存下来的罗马情感的阐释者,维吉尔这个名字在欧洲获得的意义近乎于文明本身的意义。'"①

《神曲》生成的社会因素更在于人民,因为任何文学艺术作品的生命力都深深地根植于人民之中。但丁时代意大利人民的宗教精神是形成《神曲》以宗教理念为探索框架的艺术构思的决定性因素,《神曲》的宗教话语无疑体现着作品形象与笃信宗教的意大利人民之间的最佳沟通。基督教对中世纪意大利生活的影响是广泛而深刻的,这最明显地体现在但丁同时代的画家乔托(约1267—1337)等艺术大师的宗教题材绘画中,而达·芬奇、米开朗基罗、拉斐尔等意大利文艺复兴名人都参加了梵蒂冈图书馆、西斯廷礼拜堂、梵蒂冈城墙和圣彼得大教堂的设计、建造、装饰工作,因此,这些耗费了巨大财富、人力与艺术创造力的建筑艺术作品无疑体现着意大利人民极大的宗教热情,也说明教皇威信的严重跌落其实并未影响人民心中的基督教的理念;基督教理念中的正义与博爱永远是人民批判丑恶现实的信心与力量源。因而可以说,在意大利社会生活的这种强烈宗教氛围中,《神曲》正体现着人民的精神诉求。

第二节 《神曲》的诗体及其对后世的影响

《神曲》有着博大精深的内容,俄国评论家别林斯基称这部作品是一部中世纪的真正的《伊利昂纪》。这部作品既是中世纪学术和文化的总结,又是新时代的序曲。但丁通过神游三界的故事,反映了新旧交替时期的社会生活,展示了中古意大利人的精神面貌。在思想内容上,《神曲》是一个充满矛盾的庞杂的统一体,有着十分鲜明的双重性,体现了但丁作为新时代歌手的进步性和中世纪诗人的局限性。

马克思使用《神曲·炼狱篇》第五章第十三行的诗句,作为他《资本论》第一版序言的结尾:"走你的路,让人们去说罢!"从此,使得这一名句以独特的精神实质更加广泛地流传。

但丁的《神曲》不仅有着庞杂的思想内容,而且有着卓越的艺术成就,以及独特的艺术形式。《神曲》在艺术上的独树一帜的特性,深深影响了

---

① 查尔斯·霍默·哈斯金斯:《十二世纪文艺复兴》,张澜、刘疆译,上海:上海三联书店,2008年,第70页。

后世文学。

受基督教神学关于圣父、圣子、圣灵“三位一体”的说法的影响，但丁把全诗分为“地狱”“炼狱”“天堂”等三部，每一部又分为33篇，加上序言，形成了象征十全十美的“33×3+1=100”的结构模式。

整部《神曲》开始时叙述“我”在“人生的中途”所做的一场梦。“我”在人生旅途的中途，忽然在一个黑暗的森林中迷路了。三只皮毛斑斓的野兽——一只豹（象征淫欲）、一头狮（象征强权）、一匹狼（象征贪婪）——拦住了“我”的去路。“我”惊惶失措，高声呼救。这时出现了古代罗马诗人维吉尔，他遵从圣女贝阿特丽丝——即但丁青年时倾心的女子——的命令，引导但丁另寻一条出路，参观了地狱和炼狱；之后，贝阿特丽丝出现，引领他游历了天堂。

九层地狱形似一个倒立的大漏斗，底部在地球中心点，上端在北半球。在地狱里的都是生前有罪的人，他们都是因为犯罪而被罚在这里受刑。罪孽越重就安置在越下层。上头几层为第一部分，收容第一类罪人，如好色者、挥霍者、易怒者等。中下几层为第二部分，收容第二类罪人，如残暴凶狠者、杀人或自杀者以及不敬上帝者等。最底一层收容第三类罪人，凡背信弃义、变节卖主之徒。

炼狱之山在南半球的海面上，它分为三部分——前界、本部和顶部（地上乐园），也分为九层。第一、二层是在弥留之际才想到忏悔的亡灵，他们都在等待着进入炼狱。第三层至第九层分别住有犯过骄、妒、怒、惰、贪、食、色七种罪孽的亡魂，他们按不同的方式荡涤自己的罪行。

天堂以古希腊天文学家托勒密的天体论作为支柱，由“九重天”构成，依次为月球天、水星天、金星天、太阳天、火星天、木星天、土星天、恒星天、水晶天，这里是快乐的精灵所住的地方，分别住着正人君子、明君贤相、诸圣神哲等。在《天堂篇》中，但丁的宇宙观通过他和贝阿特丽丝的精灵的飞升而得到了富于诗意的表达。

从表面上看，但丁在《神曲》中所描述的是宗教层面的神游三界的故事，但是从更深的层次来看，即使是宗教的层面上，这部作品所描述的是灵魂朝上帝运动的历程，是一部“神学总论”（the *Summa* in verse）[①]。然而，但丁并没有限于宗教层面，而是借助于中世纪的神学和哲学，特别是托马斯主义哲学和意大利中世纪神学家和经院学家阿奎那（1225—1274）

---

① *The Fordham Monthly*, Fordham University, Vol. XL, Dec. 1921, p. 76.

的综合神学(*Summa Theologica*),来进行讨论。因此,《神曲》被誉为中世纪思想和学术的“诗体总结”。[①]

《神曲》所采用的独特诗体的生成也是与宗教密切关联的。但丁《神曲》中的最为典型的诗体——“连锁韵律”,其生成也主要受到基督教圣父、圣子、圣灵三位一体的“圣三一”理念的影响。《神曲》所采用的韵律独树一帜,即每三行一节,每节由11个抑扬格音节所构成,第一行与第三行押韵,第二行和下一诗节的第一行和第三行押韵,一直连下去,最后一个单行诗句作为结束,与前一节的第二行押韵。形式是:ABA BCB CDC D。这种匀称的布局都是建立在当时的“圣三一”理念以及关于数字的神秘象征概念之上的。

我们可以在开头的部分诗行中就看出这一典型特性:

Nel mezzo del cammin di nostra vita (a)
mi ritrovai per una selva oscura (b)
ché la diritta via era smarrita. (a)

Ahi quanto a dir qual era è cosa dura (b)
esta selva selvaggia e aspra e forte (c)
che nel pensier rinova la paura! (b)

Tant'è amara che poco è più morte; (c)
ma per trattar del ben ch'i' vi trovai, (d)
dirò de l'altre cose ch'i' v'ho scorte. (c)

Io non so ben ridir com'i' v'intrai, (d)
tant'era pien di sonno a quel punto (e)
che la verace via abbandonai. (d)

“连锁韵律”(Terza rima)为但丁所首创,影响了包括彼特拉克、薄伽丘等在内的意大利诗人,对后世文学创作同样有着重要的影响,如17世纪的斯宾塞、19世纪的雪莱,20世纪的哈代等,都在一定的程度上接受了但丁“连锁韵律”的影响。从乔叟开始直到20世纪的英美诗人,都有不少“连锁韵律”的成功实验。乔叟的《向他的女子的抱怨》(*Complaint to His Lady*)等诗篇,拜伦的《但丁的预言》(*Prophecy of Dante*),雪莱的《西风

---

① *The Fordham Monthly*, Fordham University, Vol. XL, Dec. 1921, p. 76.

颂》(*Ode to the West Wind*)和《生命的凯旋》(*The Triumph of Life*),哈代的《背后的朋友》(*Friends Beyond*),奥登的《大海与镜子》(*The Sea and the Mirror*),麦克利什的《征服者》(*Conquistador*)等,都是成功的范例。斯宾塞的《仙后》、哈代的《列王》等长篇巨著也都在一定的程度上受到了但丁《神曲》的影响。

在《神曲》的英译本中,"连锁韵律"也得以保存。典型的以连锁韵律为特色的有品斯基(Robert Pinsky)所译的《地狱》,比尼恩(Laurence Binyon)所译的整部《神曲》,以及塞耶斯(Dorothy L. Sayers)的译本和戴尔(Peter Dale)的译本。

除了连锁韵律,《神曲》对后世文学的影响是多方面的。熟知但丁《神曲》的弥尔顿也在自己的作品中广泛借鉴但丁的措辞或意象。如在《天堂篇》第 29 章中,贝阿特丽丝谴责堕落的布道者的时候,书中写道:"因此那些一无所知的羊群,/从牧场上回来,只吃了一肚子风,/不能以见不到自己的损失原谅他们。"[①]弥尔顿在《利瑟达斯》中在谴责堕落的牧师时,所用的也是类似的意象,诗中写道:"饥饿的羊群抬头望,却不得食,/只喝一肚子的冷风和毒雾,/使他们病入脏腑,瘟病传布。"[②]

艾略特(T. S. Eliot)在《普鲁佛洛克的情歌》一诗中,引用《地狱篇》第 27 章的第 61 至 66 行,作为铭文,并且在《荒原》等重要诗作中较多地引用但丁的《神曲》中的诗句。意象派代表诗人庞德更是在《诗章》的结构方面借鉴《神曲》。

而博尔赫斯(Jorge Luis Borges)、梅列日科夫斯基等重要作家不仅在创作上受到《神曲》的影响,而且创作了论述但丁思想和艺术特征的论著。

当代作家同样尊崇但丁以及《神曲》这样的经典,受其启发,创作了各种类型的文学作品。如诺贝尔文学奖获奖诗人沃尔科特在 1949 年出版了受到但丁极大影响的《写给年轻人的悼词:十二诗章》。梅里尔(James Merrill)在 1976 年出版的一卷诗集,取名直接用《神曲》,其中有一组诗,标题为《以法莲之书》,所表达的是"通过显灵板与死去的亲友及灵魂在另一世界的谈话"[③]。尼温(Larry Niven)珀内尔(Jerry Pournelle)两位作家

---

① 但丁:《神曲·天堂篇》,朱维基译,上海:上海译文出版社,1984 年版,第 236 页。

② 飞白主编:《世界诗库》(第 2 卷),广州:花城出版社,1994 年版,第 189 页。

③ Helen Vendler (1979—05—03), "James Merrill's Myth: An Interview", *The New York Review of Books*, New York, 26, p. 7.

在1976年模拟但丁的《神曲》,创作了《地狱》一书。在这部作品中,一位科幻小说家在一次狂热的交谈中死去,发现自己来到了地狱,墨索里尼担任他的向导。后来,他们还创作了《逃离地狱》,依然借鉴但丁《神曲》的题材。①

类似的例子数不胜数,直到21世纪的头十年,依然出现了威斯(Peter Weiss)的《地狱》(*Inferno*, 2003)、珀尔(Matthew Pearl)的《但丁俱乐部》(*The Dante Club*, 2003)、皮考特(Jodi Picoult)的《第十层地狱》(*The Tenth Circle*, 2006)等许多作品。

但丁《神曲》在韵律以及措辞、意象、结构等方面对后世的影响,充分展现了这部杰作的艺术魅力以及其超越时空的不朽的生命力。

第三节 《神曲》的纸质传播与中文译介

但丁《神曲》的具体写作年份难以确定,根据学界考证,大概始于1307年前后,直到1321年但丁逝世之前不久才得以完成。根据意大利但丁研究会的材料,但丁《神曲》的手稿没有流传下来,尽管在14世纪和15世纪的时候,还存有数百页的手稿。

《神曲》问世,要比德国人古登堡研究成功金属活字印刷术早一个多世纪,起初是以手抄本形式流传的。直到1472以后,才得以书的形式流传。

《神曲》最初是以《喜剧》(*La Commedia*)而命名的。“在十六世纪之前,《神曲》名为《喜剧》。这里的喜剧两字并无戏剧的含义,因为当时人们把叙事体的作品也称为悲剧或喜剧;但丁的这部作品结局完满,故称《喜剧》。后来,人们为了表示对这首长诗的崇敬,在‘喜剧’之前加上了‘神圣的’一词。这就是《神曲》这一名称的由来。”②这段话是关于《神曲》书名由来的典型解释。只不过,此处,还没有涉及名称发生变化的具体过程。

实际上,为了表示对这部作品的尊崇以及这部作品的具体神界内涵,而加上了“神圣”(Divina)一词的,是意大利文艺复兴时期的重要作家薄伽丘。然而,该部作品的第一个印刷版本出现在1472年的时候,依然没

---

① David Wallace, “Dante in English”, in Rachel Jacoff, *The Cambridge Companion to Dante*, Cambridge: Cambridge University Press, p. 255.

② 朱维基:《前言》,但丁:《神曲·地狱篇》,朱维基译,上海:上海译文出版社,1984年版。

有“神圣”一词。该版本1472年4月11日出版,印数为300册,书名仍为《喜剧》(*La Commedia*)。直到1555年,该书才以《神曲》书名编辑出版。该书的编者是威尼斯的人文主义者多尔切(Lodovico Dolce),显然赞成薄伽丘的提法,他给书名加上了“神圣”(Divina)一词,全书得以《神曲》(*La Divina Commedia*)为书名由吉奥里托(Gabriele Giolito de' Ferrari)出版。

但丁的《神曲》得以广泛流传,在英语世界的传播尤为重要,有多种英译版本,而且,现在依然不断有新的译本面世。比较著名的包括加利(Henry Francis Cary)的译本(1805—1814),朗费罗(Henry Wadsworth Longfellow)的译本(1867),诺顿(Charles Eliot Norton)的译本(1891—1892),宾庸(Laurence Binyon)的译本(1933—1943),塞耶斯(Dorothy L. Sayers)的译本(1949—1962),西阿迪(John Ciardi)的译本(1954—1970),西森(C. H. Sisson)的译本(1981),曼德尔鲍姆(Allen Mandelbaum)的译本(1980—1984),缪萨(Mark Musa)的译本(1967—2002),荷兰德尔(Robert and Jean Hollander)的译本(2000—2007),艾索伦(Anthony M. Esolen)的译本(2002—2004),柯克帕特里克(Robin Kirkpatrick)的译本(2006—2007),拉弗尔(Burton Raffel)的译本(2010),彼得·戴尔(Peter Dale)的译本(1996—2007)。

此外,还有一些翻译家只是译了其中的一部等。如当代著名作家品斯基(Robert Pinsky)只是翻译了其中的《地狱》。

在这些译本中,朗费罗、宾庸、塞耶斯、戴尔,以及品斯基的译本较为著名,也富有一定的特色,对《神曲》的传播具有一定的影响。

《神曲》这部中世纪的世界文学经典,在中国也是直到20世纪才开始被译介。最早的中文译本是1924年出现的节译本,是《神曲·地狱曲》的前五章,由钱稻孙从意大利语原文译出,译名为《神曲一脔》。作者“Dante Alighieri”的名字曾被译为“檀德”。

钱稻孙所译的《神曲一脔》,用的是文言楚辞体裁,如开头一章如下:

方吾生之半路,
恍余处乎幽林,
失正轨而迷误。
道其况兮不可禁,
林荒蛮以惨烈,
言念及之复怖心!

戚其苦兮死何择:
惟获益之足谘,
愿覼缕其所历。
奚自入兮不复怀;
余梦寐而未觉,
遂离弃夫真馗。
既来遇乎山足,
极深谷之陲边,
怖吾心其久缚束,
用仰望兮见山肩,
美星光之既布,
将纷涂之万象兮正导夫路先,
始少释余怖惧,
潜心湖以为殃,
竟长夜兮予苦,
譬彼喘息之未遑,
方出海而登陆,
辄反观夫危波之茫茫;
余兹时兮怖犹伏,
亦临睨夫故途,
悼生还其有孰。

全书收开头三篇,上海商务印书馆发行,收入"小说月报丛刊"为第十种,64开本,于1924年12月出版,意汉对照,近百页篇幅。

钱稻孙在译文前写有附识语:

> 十四年前,予随侍父母游意大利,每出必猎其故事神话,纵谈承欢。其时即读《神曲》原文,归国后,尝为试译其起首三曲。初译但欲达意,不顾辞藻韵调;惟于神话传说,则任意诠注,曼衍孳乳,不自范围,仍纵谈娱亲之志。近年屑屑于米盐,久置不续矣,今年适遇檀德六百周年,而予亦方人生半路。偶理旧稿,又改其第一三两曲为韵译,并原译第二曲而为此篇。一九二一年,译者识。

译者钱稻孙曾在日本读书,精通日、意等国语言,除了《神曲》还翻译过《万叶集》等文本文学作品。《神曲一脔》虽为不到百页的选译本,但意汉对照，诠注甚详，表现了译者严谨的治学精神、倾心研究的求学态度，以及为我所用的传播外国文化的品性。《神曲一脔》虽然是采用文言楚辞体裁翻译，但是，在韵律方面却严格遵循但丁《神曲》的“连锁韵律”，实为中西合璧的一个范例。如前三行采用的是 A—B—A 韵，即“路—林—误”，接下去的三行为“B—C—B”即“禁—烈—心”，依此类推，直到最后压同样的韵“伏—途—孰”收尾。这种遵循原文形式的翻译在20世纪20年代难能可贵。

其次应提及的是王维克所译《神曲》。

王维克译本最初于1939年由商务印书馆出版，是根据意大利原文并参照英、法等译本翻译出版的。20世纪50年代曾经重印，70年代末修订再版。该译本共为《地狱》《净界》《天堂》三部。译本没有兼顾原文的格律和韵式，用散文体翻译。原文中所具有的节奏等音乐要素，译本基本上没有保留。但是译文显得较为流畅自然，绝少生搬硬套，如开头两段，译文如下：

> 当人生的中途，我迷失在一个黑暗的森林之中。要说明那个森林的荒野，严肃和广漠，是多么的困难呀！我一想到他，心里就起一阵害怕，不下于死的光临。在叙述我遇着救护人之前，且先把触目惊心的景象说一番。
>
> 我怎样会走进那个森林之中，我自己也不清楚，只知道我在昏昏欲睡的当儿，我就失掉了正道。后来我走到森林的一边，害怕的念头还紧握着我的心，忽然到了一个小山的脚下，那小山的顶上已经披着了阳光，这是普照一切旅途的明灯。一夜的惊吓，真是可怜，这时可以略微安心了。从海里逃上岸来的，每每回头去看看那惊涛骇浪，所以我在惊魂初定之后，我也就回顾来路，才晓得来路险恶，不是生人所到的。[①]

正因为王维克的译本是散文译本，而且译文显得流畅，所以广为流传。

如果说王维克的译本具有口语化的叙事风格和贴近日常生活的措辞，能够使得中文读者感悟原文的思想内涵，那么，相比而言，朱维基的译本就在诗歌形式等方面在中文世界传达了但丁神曲的神韵。

---

① 但丁：《神曲》，王维克译，北京：人民文学出版社，1954年版，第3页。

朱维基译《神曲》是从英文转译的,分为《地狱篇》《炼狱篇》《天堂篇》三个部分,最早由新文艺出版社 1954 年出版,后来由上海译文出版社 1979 年再版。

朱维基的译本《神曲》,力图严格遵循源语文本的诗体和形式特征,利用译入语——母语语言的语汇丰富、音响鲜明等优势,尽可能地表现《神曲》艺术形式等方面的重要特性。但是,由于源语文本与译入语文本表现形式的异同,再加上英文转译文本的限定,该译本也只是大体上近似《神曲》的艺术形式,而《神曲》具体的"连锁韵律"等重要特征,未能在译文中充分体现。如《地狱篇》第一歌的开头部分,朱维基的译文如下:

就在我们人生旅程的中途,
　我在一座昏暗的森林之中醒悟过来,
　因为我在里面迷失了正确的道路。
唉!要说出那是一片如何荒凉、如何崎岖、
　如何原始的森林地是多难的一件事呀,
　我一想起它心中又会惊惧!
那是多么辛酸,死也不过如此,
　可是为了要探讨我在那里发见的善,
　我就得叙一叙我看见的其他事情。
我说不清我怎样走进了那座森林,
　因为在我离弃真理的道路时,
　我是那么睡意沉沉。
但在我走到了那边一座小山的脚边以后
　(那使我心中惊惧的溪谷,
　它的尽头就在那地方),
我抬头一望,看到小山的肩头
　早已披着那座"行星"的光辉,
　它引导人们在每条路上向前宜行。
于是,在我那么凄惨地度过的一夜
　不断地在我的心的湖里
　震荡着的惊惧略微平静了。
好像一个人从海里逃到了岸上,
　喘息未定,回过头来
　向那险恶的波涛频频观望:

我的仍旧在向前飞奔的心灵
　就像那样地回过来观看
　那座没有人曾从那里生还的关口。[1]

在朱维基之后,《神曲》的中文传播中的一个重要贡献便是田德望译本的面世。该译本从意大利原文翻译,自 1983 年开始翻译,历时十八个春秋,后由人民文学出版社出版。

田德望的译本如同王维克,是用散文体翻译的。译文和注释主要根据意大利佛罗伦萨勒蒙尼埃出版社(Le Monnier)出版的意大利原文翻译。依然分为《地狱篇》《炼狱篇》《天国篇》三部,但是将每个部分的"canto",译为"章"。如《地狱篇》第一章的开头部分,译文如下:

在人生的中途,我发现我已经迷失了正路,走进了一座幽暗的森林,啊,要说明这座森林多么荒野、艰险、难行,是一件多么困难的事啊!只要一想起它,我就又觉得害怕。它的苦和死相差无几。但是为了述说我在那里遇到的福星,我要讲一下我在那里看见的其他的事物。

我说不清我是怎样走进了这座森林的,因为我在离弃真理之路的时刻,充满了强烈的睡意。但是,走到使我胆战心惊的山谷的尽头,一座小山脚下之后,我向上一望,瞥见山脊已经披上了指导世人走各条正路的行星的光辉。这时,在那样悲惨可怜地度过的夜里,我的心湖中一直存在的恐怖情绪,才稍平静下来。犹如从海里逃到岸上的人,喘息未定,回过头来凝望惊涛骇浪一样,我的仍然在奔逃的心灵,回过头来重新注视那道从来不让人生还的关口。[2]

该译本尽管是用散文体翻译的,但是译文自然流畅,也充满诗意。同为散文体翻译,意大利语的"aspra"一词,翻译成"幽暗的"一词比王维克的"黑暗的"更妥帖。再如"esta selva"这一表述,王维克的译文中译为"那个森林",田德望译为"这座森林",从而更贴近意大利原文,而且也给读者造成亲临其境之感。当然,"selvaggia"一词两者都翻译成"荒野"似乎在译文的词性方面都不太准确。还有,田德望译文第一段的最后一句"我要讲一下我在那里看见的其他的事物",则过于直译。意大利语原文中的

---

① 但丁:《神曲·地狱篇》,朱维基译,上海:上海译文出版社,1984 年版,第 3—4 页。

② 但丁:《神曲·炼狱篇》,田德望译,北京:人民文学出版社,1997 年版,第 1 页。

“de le altre cose ch'io v'ho scorte”,意为“我看见的其他的事物”,王维克的意译“触目惊心的景象”更能直接反映所体验的残忍,也更能传达原文的意境。

进入21世纪,对于《神曲》的译介,势头依然不减,除了不少改写的普及本之外,还出现了一些严谨的译本,其中包括:黄文捷所译《神曲》,由华文出版社出版;黄国彬所译《神曲》,由外语教学与研究出版社出版;张曙光所译《神曲》,则由广西师范大学出版社出版。

黄国彬的译本,以“意大利但丁学会版”的意大利原文为准,并参照其他版本进行翻译,分为《地狱篇》《炼狱篇》《天堂篇》三部,不仅用“连锁韵律”翻译《神曲》,而且以大量的注释对诗歌文本进行了详尽的解释。

以《地狱篇》开篇的第一章为例,译者使用了严谨的“连锁韵律”,在相当的程度上贴近原文的形式特征,也恰如其分地传达了原文的思想内涵:

> 我在人生旅程的半途醒转,
> 发觉置身于一个黑林里面,
> 林中正确的道路消失中断。
>
> 啊,那黑林,真是描述维艰!
> 那黑林,荒凉、芜秽,而又浓密,
> 回想起来也会震栗色变。
>
> 和黑林相比,死亡也不会更悲凄;
> 为了复述黑林赐我的洪福,
> 其余的景物我也会一一叙记。
>
> 老实说,迷途的经过,我也说不出。
> 我离开正道,走入歧途的时候,
> 已经充满睡意,精神恍惚,
>
> 不知不觉走完了使我发抖
> 心惊的幽谷而到达一座小山。
> 面对山脚,置身于幽谷的尽头
>
> 仰望,发觉这时候山肩已灿然
> 披上了光辉。光源是一颗行星,
> 一直带领众人依正道往返。
>
> 这时候,惊悸中我才稍觉安宁。

在我凄然度过的一夜，惊悸
一直叫我的心湖起伏不平。

像个逃亡求生的人，喘着气，
从大海脱得身来，一到岸边，
就回顾，看浪涛如何险恶凌厉；

我的神魂，在继续窜遁间，
也转向后面，再度回望那通路，
那从未放过任何生灵的天险。[①]

仅以这一开篇，我们便不难看出译文的卓越和译者的功底，以及译者为翻译这部杰作所付出的艰辛。

张曙光所译《神曲》，由广西师范大学出版社 2005 年出版，漓江出版社于 2012 年再版。该译本也分为《地狱篇》《炼狱篇》《天堂篇》三个部分。没有原文版本信息，只是在《译序》中，译者提及参照了“几个不同的英译本”。

在《地狱篇》开头部分，译文如下：

　当走到我们生命旅程的中途，
我发现自己在一片幽暗的森林里，
因为我迷失了正直的道路。
　啊，很难说出它是什么样子，
荒蛮的森林，浓密而难行，
甚至想起也会唤回我的恐惧：
　那么痛苦，死亡也不更严酷！
但要重新讲述在那里发现的善，
就得同时讲述我见到的另外事情。
　无法说清我是如何走进
那片树林；我正充满着睡意
在放弃了真实道路的地方。
　但当我来到一个山丘的脚下，
它沿着那座以强烈的恐惧
困扰着我的山谷的边缘升起，

① 但丁：《神曲 1 · 地狱篇》，黄国彬译注，北京：外语教学与研究出版社，2009 年版，第 1—3 页。

向上望去,我看见它的肩头
已披上了引导人们沿着
所有道路直行的相同行星的光辉。
于是我的恐惧稍稍平息;
因为度过了那个悲惨的夜晚,
我心内的湖曾感到惊惧。
就像一个人,疲惫喘息着,
从大海逃向岸边,回头望着
已经逃离了的险恶的水面,
我仍在逃亡的灵魂也是这样,
回头凝视着那条从来
不让任何人生还的道路。[①]

译文虽以诗体翻译,但是显得随意,而且并未遵从"连锁韵律"这一重要特性,风格虽然简洁清新,但是也有一些词语显得语义含混。

从《神曲》的中文传播来看,《神曲》的中文译介与中国翻译文学史的发展几乎是同步发展的,经历了文言文意译到神形兼顾的全部历程。

各个历史时期的中文译本,各有所长。有的以流畅取胜,获得受众认可;有的以严谨取胜,必将获得学界认可;当然,也有译本不够严肃,甚至显得平庸,背离但丁《神曲》的博大精深的意境。

其实,翻译《神曲》无疑是一个艰难的抉择,田德望、黄国彬等译者都为此付出了近二十年的艰辛,获得了一定的成功。在这一翻译历史中,黄国彬译本的成功无疑代表了从地狱到天堂的艰难历程。

第四节 《神曲》的影视改编与跨媒体传播

《神曲》对后世所产生的广泛影响,不限于对文学创作特别是文学类型所产生的深远影响。在跨媒体传播方面,但丁的《神曲》的影响同样不可低估,而且是一种重要的资源。在影视、动漫、绘画、音乐、雕塑等多个艺术领域,在长达七个世纪的时间里,它为无数的艺术家提供了创作的灵感和源泉。譬如,被誉为"意大利的贝多芬"的梅尔卡丹德(S.

① 但丁:《神曲·地狱篇》,张曙光译,桂林:漓江出版社,2012年版,第1—2页。

Mercadante，1795—1870)1828年取材《神曲·地狱篇》的内容写了歌剧《弗兰采斯卡·达·里米尼》，此后，弗兰采斯卡的故事引发了一系列的音乐媒体传播，意大利作曲家赞多纳(R. Zandonai，1883—1944)、法国作曲家昂布鲁瓦·托马斯(Ambroise Thomas，1811—1896)、俄罗斯作曲家塞尔盖·拉赫玛尼诺夫(Сергей Рахманинов，1873—1943)和柴可夫斯基(Пётр Ильич Чайковский，1840—1893)等都写出了同名音乐作品。尤其是匈牙利作曲家李斯特(Franz Liszt)、法国雕塑家奥古斯特·罗丹(Auguste Rodin)、英国拉菲尔前派画家但丁·罗赛蒂(Dante Rossetti)，都是《神曲》跨媒体传播并且从《神曲》中得到灵感而让自己的艺术品流芳百世的范例。甚至在电脑游戏领域，但丁的《神曲》也是一个重要的题材。

一、但丁作品的影视改编

作为中世纪的著名作品，《神曲》对现代文化生活也产生了重要的影响。这一影响，首先在影视传播方面。从《神曲》所改编的影视作品，随着影视的发展而广泛流传，同时也为影视产业的发展做出了应有的贡献。

早在电影产生的年代，《神曲》就成了重要题材，根据《神曲》改编的第一部影视作品是1911年由吉奥塞普(Giuseppe de Liguoro)执导的无声电影《地狱》(*L'Inferno*)。1924年由亨利·奥托(Henry Otto)执导的《但丁的地狱》(*Dante's Inferno*)，片长60分钟，由福克斯电影公司制作发行，同属于早期的无声电影。随后，在1935年，福克斯电影公司制作发行了由哈里·拉契曼(Harry Lachman)执导的《但丁的地狱》(*Dante's Inferno*)。由于执导者本人是一位后印象派画家，所以，该片的部分细节的描述较为出色。

而在电影广为普及的当代世界，《神曲》依然是重要的创作源泉。不仅有很多以《神曲》或其中三个部分为名的影视作品，而且还有以其他名称为名的作品。如1972年，瑞典由丹尼尔逊(Tage Danielsson)执导的喜剧电影《戒烟的人》(*Mannen som slutade röka*)，部分受到《神曲》的启示，表现主人公但丁游历天堂的故事。英国著名导演格林纳威(Peter Greenaway)于1987—1990年间则以《神曲》渊源为BBC改编了《电视但丁》(*A TV Dante*)。在他的诠释中，天堂随着年代的变迁不断改头换面，而地狱却一如既往。

美国制片人兼导演阿柯斯塔(Boris Acosta)多年以来一直献身于但丁《神曲》的影视改编，近年来已经完成十多部改编自《神曲》的电影或动画电影的制作,如《但丁地狱记录》(*Dante's Hell Documented*)。该片基于但丁作品《神曲》改编,讲述了意大利诗人阿利盖利·但丁的地狱之旅。但丁在英雄维吉尔的带领下,穿越一层层地狱,走遍地狱的各个区域,最终来到地心,并来到另一半球,即炼狱。

他还从《神曲》改编3D电影。其3D电影包括3D故事片和3D动画片。3D动画片包括《但丁的地狱》(*Dante's Hell 3D Animation*)、《但丁的炼狱》(*Dante's Purgatory 3D Animation*)、《但丁的天堂》(*Dante's Paradise 3D Animation*)。3D故事片包括《但丁的地狱——史诗故事》(*Dante's Inferno—The Epic Story*)、《但丁的炼狱——史诗故事》(*Dante's Purgatory—The Epic Story*)、《但丁的天堂——史诗故事》(*Dante's Paradise—The Epic Story*)。

如果说阿柯斯塔的创作还属于国别的创作,那么动画电影《但丁的地狱——动画史诗》(*Dante's Inferno: An Animated Epic*)则具有国际规模了。

动画电影《但丁的地狱》,片长达100分钟,由美国、日本、韩国于2010年联合制作完成,维克多·库克(Victor Cook)等七名成员共同执导。影片紧扣原著中的神游三界这一主线,将全剧分成七个部分,而每个部分都是表现游历的某一阶段,并且赋予相应的标题。由于分属不同的执导者,所以各个部分风格各异,形象也有所些许差异。与原著相比,在情节和精神内涵方面都有一定的变异,更为突出了可视性和叙事性。如开始部分的《到达》由维克多·库克执导。影片一改原著中的但丁迷路、进退两难的描写,而是以主人公但丁内心独白的形式描述阴森的森林。他可以查明追在他身后的某个人物,但是,每当他快要接近的时候,追赶者便消失了。当他到达的时候,他发现他的仆人被杀,父亲死了,他亲爱的恋人贝阿特丽丝躺在地上,因胸口戳伤而奄奄一息。她死亡的时候,化为一个精灵开始升向天堂。然而,路西法来了,带着她穿越地狱之门。但丁追赶着来到门口,维吉尔答应领他游历地狱。

而且,《神曲》的动画改编的变异也体现在具有突出故事情节而忽略宗教内涵这一倾向。在但丁的《神曲》中,《炼狱篇》的"罪孽",可能存在着伦理道德上的一些障碍;而《天堂篇》不仅涉及理想的境界,而且所讨论的话题涉及神学、哲学等众多方面,内容也显得庞杂;所以,相对于《炼狱篇》和《天堂篇》,《地狱篇》更容易被影视编导人员所选择和钟爱。

二、但丁《神曲》的绘画传播

文学与绘画之间有着千丝万缕的联系，尤其是诗歌与绘画，无论是文艺复兴时期的米开朗基罗、18 世纪英国的布莱克，或 19 世纪的但丁·罗赛蒂，都是集绘画与诗歌于一身的大师；无论是 19 世纪英国的拉菲尔前派，还是 20 世纪欧美的达达主义、立体主义、未来主义或超现实主义，都是诗歌与绘画合而为一的文学—美术运动。

就但丁的作品而言，其《神曲》的绘画传播主要体现在插图作品、油画作品、壁画作品等三个方面。

1. 插图作品

早在 14 世纪，当但丁的《神曲》以手抄本形式得以流传时，就有艺术家或出于自身喜爱或受命权贵为《神曲》插图。其后，每个世纪几乎都有为《神曲》而插图的艺术家。其中包括 15 世纪的意大利画家古列尔莫·吉拉尔迪、博蒂切利、米开朗基罗，18 世纪的意大利著名画家萨巴泰利、皮内利，19 世纪瑞士画家富利斯、德国画家科赫、法国画家多雷，20 世纪西班牙画家达利、英国画家巴滕等。在为但丁《神曲》的插图的画家中，最为著名的无疑是 19 世纪法国著名版画家、雕刻家和插图作家古斯塔夫·多雷(Gustave Doré, 1832—1883)。他被出版商邀请为多部世界名著作画，成为著名的插图画家。

时至今日，在最初插图出版 160 多年之后，多雷的插图与但丁的《神曲》依然紧密相连，常常被评论界相提并论。艺术家对但丁文本的透视依然激发着我们的视觉美感。多雷的但丁《神曲》插图完成于 1855 年，是他最早的文学经典插图。其后，他为荷马、拜伦、歌德、莱辛等许多作家的经典作品插图。他为《神曲》所画的插图在所有的插图作品中最为著名。其《神曲》插图作品多是黑白两色构成，层次分明，对照鲜明，质感强烈。无论是宏大的场面还是细部的个体描绘，他都善于使用极细的线条来编织物象的表面和体块，并且善于以线条的疏密来表现物体的明暗色调，从而显得光感强烈，并且具有极强的立体感。他的《神曲》插图作品同时引发了法国文坛对但丁的浓厚兴趣，直接导致其后出现多种版本的《神曲》法文译本、批评著作、专题杂志，以及这一题材的绘画等方面作品的迅猛增长。

当时，由于多雷为《神曲》的插图版画数量多，而且对开本制作成本昂贵，大多出版商不愿意出版多雷的插图版《神曲》，多雷不得不在 1861 年自费出版了插图版《神曲·地狱篇》。这一版本获得了艺术成就与经济效益方面空前的成功。由于这一成功,出版商在1868年又单独出版了《炼狱篇》和《天堂篇》。其后,多雷的插图作品广为流传,出现在200多种版本中,包括意大利源语和各种语种的译本。

多雷的《神曲》插图作品,部分汲取了米开朗基罗的裸色技法,并且结合了宏伟风景画的北方传统和通俗文化的元素,成为他艺术创作中的最高成就。他的插图作品,以画家的技艺娴熟地体现了诗人的生动的视觉想象。

如果说19世纪的插图作品的代表是法国的多雷,那么20世纪的《神曲》插图作品中最具代表性的就是长年生活在美国的西班牙画家达利(Salvador Dali,1904—1989)的创作了。这位天才的艺术家在1951至1960年间,创作了101幅水彩画来阐释但丁的《神曲》。他的这些作品后来又以木刻术进行了重新处理,构成100幅版画。

达利的《神曲》插图线条明快,色彩和谐,既有非现实的细节真实,也有立体的美感和超现实主义的风格。他的一丝不苟的写实手法与超现实的形象融为一体,给人带来一种强烈的视觉冲击,恰如其分地体现了但丁《神曲》的独特的表现手法和梦魇般的地狱场景。如《地狱篇》第十三章的"自杀者之林"的插图,典型地体现了这一特征。

自杀者之林(达利)

达利对"自杀者之林"的描绘,不仅有着绘画的立体的美感,而且借助了诗歌中的许多技巧,尤其是画中的超现实主义意象,是借助于诗歌的"双关语"来具体体现的,从而构成树枝与肢体的结合,达到了独特的艺术效果。

谈及《神曲》的插图绘画,英国诗人兼画家布莱克同样是一位不可忘却的人物。他的视觉艺术引发一位当代艺术批评家的高度赞赏,声称他是"大不列颠曾经创造的绝无仅有的最伟大的画家"[①]。布莱克作为画家,他更多的是汲取《神曲》中的精神和境界,而非故事情节,他不是一般意义上为《神曲》插图,而是从《神曲》中获取精神内核,服务于自己的美术创作。所以他以水彩画等形式创作的《神曲》,可以视为一部独立成篇的画集。

2. 油画作品

在油画创作领域,但丁的《神曲》影响了许多艺术家的创作,尤其是英国拉菲尔前派画家亨利·霍利兑(Henry Holiday)、但丁·罗赛蒂等许多重要艺术家的创作。如霍利兑的《但丁与贝阿特丽丝》(*Dante and Beatrice*)、但丁·罗赛蒂的《但丁之梦》(*Dante's Dream*)等,都是受其影响的重要的作品。

拉菲尔前派力图恢复英国美术"忠实于自然"的传统,着力表现宗教和现实题材,喜欢从文学经典中汲取营养,善于精雕细凿,追求细节真实。亨利·霍利兑所创作的油画《但丁与贝阿特丽丝》,被认为是他最重要的作品,画中所描写的是但丁与贝阿特丽丝在佛罗伦萨圣三一桥边的一次偶然相逢。[②] 贝阿特丽丝身穿白色服装,娴雅端庄,与女友同行,而但丁站在一旁,竭力掩饰着内心的激情,并且还因为贝阿特丽丝故意的冷漠而显现出了一种淡淡的忧伤。整个情景,正如但丁在《新生》中的描述:"她走过,在一片赞美的中央,/但她全身却透着谦逊温和,/她似乎不是凡女,而来自天国,/只为显示神迹才降临世上。//她的可爱,使人眼睛一眨不眨,/一股甜蜜通过眼睛流进心里,/你绝不能体会,若不曾尝过它:/从她樱唇间,似乎在微微散发/一种饱含爱情的柔和的灵气,/它叩着你的心扉命令道:'叹息吧!'"[③]

---

① Jonathan Jones, "Blake's heaven", *The Guardian*, 25 April 2005.

② Walker Art Gallery ed., *The Walker Art Gallery*, London: Scala, 1994, p. 72.

③ 但丁:《我的恋人如此端庄》,飞白译,参见吴笛主编:《外国诗歌鉴赏辞典》,上海:上海辞书出版社,2009 年版,第 853—854 页。

但丁与贝阿特丽丝(霍利兑)

联想到但丁生平中假装对其他女性的爱而掩饰自己对邻居姑娘贝阿特丽丝的爱恋,以及贝阿特丽丝对但丁的误解,画中但丁和贝阿特丽丝的表情也有一定程度的体现。

而但丁·罗赛蒂对意大利诗人但丁有着矢志不渝的浓烈兴趣,他创作了不少与但丁以及《神曲》有关的作品,他的《但丁之梦》中,基于《新生》或但丁的生平,其中的但丁、贝阿特丽丝、天使等主要意象突出了《神曲》的天堂境界,以及贝阿特丽丝引导但丁游历天堂的由来。在画中,但丁·罗赛蒂用复杂的象征创造了一个幻想的世界。画中贝阿特丽丝的两位女仆所穿的绿色衣裳在一定意义上象征着希望,而画面前方的一朵朵鲜花,以及画面中央的天使之吻,无疑具有圣洁的象征,画面右方出现的红色的鸽子则象征着爱情。

但丁·罗赛蒂的又一重要作品《受赐福的贝阿特丽丝》(*Beata Beatrix*),也是受到但丁《神曲》的影响,该幅画的突出位置是贝阿特丽丝昂头闭目的迷醉般的形象,后方左右所画的只有单调的红绿色,彩彼此孤立、左右反衬的两个形象则是爱神与但丁。而背景处的日晷仪以及衔着花朵的红鸟,创造出了一种神秘的效果,更是强化了离奇的时空感。这幅以画家妻子希达尔为原型的油画,简直就是罗赛蒂的"神曲"。而但丁·罗赛蒂也作了这样的解释:在这一"神曲"中,"她以突然死去进入天国并坐在俯视全城的天国阳台发愣的形式来体现。你们记得但丁是怎么描述她死后全城的凄切情景吗?所以我要把城市作为背景,并加上两个彼此投着敌意目光的但丁和爱神的形象。当那只传播死讯的鸟儿把那枝罂粟花投入贝阿特丽丝的手中时,这有多么不幸!她,从她那对深锁的眼眉间看出，她已意识到有一个新世界，正如《新生》的结尾中写的：幸福的贝阿特丽丝，从此她将永远可以凝视着他的脸了"[①]。

因此，《受赐福的贝阿特丽丝》成为罗赛蒂最闻名的作品之一，而且使得希达尔的名字经常与但丁的贝阿特丽丝相提并论。[②]

3. 壁画作品

十分有趣的是，揭开《神曲》壁画创作序幕的，是但丁的知交乔托。而且，但丁在《神曲・炼狱篇》第十一歌中还曾写道："契马菩想在绘画上立于不败之地，/可是现在得到采声的是乔托，/因此那另一个的名声默默无闻了。"[③]乔托是但丁同时代的著名画家，他在1303—1305年间曾为帕多瓦的斯克罗韦尼礼拜堂绘制《基督生平事迹》和《末日审判》等壁画。乔托的《末日审判》的右下部，描绘了地狱里的恐怖景象，与但丁《神曲・地狱篇》的描述十分吻合。考虑到但丁是在1292年"情人"死后立即开始写作这部作品的，直到他逝世前的1321年才完成，这一绘画借鉴书中的描述是可能的，尽管但丁卷入佛罗伦萨的派系斗争而被放逐到维罗纳、帕多瓦等地。

但丁的《神曲》对后世基督教绘画《末日审判》这一题材的创作产生了深远的影响。譬如，由安德烈亚・奥卡格纳（Andrea Orcagna）在佛罗伦萨新圣母教堂斯特罗齐祈祷室所绘的大幅壁画《末日审判》，便在整体构思方面受到《神曲》的影响。此画右壁的上部为《炼狱》，下部为《地狱》；左壁为《天堂》，画了数位圣者和天使，包括被认为是但丁的人物。同样受到影响的还有米开朗基罗（Michelangelo）在梵蒂冈西斯廷教堂所绘的壁画《末日审判》。此外，但丁的形象也主要是通过壁画的形式而广为人知。多梅尼科・迪・米凯利诺（Domenico di Michelino）于1465年在佛罗伦萨大教堂所绘的壁画《但丁与〈神曲〉》，在描绘地狱和炼狱景象的同时，凸现了但丁的独特形象。加上拉斐尔（Raffaello）在梵蒂冈创作的两幅壁画《教义争论》和《帕尔纳斯山》中所描绘的但丁的肖像，使得人们对于但丁的形像有了立体的认知。

而到了19世纪，德国的科赫（Koch）所创作的马西莫别墅壁画《地狱》，以及德国魏特（Veit）所创作的马西莫别墅天顶画《天堂》，使得《神

① Dante Gabriel Rossetti, *The Correspondence of Dante Gabriel Rossetti*, vol. 5, William Fredeman ed., Cambridge: Brewer, 2002, p. 42.

② Ludinda Hawksley, *Essential Pre-Raphaelites*, London: Parragon, 2000, p. 115.

③ 但丁：《神曲・炼狱篇》，朱维基译，上海：上海译文出版社，1984年版，第86页。

曲》题材的壁画达到了新的高度,"堪称西方艺术家的'神曲世纪'"①。

三、《神曲》的雕塑传播

在美术领域,不仅绘画与文学关系密切,就连人们很少关注的文学与雕塑,也是有着难舍难分的血缘关系。"文学与雕塑之间存在着一种平行关系,对此研究可以加深我们理解作家和雕塑家在共同的创意过程中怎样结合词语和雕塑意象来创造意义。"②譬如在19世纪的法国,深深影响雕塑家创作的作家主要有雨果、拉封丹、维吉尔、奥维德、但丁、歌德、莎士比亚等人。

在雕塑领域,但丁的《神曲》深深影响了罗丹的创作。

罗丹的许多重要雕塑作品深受《神曲》的启发。根据《神曲·地狱篇》而创作的雕塑群《地狱之门》(*The Gates of Hell*),在雕塑领域享有盛誉。

同样还有根据《神曲·地狱篇》第五章而创作的雕塑群《保罗与弗兰采斯加》,以及根据这一情节创作的著名的雕塑作品《吻》(1884—1886)。

吻(罗丹)

① 邢啸声编著:《神曲插图集》,上海:上海人民美术出版社,1994年版,第42页。

② Keith Aspley, Elizabeth Cowling and Peter Ssharratt eds., *From Rodin to Giacometti: Sculpture and Literature in France, 1880—1950*, Amsterdam: Rodopi, 2000, p. 1.

但丁《神曲·地狱篇》的相关诗歌描写了弗兰采斯加与保罗的爱情悲剧。诗的素材来源于现实生活。弗兰采斯加由父母作主嫁给了里米尼的贵族拉台斯太的残废儿子祈安启托。十年后,祈安启托发现妻子和他弟弟保罗有奸情,遂将二人杀死。在《神曲》中,这对情侣的灵魂和其他一些生前堕落情网者的灵魂同住在地狱第二圈"色欲场"里,他们在长年不息的凄风苦雨中相互偎依,永不分离。但丁随维吉尔漫游地狱来到此处时,被此情景所感动,于是便引发了这段对话体诗行:

于是我又转过身去向他们,
开始说道:"弗兰采斯加,你的痛苦
使得我因悲伤和怜悯而流泪。
可是告诉我:在甜蜜地叹息的时候,
爱凭着什么并且怎样地
给你知道那些暧昧的欲望?"
她对我说:"在不幸中回忆
幸福的时光,没有比这更大的痛苦了;
这一点你的导师知道。
假使你一定要知道
我们爱情的最初的根源,
我就要像一边流泪一边诉说的人那样追述。
有一天,为了消遣,我们阅读
兰塞罗特怎样为爱所掳获的故事;
我们只有两人,没有什么猜疑。
有几次这阅读使我们眼光相遇,
又使我们的脸孔变了颜色;
但把我们征服的却仅仅是一瞬间。
当我们读到那么样的一个情人
怎样地和那亲切的微笑着的嘴接吻时,
那从此再不会和我分开的他
全身发抖地亲了我的嘴:这本书
和它的作者都是一个'加里俄托';
那天我们就不再读下去。"
当这个精灵这样地说时,
另一个那样地哭泣,我竟因怜悯

而昏晕,似乎我将濒于死亡;
我倒下,如同一个尸首倒下一样。[1]

但丁的这段诗篇,在艺术上独立成篇,所采用的是梦幻与真实相结合的手法。诗中的背景是虚无缥缈的幻境,但诗人却以非常简练的文字,把一幕动人的爱情悲剧,包括人物、事件甚至细节,都有声有色地写了出来,给人以身临其境之感。其中男女主人公在读传奇时流露衷情这一情节写得尤为生动活泼。其中提及的兰塞罗特又译兰斯洛特,是圆桌骑士中最著名的一个。在亚塔尔王的朝廷里,他爱上了归内维尔皇后。他是古代法兰西传奇《湖上的兰斯洛特》中的主角。而其后的加里俄托是《湖上的兰斯洛特》传奇中的另一角色。兰斯洛特和归内维尔皇后的第一次相会,就是由他撺掇而成的。所以,弗兰采斯加说,书和书的作者都是起着引导作用的"加里俄托"。

罗丹的雕塑作品《吻》取材于但丁的《神曲》里所描写的弗朗采斯加与保罗这一对情侣的爱情悲剧。《吻》是大理石雕像,高 190 厘米,创作于 1884—1886 年间,现藏于巴黎罗丹美术馆。罗丹采用《神曲》中的题材塑造了两个不顾一切世俗诽谤的情侣,使得在幽会中热烈接吻的瞬间成为永恒。

在罗丹的雕塑作品中,将但丁细腻的文字表述化为生动的形象。雕塑家突出所创造人物的优雅的肌体和姿态,尤其是女主人公细腻的肌肤,起伏不定,引发了生动的光影效果。而凭借这些光影的闪烁,其内在的青春、热情与生命的活力全都幸福地荡漾,给人们带来无限的美感和丰富的联想。

受但丁《神曲》而激发灵感的还有罗丹著名的雕塑作品《思想者》(*Le Penseur*)。《思想者》是青铜雕塑,原本名为《诗人》(*Le Poète*),自 1880 年开始创作,本来用于《地狱之门》的门口。罗丹的创作基于但丁的《神曲》,作品中的大多数其他人物都代表着这部长诗中的一些主要人物。多数评论家认为,位于门口的中心人物便是描述进入地狱之门的但丁。然而,这一解释,也存有一些疑问。譬如,雕塑作品中的人物是裸体形象,而在原著《神曲》中,但丁自始至终都是穿着服装的。但是,这显然也无关紧要,重要的是,罗丹继承了米开朗基罗的传统,突出表现了这一人物的智性和诗性。

---

[1] 但丁:《神曲·地狱篇》,朱维基译,上海:上海译文出版社,1984 年版,第 38 页。

综上所述，作为一部杰出的文学经典，但丁的《神曲》不仅深深地影响了后世的文学创作，而且也极大地影响了影视领域和美术领域的创作活动，在视觉艺术领域里极大地激发了创作的想象，为许许多多的影视艺术家和美术家提供了创作的源泉和智慧的灵感，从而不仅在文学史上也在艺术史上成为跨艺术传播或是跨媒体传播的一个优秀的范例，而且在不断地改编和跨媒体传播中得以再生，得以不朽。

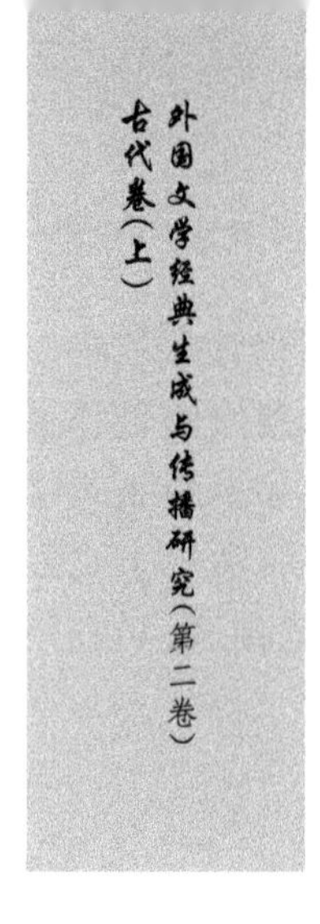

第十四章
十四行诗的生成、演变和传播

西方十四行诗体作为一种长久流行于世界文坛的重要诗体,作为许多文学经典的载体,曾经并且依然有着旺盛的生命力。这是其他任何诗体都无法抗衡的,它在世界文学中所具有的重要意义也是其他任何诗歌形式所难以比拟的。“十四行诗如今已经成为一种国际性的跨文化的艺术形式。”[①]以十四行诗体的形式进行创作而取得了重要成就的,有各个民族文学的重要人物,如意大利的但丁和彼特拉克,英国的莎士比亚和斯宾塞,法国的龙萨和波德莱尔,西班牙的贡戈拉,俄国的普希金。他们作为各个民族文学的代表,其诗歌方面的成就主要是通过十四行诗来体现的。而且,十四行诗的发展又与世界文学的发展密切相关,在一定意义上折射了世界文学经典的流传与发展。

十四行诗在其生成之后的漫长岁月里,在世界上的许多国家得以传播。它于 13 世纪在意大利得以繁荣,于 15 世纪流传到西班牙,16 世纪流传到英国和法国,17 世纪流传到德国和美国,19 世纪流传到俄国。它又于 20 世纪传入中国。直到今天,十四行诗仍然活跃在世界上的许多地区。在十四行诗漫长的传播过程中,这一诗体不断地与各个国家的文学相融会,不断地发展和演变,极大地丰富了各个民族的文学,也逐渐成为各个民族文学中的不可分割的组成部分。

尽管西方十四行诗得到了其他诗体难以想象的广泛流传,但是有关十四行诗的生成渊源问题,至今仍存有种种争议。鉴于这一话题至今尚

---

① A. D. Cousins and Peter Howarth ed., *The Cambridge Companion to the Sonnet*, Cambridge: Cambridge University Press, 2011, p. 2.

未得出令人信服的结论，本章力图以翔实的资料为基础和依据，对十四行诗的生成渊源进行考证性的探究，并对其在世界各国的传播与演变的历程以及在我国的译介和融会进行梳理和研究。

第一节　十四行诗生成的中外论争

作为世界文学宝库中的一个重要诗体，十四行诗在世界许多国家和地区广为传播和继承。可是，它究竟由谁首创，产生在哪个国度，又产生在什么时代？对于这些基本问题，学界虽然存有种种论争，但是十四行诗产生于14世纪的意大利的这一学界主流观点还是被许多学者所接受的。当然，在具体作家作品等一些细节问题上存有较大分歧。

我国学界一般认为西方十四行诗的开创者是意大利文艺复兴时期的著名诗人彼特拉克，认为他"创造性地运用了十四行诗的体裁，使之成为欧洲诗歌中的一种新诗体"[①]，并且认为他的十四行诗"为后来欧洲抒情诗开辟了一条新的道路"[②]。同时，我国一些学者充分肯定这一诗体的重要性。"《歌集》中的抒情诗，为欧洲抒情诗的发展开创了道路，并创立了十四行诗这一欧洲诗歌中的重要诗体。"[③]

彼特拉克的代表作《歌集》(*Canzoniere*)共收诗三百多首，绝大部分所采用的是十四行诗体，即"彼特拉克诗体"。以爱情为基本主题的这部《歌集》，"在15世纪和16世纪无止境地被人编辑、翻译、模仿、润饰"[④]，所以，"彼特拉克诗体"曾被一些学者认为是十四行诗体的最初成就。

不过，稍作考证，我们就会发现这一观点实在牵强附会，缺乏史料支撑，经不起推敲。因为同为佛罗伦萨三巨匠之一的但丁，已经先于彼特拉克创作了以十四行诗为主体的诗集《新生》，其中收入的十四行诗达25首。加以比较，我们可以发现，"彼特拉克诗体"在结构上与但丁《新生》中的十四行诗体并无明显区别，也是4433结构，前面一组是"八行诗"

---

① 金元浦等主编：《外国文学史》，上海：华东师范大学出版社，2000年版，第51页。

② 尹允镇、杨乃晨主编：《外国文学史》，海口：南海出版公司，2002年版，第50页；朱维之等主编：《外国文学简编[欧美部分]》(第三版)，北京：中国人民大学出版社，1990年版，第66页。

③ 吴文辉等编：《外国文学》，南宁：广西人民出版社，1985年版，第69页。

④ Thomas P. Roche, *Petrarch and the English Sonnet Sequences*, New York: AMS Press, 1989, p. 1.

(Octave),后面一组是“六行诗”(Sestet)。前八行展现主题或提出疑问,后六行是解决问题或得出结论。前八行使用的是抱韵(Embracing rhyme),韵式为 ABBA ABBA,后六行韵式为 CDE CDE 或 CDE DCD 等。总之,他们的十四行诗富有变化,韵脚错落有致,听起来并不单调,长度也较适中。与但丁相比,彼特拉克在诗歌形式方面并无多少创新,主要是对前辈诗人但丁的继承,他的贡献主要是用但丁所奠定的诗体传达具有人文主义内涵的思想情感,在一定程度上为这一诗体的流传、普及和规范做出了相应的贡献。因此,认为彼特拉克是十四行诗的首创者显然是有失偏颇的。

那么,但丁是否就是这一诗体的首创者?答案是否定的。国外的一些学者在研究过程中,显然是不甘心止步于但丁的,而是继续往前追溯。但是学者们也基本上将十四行诗的产生年代定格在先于但丁的 13 世纪初期,并依然坚持产生于意大利。于是有学者声称:“十四行诗初现于 13 世纪,在文艺复兴时期传遍了欧洲各地,流行了近五百年。”[①]

根据国外有关学者的考证,作为一种诗体的十四行诗最早大约出现在 13 世纪二三十年代。就目前掌握的资料来看,这一观点是较为具有影响力的,有数位学者坚持这种观点,只是在一些具体细节上存有争议。

斯皮勒(Michael R. G. Spiller)在其著作《十四行诗的发展》(1992)一书中认为,十四行诗在 1230 年起源于意大利的南部地区。[②] 在该书中,作者充分肯定了彼特拉克的艺术成就,明确声称:“十四行诗不是由彼特拉克首创,但是却成了他的创造物。”[③]

而稍早一些时候的意大利学者克伦亨斯(Christopher Kleinhenz)在其著作《早期意大利十四行诗(1220—1321)》(1986)一书中认为,十四行诗是于 1220 年前后由意大利西西里岛的诗人贾科莫·达·伦蒂尼(Giacomo da Lentini)首创。卡欣斯(A. D. Cousins)和霍华斯(Peter Howarth)的近著《剑桥十四行诗指南》也坚持这一观点。[④] 有关伦蒂尼的生平现无确切资料,但其曾在腓特烈二世的宫廷中服务过,其文学创作活

① Paul F. Grendler ed., *The Renaissance: An Encyclopedia for Students*, New York: The Gale Group, 2004, vol. 3, p. 179.

② Michael R. G. Spiller, *The Development of the Sonnet*, New York: Routledge, 1992, p. 1.

③ Ibid., p. 45.

④ A. D. Cousins and Peter Howarth ed., *The Cambridge Companion to the Sonnet*, Cambridge: Cambridge University Press, 2011, p. 1.

动应该是在1200年至1250年间。克伦亨斯还认为，在十四行诗得以繁荣、"彼特拉克诗体"得以出现之前的1220年至1321年，在意大利就已经创作了数量不少于1500首的十四行诗。[①]

认为十四行诗产生于意大利西西里岛的不只是克伦亨斯，还有另外一些学者，只不过那些学者认为其首创者不是伦蒂尼，而是彼尔·德勒·维奈(Pier delle Vigne)。该观点流传甚广，而且被广泛地引用，如瓦茨-邓坦(Watts-Dunton)为《不列颠百科全书》(*Encyclopaedia Britannica*)所写的"十四行诗"词条，就是持有这一观点。[②]

尽管这一观点被广泛引用，但是，彼尔·德勒·维奈显然晚于伦蒂尼。克伦亨斯对此有详尽的论证。他在其著作《早期意大利十四行诗(1220—1321)》一书中考查了伦蒂尼的作品，认为他所作的25首十四行诗已经具有后来流行的十四行诗的基本特性。在25首诗中，前八行的韵式为ABAB ABAB，而后六行的韵式富有变化，韵式为CDE CDE的有14首，为CDC DCD的有9首，另外两首分别为ACD ACD和AAB AAB。[③]

然而，其他学者也不甘寂寞，各有新的探索。如意大利的学者博尔戈尼奥内(Adolfo Borgognoni)在较早的时候认为十四行诗的首创者是意大利诗人奎多尼·达雷佐(Guittone d'Arezzo，1235—1294)[④]，法国的阿瑟利诺(Charles Asselineau)在《十四行诗的历史》一书中，坚持认为十四行诗产生于法国[⑤]，我国学者杨宪益先生则认为十四行诗最早产生于我国唐朝[⑥]。所有这些，使十四行诗的生成问题显得更加复杂，增添了神秘的光环。

---

① Christopher Kleinhenz, *The Early Italian Sonnet, The First Century (1220—1321)*, Italy: Milella, 1986, p. 10.

② Watts-Dunton, *Sonnet*, *Encyclopaedia Britannica*, 11th Edition, 1910－1911, Vol. 25, pp. 414－416.

③ Christopher Kleinhenz, *The Early Italian Sonnet, The First Century (1220—1321)*, Italy: Milella, 1986, p. 37.

④ Adolfo Borgognoni, *Discipline e spontaneita nell'arte*, Bari: Laterza, 1913, pp. 90－94.

⑤ Charles Asselineau, *Histoire du sonnet*, Alençon, 1856, pp. 4－6.

⑥ 杨宪益：《试论欧洲十四行诗及波斯诗人莪默凯延的鲁拜体与我国唐代诗歌的可能联系》，《文艺研究》，1983年第4期。

第二节 十四行诗生成的社会文化语境

无论学者持有何种观点,无论认为是起源于意大利、法国,还是中国,但是有一点是不应该忽略的:那就是十四行诗的生成语境。只有在特定的语境中一种文学形式才能得以生成,同样,从生成语境入手,是考察一种文学形式生成渊源的重要途径。

考察十四行诗的生成,同样不能忽略其生成语境,主要包括文化语境和社会语境两个方面。

而文化语境是我们首先应该关注的。从文化语境方面探究,我们知道,拉丁语与意大利语之间有着千丝万缕的关系。拉丁语最初是意大利半岛中部西海岸拉丁部族的语言,属古代印欧语系意大利语族。由于罗马帝国的强盛,拉丁语在并存的诸种方言中逐渐取得了优势。“拉丁族建立罗马国家后,他们大肆对外扩张,征服了意大利半岛。”[①]“几乎将它的统治一直扩展到当时西方人所认识的整个世界,同时也将它的语言——拉丁语,作为思想与政治统一的重要工具,强加给它所奴役的各民族人民。几乎整个西方世界都打上了罗马文化的烙印,拉丁语成为帝国的官方语言。”[②]而意大利语则是罗马帝国灭亡后拉丁语民族化产物的一种,是从古拉丁语中衍生出来的,以佛罗伦萨地区的方言作为普通话和语法标准,后经但丁等作家的运用,逐渐形成完整的语言体系。

可见,如果认定十四行诗产生于意大利,我们理应关注与意大利语密切关联的古罗马语言以及古罗马诗歌。

众所周知,意大利十四行诗由“八行诗”和“六行诗”两个部分所组成的。我们考察十四行诗的生成,无疑不能忽略有关“八行诗”和“六行诗”的概念。

在具体创作实践中,“八行诗”和“六行诗”即可作为十四行诗体的前后两个组成部分,也可作为独立的诗歌存在。关于“八行诗”和“六行诗”与十四行诗之间的关系,学界在先后顺序上存有一定的分歧,甚至连《普林斯顿诗歌与诗学百科全书》(*Princeton Encyclopedia of Poetry and*

---

① 姜守明、洪霞:《西方文化史》,北京:科学出版社,2004年版,第65页。

② 王军、徐秀云编著:《意大利文学史:中世纪和文艺复兴时期》,北京:外语教学与研究出版社,1997年版,第6页。

Poetics)也对此感到莫衷一是，认为："八行诗是否先出现并且影响了十四行诗，反之亦然，这是一个尚不清楚的问题。"[1]

"八行诗"的韵式极为丰富。其中，被称为"抒情小调"(Canzonetta)的八行诗韵式为 ABAB CBCB(最后一个韵脚可以重复以上任何一个)；被称为"赞美八行诗"(Hymnal Octave)的八行诗韵式为 ABCB ABCB；被称为"意大利八行诗"(Italian Octave)的韵式为 ABBA ABBA；被称为"八行体"(Ottava Rima)以及"托斯卡纳八行诗"(Toscano)的八行诗韵式为 ABAB ABCC；被称为"西西里八行诗"(Sicilian Octave)的八行诗韵式为 ABAB ABAB；被称为"乡村歌谣体"(Strambotto)的八行诗韵式为 ABAB CCDD。

英语"Sestet"这一概念译自意大利语的"sestetto"一词，该词则源自拉丁语"sextus"，意为"第六"。

"六行诗"韵式也极为丰富，其中主要有以下数种。"柯林斯六行体"(Collins Sestet)韵式为 AAB BCC；"抱韵六行体"(Envelope Sestet)韵式为 AAB BAA；"意大利六行体"(Italian Sestet)韵式为 ABC ABC；"怀阿特六行体"(Wyatt Sestet)韵式为 ABB ABB；"西西里六行体"(Sicilian Sestet)韵式为 ABA BAB；"西班牙六行体"(Spanish Sestet)韵式为 AAB CCB。

从现有资料来看，我们倾向于认为：八行诗或六行诗先于十四行诗产生，并且影响了十四行诗歌在形式方面的生成和发展；但是反过来，十四行诗歌的流行和普及，又促成了八行诗和六行诗的兴盛。

不过，从文化语境来看，作为曾经盛行十四行诗的意大利，与古罗马文字与文化有着不可分割的联系。如果从古罗马诗歌中进行考察，无论是八行诗、六行诗，都能够找到一些范例。而被一些学者认为首创十四行诗体的伦蒂尼，在创作十四行诗的同时，也喜欢单独使用六行诗体或八行诗体，如他的著名诗篇《奇妙的爱情》，就是由 7 节六行体诗所组成的。

究竟是八行诗和六行诗影响了十四行诗，还是十四行诗影响了八行诗和六行诗？其实，这并不是"一个尚不清楚的问题"，我们可以在古罗马诗歌里找到明确的答案。

如古罗马著名抒情诗人卡图卢斯(Gaius Valerius Catullus，约前

---

① *The New Princeton Encyclopedia of Poetry and Poetics.*, Alex Preminger and T. V. F. Brogan ed., Princeton: Princeton University Press, 1993.

84—前54)的重要作品《歌集》(*Carmina*),共116首。其中单独的八行诗和六行诗数量极多,共有30首。尤其是第70首以后的部分,绝大多数为八行诗和六行诗,而且韵式多变,极为丰富。我们先各看一首他的八行诗和六行诗。

卡图卢斯《歌集》的第72首,用的是八行诗体:

Dicebas quondam solum te nosse Catullum,
Lesbia, nec prae me velle tenere Iovem.
Dilexi tum te non tantum ut volgus amicam,
Sed pater ut gnatos diligit et generos.
Nunc te cognovi: quare etsi inpensius uror,
Multo mi tamen es vilior et levior.
Qui potisest? inquis. quod amantem iniuria talis
Cogit amare magis, sed bene velle minus.
(蕾丝比亚,你常说卡图卢斯
是你知己,尤庇特都不能比。
昔日我爱你,不仅像人们
爱情妇,而且像父亲爱子弟。
如今我才了解你,我情焰更炽,
但你在我眼中却减低了价值。
为什么? 因为你造成的伤害
叫情人增添了情,却少了友谊。)[①]

卡图卢斯诗集中的八行诗体和六行诗体经常是混合、交叉使用的,有时,用了八行诗体之后,紧接着就会使用六行诗体。在《歌集》的第83首,诗人用六行诗写道:

Lesbia mi praesente viro mala plurima dicit:
Haec illi fatuo maxima laetitiast.
Mule, nihil sentis. si nostri oblita taceret,
Sana esset: nunc quod gannit et obloquitur,
Non solum meminit, sed quae multo acrior est res
Iratast. Hoc est, uritur et coquitur.

① 《古罗马诗选》,飞白译,广州:花城出版社,2001年版,第61页。

(蕾丝比亚当丈夫的面大骂我，
使他听得心花怒放。这傻瓜、
蠢驴！如果她忘了我，不出声，
是理智；但如果她又叫又骂，
她不仅没忘，而且要严重地多；
她发火，她发烧，她才说话。)[1]

由一首八行诗加上一首六行诗构成十四行诗这种新的形式，应该是无须发挥过多联想便能实现的，更何况所表现的是同一个主题，倾诉的对象是同一个人物。而且，在古罗马诗人卡图卢斯给所后世留下的丰厚文化遗产中，"十一音节律"(Hendecasyllabus)便是其中的重要的一项，而但丁、彼特拉克等一些意大利的十四行诗诗人，所采用的正是同样的"十一音节律"，这在相当意义上证实了十四行诗的古代文化渊源。此外，卡图卢斯的诗无疑也是得到较大范围流传的诗人。公元2世纪的历史学家塔西陀曾称卡图卢斯的诗是"现在还为人们所传诵的诗篇"[2]。10世纪时，卡图卢斯故乡的维罗纳主教"曾经手握卡图卢斯的诗卷抄本，忏悔自己不分白天黑夜地研读它"[3]。如此受到重视的诗人，其作品的影响之大，尤其是形式方面影响，应该是情理之中的。更何况，间接的影响同样不可排除。比卡图卢斯稍晚一些的重要的古罗马诗人维吉尔对意大利文学的影响则是众所周知的。但丁正是从维吉尔处获得教诲和灵感，他曾经写道：

你是我的大师和我的先辈，
我单单从你那里取得了
那使我受到荣誉的美丽的风格。[4]

从但丁对维吉尔由衷的感谢中我们可以感知古罗马文学对中世纪意大利文学所产生的影响。而维吉尔作为比卡图卢斯年轻的同时代诗人，可能所受到的影响也是不能排除的。

考察经典生成，除了文化语境，我们还应该关注包括历史地理在内的社会语境。在古罗马，由于奥古斯都等人的大力提倡，以及个人意识的最

① 《古罗马诗选》，飞白译，广州：花城出版社，2001年版，第65页。

② 塔西佗：《塔西佗〈编年史〉》(上册)，王以铸等译，北京：商务印书馆，1981年版，第226页。

③ 王焕生：《古罗马文学史》，北京：中央编译出版社，2008年版，第157页。

④ 但丁：《神曲·地狱篇》，朱维基译，上海：上海译文出版社，1984年版，第7页。

初萌芽,抒情诗得到了极大的发展,出现了卡图卢斯、维吉尔、贺拉斯、奥维德等许多重要的抒情诗人。十四行诗是属于典型的抒情诗的范畴,而且是以第一人称抒情的,非常适合个人意识的表达和情感世界的展现。

而在其后漫长的中世纪早期和中期,宗教神权统治一切的社会语境极大地限定了个性意识的展现、个人情感的表达和内心世界的探幽。于是,到了中世纪的中后期,特别是到了10世纪以后,文艺复兴时期的人文主义精神具有了最初的萌芽状态,"欧洲的诗歌作品开始大量出现,特别是一些抒情诗歌大量地出现在基督教的僧侣中间。这一现象表明,此时个人意识已经开始出现觉醒的曙光"[①]。众所周知,这一曙光最早出现在意大利。意大利作为人文主义思想最早萌芽的国度,而十四行诗又作为传达个人意识的重要载体,无疑会受到青睐。我们因而可以肯定的是,意大利的一些关注内心探幽的抒情诗人,必然会将视野转向具有现实主义和人文主义萌芽的古希腊和古罗马文学。更何况在历史地理方面,我们所论述的常常是同一个地区。

由于历史地理方面的原因,我们往前追溯,就会发现,十四行诗起源于古罗马,在抒情诗人卡图卢斯的诗中已经有了最初的原型。但是,在古罗马,这一诗体尽管已经出现,却没有相应的特定名称,这一情况与其他很多文学现象是相似的。作为特定名称,"sonnet"一词引自意大利语。在意大利语中,"sonetto"一词原意为"短歌"。但是,这一单词也是源自拉丁语"sonus"。"sonus"原意为"声音"或"乐声",在意大利语中转义为"短歌",正如在现代商业中这一含有"乐声"的词语被运用为"Sony"和"Panasonic"等商标一样。

十四行诗生成以后,中世纪早期和中期宗教神权统治一切的社会语境,决定了十四行诗难以流传。但是,到了中世纪后期,随着文艺复兴时期的人文主义开始萌芽,对抒发个人情感的艺术形式的需求,使得诗人们转向了十四行诗。

如同其他文学样式一样,中世纪后期是十四行诗的一个复兴和繁荣时期。十四行诗在意大利受到重视之后,于13世纪和14世纪得以盛行。而就中世纪后期而言,成就最突出的是杰出的作家但丁。但丁的《新生》(*La Vita Nuova*)是他青年时代的代表作。这是一部以散文体和诗体相

① 刘建军:《欧洲中世纪文学论稿:从公元5世纪到13世纪末》,北京:中华书局,2010年版,第277页。

结合的作品，散文体部分用来说明各首诗产生的缘由。但丁《新生》的成功无疑是对传统十四行诗体的承袭，并且对十四行诗的发展起了极为重要的推动作用。

而到了文艺复兴时期，由于神性向人性的转换，在人文主义内涵更加鲜明、个人爱情探幽主题更为确切的彼特拉克的十四行诗集中，则更能明晰地感知因复兴希腊罗马文化而接受的卡图卢斯的影响。

第三节　卡图卢斯与十四行诗的初始生成

从文化渊源和社会语境以及具体创作事件来看，古罗马作家卡图卢斯对于十四行诗的生成无疑是做出重要贡献的第一人。卡图卢斯出生在维罗纳，但是在他的重要作品《歌集》的第 68 首中，他声称他是在罗马生活，并在那里度过了生命的时光，而且在十五六岁的时候就产生了爱情的最初的体验。可见，他与后来同样在罗马等地生活过的彼特拉克等诗人有着多么重要的文化关联。

我们仔细考察，可以看出，他的重要诗集《歌集》中不仅有大量的构成十四行诗必不可缺的组成要素，即八行诗和六行诗，而且，甚至连十四行诗，在他的诗集中也是偶有所见的。

八行诗和六行诗，本章第二节中已经论及，在此不再赘述。必须说明的是，实际上，在卡图卢斯的《歌集》中，十四行诗这种形式已经定型。如《歌集》中的第 13 首、第 16 首、第 31 首等，都是典型的十四行诗。譬如，在第 13 首《如果诸神保佑你》(*Cenabis bene, mi Fabulle, apud me*)中，诗人写道：

Cenabis bene, mi Fabulle, apud me
Paucis, si tibi di favent, diebus,
Si tecum attuleris bonam atque magnam
Cenam, non sine candida puella
Et vino et sale et omnibus cachinnis.
Haec si, inquam, attuleris, venuste noster,
Cenabis bene: nam tui Catulli
Plenus sacculus est aranearum.
Sed contra accipies meros amores

Seu quid suavius elegantiusvest:
Nam unguentum dabo, quod meae puellae
Donarunt Veneres Cupidinesque,
Quod tu cum olfacies, deos rogabis,
Totum ut tc faciant, Fabulle, nasum.[①]
如果诸神保佑你,我的法布雷,
你最近可来我家美餐一顿,
如果你能带来丰盛的美餐,
而且不可少带美丽的姑娘、
葡萄酒、幽默和阵阵欢笑。——
如果你带来这一切迷人的你,
就可得一美餐:因为你的
卡图卢斯腰包已蛛网结满。
但作为报酬你将得到提纯的爱,
甚或比爱更甜,更美,更雅!
因为我将给你的,是维纳斯
和小爱神们赠我情人的香膏,
你只消闻它一闻,就会求神
把你整个儿变成一个鼻子。[②]

该诗不仅在形式上与中世纪之后的十四行诗基本一致,而且,所抒发的思想情感与后来的十四行诗颇为接近。而在第 31 首的十四行诗中,诗人所采用的是六行加八行的模式,可谓 3344 结构:

Paeninsularum, Sirmio, insularumque
Ocelle, quascumque in liquentibus stagnis
Marique vasto fert uterque Neptunus,
Quam te libenter quamque laetus inviso,
Vix mi ipse credens Thyniam atque Bithynos
Liquisse campos et videre te in tuto.
O quid solutis est beatius curis,

---

① Catullus, *The Carmina of Caius Valerius Catullus*, Teddington, Middlesex: Echo Library, 2007, p. 27.

② 《古罗马诗选》,飞白译,广州:花城出版社,2001 年版,第 48 页。

Cum mens onus reponit, ac peregrino
Labore fessi venimus larem ad nostrum
Desideratoque acquiescimus lecto.
Hoc est, quod unumst pro laboribus tantis.
Salve, o venusta Sirmio, atque ero gaude:
Gaudete vosque, o Libuae lacus undae:
Ridete, quidquid est domi cachinnorum.[①]

西尔米奥,半岛和群岛的
明眸,海神奈普顿展示的
湖光秋波或大海的汪洋!
我来重访你,是多么欢欣愉快,
难以置信:我终于离开突尼亚
和俾突尼亚原野而与你幸会!
哦,有什么比无忧无虑更幸福,
当心灵卸下负担,当我们
辛劳跋涉后终于回到家园,
在久盼的床上获得休息?
仅此就足以抵偿一切劳累,
你好!可爱的西尔米奥,分享
我的欢乐吧;而利底亚湖水,
笑吧,放声地笑个开怀。[②]

到此为止,卡图卢斯作为十四行诗的首创者无疑能够得到肯定,但是,他的贡献远不止这些。概括起来,古罗马诗人卡图卢斯对西方十四行诗生成所做出的贡献主要体现在以下四个方面:

一是诗的音节要素中的"十一音节律"的首创。无论是八行诗、六行诗还是十四行诗,卡图卢斯所采用的都是"十一音节律",每行十一个音节。"十一音节律"由卡图卢斯首创后,被后来的意大利诗人但丁、彼特拉克所继承,成为意大利语诗歌中的一种重要诗律。

二是诗集中八行诗、六行诗、十四行诗等具体诗体的实际运用。且不

---

① Catullus, *The Carmina of Caius Valerius Catullus*, Teddington, Middlesex: Echo Library, 2007, p. 48.

② 《古罗马诗选》,飞白译,广州:花城出版社,2001年版,第49页。

说十四行诗了,哪怕只是写出了八行诗和六行诗,对十四行的贡献就显而易见了,更何况所采用的是相近的诗律。在卡图卢斯之后的古罗马诗人中,六行诗和八行诗这些形式是被广泛继承和运用的。如贺拉斯在《歌集》中经常使用八行诗体或相应的四行诗体,普罗佩提乌斯在其作品则经常使用六行诗体,并且也是以这一诗体来表述他对自己恋人的专注的爱情的。

三是诗的基本主题的确定。卡图卢斯在《歌集》中,所表现的基本主题是爱情生活的各种体现,他奠定了十四行诗的一个基本主题。尤其是文艺复兴时期的十四行诗属于典型的抒情诗的范畴,文艺复兴时期的诗人注重人的内心世界,展现人的内心活动,人性、人情、人的内心隐秘活动不再是诗的禁区,而是成了许多诗人力图发掘探幽的对象。在探究人的内心世界的隐秘体现方面,他们无疑受到卡图卢斯的影响。

四是诗中所体现的自传性和叙事性。尽管大多数抒情诗缺乏叙事性,但是卡图卢斯的《歌集》显然是个例外,以叙事性取胜。他的诗典型地叙述了抒情主人公情感体验的历程以及爱情关系的发展。各首诗歌并非完全独立成篇,而是相互之间存在着一定的关联。尤其是其中的女性"蕾丝比亚",更是在叙事性方面起到了重要作用。只有将这些诗歌联系在一起,才能够明晰地看出抒情主人公内心世界的全貌。这一特征,被后来几乎所有重要的十四行诗人所继承。如但丁《新生》中的"贝阿特丽丝"、彼特拉克《歌集》中的"劳拉"、龙萨《致爱兰娜十四行诗集》中的"爱兰娜"、莎士比亚《十四行诗集》中的"黑肤女郎"等,这些作品都是以一个女性形象来突出叙事性的。

而且,卡图卢斯抒情诗中所歌颂的女性常常是作者生活经历中有过交往的真实存在的人物,抒情主人公也常常是作家本人的化身,诗歌文本也往往具有强烈的自传性。"尽管卡图卢斯的诗歌事实上是经常当作传记来解读的,但是,事实上,我们对卡图卢斯的生平了解甚少。"[①]不过,学界所公认的是,诗集中的"蕾丝比亚"是真实人物克罗狄娅的化名。诗人在罗马生活期间,对一位年岁比他稍长的美丽的罗马贵妇产生了强烈的恋情,他从迷恋中享受过欢乐,也品尝过不少痛苦,诗人把他的由热恋到分离的炽热、复杂、矛盾的爱情感受全部融汇在自己的诗里,词句朴实,感

---

① Ronnie Ancona, *Writing Passion: A Catullus Reader*, Mundelein: Bolchazy-Carducci Publishers, 2008, p. XV.

情真挚。

这一自传性色彩同样被彼特拉克和莎士比亚等重要的十四行诗人所继承。我们从彼特拉克的《歌集》中，可以感受他对劳拉的爱情成了他精神的支柱、创作的源泉和生活的动力。我们从莎士比亚的十四行诗中，则能感受诗人从乐观向悲观乃至失望的转变的情绪，以及贯穿着与时间抗衡和妥协的思想和诗人面对时间而表现出的茫然和困惑。所有这些特征，都与十四行的开拓者卡图卢斯有着密不可分的关联。

第四节　十四行诗形式方面的演变与发展

十四行诗在古罗马诞生之后，由于中世纪的思想和文化桎梏，带有个性情感色彩的文学发展停滞不前，所以难以得到发展，直到中世纪中后期才得以流传，它于 13 世纪和 14 世纪盛行于意大利。而就中世纪而言，成就最突出的是杰出的作家但丁。但丁的《新生》是他青年时代的代表作。这是一部以散文体和诗体相结合的作品，散文体部分用来说明各首诗产生的缘由。

《新生》这部作品所传达的也是与中世纪后期时代语境相吻合的个性意识和个人情感，主要记述的是但丁少年时代所热恋的对象贝阿特丽丝的形象在他心灵上所引起的种种复杂的情感，主要特色和意义就在于毫无顾忌地向读者展露作者内心深处的隐秘的感受。但丁《新生》中的十四行诗体，无论是在基本主题或是在诗歌形式方面，都对其后的十四行诗的发展产生了巨大影响，奠定了意大利十四行诗的基础。在诗歌主题方面，这部作品在剖析抒情主人公的内心隐秘情感方面独具特色，被誉为欧洲文学史上第一部向读者展现内心隐秘世界的自传性作品；在诗歌形式上，这部作品采用的是 4433 结构，每行 11 个音节。现以其中著名的《我的恋人如此娴雅》(*Tanto gentile e tanto onesta pare*)一诗为例：

Tanto gentile e tanto onesta pare
la donna mia quand'ella altrui saluta,
ch'ogne lingua devèn tremando muta,
e li occhi no l'ardiscon di guardare.

Ella si va, sentendosi laudare,

benignamente d'umiltà vestuta;
e par che sia una cosa venuta
da cielo in terra a miracol mostrare.

Mostrasi sì piacente a chi la mira,
che dà per li occhi una dolcezza al core
che 'ntender no la può chi no la prova:

e par che de la sua labbia si mova
un spirito soave pien d'amore,
che va dicendo a l'anima: Sospira.

我的恋人如此娴雅如此端庄,
当她向人行礼问候的时刻,
总使人因舌头发颤而沉默,
双眼也不敢正对她的目光。

她走过,在一片赞美的中央,
但她全身却透着谦逊温和,
她似乎不是凡女,而来自天国,
只为显示神迹才降临世上。

她的可爱,使人眼睛一眨不眨,
一股甜蜜通过眼睛流进心里,——
你绝不能体会,若不曾尝过它:

从她樱唇间,似乎在微微散发
一种饱含爱情的柔和的灵气,
它叩着你的心扉命令道:"叹息吧!"①

这是典型的后来盛行的意大利十四行诗体。这首诗不仅每行有 11 个音节,采用 4433 结构形式,而且其韵式也是颇具代表性的 ABBA ABBA CDE EDC。在手法上,诗人不是直接描写恋人的美,而是注重信息的反馈,通过别人的异常的心理反应来间接表述她的美丽。4433 结构的十四行诗体无疑极其适合于他的这一表现手法。所以,《新生》的成功无疑对十四行诗的发展起了先导作用。

① 飞白主编:《世界诗库》(第 1 卷),广州:花城出版社,1994 年版,第 245 页。

对但丁《新生》思想与艺术予以继承的，是同样生活在佛罗伦萨的文化巨匠彼特拉克。

彼特拉克在十四行诗的艺术形式方面并无创新之处，尽管有不少学者将这一艺术形式归功于他，并且称之为"彼特拉克诗体"。但丁的十四行诗与彼特拉克的十四行诗之间的区别不是在形式上，而是在思想内涵上。

在但丁的诗篇中，神学的威力占主导地位，所以他仍被视为中世纪作家，被称为新旧过渡时期的诗人，而彼特拉克的抒情诗的主旋律则是千姿百态、变化多端的感情世界。他擅长描写内心世界的微妙变化，擅长于表达爱情的欢乐与悲哀，表现出了人文主义者的人生观，并首先在作品中大胆提出了"人学"与"神学"的对立，因而被某些学者誉为"第一个人文主义者"和"意大利诗歌之父"。

彼特拉克的代表作《歌集》是一部献给所恋女子劳拉的抒情诗集，是他一生精神世界的生动写照。《歌集》由"圣母劳拉之生"和"圣母劳拉之死"两部分组成：第一部分描写诗人热恋的感受以及有血有肉的爱情给他带来的欢乐和痛苦；第二部分宣泄了诗人失恋的痛苦，并描绘了劳拉充满柔情地抚慰诗人的梦境。《歌集》共收诗 366 首，绝大部分是十四行诗，用的是"彼特拉克诗体"。以爱情为主题的这部《歌集》，"在 15 世纪和 16 世纪无止境地被人编辑、翻译、模仿、润饰"[①]，"彼特拉克诗体"得以广泛流传。

彼特拉克的十四行诗在技巧方面得以深化，也为后世提供了典范。与但丁相比，彼特拉克尤其喜欢使用悖论、对照等艺术手法。如在《爱的矛盾》一诗中，他连续使用十几个相互对立的词语，来表述抒情主人公的复杂的心理状态。

随着意大利人文主义思想的迅速传播以及文艺复兴运动的蓬勃发展，十四行诗这一艺术形式也随之在欧洲得以传播，而且在传播的过程中不断发生变异。

十四行诗较早流传是在法国。文艺复兴时期，法国十四行诗的成就应以龙萨的诗作为代表。龙萨（Pierre de Ronsard）是法国文艺复兴时期一个重要诗人社团"七星诗社"的领袖人物，也是法国文艺复兴诗歌成就

---

① Thomas P. Roche, *Petrarch and the English Sonnet Sequences*, New York: AMS Press, 1989, p. 1.

的主要代表。他出身贵族,经常出入宫廷,写过不少应酬之作(宫廷诗),但最负盛名的还是抒情诗。他在抒情诗中讴歌生活,歌颂真挚的爱情,有时也抒发对于岁月易逝、人生短暂的哀叹。因此,他被人们誉为法国近代第一位抒情诗人。龙萨的代表作品是《致爱兰娜十四行诗集》(*Sonnets pour Hélène*)。这是他后期的作品,构思新颖,想象丰富,是他爱情诗中的珍品。据说这部诗集记载的是诗人对亨利二世王后的侍女爱兰娜的恋情。

《致爱兰娜十四行诗集》以爱情为主题。如在《爱人啊,那一天……》一诗中,龙萨宣称"爱情在禁区燃烧",说明即使是在修道院,也挡不住人的天性和世俗的精神,从而宣告了现世爱情战胜宗教禁欲主义的思想,表现了强烈的人文主义精神。

作为出身贵族的诗人,龙萨学识渊博,熟谙古典。如在《啊,但愿我……》(*Ah! Je voudrais bien richement jaunissant*)一诗中,诗人连用三个希腊神话典故,表现了作者崇尚古典的风格。

龙萨的一些诗也表现出抛开天国的幻想、追求现世生活、追求现世爱情的人文主义思想。如在《当你衰老之时》(*Quand vous serez bien vieille*)一诗中,诗人发出了"生活吧,别把明天等待"这样的呼吁,表现了"及时行乐"、享受现世生活的思想。该诗所采用的是十二音节,韵式为ABBA ABBA CCD EED。

Quand vous serez bien vieille, au soir, à la chandelle,
Assise auprez du feu, devidant et filant,
Direz, chantant mes vers, en vous esmerveillant:
Ronsard me celebroit du temps que j'estois belle.

Lors vous n'aurez servant oyant telle nouvelle,
Desja sous le labeur à demy sommeillant,
Qui au bruit de Ronsard ne s'aille resveillant,
Benissant vostre nom de louange immortelle.

Je seray sous terre, et fantosme sans os,
Par les ombres myrteux je prendray mon repos;
Vous serez au fouyer une vieille accroupie,

Regrettant mon amour et vostre fier desdain.
Vivez, si m'en croyez, n'attendez à demain,

Cueillez dès aujourd'huy les roses de la vie.

当你衰老之时，伴着摇曳的灯，
晚上纺纱，坐在炉边摇着纺车，
唱着、赞叹着我的诗歌，你会说：
“龙萨赞美过我，当我美貌年轻。”

女仆们已因劳累而睡意朦胧，
但一听到这件新闻，没有一个
不被我的名字惊醒，精神振作，
祝福你受过不朽赞扬的美名。

那时，我将是一个幽灵，在地底，
在爱神木的树荫下得到安息；
而你呢，一个蹲在火边的婆婆，

后悔曾高傲地蔑视了我的爱。——
听信我：生活吧，别把明天等待，
今天你就该采摘生活的花朵。[①]

可见，龙萨的十四行诗所使用的韵式基本上是“彼特拉克诗体”的4433结构。所采用的音节略有变化，不再是十一音节，而是十音节或十二音节。在韵式方面，前八行遵循彼特拉克诗体，后面的六行略有变化，时常变为CCD EED形式，使得彼特拉克十四行诗具有了法国的特征。法国诗人杜贝莱等其他诗人也使用这一韵式，使得该韵式“一直盛行于法国十四行诗中”[②]。

英国是继法国之后使得十四行诗广为流传的国度。“意大利十四行诗被介绍到英国后，由于其形式和韵律优美，很快就成为许多英国诗人喜欢运用的一种诗体形式。”[③]

英国的十四行诗体在文艺复兴时期同样取得了重大的成就。十四行诗体于16世纪30年代传入英国，最初由怀特（Sir Thomas Wyatt, 1503—1542）和萨雷伯爵（Earl of Surrey, Henry Howard, 1517? —

① 飞白：《诗海——世界诗歌史纲·传统卷》，桂林：漓江出版社，1989年版，第181—183页。
② 同上书，第179页。
③ 聂珍钊：《英语诗歌形式导论》，北京：中国社会科学出版社，2007年版，第337页。

1547)引入。[①] 经过锡德尼等诗人的努力,逐渐被英国文坛所接受。

锡德尼所创作的十四行诗,对彼特拉克的继承和模仿更为典型。他的大型组诗《爱星者与星》(*Astrophel and Stella*),便像彼特拉克的《歌集》一般,是献给所爱的女子的。该诗集是为里奇勋爵的年轻妻子珀涅罗珀而创作的。在诗歌形式上,该诗集经历了一定意义上的演变。该组诗的第一首《爱在真实中……》,采用的是十二音节,其格律为抑扬格六音步:

> Loving in truth, and fain in verse my love to show,
> That she (dear She) might take some pleasure of my pain:
> Pleasure might cause her read, reading might make her know,
> Knowledge might pity win, and pity grace obtain;
>
> I sought fit words to paint the blackest face of woe,
> Studying inventions fine, her wits to entertain:
> Oft turning others' leaves, to see if thence would flow
> Some fresh and fruitful showers upon my sun-burned brain.
>
> But words came halting forth, wanting Invention's stay,
> Invention, Nature's child, fled step-dame Study's blows,
> And others' feet still seemed but strangers in my way.
> Thus, great with child to speak, and helpless in my throes,
>
> Biting my truant pen, beating myself for spite—
> "Fool," said my Muse to me, "look in thy heart and write."

而其后大多数诗篇,则是十音节。在韵式方面,前八行是模仿彼特拉克的,即 ABBA ABBA,后六行则发生变换,成为后来莎士比亚十四行诗中所使用的交叉韵和双行韵,即:CDCD EE。这使得英国十四行诗歌不再是 4433 结构,而是形成了 4442 结构。

在锡德尼的《爱星者与星》之后,又一个十四行诗的成就便是斯宾塞所创作的收有 89 首十四行诗的《爱情小唱》(*Amoretti*)了,而且这部诗集标志着又一个重要的形式——"斯宾塞十四行诗体"得以形成。"斯宾塞十四行诗体"同"莎士比亚十四行诗体"一样,也是分为三个"四行组"(Quatrain)和一个"双行联韵组"(Couplet)。但韵脚排列形式有所不同,

① Paul Negri ed., *Great Sonnets*, New York: Dover Publications, 1994, pp. 1—3.

是 ABAB BCBC CDCD EE。可见，这里如同《仙后》，汲取了但丁《神曲》中的“连琐韵律”的技巧。

但英国十四行诗艺术成就的代表无疑是杰出的诗人莎士比亚。莎士比亚的十四行诗通常有五个音步，每个音步有一轻一重两个音节（抑扬格）。韵式与彼特拉克的诗有所不同，不再是 4433 结构，而是 4442 结构，也就是全诗分为三个“四行组”和一个“双行联韵组”。韵脚排列形式是 ABAB CDCD EFEF GG。而且，莎士比亚许多的十四行诗都有鲜明的起、承、转、合。头四行是“起”，中间四行是“承”，后四行是“转”，最后两行是“合”，是对一首诗所作的小结。

莎士比亚的大部分十四行诗是在 16 世纪 90 年代写成的，只有少数例外。他的十四行诗是他思想和艺术高度凝练的结晶。

文艺复兴之后，17 和 18 世纪的十四行诗的发展虽然相对比较平稳，但也有一些突出的成就，如约翰·多恩的《神圣十四行诗集》等。

在流传方面，十四行诗体继续扩大范围，开始被德国、美国等地的作家所接受。如德国诗人格吕菲乌斯、美国诗人布拉特斯特里特等，都有一定的成就。另外，西班牙诗人贡戈拉和维加等，成就也非常突出。

而在内容或题材方面，十四行诗也打破了爱情诗的常规，开始涉及其他题材范围。其中，多恩开始扩大十四行诗的题材范围，不再局限于爱情题材，而是歌颂宗教激情。他的《神圣十四行诗》就是一部具有相当影响的宗教抒情诗集。

到了 19 世纪，十四行诗依然有着旺盛的生命力，一些著名的诗人创作了许多杰出的十四行诗。如英国浪漫主义诗人华兹华斯、拜伦、雪莱、济慈等，都为十四行诗体的发展做出过卓越的贡献。雪莱的由五首十四行诗组成的《西风颂》，将英国十四行诗体与意大利但丁式的“连锁韵律”结合起来，环环相扣，构成了一个严谨的整体。19 世纪下半叶，梅瑞狄斯、但丁·罗赛蒂、克里丝蒂纳·罗赛蒂等诗人，都写下了十四行诗体的名篇。尤其是英国维多利亚时代的女诗人伊丽莎白·勃朗宁，更是以《葡萄牙人十四行诗集》，使得该诗体进一步得以广泛流传。他在形式方面也不是过分拘泥传统，力求简洁、清新。

同样，在世界诗歌史占据重要位置的还有法国波德莱尔的《恶之花》和俄国普希金的《叶甫盖尼·奥涅金》。这两部重要作品为十四行诗体增添新的灿烂的光环。

波德莱尔的《恶之花》中的一些十四行诗在韵式方面继续承袭意大利

十四行诗的传统,但是在音节数方面,却打破传统,灵活机动,富有变化。

尤其是《叶甫盖尼·奥涅金》,是普希金用八年时间创作出来的一部杰作,被别林斯基誉为"俄国生活的百科全书"。作品以优美的诗句塑造了第一个"多余的人"的丰满典型奥涅金和理想的俄罗斯女性形象达吉雅娜,而且根据俄罗斯语言的音律特点,创造了别具一格的十四行诗体:"奥涅金诗体"。

"奥涅金诗体"是对传统十四行诗体的成功的改造,其中一个突出的特点是将韵脚排列形式与每一行的音节数密切结合。其韵脚排列形式是ABAB CCDD EFFE GG,而相应的每行的音节数目是 9898 9988 9889 88,从而使十四行诗体显得更为丰富多彩。

我们以第七章第 21 节为例:

Татьяна с ключницей простилась	9
За воротами. Через ден	8
Уж утром рано вновь я вилась	9
Она в оставленную сень,	8
И в молчаливом кабинете,	9
Забыв на время всё на свете,	9
Осталась наконец одна,	8
И долго плакала она.	8
Потом за книги принялася.	9
Сперва ей было не до них,	8
Но показался выбор их	8
Ей странен. Чтенью предалася	9
Татьяна жадною душой;	8
И ей открылся мир иной.	8

达吉雅娜跨出了大门,
和女管家告别。过了一天,
天色刚刚放亮,她又重新
在这无人住的房屋里出现。
此刻书房中寂静无声,
暂时她把一切全忘个干净,
现在终于只剩下来她自己,

于是，她长久、长久地哭泣。
哭过一阵，她开始翻书。
起初，她只是随便看看，后来，
她对书的选择感到奇怪，
达吉雅娜便用心地细读，
她贪婪地读着，一页一页，
她眼前展现出另一个世界。①

此处是写奥涅金拒绝了达吉雅娜诚挚的爱情、外出漫游之后，达吉雅娜探访他故居的情形。智量先生的译文在韵脚等方面以丰富的汉语词汇遵守了俄文原诗的排列方式，保持了原文的形式和风采。

20世纪，十四行诗体几乎遍及欧美所有的国家和地区。在英国，善于使用十四行诗体进行创作的有奥登、哈代、布瑞杰斯(Robert Bridges)、萨松(Siegfried Sassoon)、布鲁克(Rupert Brooke)等诗人，尤其是布鲁克所写的《士兵》《死者》等反战题材的十四行诗，是当时最为人传诵的名篇；在爱尔兰，有叶芝(如著名的《丽达与天鹅》等)；在拉美，有聂鲁达、米斯特拉尔；在美国，有庞德、弗罗斯特、麦克利希(Archibald MacLeish)、怀利等，即使是在现代主义运动时期，仍有米蕾和康明斯等著名诗人坚持创作十四行诗。米蕾的收在《十四行诗集》(*Collected Sonnets*, 1941)中的《我的唇吻过谁的唇》(*What Lips My Lips Have Kissed*)等十四行诗，坚持抑扬格五音步的传统英诗格律，表现了女性特有的细腻情感，广为流传，深受好评。

What lips my lips have kissed, and where, and why,
I have forgotten, and what arms have lain
Under my head till morning; but the rain
Is full of ghosts tonight, that tap and sigh
Upon the glass and listen for reply,
And in my heart there stirs a quiet pain
For unremembered lads that not again
Will turn to me at midnight with a cry.
Thus in the winter stands the lonely tree,

---

① 引自智量的译文。参见肖马、吴笛主编:《普希金全集》(第4卷)，杭州：浙江文艺出版社，1997年版，第211页。

Nor knows what birds have vanished one by one,
Yet knows its boughs more silent than before:
I cannot say what loves have come and gone,
I only know that summer sang in me
A little while, that in me sings no more.

我已忘记我的唇吻过谁的唇,
在哪里,为什么,谁的手臂
枕在我的头下迎来晨的气息,
但是今晚的雨中满是鬼魂,
在玻璃上拍击,叹息,倾听回音,
于是我心中翻滚着平静的苦恋。
为了那些不可追忆的少年
子夜里再也不转过身子喊我一声。
孤独的树木就这样伫立在冬日,
不知道什么鸟儿一只只消散,
但明白树林比过去更加沉寂:
我说不出什么爱情转瞬即逝,
只知在我心中唱了一阵的夏天,
再也不会活跃在我的心底。[①]

米蕾的十四行诗既保留了意大利十四行诗4433结构,又继承了英诗抑扬格五音步的基本形式,只是在韵式方面略有改变,用的是ABAB ABAB EFG FEG。

她的许多十四行诗在21世纪的美国仍然拥有广泛的读者,她的诗集在跨入21世纪之后,仍然不断再版,广为流传。而康明斯在世界诗歌史上,无疑是一位与传统进行激烈抗争的著名的诗体革新者,但他也没有放弃这一形式,而是在这一形式范围之内进行开拓。他的许多十四行诗在形式上都有所创新。我们不妨看一首他收在诗集《郁金香与烟囱》(*Tulips and Chimneys*, 1923)中的诗歌:

a wind has blown the rain away and blown

① 引自《野天鹅——20世纪外国抒情诗100首》,吴笛译,哈尔滨:黑龙江人民出版社,1988年版,第204页。

the sky away and all the leaves away,
and the trees stand. I think i too have known
autumn too long

(and what have you to say,
wind wind wind — did you love somebody
and have you the petal of somewhere in your heart
pinched from dumb summer?

O crazy daddy
of death dance cruelly for us and start

the last leaf whirling in the final brain
of air!) Let us as we have seen see
doom's integration... a wind has blown the rain

away and the leaves and sky and the
trees stand:

the trees stand. The trees,
suddenly wait against the moon's face.

风已经吹走了雨,吹走了
天空,也吹走了所有的树叶,
树木伫立。我觉得我也早就
知道秋天

[风风风啊,
你该说些什么—— 你是否爱过某人
你是否从嘶哑的夏天掐掉了
你心灵某处的花瓣?

哦,疯狂的死亡之父
为我们残酷地舞蹈,引起最末的叶片

在空气的最终的大脑中旋动翻滚!]
如同我们已经到的那样,让我们观看
命运的整合……风已经吹走了雨

也吹走了树叶和天空
树木伫立:

树木伫立。树木，
突然等着面对月亮的脸庞。①

这首十四行诗既保留了传统十四行诗的基本形式和基本韵式，又有着与传统相悖的如重复韵律、元音以及词语的康明斯的独特风格。

即使在诗歌革新异常剧烈的当代美国诗坛，十四行诗也始终受到青睐。其中不仅有固守传统十四行诗的詹姆斯·赖特(James Wright)等著名诗人，也有丽塔·达夫(Rita Dove)等更为年轻的一代诗人。

由此可见，十四行诗在形式方面的演变是朝着不断丰富的方向发展的，不仅与不同的民族文化的特性发生关联，而且也与时代的发展和文学的进程密切结合。

第五节　传统诗体与现代技巧的冲撞

一种流传了两千年的格律严谨的古老诗歌艺术形式，面临诗体革新的现代社会，能否继续生存？作为传统文学典型代表的十四行诗在现代主义文学时期以及整个20世纪，仍然顽强地拥有着自己比较广泛的生存的空间。

也许，就十四行诗体的传播来说，20世纪最值得一提的是该诗体随着中国的新诗运动的展开开始在中国的译介、传播，尤其是在中国的知识分子中间的流传与接受。先后有100多位诗人以十四行诗体的形式进行过诗歌创作，并且在20世纪三四十年代和八九十年代掀起了不小的热潮。

20世纪三四十年代的十四行诗创作，主要是在杂志上发表，除冯至的《十四行诗集》等少数作品之外，鲜有十四行诗集出版。

经过几十年的沉寂，20世纪八九十年代，在一些诗歌类杂志上又开始有一些十四行诗面世，还有一批十四行诗专集出版。如唐湜的《幻美之旅》和《蓝色的十四行》、屠岸的《屠岸十四行诗》、李彬勇的《十四行诗集》、林子的《给他》、雁翼的《女性的十四行诗》、白桦的《白桦十四行抒情诗》等。

不管十四行诗体是否源自唐代，20世纪这一诗歌形式在中国的流传

① 引自吴笛：《比较视野中的欧美诗歌》，北京：作家出版社，2004年版，第354页。

无疑是通过译介而从西方移植过来的。

十四行诗的创作在中国的流传和发展与十四行诗的翻译密切相关。比较成功的十四行诗作很多出自于翻译家和学者的手笔。十四行诗体在中国的接受也有一个发展的过程。用中文进行十四行诗体的创作在一开始就遭受到了激烈的反对。甚至连一些学贯中西的学者也对此颇有微词,胡适曾讥讽地认为“十四行诗是外国的裹脚布”[①]。然而,中国的十四行诗正是在不断的论争中逐渐发展成熟的。

十四行诗在中国的出现大约是在五四运动前后,如1920年就有郑伯奇的《赠台湾的朋友》,1921年就有闻一多所创作的十四行诗。在中国,十四行诗的翻译与创作几乎是同时进行的,如闻一多先生翻译了21首勃朗宁夫人的十四行诗,分别发表在《新月》杂志第1卷第1号和第1卷第2号上,他所翻译的勃朗宁夫人的十四行诗,较为严格地遵循原作的形式和语言风格,采用的同样是勃朗宁夫人所使用的4433结构和ABBA ABBA CDC CDC等韵式,今天看来仍不失为神形兼顾的成功译作。他也在1921年5月创作了十四行诗《风波》,他还在自己著名的诗集《死水》中推出了《收回》《你指着太阳起誓》等数首十四行诗。

由于受到勃朗宁夫人所创作的十四行诗集《葡萄牙人十四行诗集》的影响,闻一多对十四行诗的形式了如指掌。他在自己的创作中,并非完全模仿勃朗宁夫人,而是灵活多变,汲取了多种十四行诗体的精华,所采用的是4442的结构形式,但韵式则常常富有变化。如在《你指着太阳起誓》一诗中,他灵活地使用了抱韵和交叉韵以及双行韵,韵式排列形式用的是ABBA CDCD EFFE GG:

你指着太阳起誓,叫天边的寒雁
说你的忠贞。好了,我完全相信你,
甚至热情开出泪花,我也不诧异。
只是你要说什么海枯,什么石烂……

那便笑得死我。这一口气的功夫
还不够我陶醉的?还说什么“永久”?
爱,你知道我只有一口气的贪图,
快来箍紧我的心,快!啊,你走,你走……

---

① 胡适:《致徐志摩》,参见《诗刊》第1卷第1期。

我早算就了你那一手——也不是变卦——
"永久"早许给了别人,秕糠是我的份,
别人得的才是你的菁华——不坏的千春。
你不信?假如一天死神拿出你的花押,

你走不走?去去!去恋着他的怀抱,
跟他去讲那海枯石烂不变的贞操![①]

也正是从20世纪20年代起,莎士比亚的十四行诗开始在中国断断续续地得到译介。尤其是到了20世纪30年代以后,莎士比亚的十四行诗在中国得到了较为系统的译介。如1931年出版的《现代文学评论》第1卷第4期和《文艺新闻》第33号上,分别发表了朱湘翻译的莎士比亚十四行诗。1937年《文学杂志》第1卷第2期上,发表了梁宗岱翻译的莎士比亚十四行诗。20世纪40年代,柳无忌、梁宗岱、戴馏龄、方平等翻译家陆续翻译了不少莎士比亚的十四行诗。尤其是梁宗岱,不仅以忠实、优美的译笔传神地翻译了莎士比亚的十四行诗,而且还撰文高度赞赏莎士比亚十四行诗的艺术价值,认为莎士比亚十四行诗是"赐给我们一个温婉的音乐和鲜明的意象的宝库"[②]。

在20世纪20年代至40年代,成功地用十四行诗这一艺术形式进行诗歌创作的诗人主要是受到各个语种影响的学者型诗人,除闻一多外,还有朱湘、李金发、冯至、梁宗岱、孙大雨、卞之琳以及稍后一些的袁可嘉、郑敏、屠岸、邹绛等诗人,他们几乎都是各个国别诗歌翻译和研究中的杰出的学者。如1942年冯至的《十四行诗集》,是广受推崇的成功诗篇。还有孙大雨的《决绝》《爱》、饶孟侃的《弃儿》、陈梦家的《太湖之夜》、卞之琳的《一个和尚》《音尘》《望》、朱湘的《自然》等,也都是移植十四行诗的成功范例。那么,为什么十四行诗这一诗体在中国受到学者型诗人的推崇呢?其中一个主要原因是这一诗体与中国传统诗歌的共性或血性关联。闻一多认为,中国的传统律诗与西方十四行诗相似,内部都有起承转合。他进而提出,一首好的十四行诗应该是360度的。徐志摩也认为,十四行诗是钩寻中国语言文字的柔韧性,乃至探检语体文的混成、致密,以及另一种单纯的"字的音乐"的可能性的较为便捷的途径。

一般而言,意、法、西语十四行诗的译者在创作中倾向于"彼特拉克十

---

① 闻一多:《闻一多全集》(第1卷),武汉:湖北人民出版社,1993年版,第128页。

② 梁宗岱:《莎士比亚商籁》,参见《时与潮文艺》第4卷第4期(1944年12月15日)。

四行诗体”的传统，英语十四行诗的译者在创作中则倾向于“莎士比亚十四行诗体”的传统。但是，中国诗人也根据中国语言文字的特性进行恰如其分的改造，使之成为中国语言文学的有机组成部分。如戴望舒就不像闻一多那样借鉴英语十四行诗中4442结构。他在《十四行》（“微雨飘落在你披散的鬓边”）中写道：

微雨飘落在你披散的鬓边，
像小珠碎落在青色的海带草间
或是死鱼飘翻在浪波上，
闪出神秘又凄切的幽光，

诱着又带着我青色的灵魂
到爱和死底梦的王国中睡眠，
那里有金色的空气和紫色的太阳，
那里可怜的生物将欢乐的眼泪流到胸膛；

就像一只黑色的衰老的瘦猫，
在幽光中我憔悴又伸着懒腰，
流出我一切虚伪和真诚的骄傲；

然后，又跟着它踉跄在轻雾朦胧；
像淡红的酒沫飘在琥珀钟，
我将有情的眼藏在幽暗的记忆中。①

该诗所采用的是“彼特拉克十四行诗体”式的4433结构，但是在韵律上却充分发挥了中国语言文学的特长，尊重了中文读者的审美和阅读习惯，基本上以五“顿”来体现“音步”，并且创造性地将韵式改为AABB CCBB DDD EEE。

在我国当代文学史上，尤其是在我国改革开放之后，随着中西文化的不断融合和相互影响，十四行诗的创作达到新的繁荣，十四行诗成了一些学者型诗人所喜爱的诗歌形式，以至于有学者断言：“十四行的‘活跃区’已移到中国了！”②他们用汉语所固有的语言特征，以汉字代替音节、以音组（或顿）代替音步，以丰富的汉语词汇创作了节奏明快、韵式多变的优美的十四行诗，为十四行诗的发展做出了特有的贡献，从而成了世界十四

---

① 梁仁编：《戴望舒诗全编》，杭州：浙江文艺出版社，1989年版，第18—19页。
② 钱光培选编评说：《中国十四行诗选》，北京：中国文联出版公司，1990年版，第2页。

行诗歌宝库中的一个新的重要的组成部分,也是中国现当代文学史上的不容忽视的文学现象,对于我国诗坛一味地否定诗的形式规范而言,也是一个带有进步意义的冲击。然而,相对于英国十四行诗对意大利十四行诗的移植,我国在这一诗体的本土化移植方面,尚缺乏公认的形式标准。

综上所述,十四行诗的生成的渊源发生于古罗马,卡图卢斯的诗集《歌集》在十四行诗得以生成的过程中发挥了重要的奠基作用,虽然它只是属于生成的初始阶段,但是其生成阶段的特性是显而易见的,而且其原始因素极大地影响了其后的传播。13 世纪意大利十四行诗的繁荣及其 4433 形式的确定,则是属于该诗体在传播阶段的演变和衍生因素。后来十四行诗在包括中国在内的世界各国的发展和演变同样是这一传播和衍生因素的延伸。

十四行诗这一西方古老的经典艺术形式,经过世界各国杰出诗人和学者的传播,已经被学界所充分接受。以十四行诗体创作的众多杰作已经成为世界文学宝库中的优秀遗产,也是我国民族文学创作中的一个积极的组成要素,成为"洋为中用"的一个范例,为我们民族文化输入了新鲜血液,为我国的文化建设已经发挥并继续发挥着应有的作用。

参考文献

阿德勒:《维吉尔的帝国》,王承教、朱战炜译,北京:华夏出版社,2012 年版。

阿普列乌斯:《金驴记》,刘黎亭译,南京:译林出版社,2012 年版。

艾布拉姆斯,M. H.:《文学术语词典》(中英对照),北京:北京大学出版社,2009 年版。

艾恩斯,韦罗尼卡:《印度神话》,孙士海、王镛译,北京:经济日报出版社,2001 年版。

艾思林,马丁:《戏剧剖析》,罗婉华译,北京:中国戏剧出版社,1981 年版。

奥玛珈音:《鲁拜集》,黄克孙译,南京:译林出版社,2009 年版。

巴瑞科,亚历山德罗:《荷马,伊利亚特》,邓婷译,上海:上海文艺出版社,2010 年版。

拜伦:《恰尔德·哈洛尔德游记》,杨熙龄译,上海:上海译文出版社,1990 年版。

贝克尔,卡尔:《启蒙时代哲学家的天城》,何兆武译,南京:江苏教育出版社,2005 年版。

别林斯基:《文学的幻想》,满涛译,合肥:安徽文艺出版社,1996 年版。

伯恩斯,爱德华·麦克诺尔;拉尔夫,菲利普·李:《世界文明史》(第一卷),罗经国等译,北京:商务印书馆,1987 年版。

布克哈特,雅各布:《意大利文艺复兴时期的文化》,何新译,北京:商务印书馆,1979 年版。

布鲁克斯,克林斯:《精致的瓮》,郭乙瑶等译,上海:上海人民出版社,2008 年版。

布鲁姆,哈罗德:《西方正典:伟大作家和不朽作品》,江宁康译,南京:译林出版社,2005 年版。

布洛克,阿伦:《西方人文主义传统》,董乐山译,北京:生活·读书·新知三联书店,1997 年版。

布斯,韦恩·C.:《修辞的复兴——韦恩·布斯精粹》,穆雷等译,南京:译林出版社,2009 年版。

曹靖华主编:《俄国文学史》,北京:人民文学出版社,1989 年版。

曹顺庆主编:《东方文论选》,成都:四川人民出版社,1996 年版。

陈才宇等译:《贝奥武甫 罗兰之歌 熙德之歌 伊戈尔出征记》,南京:译林出版社,1999 年版。

陈洪文:《荷马和〈荷马史诗〉》,北京:北京出版社,1983 年版。

陈建华主编:《外国文学经典——文选与解读》,合肥:安徽文艺出版社,2003 年版。
陈林侠:《从小说到电影——影视改编的综合研究》,北京:中国社会科学出版社,2011 年版。
陈戎女:《荷马的世界——现代阐释与比较》,北京:中华书局,2009 年版。
陈中梅:《神圣的荷马:荷马史诗研究》,北京:北京大学出版社,2008 年版。
川端康成:《川端康成散文选》,叶渭渠译,天津:百花文艺出版社,1988 年版。
丹比,大卫:《伟大的书》,曹雅学译,南京:江苏人民出版社,2003 年版。
丹纳:《艺术哲学》,傅雷译,合肥:安徽文艺出版社,1991 年版。
但丁:《神曲 1 · 地狱篇》,黄国彬译注,北京:外语教学与研究出版社,2009 年版。
但丁:《神曲 · 地狱篇》,张曙光译,桂林:漓江出版社,2012 年版。
但丁:《神曲 · 地狱篇》,朱维基译,上海:上海译文出版社,1984 年版。
但丁:《神曲 · 炼狱篇》,田德望译,北京:人民文学出版社,1997 年版。
但丁:《神曲 · 天堂篇》,朱维基译,上海:上海译文出版社,1984 年版。
道森,克里斯托弗:《宗教与西方文化的兴起》,长川某译,成都:四川人民出版社,1989 年版。
丁尼生:《丁尼生诗选》(英汉对照),黄杲炘译,北京:外语教学与研究出版社,2014 年版。
飞白:《诗海——世界诗歌史纲 · 传统卷》,桂林:漓江出版社,1989 年版。
飞白译:《古罗马诗选》,广州:花城出版社,2001 年版。
飞白主编:《世界诗库》(第 1 卷),广州:花城出版社,1994 年版。
弗莱,诺思洛普:《伟大的代码:圣经与文学》,郝振益等译,北京:北京大学出版社,1998 年版。
福勒,哈罗德 · N.:《罗马文学史》,黄公夏译,郑州:大象出版社,2013 年版。
伽亚谟,莪默:《鲁拜集》,郭沫若译,合肥:安徽人民出版社,2013 年版。
拱玉书等:《苏美尔、埃及及中国古文字比较研究》,北京:科学出版社,2009 年版。
郭建中编著:《当代美国翻译理论》,武汉:湖北教育出版社,2000 年版。
郭圣铭编著:《西方史学史概要》,上海:上海人民出版社,1983 年版,第 36 页。
哈菲兹:《哈菲兹抒情诗全集》(上、下卷),邢秉顺译,长沙:湖南文艺出版社,2001 年版。
哈里斯,J. R.:《埃及的遗产》,田明等译,上海:上海人民出版社,2006 年版。
哈斯金斯,查尔斯 · 霍默:《十二世纪文艺复兴》,张澜、刘疆译,上海:上海三联书店,2008 年版。
海亚姆:《鲁拜集》,张鸿年译,长沙:湖南文艺出版社,2001 年版。
汉密尔顿,依迪丝:《希腊精神》,葛海滨译,北京:华夏出版社,2014 年版。
荷马:《奥德修纪》,杨宪益译,上海:上海译文出版社,1979 年版。
荷马:《荷马史诗 · 奥德赛》,王焕生译,北京:人民文学出版社,1997 年版。
荷马:《荷马史诗 · 伊利亚特》,罗念生、王焕生译,北京:人民文学出版社,1994 年版。
黑格尔:《历史哲学》,王造时译,上海:上海书店出版社,2001 年版。
黑格尔:《美学》(第三卷下册),朱光潜译,北京:商务印书馆,1981 年版。

黄宝生:《印度古代文学》,北京:知识出版社,1988年版。
黄忠廉:《变译理论》,北京:中国对外翻译出版公司,2002年版。
季玢:《野地里的百合花:论新时期以来的中国基督教文学》,北京:中国社会科学出版社,2010年版。
姜守明、洪霞:《西方文化史》,北京:科学出版社,2004年版。
金克木:《金克木集》(第二卷),北京:生活・读书・新知三联书店,2011年版。
康福特,菲利普・W.:《圣经的来源》,李洪昌译,上海:上海人民出版社,2011年版。
科瓦略夫:《古代罗马史》,王以铸译,上海:上海书店出版社,2007年版。
拉齐克,谢・伊:《古希腊戏剧史》,俞久洪等译,天津:南开大学出版社,1989年版。
莱德福:《亚瑟王传奇》,刘云雁译,杭州:浙江大学出版社,2014年版。
莱肯,勒兰德:《圣经文学》,徐钟等译,沈阳:春风文艺出版社,1988年版。
莱肯,利兰:《圣经文学导论》,黄宗英译,北京:北京大学出版社,2007年版。
李志斌:《漂泊与追寻——欧美流浪汉小说研究》,北京:中国社会科学出版社,2008年版。
梁工:《圣经指南》,哈尔滨:北方文艺出版社,2013年版。
梁仁编:《戴望舒诗全编》,杭州:浙江文艺出版社,1989年版。
林太:《〈梨俱吠陀〉精读》,上海:复旦大学出版社,2008年版。
令狐若明:《埃及学研究:辉煌的古埃及文明》,长春:吉林大学出版社,2008年版。
刘建军:《基督教文化与西方文学传统》,北京:北京大学出版社,2005年版。
刘建军:《欧洲中世纪文学论稿:从公元5世纪到13世纪》,北京:中华书局,2010年版。
刘汝醴:《古代埃及艺术》,上海:上海人民美术出版社,1985年版。
刘文孝主编:《罗马文学史》,昆明:云南人民出版社,2003年版。
刘小枫、陈少明主编:《荷马笔下的伦理》,北京:华夏出版社,2010年版。
刘彦君:《东西方戏剧进程》,北京:文化艺术出版社,1997年版。
鲁达基:《鲁达基诗集》,张晖译,长沙:湖南文艺出版社,2001年版。
鲁迅:《鲁迅全集》(第二卷),北京:人民文学出版社,1981年版。
陆扬:《欧洲中世纪诗学》,上海:上海社会科学院出版社,2000年版。
吕元明主编:《日本文学词典》,上海:上海辞书出版社,1994年版。
绿原:《绿原文集》(第一卷),武汉:武汉出版社,2007年版。
罗念生:《论古希腊戏剧》,北京:中国戏剧出版社,1985年版。
罗念生:《罗念生全集》(第二卷),上海:上海人民出版社,2004年版。
罗新璋编:《翻译论集》,北京:商务印书馆,1984年版。
罗艺军主编:《中国电影理论文选》(上册),北京:文化艺术出版社,1992年版。
马克思、恩格斯:《马克思恩格斯全集》(第五卷),中共中央马克思恩格斯列宁斯大林著作编译局编译,北京:人民出版社,1959年版。
马克思、恩格斯:《马克思恩格斯选集》(第二卷)(第三版),中共中央马克思恩格斯列宁斯大林著作编译局编译,北京:人民出版社,2012年版。
马克思、恩格斯:《马克思恩格斯选集》(第三卷)(第三版),中共中央马克思恩格斯列宁斯大林著作编译局编译,北京:人民出版社,2012年版。
麦唐纳,A. A.:《印度文化史》,龙章译,上海:上海文化出版社,1989年版。
梅西,约翰·阿尔伯特:《文学的故事》,孙青钥译,合肥:安徽人民出版社,2012年版。
默雷,吉尔伯特:《古希腊文学史》,孙席珍等译,上海:上海译文出版社,1988年版。
穆宏燕:《波斯古典诗学研究》,北京:昆仑出版社,2011年版。
纳吉,格雷戈里:《荷马诸问题》,巴莫曲布嫫译,桂林:广西师范大学出版社,2008年版。
尼采:《悲剧的诞生》,赵登荣等译,桂林:漓江出版社,2000年版。
聂珍钊:《文学伦理学批评导论》,北京:北京大学出版社,2014年版。
聂珍钊:《英语诗歌形式导论》,北京:中国社会科学出版社,2007年版。
钱光培选编评说:《中国十四行诗选》,北京:中国文联出版公司,1990年版。
劭斌:《诗歌创意翻译研究:以〈鲁拜集〉翻译个案为例》,杭州:浙江大学出版社,2011年版。
石海军:《印度文学大花园》,武汉:湖北教育出版社,2007年版。
斯威布:《希腊的神话和传说》(下),楚图南译,北京:人民文学出版社,1958年版。
塔帕尔,R.:《印度古代文明》,林太译,张荫桐校,杭州:浙江人民出版社,1990年版。
塔西佗:《塔西佗〈编年史〉》(上册),王以铸等译,北京:商务印书馆,1981年版。
陀思妥耶夫斯基:《卡拉马佐夫兄弟》,耿济之译,北京:人民文学出版社,2004年版。
汪堂家编译:《乱世奇文:辜鸿铭化外文录》,上海:上海人民出版社,2002年版。
王本朝:《20世纪中国文学与基督教文化》,合肥:安徽教育出版社,2000年版。
王焕生:《古罗马文学史》,北京:中央编译出版社,2008年版。
王焕生:《古罗马文艺批评史纲》,南京:译林出版社,1998年版。
王军、徐秀云编著:《意大利文学史:中世纪和文艺复兴时期》,北京:外语教学与研究出版社,1997年版。
王蒙:《王蒙小说选》,北京:人民文学出版社,2009年版。
王希恩主编:《马克思、恩格斯、列宁、斯大林论民族》,北京:中国社会科学出版社,2013年版。
维吉尔:《埃涅阿斯纪》,杨周翰译,北京:人民文学出版社,2000年版。
维吉尔:《牧歌》,杨宪益译,上海:上海人民出版社,2009年版。
维柯:《新科学》(上册),朱光潜译,合肥:安徽教育出版社,2006年版。
文言主编:《文学传播学引论》,沈阳:辽宁人民出版社,2006年版。
闻一多:《闻一多全集》(第1卷),武汉:湖北人民出版社,1993年版。
巫白慧译解:《〈梨俱吠陀〉神曲选》,北京:商务印书馆,2010年版。
吴笛:《英国玄学派诗歌研究》,北京:中国社会科学出版社,2013年版。
吴笛主编:《外国名诗鉴赏辞典1》(古代卷),上海:上海辞书出版社,2009年版。
吴舜立:《川端康成文学的自然审美》,北京:中国社会科学出版社,2011年版。
吴晓群:《古代希腊仪式文化研究》,上海:上海社会科学院出版社,2000年版。
邢啸声编著:《神曲插图集》,上海:上海人民美术出版社,1994年版。

徐葆耕:《西方文学:心灵的历史》,北京:清华大学出版社,1990年版。
亚理斯多德、贺拉斯:《诗学·诗艺》,罗念生、杨周翰译,北京:人民文学出版社,1962年版。
阎景娟:《文学经典论争在美国》,北京:社会科学文献出版社,2010年版。
颜纯钧主编:《文化的交响:中国电影比较研究》,北京:中国电影出版社,2000年版。
杨绛:《杨绛文集·文论戏剧卷:文论、喜剧二种》,北京:人民文学出版社,2009年版。
杨天宏:《基督教与民国知识分子:1922年—1927年中国非基督教运动研究》,北京:人民出版社,2005年版。
杨义、高建平编:《西方经典文论导读》(上),合肥:安徽教育出版社,2009年版。
叶舒宪编选:《结构主义神话学》,西安:陕西师范大学出版社,1988年版。
叶舒宪:《英雄与太阳:中国上古史诗的原型重构》,西安:陕西人民出版社,2005年版。
叶渭渠:《日本文学思潮史》,北京:北京大学出版社,2009年版。
喻天舒:《西方文学概观》,北京:北京大学出版社,2004年版。
张鸿年编选:《波斯古代诗选》,北京:人民文学出版社,1995年版。
张鸿年、宋丕方译:《列王纪全集》,长沙:湖南文艺出版社,2001年版。
张淑华等编著:《认知科学基础》,北京:科学出版社,2007年。
张政文、张弼主编:《比较文学:文学范围内的比较研究》,北京:社会科学文献出版社,2001年版。
赵凤翔、房莉:《名著的影视改编》,北京:北京广播学院出版社,1999年版。
赵乐甡译:《吉尔伽美什——巴比伦史诗与神话》,南京:译林出版社,1999年版。
赵勇编著:《古埃及文明读本》,北京:中国档案出版社,2005年版。
郑振铎:《文学大纲》(上),长春:吉林人民出版社,2013年版。
周月亮:《中国古代文化传播史》,北京:北京广播学院出版社,2000年版。
周作人:《周作人作品新编》,北京:人民文学出版社,2011年版。
朱光潜:《悲剧心理学》,合肥:安徽文艺出版社,1998年版。
朱光潜:《诗论》,北京:生活·读书·新知三联书店,1984年版。
朱光潜:《西方美学史》(上),南京:江苏文艺出版社,2008年版。
朱寰、王建吉:《世界古代中世纪史》,北京:北京大学出版社,1993年版。
朱寰主编:《世界中古史》,长春:吉林出版社,1981年版。
朱耀良:《走进〈神曲〉》,天津:天津社会科学院出版社,2004年版。
紫式部:《源氏物语》(上),丰子恺译,北京:人民文学出版社,1980年版。
Abrams, M. H. ed. *A Glossary of Literary Terms*. Boston: Thomson Wadsworth, 2005.
Adkins, Lesley. *Empires of the Plain: Henry Rawlinson and the Lost Languages of Babylon*, New York: St. Martin's Press, 2003.
Ancona, Ronnie. *Writing Passion: A Catullus Reader*, Mundelein, Il: Bolchazy-Carducci Publishers, Inc., 2008.

Aspley, Keith; Cowling, Elizabeth & Ssharratt, Peter eds. *From Rodin to Giacometti: Sculpture and Literature in France*, 1880—1950, Amsterdam: Rodopi, 2000.

Austin, M. M. *The Hellenistic World from Alexander to the Roman Conquest*, Cambridge: Cambridge University Press, 1981.

Baldick, Chris ed. *Oxford Dictionary of Literary Terms*, 3rd ed., Oxford: Oxford University Press, 2008.

Barnstone, Willis. *Sappho and the Greek Lyric Poets*, New York: Schocken Books, 1988.

Bloom, Harold ed. *Sophocles' Oedipus Plays*, Philadelphia: Chelsea House Publishers, 1996.

Brockett, Oscar. *The History of Theatre*, Texas: University of Texas at Austin Press, 1999.

Budelmann, Felix ed. *The Cambridge Companion to Greek Lyric*, Cambridge: Cambridge University Press, 2009.

Caesar, Michael. *Dante: The Critical Heritage*, London: Routledge, 1989.

Campbell, David A. ed. *Greek Lyric: Sappho and Alcaeus*, Cambridge: Harvard University Press, 1990.

Catullus. *The Carmina of Caius Valerius Catullus*, Teddington, Middlesex: Echo Library, 2007.

Cousins, A. D. & Howarth, Peter eds. *The Cambridge Companion to the Sonnet*, Cambridge: Cambridge University Press, 2011.

Datta, Amaresh ed. *Encyclopaedia of Indian Literature*, Rabindra Bhavan: Sahitya Akademi, 1987.

Deleuze, Gilles & Guattari, Felix. *Anti-Oedipus: Capitalism and Schizophrenia*, New York: Viking, 1972.

Easterling, Patricia ed. *Cambridge Companion to Greek Tragedy*, Cambridge: Cambridge University Press, 1997.

Easterling, P. & Bernard, M. W. Knox eds. *The Cambridge History of Classical Literature*, Cambridge: Cambridge University Press; Reprint edition, 1993.

Finly, Moses I. *The Legacy of Greece: A New Appraised*, Oxford: Oxford University Press, 1984.

Fowler, Harold N. ed. *A History of Ancient Greak Literature*, New York: Appleton and Company, 1903.

Gray, W. *Homer to Joyce*, New York: Macmillan Publishing Company, 1987.

Greene, Donald ed. *The Oxford Authors: Samuel Johnson*, Oxford: Oxford University Press, 1990.

Grendler, Paul F. ed. *The Renaissance: An Encyclopedia for Students*, New York: The

Gale Group, Inc., 2004.

Hawksley, Ludinda. *Essential Pre-Raphaelites*, London: Parragon, 2000.

Highet, Gilbert. *The Classical Tradition: Greek and Roman Influences on Western Literature*, Oxford: Oxford University Press, 1976.

Hillyer, Robert trans. *The Coming Forth by Day: An Anthology of Poems from the Egyptian Book of the Dead*, Boston: B. J. Brimmer Company, 1923.

Holdrege, Barbara A. *Veda and Torah: Transcending the Textuality of Scripture*, New York: State University of New York Press, 1996.

Howe, Elisabeth A. *Dramatic Monologue*, New York: Twayne Publishers, 1996.

Jacoff, Rachel. *The Cambridge Companion to Dante*, Cambridge: Cambridge University Press, 1993.

Khayyam, Omar. *Rubaiyat of Omar Khayyam*, Edward Fitzgerald trans., NewYork: Garden City Publishing Co., Inc., 1937.

Kleinhenz, Christopher. *The Early Italian Sonnet, The First Century (1220—1321)*, Italy: Milella, 1986.

Levinas, Emmanuel. *Ethics and Infinity*, Richard A. Cohen trans., Pittsburgh: Duquesne University Press, 1985.

Livingston, Ivy. *A Linguistic Commentary on Livius Andronicus*, New York: Routledge, 2004.

Martiny, Erik ed. *A Companion to Poetic Genre*, West Sussex: John Wiley & Sons Ltd., 2012.

McDonald, Marianne & Walton, J. Michael eds. *The Cambridge Companion to Greek and Roman Theatre*, Cambridge: Cambridge University Press, 2007.

Najovits, Simson. *Egypt, Trunk of the Tree: A Modern Survey of an Ancient Land*, New York: Algora Publishing, 2004.

Negri, Paul ed. *Great Sonnets*, New York: Dover Publications, Inc., 1994.

Newmark, P. *About Translation*, Clevedon: Multilingual Matters Ltd., 1991.

Ovid. *Amores*, Tom Bishop trans., New York: Routledge, 2003.

Plath, Sylvia. *The Collected Poems*, New York: Harper & Row, Publishers, Inc., 1981.

Pliny. *The Natural History of Pliny*, John Bostock & H. T. Riley trans., Bohn's Classical Library, Vol. III, London: G. Bell & sons, 1898.

Preminger, Alex & Brogan, T. V. F. eds. *The New Princeton Encyclopedia of Poetry and Poetics*, Princeton: Princeton University Press, 1993.

Rayor, Diane trans. *Sappho's Lyre: Archaic Lyric and Women Poets of Ancient Greece*, Oakland: University of California Press, 1991.

Roche, Thomas P. *Petrarch and the English Sonnet Sequences*, New York: AMS Press,

Inc. , 1989.

Rose, H. J. *A Handbook of Latin Literature from the Earliest Times to the Death of St. Augustine*, London: Methuen, 1954.

Sampson, Geoffrey. *Writing Systems: A Linguistic Introduction*, Stanford: Stanford University Press, 1990.

Segal, Charles. *Sophocles' Tragic World: Divinity, Nature, Society*, Cambridge: Cambridge University Press, 1998.

Spiller, Michael R. G. *The Development of the Sonnet*, New York: Routledge, 1992.

Thomas, J. E. & Osborne, E. *Oedipus Rex: Literary Touchstone Edition*, Clayton: Prestwick House Inc. , 2004.

Walker, C. B. F. *Reading the Past: Cuneiform*, Oakland: University of California Press, 1987.

Woodard, Roger D. ed. *The Cambridge Companion to Greek Mythology*, Cambridge: Cambridge University Press, 2007.

Zysk, Kenneth G. *Medicine in the Veda: Religious Healing in the Veda*, Delhi: Motilal Banarsidass Publishers, 1998.

Академия наук СССР. «Истории всемирной литературы», Издательство «Наука», 1989.

Академия наук Узбекской ССР Институт Рукописей. Омар Хайям. Рубаи, Издательство ЦК Компартии Узбекистана, Ташкент, 1982.

Омар Хайям. «Рубаи. Полное собрание»: РИПОЛ классик; Москва; 2008.

索　引

A

阿伯拉姆斯　228
阿尔凯奥斯　4,98,101—103,108
阿尔克曼　101
阿基琉斯　63,67—70,78,82—86,88—93,132,138,139,142,215
阿里斯多芬　109,112
阿那克里翁　4,64,98,101,102,106—108
阿普列尤斯　129,135,144—150,152,153
《阿闼婆吠陀》　3,20,21,33—39
《埃涅阿斯纪》　5—7,64,129,134—144,153,193,201,242
埃斯库罗斯　64,74,78,109,110,112,113,115,116
艾略特　51,143,229,249
安德罗尼库斯　16,17,79
《奥德修纪》　1,16,17,64,76,80,127
奥维德　64,134,146,223,229,230,266,278

B

《悲剧的诞生》　125
《贝奥武甫》　7,191,195,198,200,201,208—214,219,220
《被缚的普罗米修斯》　112
彼特拉克　47,134,143,242,248,270—273,277,279,281—283,285,287—289,296,297
毕昇　8,18
冰心　55,56
“波斯经典文库”　6,157,158
博尔赫斯　249
布鲁姆　125

C

传播媒介　3,8,19
传播途径　3,8,19,186,188,220

D

但丁　1,5,47,134,142—144,222,241—251,253,255—272,274,277,278,279,281—283,285,289
德谟克利特　94
笛歌　99—101
丁尼生　105,134,141,142,228
独唱琴歌　101,102,107

多恩 226,227,229,230,240,289
多雷 261,262

E

俄狄浦斯情结 63,117,121,122,125
《俄狄浦斯王》 5,112,113,117—127

F

翻译文学 6,258
方重 6
飞白 12,100,101,105,106,167,168,171,172,228,229,240,249,263,276,277,280,281,284,287
菲茨杰拉德 5,6,162—169,171,172,175
菲尔多西 155,156,158,160
《吠陀》 95
丰子恺 6,179—184
冯至 56,211,294,296
弗莱 4,43,45,51,59
弗洛伊德 121,125
《浮士德》 49

G

《歌集》 242,271,276,279,282,283,285,288,298
古登堡 18,250
古希腊文学 5,16,79,97,98,107,128,129,131,135,146,153
《古希腊戏剧史》 110,113,115,117,123
郭沫若 6,126,162,167,168,172

H

哈菲兹 155,156,158—160,172
海亚姆 154,155,158,161—163,165,167,169,171,172,175
汉密尔顿 76,83,85
合唱琴歌 101,102,107
荷马史诗 1,4—7,16,67,76—87,92,93,97,127,130,131,136,138—140,147,192,193,198,199,215
"荷马问题" 76,77
贺拉斯 16,101,110,115,129,130,134,137,278,282
赫西俄德 63,64,110,134,192
黄国彬 256—258

J

《吉尔伽美什》 3,7,13—15
季羡林 6,39
金克木 6,30,35—39
《金驴记》 129,144—153
《巨人传》 151

K

《卡拉马佐夫兄弟》 50
卡图卢斯 105,275—283,298
口头传播 97
跨媒体流传 7

L

拉伯雷 151
老舍 1,126
《梨俱吠陀》 3,20,21,23—26,28—34,38,39
李维乌斯 16,130—132
"连锁韵律" 248,249,253,254,256,258,289

梁实秋 172
梁宗岱 56,296
《列王纪》 156,160
《鲁拜集》 5—7,154,161—165,167—169,171—175
鲁达基 154—156,158,159,172
鲁米 155,156,158,160
鲁迅 55,56,80
罗丹 259,266,268
《罗兰之歌》 191,197,198,202—204,210—212,214,218—220
《罗摩衍那》 6
罗念生 6,80,83—86,95,118—120,122,123,126,148
罗赛蒂 259,261,263—265,289

M

梅列日科夫斯基 249
《美狄亚》 112,116,132
“摹仿说” 94
《摩诃婆罗多》 6,39
穆宏燕 155—157,160—162,172

N

奈维乌斯 17,132,133,140,144
《尼伯龙根之歌》 191,198,205—207,209—212,214,215,220
尼采 125,238
尼扎米 155,156
聂珍钊 198,287
《农事诗》 134,136,141

O

欧里庇得斯 64,109,112,116,132

P

潘多拉的盒子 63,69
庞德 223,230,231,249,291
品达 64,78,98,101,107,108
“破晓歌” 221—224,226—232,240
普劳图斯 109,132,133
普林尼 9

Q

骑士传奇 7,221,232—236,239,240
骑士抒情诗 221—223,232,240
《蔷薇园》 156,159
《乔叟文集》 6
“情感说” 95

R

人文主义 5,18,47,66,72,80,171,251,272,278,279,285,286

S

萨迪 155—159,172
萨福 4,64,98,101—108,223
“萨提洛斯剧” 112,113
《沙恭达罗》 6,39
莎士比亚 47,75,149,266,270,282,283,288,289,296,297
《神谱》 63,64,110
《神曲》 1,5—7,142—144,241—269,289
《圣经》 4,40—62,199,210,221
《诗学》 6,94—96,117
斯芬克斯之谜 117—119,121,125
苏非主义 5,154—156
索福克勒斯 64,109,112,117—120,

122—127

T

《特里斯坦与伊索尔德》 7,221,235,236,238,240
提尔泰奥斯 99,100
提摩太厄斯 99—101
《天路历程》 47,48
陀思妥耶夫斯基 50,61

W

“万物有灵论” 11,150
《万叶集》 6,178,183,252
《亡灵书》 2,3,7—13
《威尼斯商人》 47
维吉尔 64,133—144,153,242,245—247,260,266,267,277,278
文艺复兴 8,19,47,72,80,107,124,143,145,150—152,155,192,210,223,226,242,244—246,250,261,271,272,274,278,279,282,285,287,289
闻一多 56,57,172,295—297
沃尔科特 249
“巫术说” 95

X

希腊化时代 15,16
锡金 12
《熙德之歌》 191,198,200,204,205,210—214,219,220
戏剧独白 228—230,232
象形文字 3,8—13
楔形文字 3,8,13,14,96
《新生》 263—265,271,278,279,282—285
许地山 39

Y

《雅歌》 54,56,60
亚里士多德 72,78,94—96,110,112,115,117,124
亚瑟王传奇 221,232—234,240
杨宪益 6,17,80,134,136,149,162,202—204,211,219,273
杨周翰 6,129,136—140,142,211
《耶利米哀歌》 43,60
叶芝 51,291
《一千零一夜》 5,149
《伊戈尔远征记》 191,207,210—212,219,220
《伊利昂纪》 64,76,246
英雄史诗 5,7,46,156,160,191—200,202,205,208,210—215,218,219,221,222,233
《尤利西斯》 87
《源氏物语》 5—7,176—190

Z

《在地铁车站》 231
张鸿年 6,154,156,158—161,163,165,167—169,172
张晖 6,156—159,161,172
郑振铎 172,210,211
纸草 3,8—13,104,146
朱维基 6,249,250,253—255,265,268,277
朱维之 59,271
周作人 53,54,56,210
紫式部 176,177,179—184,186—188,190
《自然史》 9

后 记

国家社科基金重大招标课题“外国文学经典生成与传播研究”于2010年12月立项。光荏阴苒,岁月如梭,六年之后,经过课题组成员的共同努力,作为该项目最终成果的八卷系列专著终于在2016年12月完成,并提交结项。在2017年3月在国家社科基金办顺利结项之后,在北京大学出版社的大力支持下,本项目于2017年6月申报国家出版基金,并且获得2018年度国家出版基金立项。

《外国文学经典生成与传播研究》中的“古代卷(上)”时间跨度大,长达数千年,覆盖从远古的古埃及文学直到文学史层面的中世纪文学。在如此长的时间长河中筛选文学经典作为研究对象,本身就极具挑战性,容易产生挂一漏万的情境。好在课题组群策群力,反复论证,终于如期完成了该卷的撰写。

本卷撰写分工如下:绪论、第一章、第六章、第九章、第十二章、第十三章的第二至四节、第十四章由浙江大学吴笛撰写,第二章、第三章、第五章由浙江大学龙瑜宬撰写,第四章由温州大学傅守祥撰写,第七章由浙江传媒学院吴斯佳撰写,第八章由浙江财经大学蔡海燕撰写,第十章由中国计量大学梁晶撰写,第十一章由浙江科技学院凌喆撰写,第十三章第一节由浙江财经大学姜岳斌撰写。

最后,感谢本卷撰写者的积极参与和认真负责的治学精神,感谢“外国文学经典生成与传播研究”的各位子课题负责人——范捷平教授、傅守祥教授、蒋承勇教授、彭少键教授、殷企平教授、张德明教授,感谢各位在为本课题研究过程中所体现的合作精神以及为各卷最终完稿所做出的贡献。在此,还要特别感谢北京大学出版社张冰编审,感谢她为“外国文学经典生成与传播研究”系列专著的最终出版所给予的支持和付出的辛劳。

吴笛

2018年6月